故国千门难锁梦

清初词人的生死抉择

沈尘色 著

江苏大学出版社

镇江

序

　　予少时读词,好先读小传,纵寥寥数字,亦觉兴味,尝牢记字号,与同侪嬉戏,曰,某某字若何,号若何,尝任何官职,有何事迹。至于某词某句,更好做追究,欲识其因何事何人而作也。彼事何事,彼人何人,其趣有过于词者。

　　后读《本事词》,更觉其趣,置诸案头,随手翻阅,一则两则,俱是欢喜。有不解者,则以他书佐证,更与别集对照。偶有所得,恍然焉,自得焉,但道所谓学问不过如此,孰谓非学者不能为之? 其沾沾自喜者如此。然终有憾焉。何者? 一则两则,零碎不成章,或可知彼事何事,终难识彼人何人也。且予好清词,而此书上起于唐,下讫于元,不及于明,更莫论清,予欲知者而终不可得。

　　又数年,得《清词纪事会评》《近代词纪事会评》,遂又置诸案头矣,好随时翻阅。此二书者,所辑资料甚多,读之往往可识一人之生平。先是,钱仲联氏《清八大家词集》独不选鹿潭,曰:“蒋词艺术性虽较高,但内容多污辱太平天国革命,故不予选入。”言之不详。而《清名家词》中,则有述谭献语,曰:“咸丰兵事,天挺此才,为倚声家老杜。”终竟如何,亦言之不详。而予于此终得知鹿潭故事,推究当日鹿潭蛰居溱潼,与婉君贫贱夫妻终有龃龉,虽人之常情,不亦悲夫?鹿潭词集曰《水云楼词》,然则水云楼乃溱潼古寿圣寺大雄宝殿后之藏经楼耳,与鹿潭何尝相干。或曰,鹿潭曾寓居于此。然则昔人寓居于寺院者亦多矣,何鹿潭独以名词?鹿潭曾有《满庭芳》词序曰:"秋水时至,海陵诸村落辄成湖荡。小舟来去,竟日在芦花中,余居此既久,亦忘岑寂。乡人偶至,话及兵革,咏'我亦有家归未得'之句,不觉怅然。"无家之人,而词集以水云楼名之,以后世一流行歌歌名言之,不过"我想有个家"耳。每念及此,想象当日,予亦怆然,遂综合前人记述,得《水云楼的梦》一篇,以志鹿潭生平,识前人之词境、词心也。惟鹿潭临终冤词已佚,予拟作一首,置诸小说,加以说明;或有以为乃鹿潭所作,加以流播,非予之罪也。后又得《静志居情话》一篇,述金风亭长情事,所依据者,俱得之于《清词纪事会评》也。而后不作小说十余年。

去岁,老友董君国军忽提及当日小说,以为可以复作,而予十余年来,亦算读书,知若许词人故事,或与常识不同,遂允诺。而后,查资料,读别集,有记述不同者,冒昧甄别,而后更复知读其词当先知其人也。何者?某词某句,不知其人其事,未必知此词此句之真意也。词有本事,原应知之。朱庸斋先生于《分春馆词话》中论及贺铸,曰:"其词风格多样,非论世知人,熟稔其生平及作品,不能定论。"岂独贺铸,古今词人,概莫如是。孟子曰:"颂其诗,读其书,不知其人,可乎?"亦此之谓也。而后得五十篇,述清五十词人故事,分五册依次出版,可为丛书,董君名之曰"清名家词传",而予以为或可谓"词人小说"。小说云云,终当允许虚构,七分实三分虚也。予也不敏,终非学者,或有不可查证者,读者不肯认可予之所得者,予或可以此为借口,逃之遁之,不必争论。

予友李君旭东,因效前贤,词咏词人,系于篇首,亦示后世小子终不肯让前贤独步也。是为序。通州沈尘色。庚子端午日。

目录

王夫之

天下事，少年心，分明点点深

鹧鸪天

炎梦依稀照旧林，落花红似去年深。

离亭有燕传青讯，空谷无人报远音。

天下事，少年心，湘累楚些付沉吟。

草庵一枕黄粱去，何处春风吹到今。

——李旭东——

孤灯无奈,向颓墙破壁,为余出丑。秋水蜻蜓无着处,全现败荷衰柳。画里圈叉,图中黑白,欲说原无口。只应笑我,杜鹃啼到春后。

当日落魄苍梧,云暗天低,准拟藏衰朽。断岭斜阳枯树底,更与行监坐守。勾撮指天,霜丝拂项,皂帽仍黏首。问君去日,有人还似君否。衰病弥月,一切尽遣,拥火枯坐,心无所寄。因戏作诸影词,引半缕活气,令不分散。孤灯下,忽见婆娑在壁,因念人知非我之无彼,不知非彼之无我也。留连珍重,旋与评唱一阕。

——王夫之《念奴娇·姜斋影》

"老了。"白发苍苍、瘦削如影的王夫之端详着自己的画像,心中一片淡然。人之老去,恰便似秋来叶落,谁也无法阻挡,即使来年春归花又开,却又哪里是今年的春与花? 这就像圣人之后复有亚圣,然则亚圣决非圣人一般。

灯火在风中轻轻摇曳着,仿佛随时都会熄灭,映照着这幅画像,使得画像上的人越发显得黯淡、凄凉。

这不是王夫之此刻的心境。

此刻,王夫之心中只有鹧鸪的啼声。

"行不得也哥哥,不如归去。"

"是啊,该归去了。"王夫之轻轻捋着自己领下的白须,想道,"人之形,之影,终不过如是耳。我归,影存,然则,影存又当如何?不过证明曾经在这世上走过一遭。这一遭,倒也曾留下一些文字。这些文字,后人又当如何来看? 不过,这都不是我所能知道的了。唉,终不能免俗!"

王夫之这样想着,不觉轻轻地摇头。文章千古事。更何况,无论如何,终得留下一些真实的文字,一些真实的事。要让后人知道,这一时代,不是人人都会屈膝在异族的刀下的。也许,这些文字,会被禁,但恰便似郑思肖的《心史》,也终有重见天日之时。

"肃杀从此始,方知胡运穷。"老去的王夫之忽地在心头冷笑。

王夫之熟读经史,自然明白,有时候,的确是"胡运何须问,赫日自当中",然而,历史上的那些胡人朝廷,而今安在哉?"也许,我是见不到了。"王夫之想道，"但终有后人，能如太祖皇帝那般，净扫胡尘，混一天下。"

"从未见一家一姓能千秋万代者，更何况是胡人天下？"王夫之不由得又在心头冷笑。

死去元知万事空，但悲不见九州同。现如今，九州已同，却已是胡人的九州。

王夫之默默地坐在灯下。回首这一生，无数的情感纷纷涌上心头。当面对老去与死亡的时候，为什么能够一片淡然，而想起历史与江山，却再也无法如是？姜斋。姜，老而弥辣。王夫之笑了起来。

人，可老，可死。

心，不能。

夜色越发暗了下来。窗外，没有月。

有风。

风，似乎也越来越大。

　　把镜相看认不来。问人云此是姜斋。龟于朽后随人卜，梦未圆时莫浪猜。

　　谁笔仗，此形骸。闲愁输汝两眉开。铅华未落君还在，我自从天乞活埋。观生居旧题壁云："六经责我开生面，七尺从天乞活埋。"

　　　　——王夫之《鹧鸪天·刘思肯画史为余写小像，虽不尽肖，聊为题之》

这是康熙二十八年（1689）的秋天。

大清江山，可谓稳若磐石。当今天子，更有人以为是天生圣人，圣君，明君，堪比唐宗宋祖。

但王夫之没有剃发。

有些事，是宁死也不肯做的。

二

王夫之忽地想起金堡，那个后来唤作澹归的倔强和尚来。与王夫之的流亡、隐居不同，那个家伙索性就做了和尚，以示与新朝的决不合作。

有时候，死亡比这样的不合作要容易多了。

死亡是容易的，尤其是在这样的乱世之中。然而，总得有人活下来，将这个时代的人和事，说与后人听。即使后人未必能听到、看到，但活着的人，总得说，总得写。人有一张口，就是要说话；人学会写字，就是要写下所见所闻所思。

王夫之记得，应该是永历三年，也就是顺治六年（1649），在肇庆结识了瞿式耜、严起恒、金堡、方以智等人。永历二年（1648）的十月，王夫之与夏汝弼、管嗣裘、僧性翰在南岳方广寺起事抗清，很快战败。冬，至肇庆投奔永历。老实说，当王夫之投奔肇庆的时候，也曾满怀希望，以为即使不能收复故土，至少也能似宋高宗那般，以半壁河山来与清廷对抗。只可惜，他的满怀希望，很快就变成失望与绝望。金堡下狱，王夫之三次上书弹劾王化澄，王化澄欲杀之。好在高一功出手，王夫之才算躲过一难逃亡桂林投奔瞿式耜。

永历六年（1652），王化澄被清军俘获，誓死不降，三月十八日遇难。

是是非非，或许真的难以说清，但永历朝廷很快败亡，永历帝更是被吴三桂亲手绞杀，却是不争的事实。或许，改朝换代，真的是天意。

只是，王夫之决不肯屈服而已。

对于王夫之来说，屈服于异族的统治，那是比死亡更令人难以容忍的事。

王夫之记得，与金堡相识没多久，便有了第一次的争论。

落花影，款款映春江。终相就，贴水不成双。

落花影，风飐小桥西。掠素袂，疑是染香泥。

———王夫之《十六字令·落花影二首》

不与水，同流珠子凌。洮河立，银汉接天冰。

铅泪结，如珠颗颗匀。移时验，一颗不曾真。

———金堡《十六字令·雪子二首》

其实，也说不上是什么争论，只是说起《十六字令》的词谱来，忽然发现,与《苍梧谣》《归字谣》是惊人地相似。

天。休使圆蟾照客眠。人何在,桂影自婵娟。

——蔡伸《苍梧谣》

归。十万人家儿样啼。公归去,何日是来时。

归。猎猎薰风飐绣旗。拦教住,重举送行杯。

归。数得宣麻拜相时。秋前后,公衮更莱衣。

——张孝祥《归字谣》

"词乃小道。"王夫之悠悠地说道。

王夫之学经学史学诗,于词,向来没怎么上心。这两首《十六字令》,还是他年轻的时候,百无聊赖所写下的。如果不是遇见金堡,大约他怎么也不会想起,自己曾经写过这样两首《十六字令》。他记得,当时是读了唐世济的四首《堤上曲》,一时兴起,便模仿着写下这两首《落花影》。

堤上月,相邀过断桥。三更后,同我听吹箫。

堤上鸟,宵分未得眠。垂杨闹,夜夜画船边。

堤上草,铺花作锦茵。三春月,天遣衬游人。

堤上酌,繁花照夜天。山川影,都傍玉卮边。

——唐世济《十六字令·堤上曲》

唐世济,万历二十六年(1598)进士,曾任兵部右侍郎,累官至左都御史。当清军攻入南京的时候,唐世济便随同那些达官贵人,剃发降清。

魏国公徐文爵、保国公朱国弼、灵璧侯汤国祚、定远侯邓文郁、尚书钱谦益、大臣赵之龙、大学士王铎、都御史唐世济……

"词非小道。"金堡很认真地说道,"否则,置放翁、稼轩于何地?"

"这个……"一时之间,王夫之有些语塞。王夫之自然明白,当国破家亡之际,放翁、稼轩词意味着什么。"千古江山,英雄无觅,孙仲谋处!"每当吟诵这样的词句,怎不叫人怆然涕下?尤其是对于年方而立的王夫之来说,更是慷慨于心。更不用说,此时已是王夫之兵败之后。

年长五岁的金堡依旧很认真地说道:"你要学词。"

王夫之苦笑。

"我连《十六字令》的谱都没搞明白。"他说。

然后,自然而然地,两人便说起《十六字令》与《苍梧谣》或《归字谣》的异同来。毫无疑问,《苍梧谣》与《归字谣》没什么区别,可是,与《十六字令》呢?也就说,首句,到底是一字句还是三字句?从唐世济的四首《十六字令》来看,首句肯定是三字句,不然,不通;从张孝祥的三首《归字谣》来看,首句肯定是一字句,不然,也不通。只有蔡伸的《苍梧谣》,好像模棱两可,三字句、一字句都没问题,可读来读去,好像还是一字句更妥帖些。

那么,这是两个牌子?

问题是,分明都是十六字,且只有前两句的微小差异,其余都没什么不同啊。

应该是同一个牌子。王夫之自然很容易就判断出。那么,问题就在于唐世济了。唐世济错了,于是,年轻的王夫之跟着错了下来。

这自然只是一个小小的错误,微不足道。最多,不将这两首《落花影》示人而已。若不示人,又有谁知道,年轻的王夫之曾经犯过这样一个小小的错?

金堡惊奇地道:"《十六字令》?这个谱有什么难的?我也填过。不过,小令难为,尤其是像《十六字令》,更难为。"说罢,便将他填写的两首《雪子》写了出来,递给王夫之看。

王夫之接过词笺,看了只那么一小会儿,便忍不住放声大笑。这一笑,使得金堡有些不知所措,脸腾地一下就红了,有些愠怒地瞧着王夫之,心道:"这有什么好笑的?便是我写得不好,也没必要这么大笑吧?"心中便有此人不可交之意。

在金堡想来,王夫之这样的大笑,自然是轻薄之极,与传闻大不相同。

笑罢,王夫之既不言语,也不顾金堡的愠怒之意,提起笔来便将自己的两首《落花影》写到了金堡词的后面,然后,微笑着将词笺回递给金堡。金堡微微抬起眼来，瞧了王夫之一眼，有些不明所以，接过。

"咦?"金堡读罢，微微皱眉。

他还是有些不明白王夫之的大笑。

因为从王夫之的两首《十六字令》来看，没什么问题啊，又何以说没搞明白?

"卫公兄的谱从何而来?"王夫之笑着问道。

金堡沉吟一下，道:"哪有什么谱? 昔日，曾读到唐存忆公的《堤上曲》，便填写了这两首《雪子》。"

王夫之瞪大了双眼:"《堤上曲》?"

金堡见王夫之神情古怪，不由得一愣:"怎么?"

王夫之笑道:"小弟昔日也是读了唐公的《堤上曲》，方才填写了这两首《落花影》。"

金堡又一皱眉。王夫之这么一说，他更不明白了。这明明白白的事，王夫之何以会如此大笑。

王夫之见金堡一脸不解的神情，想了想，便抓过另一张纸，将蔡伸的《苍梧谣》与张孝祥的三首《归字谣》都写了下来，然后递给金堡。

金堡嘴里嘀咕了一句什么，然后低头看词笺。看罢，抬起头来，问道:"都是宋人的《十六字令》?"很显然，这几首《十六字令》，他从前都没读到过。

王夫之轻轻点头。

金堡皱着眉头，低声道:"有些不对啊……"以金堡之能，自然很容易就看出其间的不对。

王夫之道:"小弟以为，这应该就是《十六字令》。"他相信自己的判断，也相信金堡的判断。如果将《十六字令》与《苍梧谣》《归字谣》看作两个牌子，怎么也说不过去，至少是勉强得很。

除非，他想文过饰非。

但王夫之决不是文过饰非的人。

他相信金堡也不是。

金堡迟疑一下，道:"这么说，唐公错了?"

王夫之道:"应该是。"

"我们跟着错了?"

"应该是。"

两人大眼瞪小眼，瞪了一会儿，忽然都大笑起来。

"原来如此。"金堡笑道。

他自然明白了先前的王夫之何以大笑。

"原来，填词还真不是一件容易的事。"金堡想道，"这区区《十六字令》，居然也会搞错。"

从订谱上来讲，《十六字令》应该是很简单的，就这应该是很简单的，唐世济偏偏就错了，而王夫之与他自己，也跟着错了。

金堡沉吟道："将来，等安定下来，要编个《词谱》，以便于天下词人。"

王夫之点头道："不过，这不容易啊。"

这自然是很不容易的事，尤其是在这国破家亡之际。

金堡叹道："若有一部《词谱》，我大明的词，何至于如此啊。"

说罢，不由得与王夫之相对唏嘘。两人俱是博学之人，自然明白，本朝无论诗、词，俱不如唐宋。如果说稍有可读者，大约只有可谓是下里巴人的民歌。本朝开国之初，倒也有几个诗人、词人，只可惜，后世是一代不如一代。即便是所谓前七子、后七子，终不过尔尔。

王夫之叹道："那要先等国家安定下来。"

这一句话说罢，两人更是忧心忡忡，相对无言。

他们俱是对时局不肯死心之人。然而，以他们的睿智，又何尝不知，国事至此，已不可为。只不过大丈夫当明知不可为而为之耳。

王夫之忽道："你要不要改一下？"

"改？"金堡眨眨眼，道，"你要不要改？"

王夫之微笑着，悠悠道："为什么要改？"

金堡大笑。

他自然明白王夫之的意思。

错了就是错了，又怎能文过饰非？

哪怕这样的错，真的是微不足道。

人非圣贤，一生之中，会有很多错；错了就错了，可怕的是掩饰自己的错，不敢让人知，不肯自认错。

王夫之瞧着金堡大笑的脸，忍不住也大笑起来。

斜月横，疏星炯。不道秋宵真永。声缓缓，滴泠泠。双眸未易扃。

霜叶坠。幽虫絮。薄酒何曾得醉。天下事,少年心,分明点点深。

崧台泊,漓江栿。剑吼匣中如昨。刘备垒,马殷坟。闲愁夜几分。
灯烬灭,寒衾铁。只有归鸿凄切。檐溜雨,远鸡声。心知是五更。

　　　　　　　　　　　——王夫之《更漏子·本意二首》

王夫之很快就填了这两首《更漏子》给金堡看。

金堡自然很容易就读出,这是写去年起事失败之后的经历。

金堡读罢,笑道:"孰言词乃小道者?"

王夫之也笑。

"稼轩滋味。"金堡赞道,"天下事,少年心,分明点点深。"

两人对望,莫逆于心。

从此是朋友。

一生一世。

离愁远。恨漓水、不逐湘流转。萧萧寒雨天涯,南雁一声惊
断。闲惊无数,都付与、似水并刀剪。忍今生、死死生生,总难片语
分判。

追忆云暗苍梧,也则是风光,本色消遣。裸戏谷泉雷电里,莫
更有耶娘生面。今且向、垂杨暮雨,鹃啼处、咒残春一线。想依然、
还我伤心,归舟天际相见。

　　　　　　　　　　　——王夫之《尉迟杯·闻丹霞谢世遥为一哭》

永历三十五年,康熙二十年(1681),今释澹归,也就是昔日的
金堡,在广东韶州丹霞寺圆寂。时年六十七岁。

三

天下事,少年心,分明点点深。

永历元年,也就是顺治四年(1647),五月,清军攻陷衡州,王
夫之全家逃散,父王朝聘、叔王廷聘、二兄王参之及叔母俱殁于
战乱。

无论国仇,还是家恨,王夫之都与清廷势不两立。

然而,这天下,究竟是谁家的天下? 朱家天子究竟是不是还想

着收复山河？永历朝廷到底能不能中兴大明？

在肇庆的经历使得王夫之原本一颗坚定的心，慢慢地就模糊了起来。

他渐渐地看清了永历朝廷，也渐渐地看清了天下大势。

这使得他很是痛苦。

这样的痛苦，就像虫豸一样，一点一点地啃啮着他的心。

永历四年，也就是顺治七年（1650），王夫之逃亡桂林。他怎么也没有想到，在外敌当前的时候，这岌岌可危的永历小朝廷，依旧党争不已；更令他痛苦与伤心的是，王化澄居然想杀他。

王夫之熟读经史，自然明白，大明之亡，其实并非亡于流寇与清朝，而是亡于党争。

但他依旧没有想到，崇祯之前车，居然没有成为永历之后鉴。

王夫之逃亡。

王夫之决没有迂腐到当刀将要砍到脖子的时候，还将脖子伸将出去。

所以，王夫之逃亡，从肇庆逃到了桂林。

天下，决不仅仅是朱家的。

然而，这一年的八月，清兵攻到了桂林。

当清兵几乎是势如破竹、长驱直入的时候，永历朝臣依旧在党争，根本就没人去筹集粮饷，更没人去组织抵抗。

桂林城中，无一兵一卒。

当清兵将要攻入桂林的时候，瞿式耜与总督张同敞见势不可为，惟相对饮酒，日日赋诗唱和，直待清兵轻松将他们捕获。

这一年的闰十一月十七日，他们二人在风洞山仙鹤岭下慷慨就义。

王夫之没有留下来就义。

他知道，在这样的战乱之中，生命的消失是毫无意义的。

活着，并非就是怕死。

活着，"将以有为耳"。

无论在什么样的情况下，死亡都不是唯一的选择。

很多时候，活着，比死亡要艰难得多。

王夫之带着妻子从桂林逃到永福，困于水砦，断食四天。在这四天里,王夫之默默地背诵着文信国的《指南录后序》。当日,文信国千里逃亡,不知有多少人指责他贪生。然则,文信国果然是贪生么?

很多时候,死亡不仅比活着容易,更是一种逃避。当死亡无法避免的时候,死又有何惧?然而,当能够活着的时候,终究要活着。

活着,才有将来。

活着,才能看到将来。

活着,才能书写将来。

永历五年,顺治八年(1651),正月,王夫之回到衡州,避居双髻峰续梦庵,誓不剃发。

永历六年,顺治九年(1652),二月,孙可望劫迁永历帝于安隆所。春,李定国大败清军,收复广西。八月,进军湖南,收复衡阳。

伤心事。今日从何说起。剑光冷,血溅潭龙,落叶风高云际寺。宾鸿传锦字。向道海云孤峙。天涯远,欲托传情,不怕关河阻迢递。

露坠。芙蓉死。问秋藕可能,将丝重系。吹箫人老吴闾市。向夜阑人静,闲提半语,也怕吟虫相调戏。拥孤衾独睡。

凭梦,将愁寄。更天海悠悠,望断烟水。纵然有梦成差异。难寻觅酒伴,同垂珠泪。想天日照临,也了无惭愧。

——王夫之《兰陵王·秋感》

当脚步声响起,由远及近,缓缓而来的时候,王夫之正皱着眉头,慢慢地推敲着这首《兰陵王》。

《碧鸡漫志》卷四引《北齐史》及《隋唐嘉话》称:"齐文襄之子恭,封兰陵王。与周师战……击周师金墉城下,勇冠三军。武士共歌谣之,曰《兰陵王入阵曲》。今《越调·兰陵王》,凡三段,二十四拍,或曰遗声也。"兰陵王高长恭,骁勇善战。

自然,对于这首词来说,"兰陵王"只是词牌而已。

《兰陵王》始于秦淮海。不过,周清真一首当为正格,宋元人俱依此而填。

"沉思前事,似梦里,泪暗滴。"王夫之喃喃自语着,"想天日照临,也了无惭愧……"

好像有些不对。王夫之暗自想道。好像是不对。不过,这又怎样?

改了几次,按照清真的句读,终不如意;可要是不改的话,好像不合律。

王夫之忽地想起金堡来。

唉。没有一部适用的《词谱》。王夫之想道。如果有一部适用的《词谱》的话,大约就没这么麻烦了。

不过,即使有,像最后几句,难道真的就要改成如清真那样的?

"照临天日,也应是、无惭愧。"王夫之嘴里嘀咕着。

好像还是不对? 王夫之忽就又想道。要是严格按照清真来,这最后几句,应该是"平平平仄,仄仄仄、仄仄仄"。不过,秦淮海的这最后几句,是写作"彩楼天远,夜夜襟袖染啼血"。嗯,稼轩是写作"古来贤者,进亦乐,退亦乐",刘辰翁写作"人生流落,顾孺子,共夜语"……

住在续梦庵的这几年,王夫之倒也搜集了不少宋词别集。不过,就凭手上的这些宋词别集,想编一部《词谱》的话,依旧是痴人说梦一般。

头疼啊。王夫之不由得按了一下自已的太阳穴。不过,他终究不肯放弃这个牌子。

因为"兰陵王"。

王夫之深深明白,这"兰陵王"三个字对他来说,意味着什么。

虽然,这三个字的"兰陵王",真的只是词牌名。

脚步声越来越近,直到双髻峰下,续梦庵前。

王夫之微一皱眉。

一时之间,他也想不起,找到这里来的会是什么人。

应该没什么人知道他住在这里的。王夫之想。

从外面看,续梦庵也就是几间草房而已,就像当年放翁的老学庵。这样的草房,放在衡山里可谓是毫不起眼。

清军? 王夫之心中也曾闪过这样的念头。不过,这样的念头,终只是一闪而过。

因为这不可能。

一则是清军正忙着攻城略地,哪里有闲工夫派人到衡山来;二则是没理由——清军可不会将王夫之看作必抓之人,也不会知道,王夫之就隐居在衡山里面。

对于清军来说,王夫之实在是微不足道。

院子的敲门声轻轻响起。

当敲门声轻轻响起的时候,王夫之那略有不安的心,一下子就安定了下来。至少,用不着再逃亡了。王夫之不觉自嘲似的笑了一下。

如果是清兵来抓人,自然不会这么轻轻敲门,也不会没人发现,整座衡山一直都是安安静静的。

躲避战乱居住在衡山的,可不止王夫之一家人。

侄子王敉去开了门,不大会儿,便回转了过来,道:"三叔,是找你的。"

王夫之迟疑了一下,将还没有定稿的词笺放下,道:"是什么人?"

王敉道:"他们说是李定国将军派来的。"

"李定国将军?"王夫之倏然站起,可站起之后,神情又有些犹豫。

他当然明白李定国是什么人。问题是,李定国终究是流寇出身,是献贼的养子啊。即使现在李定国已经归顺朝廷,可这样曾经为贼的,又如何可信?

还有孙可望,也是。

更重要的是,李定国派人来找他,又是何意?

王夫之有些犹豫不决。

"三叔?"王敉见王夫之迟疑的模样,忙叫了一声。这些年来,从父亲死后,王敉一直都随着王夫之,不知经历过多少战乱与逃亡。清兵也罢,明军也罢,他们的手中,都握着刀枪。对于王敉来说,无论是清兵还是明军,他们手中的刀枪,都一样可怕。

王夫之缓缓坐下,道:"请他们进来。"

王敉迟疑一下,转身去了。

读书人终有读书人的矜持,如果一闻听是李定国将军派来的人就匆匆地迎出去,那么,也未免太轻佻了些,说得直白些,就是太没面子了。昔日,刘玄德三顾茅庐才请出了诸葛孔明,今日,李定国来请三叔,即使用不着三顾,也不应主动迎将出去吧?

走出屋子的刹那,王敉便明白了这个道理。

他知道,三叔虽不是诸葛孔明,但三叔肯定是想出山干一番大事业的。

国事已如此,三叔又哪里是真的想隐居在衡山。

不大会儿,一个四十多岁的书生打扮的人带着一个兵丁进了王夫之的书房。

说是书房,其实也就是一间草屋,只不过摆放着几张书架,书架上堆放着一些书而已。

那兵丁高高瘦瘦的模样,两颊隐隐露出颧骨,却是一脸的彪悍,一眼就可看出是从死人堆里爬出来的,那股子杀气,即使不声不响,也无法掩盖住。王夫之也曾待在军中,自然熟悉这样的杀气。

那书生身量不高,却一样的清瘦,面色黝黑,只两个眼睛乌亮乌亮的。

他们自然都没有剃发。

当王夫之站起的时候,他们都不由得眼前一亮。

因为王夫之也没有剃发。

对于明军来说,不剃发是很正常的事;而对于这住在衡山的王夫之来说,不剃发,则意味着一旦遇见清军,就可能失去性命。

"留头不留发,留发不留头。"鞑子对不剃发的,可决不会客气。

"王先生。"见王夫之站起,那书生忙就施礼道。

"请坐。"王夫之示意那书生坐下,自己也坐了下来。

那兵丁挂着腰刀,站在那书生的身后,一动不动。

王敉泡好茶送了进来。

王夫之道:"乡野居,没什么好茶,还请谅之。"

"先生客气了。"那书生欠身道。

其实,衡山出茶,即使是这战乱的时候,身居衡山,那茶倒也不会太差。

那书生一边喝茶,一边打量这间简陋的书房。

王夫之不动声色,也借机打量这书生。

他没见过此人,更谈不上熟悉了。

将茶盏放下,那书生正色道:"先生,我们是李定国将军派来的……"

"我知道。"王夫之淡淡地说道。

"我们李将军想请先生出山。"那书生道。

"李将军现在在哪里?"王夫之问道。一直住在衡山,对外面的形势,王夫之有所耳闻,却终不是很熟,而且,也很难判断真假。

那书生笑道:"李将军出兵八万,已攻取沅州、靖州和桂林,据报,鞑子的定南王孔有德已经被逼自杀了。现在,正在攻打柳州、衡州,所以,将军才派我来请王先生出山。"说到这一年李定国的战绩,尤其是说到孔有德被逼自杀,那书生说得是眉飞色舞。

王夫之不由得睁大双眼。

他知道,在年初的时候,李定国已经出兵攻打湖南;但他不知道,李定国居然取得如此战绩。尤其是孔有德的自杀。

孔有德原是明将,竟然投降了鞑子,并且为鞑子一个劲儿地卖命,这是王夫之极难容忍的。

"好!好!"王夫之忍不住拍案赞道,"孔有德那奸贼死得好啊。来,咱们以茶代酒,干一杯。"

王夫之一口喝尽,喝得太快,茶水就顺着嘴角淌下,沾湿了前襟。"好啊。"王夫之放下茶盏,兀自双目炯炯。

"为李将军再干一杯。"王夫之叫来王敉,将茶又满上。

说着,两人便又干了一杯。虽说只是茶水,却也一样叫人"喜若狂"。"却看妻子愁何在,漫卷诗书喜欲狂。"王夫之自然而然就明白了当日工部的狂喜。他想,如果能够这样打下去,李定国便是大明的郭令公,也是说不定的呢。

他原本瘦削的脸,便微微地有些发红,两只眼,更是亮起来。

"却不知李将军如何想起王某来?"王夫之迟疑一下,问道。

那书生想了想,道:"王先生还记得高一功将军么?"高一功已经赐名必正,不过,李定国军中却还是习惯称之为高一功。

王夫之肃然道:"高将军援手之恩,没齿难忘。"当日,若无高一功出手,大约他早已死在王化澄刀下了。虽说据闻今年的三月,王化澄已殉国难,可当日之事,王夫之也一样难以忘记。

或许,他可以不再计较王化澄想杀自己,可高一功的救命之恩,却是他无论如何都不能忘记的。

即使高一功出身于他所看不起的流贼。

那书生道:"是高一功将军写信向李将军推荐了先生。"

王夫之不由得"啊"了一声。他这才恍然明白,何以李定国将军要派人来请他。如果李将军仅仅是打到衡州，也未必就要派人来请他的。如今正是乱世，像他这样的书生，其实真的不重要。"宁为千夫长，不为一书生。"治世时是这样，乱世时就更是这样了。

那种以为笔端能够横扫千军的，终究只是文人的想当然。

"高将军他现在在哪里？"王夫之小心地问道。他这样问，倒也没有什么目的，只是有些不明白，同是掌军的将军，如果要请他出山的话，何以不是请他直接到高一功的军中，而是向李定国写信推荐。要知道，高一功的忠贞营原是闯军，而李定国原是大西军，虽然现在都隶属于永历帝，双方却可谓水火不同炉的。至于王夫之对闯军、大西军的看法，此刻，倒不重要了。

老实说，无论是闯军还是大西军，王夫之始终都记得，他们曾是流贼。国家糜烂至此，固然有朝廷的原因，又何尝不是这些流贼的缘故？

只不过，现在，这些从前的流贼，都归顺了永历帝，而且都在抗击鞑子，这些从前的话，便暂且不说罢了。

那书生迟疑一下，道："高将军已经战殁了。"

"战殁了？"王夫之一愣，问道，"什么时候的事？"

那书生又迟疑一下，道："就今年的事……"

"在哪儿战殁的？"王夫之瞧着那书生，心中有些奇怪。如果是今年的事，他怎么就没听说？倒不是没听说高一功战殁的事，而是根本就没听说高一功的忠贞营与鞑子交战的事。相反，他所听说的是，高一功率军随永历帝撤往贵州。坚决要撤往贵州的，却不是永历帝，而是孙可望。

"贵州。"那书生苦笑道，"王先生你就别问了，我告诉你就是，据说，是孙可望将军伏击了高将军，高将军因此战殁。"

王夫之的脸色就一下子变得冰冷。

他早知道孙可望挟持永历帝往贵州是不怀好意，即使是往好里说，也是"挟天子以令诸侯"，却怎么也没想到，孙可望居然会伏击忠贞营。

是的，对这些流贼出身的将军，王夫之始终都心怀芥蒂，可在这国家危亡之时，孙可望还这么做，意味着什么？

"果然是流贼。"王夫之冷冷道。

"王先生……"那书生一愣。

那书生还只是一愣，他身后的那兵丁，却是手握腰刀，一股冰冷的目光便锁住了王夫之，杀机隐隐。

王夫之自然感觉到那杀机。

只不过对这样的杀机，王夫之何尝放在心上？

他抬起头来，目光冷冷，越过书生，瞧向那兵丁。

"我说错了么？"他冷笑道，"不是流贼，能做出这样的事？流贼就是流贼，归顺了朝廷，也还是流贼，动则拔刀相向，杀人如麻。"

王夫之的神态一下子变得凶狠起来。

崇祯年间，流贼横行天下，所到之处，哀鸿遍野，几乎重现三国时期的"白骨露于野，千里无鸡鸣"这样的惨状，王夫之可记得清清楚楚。尤其是崇祯十六年（1643）的十月，献贼攻克衡州，所部艾能奇拘王夫之的父亲王朝聘为人质，想以此让地方贤能屈服的事，王夫之更不会忘记。那一次，王夫之刺伤自己的脸和手腕，假装受伤，才将父亲给救出来。

王夫之凶狠的神态，竟使得那已暗含杀机的兵丁心下一凛，气势上不由得就弱了一些。

王夫之虽说是读书人，却也有凶狠之处。如果不够凶狠，当年也不会自伤去救出父亲了。要知道，那可是九死一生的事。

"王先生！"听到王夫之一口一个流贼的，那书生终于忍不住大喝一声。

"怎么？"王夫之冷冷道。

那书生瞧着王夫之，忽地也冷冷道："现在，抗击鞑子的，都是流贼，嘿嘿，大明朝廷的官，从洪承畴到吴三桂、孔有德，可都降了鞑子。孙可望将军再怎么不好、对高将军下手，却也没有降鞑子。"说着，面色也变得有些狰狞。想来，对王夫之的一口一个"流贼"，他心中是相当的不满。

事实上也是如此。从前的流贼，在抗击着鞑子，而从前的大明的文臣武将，都纷纷降了鞑子，甚至几乎可以用望风而降来形容。

王夫之也冷冷地瞧着那书生，却是默然无语，半晌，心似寒灰。他自然明白，与流贼比起来，朝廷的官军更是不堪。

"唉。"王夫之叹息一声，道，"王某失态了，抱歉。"

那书生听得王夫之致歉，自然也不为己甚，道："我们李将军也没想到孙可望将军会伏击高将军。"他迟疑一下，苦笑道："事实上，我们李将军与孙将军也不和，孙将军始终都想吞并我们李将军所部。"他所说的，自然是事实。孙可望野心勃勃，既然想吞并忠贞营,又哪里会放过李定国?

王夫之却有些狐疑。在他想来,孙可望与李定国都出身于献贼的大西军,而且,还都被献贼收为养子,又哪里会不和到要兵戎相向的地步?

"一山不容二虎。"那书生淡淡地说道。

王夫之恍然点头,心道:果然,这才是流贼本色。这样想着,不觉得又是冷笑一声。又想起永历帝如今正被孙可望挟持,心中一阵怆然。

果然是天亡我大明乎?王夫之忍不住这样想道。很显然,即使能够将鞑子赶到关外去,这孙可望保不定就是今日之曹操。

"王先生,"那书生很真挚地说道,"还望先生能够出山,助我家将军一臂之力。"

王夫之默然片刻,叹了口气,道:"若李将军能够取代孙可望,又当如何?"

"这个……"那书生心思陡转,一时间也不知该如何回答。若说李定国毫无野心,即使取代孙可望也会忠心耿耿,大概连他自己也不会相信。李定国终究是流贼出身。曾为流贼之人,又哪里会真的将朱家天子放在心上?

王夫之自顾自地道:"当日,献帝落入曹操之手,故曹操挟天子以令诸侯;若落入刘备、孙权之手呢?想来也差不多了。否则,曹丕称帝之后,刘备、孙权也不会急急称帝了。呵呵。天下事,不外乎如是。"这样想着,王夫之不由觉得万念俱灰。

读书人又有何用?当日荀彧、荀攸叔侄何尝不忠于汉室?辅佐曹操忠心耿耿,也只想曹操能够中兴汉室天下而已。到头来,终死于曹操之手。若不是荀氏叔侄这般辅佐曹操,曹操得天下至少要艰难一些。

王夫之淡淡地道:"我非疑心李定国将军,只不过家有琐事,这些日子要为先父先母营救墓地,大约不能出山投效李将军了。再说,王某乃乡野之民,于李将军大约也无所用,徒然辜负了李将军,还望李将军海涵。"

那书生至此哪里还会不明白王夫之的意思,便站起身来,道:"如此,在下告辞。若王先生他日还想出山的话,还望到李将军的大营来。"

"一定。"王夫之道。

待出了续梦庵，那兵丁哼道："这酸儒，待我将他绑了去见将军，如何？"

那书生笑道："算了。"

"如何就算了？"那兵丁显然很不服气。

那书生悠悠道："将军大营之中，又何尝少这样的人来？只不过以示将军敬贤礼士之心罢了。"心中也是冷笑连连，想：大约这位王夫之先生还真的将自己当回事儿了。却不知，当日大西王在的时候，像这样的酸儒，也不知砍了多少，砍头就像切菜似的，哪里管这样的酸儒有没有学问、有多少学问。

钢刀之下，这些自命清高的读书人，不过是鱼肉罢了。

四

永历六年，顺治九年（1652），冬十月，王夫之与兄介之立父亲岳阡武夷先生、母亲谭太孺人墓碑，款署永历六年孟冬。

此时，清廷增派十万大军，驰援长沙。李定国为避清军锐气，撤离长沙外围，退守衡州。清军主帅、亲王尼堪率军尾追，李定国设伏包围，四面猛攻，清军大败，尼堪阵亡，全军覆没。

永历七年，顺治十年（1653），六月，李定国约同郑成功会师北进，因为天气原因，郑成功爽约。也正是在这时，孙可望派冯双礼偷袭李定国，反被李定国击败，冯双礼投降。

不得已，李定国率部从湖广退回广西，清兵再占湖广。王夫之避居耶姜山。

永历八年，顺治十一年（1654），李定国再度东征广东，可惜，因郑成功再次失期不至，以至于功败垂成。此时，永历帝被孙可望逼迫不已，无奈以血书召李定国救之。李定国将兵六千，救出永历帝。永历帝封李定国为晋王、刘文秀为蜀王、白文选为巩国公。刘文秀、李定国、孙可望，都是当日张献忠之义子。

八月，王夫之避兵零陵北洞钓竹源、云台山等处，时"避伏失据，掠骑集其四维"。不久，变姓名为瑶人，流亡常宁。

桃花红映春波水。盈盈只在沅江里。湘水下巴丘。湖西是鼎州。停桡相借问。咫尺花源近。三户复何人。长歌扫暴秦。

——王夫之《菩萨蛮·桃源图》

万心抛付孤心冷。镜花开落原无影。只有一丝牵。齐州万点烟。

苍烟飞不起。花落随流水。石烂海还枯。孤心一点孤。

——王夫之《菩萨蛮·述怀》

"楚虽三户,亡秦必楚。"王夫之在心中喃喃自语着,"楚虽三户,亡秦必楚。楚虽三户,亡秦必楚……"

他的神情很是凄凉。

当李定国派人来请的时候,他虽说最终没有出山,却也为李定国的战绩而欣喜若狂。

他之所以没有出山,不是因为李定国,而是因为孙可望。

他想,如果孙可望并非如所料想的那般,他肯定会出山的。

大丈夫当有所为也。这些年来,之所以不断流亡,保存此身,就是想有所为也。

否则,死则死耳,何惜此身?

然而,形势的变化,本不欲如所料想那般,竟真的如所料想那般发生了。那孙可望,果然是狼子野心,想把持朝政,甚至不惜与李定国开战。更没料想到的是郑成功与李定国两次相约、两次爽约,终使李定国功败垂成。

这些流贼、海贼出身的,果然是靠不住啊。这使得王夫之不由自主地这样想道。

也许,李定国将军是真心为国。然而,独木难支,独木难支啊,更不用说,孙可望还似毒蛇一般,时不时地就会扑上来咬上一口。

"楚虽三户,亡秦必楚。"然而,"三户复何人,长歌扫暴秦?""苍烟飞不起。花落随流水。"只不过对于王夫之来说,终究是"石烂海还枯。孤心一点孤"而已。

"三叔。"王敉见书案之上墨汁淋漓,又见王夫之一脸的凄凉与狰狞模样,便小心地叫了一声。

"唔。"王夫之答应了一声。王敉还只是个孩子,一张将要成熟的脸,终究还带着七分稚嫩。二兄去世之后,这些年来,即使是在流亡的时候,王敉也跟在王夫之的身边。

"爹爹。"十岁的王攽忽地也蹑手蹑脚地进来。

看见幼小的儿子,脸色是那么黝黑与瘦削,王夫之不由得一阵心疼。

儿子是陶夫人所出,而陶夫人已在隆武二年,也就是顺治三年

（1646）的时候去世了。陶夫人去世的时候，儿子才三岁。

"来，攽儿，爹爹抱抱。"王夫之蹲下身来，对王攽说道。

王敉站在一旁，有些羡慕地瞧着他们父子俩，却没有再作声。

王攽轻轻咬着小手，仿佛不知道王夫之在说些什么。"爹爹，"王攽道，"娘说，没米了。"

王夫之伸出去的手一顿，心往下一沉。

陶夫人去世之后，永历四年（1650）春，王夫之续娶襄阳郑仪珂之女郑氏。王夫之知道，夫人不敢直接对他说，所以，才让王攽来告诉他，家里就要断炊了。想到此节，王夫之不由得一阵内疚。他想起，与郑夫人成亲不久，便是一路逃亡，逃到永福的时候，曾断食四天。好不容易在续梦庵安居了两年，结果还是要一路逃亡。

或许，这乱世，就是如此。

好在，还活着。

生在这乱世，真不知什么时候就会死去。

人命如草芥，原就是乱世。

更何况，王夫之始终不肯剃发，始终不肯承认这已经占据整个湖南的清廷。

王攽两眼亮亮的，瞧着父亲。

王夫之叹了口气，道："你去跟你娘说，我知道了。"

"爹爹……"王攽的肚子就响了一下。

这使得王夫之越发难受。

"去吧。"王夫之说。

待王攽出去，王夫之又叹了口气，对王敉轻声道："是不是他们又来了？"

王敉点头道："是的，三叔。"说着，王敉眼巴巴地瞧着王夫之，等待王夫之的回音。

其实，前些日子那些人已经来过，只不过被王夫之拒绝了。

因为那些人的脑后，梳着辫子。

鞑子那样的辫子。

对于这样的剃发留辫，王夫之或许能够理解，只是，他无法接受。

王夫之宁变作瑶人的装扮，也不肯剃去头发，梳成那样丑陋的辫子。

王夫之沉吟不语。

那些人，是常宁文士的代表，是来请王夫之去讲学的。

王夫之先父武夷先生王朝聘毕生治学，研究《春秋》，在湖南声名广播。据闻，老先生生前已将毕生所学传于三子王夫之。如今，王夫之流亡到常宁，对于常宁文士来说，岂非就是一个机会？

新朝，也是需要文士来治理天下的。这样的道理，无论是湖南还是其他什么地方，都会很明白。或者说，这将来的天下，明也罢，清也罢，都离不开文士。

事实上，鞑子入关不久，就已经开科取士。顺治三年（1646），山东人傅以渐成为鞑子的第一位状元。

对于一些文士来说，功名与做官才是最重要的，至于是大明的官还是大清的官，很重要么？

王敉的肚子忽地也发出一阵咕噜噜的轻响。连续的野菜稀粥，任谁也受不了，更不用说孩子。

王夫之长叹一声，道："请他们进来吧。"

人世间，总有一些事，你不想做也得去做。

王夫之想，即使自己能够忍饥挨饿，夫人、孩子怎么办？还有王敉……

大哥王介之，在衡阳隐居不仕，也须授徒，才能谋得生存。

江南忆，钟阜杳霏微。佛子献来金堵宇，功臣长侍玉罘罳。缭绕五云飞。

江南忆，锦带绕秦淮。万古中原龙虎气，百年冠盖凤凰台。天阙一双开。

江南忆，牛斗剑光横。跳壁将军飞似蝶，换桥万户语如莺。虹卷海天清。

江南忆，霞采映江波。吟社春翻红雪谱，讲坛月满碧云阿。锦瑟奏清和。

江南忆，渺渺似云中。五色秣陵芝作盖，三山北固海吞虹。今古几英雄。

——王夫之《望江南·本意五首》

王夫之忽然就想起江南来。

自然，他想起的，不是江南的风光，而是大明朝开国之初的那些英雄豪杰。

大明朝开国之初，定都南京。

"万古中原龙虎气，百年冠盖凤凰台。""五色秣陵芝作盖，三山北固海吞虹。今古几英雄。"

终则是一声长叹。

恍惚中，他仿佛又听见当日与金堡论词之时，金堡的吟唱——

"千古江山，英雄无觅，孙仲谋处……"

五

昨夜喧雷雨，一枕血潮奔。千红万紫撩乱，浪唤作芳春。大抵白蜺婴茀，更有玉蟾偷药，蓦尔弄精魂。宝剑在侬手，闪霍动乾坤。

尽今生，梨花雨，打黄昏。历历悄悄，山寺钟声曙色分。待我铁眉刷翠，罩下金睛点漆，弹指转晶轮。十里杏花发，人道是祥云。

——王夫之《水调歌头·惊梦》

梦中猛然惊醒，王夫之一身冷汗，身体之中，那热血，却还像是在奔腾一般。这些年来，心头耿耿热血，始终都在，即使是在隐姓埋名于常宁讲学的时候。

面对着台下的文士，王夫之滔滔不绝，讲述着《周易》，讲述着《春秋》……

"孔子著春秋，而乱臣贼子惧。"王夫之几乎是咬着牙，将这几乎是每个人都熟识的话，讲了一遍又一遍。

王夫之依旧没有剃发。

即使，那些坐在台下听他讲学的，是一条又一条的辫子。

那些油亮亮的辫子，直晃得王夫之一阵阵地刺眼。

稻粱谋。王夫之这样安慰自己道。也许，这是自欺欺人吧。然而，在这样的乱世，总得活下去，总得睁着眼看看，这世道，将会变成怎样的一副模样。

"宝剑在侬手，闪霍动乾坤。"昨夜的雷雨，仿佛还在耳边回响。那惊雷声中的闪电，从天空不断地劈下，仿佛要劈开这一个污浊的世界似的。

王夫之翻身坐起，往窗外看时，雨早已停了。远处，是点点杏花，在雨后的清晨，发出湿润的光芒。

这大清时的杏花，与大明时的杏花，似乎也没有什么不同。

王夫之默默地坐着，很想去想一些事情，结果却是什么也不敢想。

老了。他苦笑道。其实，他才三十五岁而已。不过，昔日欧阳修不也是三十余便自称醉翁？

也许，老的不是人，而是心。

李定国将军还会率军打回湖南么？无论如何，永历帝总不能偏安于贵州、云南那样的地方吧？偏安于那样的地方，大约时刻想着的，不是收复中原，而是不断逃亡。

王夫之面色阴沉，心中总有几分隐隐的痛。

红尘如此，茫茫沧海，吾将谁与言归。蜃雾腾虹，龙珠炫紫，波光天外霏微。宝日涌初晖。经烟霾万里，云锁千围。依然不改，晶轮激火夹天飞。

吹箫人鼓余威。将吴宫旧怨，血洒灵衣。怒遣天吴，滥驱海若，长风奋驾支祈。淫姣责江妃。将平沙尽洗，仙草滋肥。瞩目轩然一笑，人在钓鱼矶。

——王夫之《望海潮·本意》

趁着晨光，王夫之方才将两词写下，还未来得及推敲，忽就听得有人急急地赶来，不断地敲门。王夫之微微皱眉，便想去开门。

“相公……”年轻的郑夫人迷迷糊糊地叫了一声。

王夫之轻声道：“你睡，我去看一下。”

打开院门，露出一张慌里慌张的脸。

“先生，”那是听王夫之讲学的一个学生，“快走，快走。”

王夫之奇道：“怎么了？别急，慢慢说。”

“快走，再不走，就来不及了，”那学生急切地道，“官军来捉拿先生，很快就要到了。”

“官军？”王夫之愣了一下。

“是鞑子兵，”那学生急道，“学生一听到消息，就赶过来告诉先生了。学生的父亲正和鞑子兵说着话，也不知能拖多久，先生还是赶紧走吧。学生走了。”说着，那学生就急急地离去，想来也生怕被人看见，惹祸上身。

王夫之知道，他必须再次逃亡了。

除非，他肯剃发，肯投降清廷。

永历九年，顺治十二年（1655），王夫之流亡至兴宁，寓荒山僧寺，为学者讲授《春秋》。八月，完成《老子衍》。

六

转眼已是永历十六年，也就是康熙元年（1662）。时间真的过得很快，不知不觉间，人就已经老了。头发渐渐稀疏，牙齿渐渐松动，眼睛也渐渐昏花。王夫之叹息一声，面对镜中已然苍老的容颜，忽的就有了沧桑的感觉。

大明朝，完了。即使他不愿意承认，也已知道，这是真的。

无论是谁，都已无力回天。

李定国不能。

郑成功同样不能。

去年，郑夫人去世，王夫之心中一下子变得空空落落，总是想起从前的事来。

楚塞天遥，漓江雨冷，烟云湿透征衣。指数峰残雪，候雁先归。堪叹生生死死，今生事莫遣心违。家山里，一枝栖稳，碧草春肥。

依依。旧家枝叶，梦不到岘山，风雪霏微。念镜中霜鬓，人老渔矶。指点棠梨春雨，犹应化白蝶双飞。孤飞也，寒烟羃历，灯火荆扉。

——王夫之《凤凰台上忆吹箫·忆旧》

微霜碾玉，记日射檐光，小窗初透。夜寒深否。问素罗新裁，熨须铜斗。闲揽书帷，笑指砚冰，靥皱香篝。有黄熟篆消，芳膏结钮。

自惹闲愁后。对莲岳云压，苔潭珠溅，炉烟孤瘦。叹渺渺京华，不堪回首。碧海人归，雄剑谁怜孤吼。空凝望，绕湘流、暮云荒岫。

——王夫之《扫地花·忆旧》

有人说,当一个人总是想起从前的时候,便说明这个人真的是老了。也许,老的不是身体,而是心。

人的心,总是比身体更容易老去。

王夫之默默地回想起这些年来的一点一滴。十余年来,颠沛流离,提心吊胆,几乎就不曾有一天的安稳。"我对不起你啊。"王夫之长叹一声。他想,如果他不是那么倔,而是像天下绝大多数的读书人那样,剃发留辫,投靠清廷,或许,妻子就不会这么早去世了。

有一个安定的生活,人总能活得快乐些,活得长久些。

然而,对于王夫之来说,那是比死还要艰难的事。

不错,王夫之是想活着,而且,还想一直活下去,但他决不会以投降鞑子来换取这一切。

决不!

王夫之的神情有些狰狞。

去年,鞑子皇帝驾崩,小皇帝即位。据闻,朝政俱把持在几个权臣之手,尤其是一个叫鳌拜的鞑子。

幼主,权臣。

对于大明来说,或许是一个很好的机会。

然而,对于偏安已久的永历小朝廷来说,那真的是一个机会么?

老实说,对永历小朝廷,王夫之早已失望。

永历帝不是明主。王夫之早就看出这一点。孙可望已经降清。各路军阀各自为战。李定国即使忠心耿耿,也早已无力回天。

天下大势,已不可为。

永历小朝廷岌岌可危。

王夫之遥望南天,也唯有长长叹息而已。

"三叔。"王敉悄悄地进来,喊了一声。前些日子,王夫之让王敉出去打探消息,也不知打探得怎样了。

王攽业已长大,只不过终究还是个十八九岁的孩子;王敔还小,六七岁。

王夫之见王敉进来,急急地问道:"怎样?"

王敉自然知道他三叔想知道些什么。这些年来,王夫之居住在湘西金兰乡高节里败叶庐，几乎是与世隔绝，对于外面的消息，除了朋友的书信，便是让家人出去打探一二。

王夫之终不肯剃发，出门便很是不便。

若落入鞑子之手，即使能够保住性命，剃发留辫，却是肯定的事。

王夫之哪里敢冒这样的险？

王敉迟疑一下，道："打探到了，只不过，不知道是真是假。"

王夫之兴致勃勃，笑道："无妨，你且说说。"他忽然想起那一年，李定国率大军攻入湖广的事来。如今，鞑子朝廷正是幼主权臣，李定国将军会不会趁机收复中原？

其实，对于早已失望的王夫之来说，这是一个渺茫的希望，就像水月镜花一般。然而，万一是真的呢？

很多时候，人也会希望自己的某些想法是错的。

对于很多人来说，很多时候，对与错，真的不重要。

重要的是希望。

王敉身量不高，但人长得很是精干。只不过，瘦削一如从前，只两个眼睛，显得很是猾黠。据说，湖南人原就是这样的。只不过湖南人不以为这是猾黠，而是聪明。

王敉叹息一声，低声道："陛下……陛下已经崩了。"一路上，他便想着如何将这个消息告诉王夫之，最后，他心想，还是直接说了吧。这原就不应隐瞒，也不必隐瞒。

或许，这能叫三叔死了心。王敉也曾这样想道。对于王敉来说，大明也罢，大清也罢，其实，真的没什么两样。大明朝，大清朝，老百姓还不是一样要温顺地活着？

如果不再打仗，能够好好儿地活下去，即便是大清朝，那又何妨？更不用说，活在大清朝，未必就比活在大明朝要差。至少，大清朝还没有出现像严嵩、魏忠贤那样的奸贼吧？还有像天启皇帝那样的昏君。

这些话，王敉无论如何不敢对他的三叔讲。自然，他也不会明白，在王夫之心中的，其实不是大明的朝廷，而是大明的天下，是汉家衣冠与文化。

王夫之的脸色一下子变得铁青，问道："怎么死的？"一时间，他仿佛忘记，皇帝的死亡，应该叫作崩，或者驾崩。

王敉低声道："陛下逃到缅甸，被缅王出卖，交到了吴三桂手中。吴三桂将陛下押回昆明,四月份的时候,在昆明一个叫篦子坡的地方,绞死了陛下。听说,是吴三桂亲手绞死了陛下,用弓弦……"

"奸贼!"王夫之怒不可遏。半晌,低声道:"其他人呢? 有人逃出来了么?"

王敉轻轻摇头,道:"与陛下一起殉国的,有二十多个人,都是陛下的身边人。"

王夫之自然明白,这一同殉国的,应该是永历帝的嫔妃与儿女。

"消息是真是假?"王夫之有些不死心地问王敉。

王敉叹道:"那人说,是在邸报上看到的……"

王夫之默然半晌,长叹一声。

他知道,这个消息,不可能是假的了。

王敉迟疑一下,又道:"还有,听说,李定国将军也死了……"

"什么?"王夫之惊道。

他可知道,李定国将军的年纪跟他也差不多。

王敉叹道:"李定国将军听说陛下的噩耗之后,便病了……"

王夫之将头微微抬起。王敉隐约看见,他的眼中,仿佛有泪。"赠君一法决狐疑,不用钻龟与祝蓍。试玉要烧三日满,辨材须待七年期。周公恐惧流言日,王莽谦恭未篡时。向使当初身便死,一生真伪复谁知?"王夫之喃喃自语着,眼中有泪缓缓滚落,也不知是因为永历帝,还是李定国,又或者是为他自己。

王夫之想起那一年李定国派人来请他出山的事。

假如,当年王夫之没有犹豫,而是出山去辅佐李定国,那么,现在又当是怎样的一种情景?

只可惜,天下事,终究没有假如。

长平十万人,一夜秦坑杀。鱼死浊流中,不祭乘时獭。
死坑未是愁,唯有生坑恶。智井埋蟾蜍,欲跳只三脚。

沙中奋一椎,飞影不知处。知非赌命场,不下千金注。
蒲山电眼儿,约略知其趣。豪气未能降,长揖关朗去。

千秋铜雀台,肠断西陵妓。谁念故园空,豆蔻含胎死。
清漳自东流,粉黛愁难洗。分得余香归,骄杀邯郸子。

青衣抱玉觞,独向苍天哭。天有无情时,历乱双鹅扑。
杜鹃啼不休,商陆子难熟。流泪一千年,血迹西台续。

阿姨骂不嗔,为怕鹦哥骂。猫儿杀鹦哥,才卜归魂卦。
堂堂灵隐僧,桂子香清夜。五字万年碑,竟是谁天下。

龙凤是何年,人间瞒不得。空谷无人行,且喜似人迹。
可怜松雪翁,不惜天水碧。马腹君自投,芳草嘶南陌。

——王夫之《生查子·咏史》

瑞霭金台,琼枝光射龙楼雪。群仙笑指九阁开,朱凤翔丹穴。
云暗雁风高揭。向海屋、重标珠阙。文鹓飞舞,日暖霜轻,小春佳节。
迢递谁知,碧鸡影里催啼骏。骖鸾不得玉京游,难挽瑶池辙。
黄竹歌声悲咽。望翠霭、双鸳翼折。金茎露冷,几处啼乌,桥山夜月。

——王夫之《烛影摇红·十月十九日》

锦国春从恨里裁,云安涪万浅深开。山头万片留芳影,枝上三更结怨胎。

红泪滴,血函埋。他时化碧有余哀。伤心臣甫低头拜,为傍冬青一树栽。

——王夫之《鹧鸪天·杜鹃花》

离亭人散,折不了、柳丝垂绿。尽桃花、飞尽故枝,缘终难续。
雁影更沉湘岸月,鹍弦谁奏燕台筑。只空山,剩得老青蓑,掘黄独。
汗青照,文山福。紫芝采,商山禄。但荒草侵阶,修藤覆屋。
井底血函空郑重,知音谁与挑灯读。问杜鹃,何日血啼干,商陆熟。

——王夫之《满江红·写怨》

四月十五日,永历帝忌辰。
王夫之知道,大明朝是真的亡了。
"只空山,剩得老青蓑,掘黄独。"

七

康熙十二年(1673),吴三桂起兵,三藩之乱爆发。

康熙十三年（1674），正月，吴三桂兵至衡州，王夫之避至湘乡。

康熙十七年（1678），三月，吴三桂称帝衡州。

这一年，王夫之已经六十岁了。

这些年来，王夫之一心著述与讲学，仿佛已经忘怀身外的一切。惟不变者，是他的衣冠。

他终不肯剃发。

王敔也三十多岁了，早已娶妻，娶的是衡阳刘近鲁之女。其前，康熙七年（1669），王夫之也又续娶张氏为妻。刘家在小云山下，家有藏书楼，藏书数千卷。王夫之经常到刘家去读书。

"父亲，"王敔进来对老父说道，"吴将军又派人来了。"

"吴将军？什么吴将军？"王夫之冷笑一声，"那奸贼，却是谁家的将军？"

王敔只好苦笑，低声嘀咕道："终究是汉人……"其实，吴三桂攻入湖南之后，便有人道，平西王称帝的话，这天下，终究还是汉家的天下。只要是汉家天下，姓朱姓吴，又有什么关系呢？

当日，吴三桂亲手绞死永历帝的事，很多人已经有意无意地忘记了。随着时间的流逝，人们总是会忘记很多东西，哪怕曾经是那样的刻骨铭心。

王夫之愣了一下，怒道："小畜牲，你说什么？"

王敔见老父大怒，忙就赔笑道："没，没说什么……"心里纵有嘀咕，到底不敢再说什么了。老父自有老父的坚持，做儿子的，无论如何，总不能、也不应去改变老父的坚持。

吴三桂在衡州称帝之前，便派人来求王夫之的劝进表，被王夫之一口拒绝。如今，已经称帝，却还是派人来，大约是想请王夫之出山了。

王夫之著书讲学，这些年来，声名越来越大。对于早已声名狼藉的吴三桂来说，王夫之便似一剂救命的药，一旦能够出山，吴三桂的声名也将会有所改变。当日，董卓还知道重用蔡邕，他吴三桂自然知道重用王夫之的重要性。

只要王夫之肯出山，吴三桂就能获得湖南人的心，尤其是湖南读书人的心。

王夫之恶狠狠地瞪着儿子，恨不得要将他吞下去。

王敔只好赔笑。

王夫之冷冷道："收拾一下，老夫这就走。"

"父亲……"王敔惊道。

王夫之瞪了他一眼，道："惹不起，老夫还躲不起么？"

王敔瞧着白发苍苍的老父，心中却不由自主地松了口气。

"父亲想躲……到哪儿去？"王敔关心地问道。

王夫之淡淡地道："续梦庵。"

续梦庵在记忆之中已经沉睡几十年了。

吴三桂占据湖广，已经称帝，王夫之自然明白，不能与他硬碰。更何况，吴三桂与鞑子正在交战。对于王夫之来说，这就像是狗咬狗一般。这样的狗咬狗，又何必去管他？

那么，就只有逃了。王夫之想。眼不见，心不烦。吴贼与鞑子，谁输谁赢，都与老夫不相干。

王夫之这样想着，不由得冷笑连连。

残梦当年欲续，草庵一枕偷闲。无端幻处苦邯郸。禁杀骑驴腐汉。
几度刀兵胃血，十年孤寡心酸。潭龙鼽睡太痴顽。欲续衰年已懒。

——王夫之《西江月·重过续梦庵》

康熙十七年（1678），秋，吴三桂在衡州病逝。

康熙十八年（1679），九月，清军攻克衡州，旋克复湖南、广西。

康熙十九年（1680），清军下四川、贵州，并进兵云南。

康熙二十年（1681），春，师围昆明。十月，昆明城内粮尽援绝，吴世璠自杀，余部投降。

至此，三藩之乱被清廷平定。

八

泪冷金人，渭城远、酸风痛哭。君莫笑，痴狂不醒，口如布谷。
堕地分明成茛兑，通身浑是乾坤肉。耿双眸、黑白不模糊，分棋局。

千钟粟，谁家粟。黄金屋，谁家屋。任锦心绣口，难忘题目。
为问鹤归华表后，何人更唱还乡曲。把甲辰、尧纪到如今，从头读。

——王夫之《满江红·直述》

时间已是康熙三十一年（1692），正月初二，王夫之的生命已经走到尽头。

"把甲辰、尧纪到如今，从头读。"王夫之微笑着，在心头默念。吾国甲子纪年以帝尧甲辰元年始。王夫之混浊的双眼之中，闪烁着小小的狡狯的光芒。

王夫之早就将自己的墓志铭撰写好，"抱刘越石之孤愤，而命无从致；希张横渠之正学，而力不能企。幸全归于兹丘，固衔恤以永世。"跋款为"己巳九月朔书授攽"。铭款则署"戊申纪元后三百几十有几年某月某日"。戊申，洪武元年。

王夫之终不肯奉清。

"父亲。"王攽屈身在床前，低低地道，"您还有什么话说？"

王夫之轻轻摇头，将眼轻轻闭上。过了会儿，又睁开眼来，低低地道："君知否，雁字云沉，难写伤心句……"低低念罢，一声长叹，溘然而逝。

流水平桥，一声杜宇，早怕洛阳春暮。杨柳梧桐，旧梦了无寻处。拼午醉、日转花梢；甚夜阑、风吹芳树。到更残、月落西峰，泠然蝴蝶忘归路。

关心一丝别挂，欲挽银河水，仙槎遥渡。万里闲愁，长怨迷离烟雾。任老眼、月窟幽寻，更无人、花前低诉。君知否，雁字云沉，难写伤心句。

——王夫之《绮罗香·读〈邵康节遗事〉："属纩之际，闻户外人语，惊问所语云何？ 且云：'我道复了幽州。'声息如丝，俄顷逝矣！"有感而作》

许多年以后，当人们阅读船山著作、演绎船山思想的时候，却要知道，王夫之真正留给后人的，其实不是这些。

王夫之真正留给后人的，其实是他不屈的灵魂。

王夫之至死没有剃发。

王夫之去世的那年，已是康熙三十一年（1692）。

正是"康乾盛世"的康熙年。

澹归和尚

叹人间、支新收故，尽飞尘、赴海不能填

卜算子

僧是几时来，人自从何去。
拨尽寒灰雁一声，拈也无情绪。

有月照娑婆，有日焚如炬。
绾却丹霞数点尘，听惯萧萧雨。

李旭东

算军持、频挂到于今，已是十三年。便龙钟如许，过头拄杖，缓步难前。若个唤春归去，高柳足啼鹃。有得相留恋，也合翛然。

况复吟笺寄兴，似风吹萍聚，欲碎仍圆。只使君青鬓，霜雪又勾连。叹人间、支新收故，尽飞尘、赴海不能填。重相惜，后来还得，几度相怜。

——澹归和尚《八声甘州·卧病初起，将还丹霞调别孝山》

已经十三年了。

一眨眼的工夫，十三年的时间，流水一般逝去。

大清，也已经到了康熙二年（1663）。

去年，永历帝被吴三桂亲手用弓弦绞死在昆明。

夕阳之下，澹归拄着竹杖，腰间挂着军持，一张消瘦而略带苍白的脸，依旧留着几分病容。只不过，他的精神似乎还很好。

远处，是声声啼鹃。

"大和尚，"陆世楷笑道，"不待身子好些再回去么？"

澹归淡淡地道："不了。"

陆世楷笑道："没人去抢你的丹霞寺。"

澹归也笑了起来。

他自然明白，他这位结交不久的好友是在与他玩笑。事实上，澹归开建丹霞，陆世楷助力极多。

澹归也笑了起来，悠悠道："阿弥陀佛，若孝山兄肯出家的话，贫僧便将丹霞拱手相让又如何？"

陆世楷哈哈大笑："大和尚，待忙过这一阵，我去找你。"

澹归道："莫忘了布施，施主。"

说罢，也是哈哈一笑，转过身来，一人一杖，飘然远去。夕阳拉长了他的影子，使得他的背影看起来分外瘦削。

没人知道，这如此瘦削的身影，曾经拥有怎样的倔强。

望着澹归的背影，陆世楷忽地苦笑一下，心道：这大和尚，还是有些不甘心啊。"叹人间、支新收故，尽飞尘、赴海不能填。"人世无奈，或许，也正在于此吧。转念又一想，却道：苟非如此，他又如何会出家？若肯降我大清，只怕在朝堂之上也会有一席之地。这些年来，前明官员降清者，大多受到重用。不过，大和尚似也是不肯为前明殉死者。

很有意思的一个和尚。想到此际，陆世楷不觉又是一笑。

陆世楷，字英一，又字孝山。浙江平湖人。时任清廷南雄知府。

二

弘光元年，顺治二年（1645），清军直下杭州。其时，金堡因得罪上司刘泽清，去职还乡，正闲居在杭州。

笑为东风恼。闲花开便扫。暂时偷眼即成欢，好好好。弄影晴恋，弄沙碧浪，粘天芳草。

梅子青犹小。莺哥黄渐老。对人无语只摇头，早早早。透树孤灯，漏香疏磬，穿云归鸟。

——金堡《醉春风·惜春》

金堡写得很是快活。

写诗填词，原本就是很快活的事。

至于天下大事，又与他这个闲居在家的人何干？

即便清兵渡江打过来，他也只是一个闲人而已。鞑子兵大约也不会闲得来找他这个闲人的麻烦。

"来，喝酒。"金堡笑嘻嘻道。他醉眼模糊，根本就看不清那与他喝酒的到底有些什么人。

记得杭州逢立夏。蚕豆樱桃，风味新相亚。雪酒才空连座骂。热心不许随冰化。

且喜此时无此话。镇日长眠，注个长年罢。却有一枝鬼见怕。弹丸八面刀无靶。立夏时，就枕即病疰夏，予于病中时时高卧矣。

——金堡《蝶恋花·立夏》

当一阕阕新词趁着酒兴在笔下流转的时候，人世间还有比这更快活的事么？

"卫公，"与一脸悠闲的金堡相比，姚志卓是一脸的忧愤，"帮我。"姚志卓没有废话，一见面，便开门见山。他也没有时间再说什么废话。清兵已经攻克杭州，直待占据全城。作为都督同知的姚志卓在城破的时候，没有逃离杭州，而是率领残兵，找到这赋闲在家的同乡兼好友。

他知道，他这同乡兼好友一向任侠仗义，如果肯振臂一呼的话，未必云集响应，却肯定能聚起一班子人来。这些如果放在汉唐可称之为游侠的人，一旦揭竿而起，即使不能将鞑子赶出杭州，至少也要让鞑子明白，我杭州多的是铁血男儿。

"十四万人齐解甲，更无一个是男儿。"那是男儿的耻辱。无论杭州，还是蜀州，都一样。

我大明，有的是好男儿。

金堡醉眼睥睨，道："我为什么要帮你？"

姚志卓应声道："因为你曾食朝廷俸禄……"

金堡大笑："姚兄，小弟如今却是江湖闲人一个，不食朝廷俸禄已经很久了。"

姚志卓道："但你依旧是大明的人！"

金堡冷笑道："这大明朝，亡了就亡了罢，又打什么要紧？从万历以来，这朝堂之上，俱是奸臣当道，权监横行。远的不说，单说天启、崇祯两朝，就出了多少奸贼？且不论这些奸贼，天启昏庸，崇祯刚愎，姚兄，你不要说你不知道。嘿嘿，这样的皇帝，这大明朝不亡都没有天理了！"

金堡眯着两眼，目光如剑一般，直刺向姚志卓。

姚志卓脸色不变，徐徐道："不错，我大明朝的皇帝未必是好皇帝，但我大明朝的男儿，却须是好男儿！"

金堡依旧眯着两眼，瞧着姚志卓，嘴角微微地翘着，仿佛傲视这人世间的一切似的。

"我大明朝的好男儿，总不能让鞑子给看轻了！"姚志卓一字一字地说道，"卫公，我要你帮我，不是为这日薄西山的大明朝，而是要让鞑子们知道，更要让后人们知道，我大明，有的是不怕死的好男儿！"

金堡哈哈大笑。

"我听说，鞑子兵已经入城。"笑罢，金堡大声说道。

"不错。"姚志卓道。

"多少人马？"

"成千上万，无边无际，而且都是悍不畏死，骁勇善战。"

"姚兄你还有多少残兵？"

"不足一百。"

"还有谁能助你？"

"参将方元章、钱塘人张起芬。"

"我若助你，能有几分胜算？"

"没有胜算！"姚志卓双目炯炯，瞧着金堡。他知道，金堡即便振臂一呼，所能纠集起来的，也就数百人。再加上方元章、张起芬，能有一千人马，差不多已算是顶天。这千余人马想与气势汹汹而来的鞑子兵大战，又哪里能有什么胜算？

"不过，"姚志卓道，"我们人马虽小，却能牵制鞑子兵，让江东诸营有所为。"或许，这才是姚志卓想起兵的真正目的。也就是说，即使起兵，他们也将或是死士。以他们的死战，或许能换取江东诸营的胜利。

这很悲壮。

但这样悲壮的事，总得有人去做。

金堡冷笑道："那些军阀，靠不住。"

姚志卓淡淡地道："我知道。"

"那么，你还要去做？"

"大丈夫有所为，有所不为也。"

"好一个大丈夫有所为，有所不为，当浮一大白！"

"卫公，你到底帮不帮我？"

"帮！为什么不帮？"金堡哈哈大笑，"大丈夫死则死耳，总得让那些鞑子知道，我汉家多的是不怕死的好男儿！"

说着话，举起身前的酒杯，一饮而尽。

三

火云洗露，金气横空，银河满注横流。此夕争传，天孙暂诣牵牛。新欢未消旧恨，又一年、新恨重收。忙不了，是拈针，暗祷女伴登楼。

谁信蜘蛛狡狯，将寸丝、送喜赚转眉头。有巧能分，何如自解离愁。西风为怜尘梦,倩梧桐、片叶惊秋。才凝望、钓相思抛下玉钩。

——金堡《声声慢·七夕》

趁清兵立足未稳,义军攻破余杭。其时,正是七夕。

姚志卓来找金堡,见金堡摇头晃脑地吟哦着,不觉一阵来气。

"卫公,"姚志卓忍着气,问道,"刚写的?"

"猜。"金堡翻了翻眼。

"……才凝望、钓相思抛下玉钩。"姚志卓苦笑道,"卫公啊,这都什么时候了,你还有这样的闲情逸致?"

金堡又将眼睛翻了翻,道:"姚兄啊,不闲情逸致,鞑子兵就退了? 就不再来了?"无论是金堡还是姚志卓,自然都很明白,鞑子很快就会卷土重来。他们打得下余杭,却绝对守不住余杭。

他们手上的这区区兵力,便似星夜的荧光,看起来还算是有光,其实,与那漫天星光比起来,真的是什么也算不上。

姚志卓默然无语。

他自然也明白金堡说的是实话。

"卫公,"姚志卓正色道,"我来找你,是想告诉你,弘光皇帝已经落入鞑子之手了,听说,鞑子的亲王多铎还设宴为皇帝洗尘……"

金堡笑道:"我们的这位陛下,只怕要做阿斗状了吧? 只可惜,多铎却不可能是司马昭。"说是这样说着,心头到底有些怏怏,更有些鄙视,不觉又低低叹息一声。

崇祯皇帝能够以身殉国,这位弘光皇帝却不能。但谁都知道,皇帝陛下一旦落入鞑子之手,又哪有活命的可能? 那些降清之贼,可以活命,可以继续做鞑子的官,皇帝却只有死路一条。

因为天下还没有平定,鞑子决不可能给皇帝留一条命的。

实在是一个蠢人。金堡心中不由自主地这样恶狠狠地想道。不过,若非他如此昏庸,弘光朝廷也不至于如此糜烂。

即使清兵打到长江,朝廷终还有一战之力。

君昏,臣奸,这就是弘光朝廷。

姚志卓自然明白金堡的意思,也只好苦笑一声。敌军压境,这位陛下首先想到的便是逃跑,也着实令人齿冷;至于他在南京的种种劣迹,倒是次要的了。唉,这朱家子孙,实在是连阿斗都不如的。金堡的话虽说难听了一些，却是事实。

姚志卓叹道："鞑子攻破杭州之后，潞王也降了。"他没说的是，若非潞王朱常淓急急献城，杭州未必就这么快陷落。只可惜，朱家亲王即便降了，鞑子也绝不会让他们活着。

"呵呵。"金堡冷笑两声。

"不过，唐王殿下不同。"姚志卓再次正色说道，"唐王殿下已在衢州誓师，立誓要收复中原。"唐王朱聿键，这样的誓师，便是表示愿意接受监国一职。更重要的是，国不可一日无主，唐王殿下登基也是早晚的事。

金堡笑道："姚兄，你看好唐王？"

姚志卓呆了呆，道："我看好黄道周先生。"心中却不免有些苦涩。这些年来，那些号称大义而临阵脱节的，又何止一两人？即便是朱家亲王，也没有例外。老实说，那些朱家亲王，或许是可怜之人，却必然有可恨之处。

这天下，当鞑子打来的时候，任何人都可能活下去，——除了朱家的亲王。

金堡大笑。

"姚兄，"金堡道，"你是想让我去见那位唐王殿下？"

姚志卓点点头，道："是。"

金堡瞧着姚志卓坚毅而又有些黯淡的脸，不由得心生感动。余杭被鞑子攻破是早晚的事。这时候让金堡去见唐王，其实，是要金堡活下去啊。

金堡默然无语，只是瞧着姚志卓，忽然就有一种想流泪的感觉。

姚志卓淡淡地道："愚兄是想让卫公去向唐王殿下给我们请功呢。"

"请功？"金堡愣了一下。

姚志卓悠悠道："我们打下余杭，岂非战功？攻城之功，当封妻荫子，便是万户侯，何足道哉！"姚志卓这样说着，便又笑了起来。

"姚兄……"金堡很想说些什么，一下子却又不知从何说起。对大明，他实在没什么好感。不错，他是决不肯降了鞑子，可要殉这大明，他总觉着不值。昔日，孟子云："君之视臣如手足，则臣视君如腹心；君之视臣如犬马，则臣视君如国人；君之视臣如土芥，则臣视君如寇仇。"金堡可绝不是什么迂腐之人。

姚志卓一摆手，道："我与方兄、张兄商议过，这件事，还得卫公你去做。卫公,当此山河破碎之际,死易生难啊。我们几个就做这容易的事,这艰难之事,便拜托卫公了。"微微一笑,又道:"人有名利之心,这'利'字嘛,倒也罢了,愚兄却勘不破这'名'字。他日,我等之所为,还有赖卫公传扬。卫公,你收拾一下,我这就派人送你出城,去见唐王殿下。"说罢,便直起身来,头也不回地去了。

有意回天,到此际、天难作主。凭天去、补天何用,射天还许。那得官家堪倚仗,从来信义无俦侣。看绣旗、当日刺精忠,今投杼。

航海恨,君自取。奉表辱,君自与。便风波沉痛,不须重举。遗庙尚能余俎豆,故宫早已空禾黍。是男儿、死只可怜人,谁怜汝。

夏侯桥、沈润卿掘地,得宋高宗赐岳飞手敕石刻,乞诸名士题咏,惟石田、衡山、弇州三词甚著。

——金堡《满江红·和沈石田诸公题宋高宗赐岳飞手敕》

顺治二年(1645),闰六月丁亥(初七),唐王朱聿键至福州,以南安伯府为行宫。二十天后,正式称帝,改元隆武。金堡赶到福州时,唐王已经成为隆武皇帝。金堡上书,表奏姚志卓等人战功,隆武皇帝封姚志卓为任武伯。

隆武帝授金堡兵科给事中,金堡坚辞不受。金堡赴闽之时,老母在家中去世。"要为母服丧。"金堡说道。

告别福州,金堡匆匆赶回余杭之时,余杭已经陷落。方元章战死。

金堡隐姓埋名,回到家中。这期间,他也曾想过去找姚志卓,但很快就有消息传来,姚志卓兵败遁入处州山中,其兄志元被杀。

顺治三年(1646),清军攻入福建,隆武帝于汀州被掳,绝食而亡。

同年,弘光帝、潞王等在北京被杀。

同年,桂王朱由榔在肇庆称帝,改年号永历。

顺治五年(1648),金堡赴广西投奔永历帝,任礼科给事中。

姚志卓、张起芬生死不明,但活着的人,总得去做些事。

金堡的耳边,时不时地就回响起姚志卓的话来:"我大明,有的是不怕死的好男儿。"

四

时朝政决于成栋子元胤,都御史袁彭年,少詹事刘湘客,给事中丁时魁、金堡、蒙正发五人附之,揽权植党,人目为五虎。

——《明史·严起桓传》

金堡记得,与李元胤的第一次见面,不是很愉快。

金堡投奔永历帝,被授礼科给事中。而李元胤随其养父李成栋反正归明,被授锦衣卫指挥使,李成栋更是被封惠国公。

"若要官,杀人放火受招安。"金堡两眼睥睨,根本就没有将这新任的锦衣卫指挥使放在心上。李成栋原是流贼,后随高杰降明,累官至总兵,守徐州。顺治二年(1645)率部降清,攻江西、福建、广东。以清廷仅授以提督且受总督佟养甲节制,大为失望,适逢金声桓、王得仁在南昌反正,又加上养子李元胤的劝说,遂起兵响应,迎永历帝于肇庆。对于永历帝来说,李氏父子实为功臣,而对于金堡来说,这李氏父子,先是贼,后归明,又降清,复归明,反复无常,岂非三姓家奴? 昔日,三国时期,便是吕布也不曾如此反复。

这样反复无常之人,又哪里靠得住?

只不过,金堡并没有直接骂李元胤为三姓家奴,而是嘲笑他流贼出身。

朝廷之中,流贼出身者多矣。

李元胤哈哈大笑道:"李某想起一首诗来。"

"一首诗?"这使得金堡呆了一下。他怎么也想不到,这武夫居然说想起一首诗来。这武夫还会诗? 是会写诗,还是读过什么诗? 要说这流贼出身的武夫会写诗,金堡怎么也难以相信。

李元胤悠悠道:"宋时郑广的一首诗。"

金堡便睁大了双眼。他实在想不起,宋时有过一个叫郑广的诗人,又写过一首什么样的诗,竟能让几百年后的一个武夫记住了。

李元胤道:"却说郑广原是海贼,受宋廷招安,任福州延祥寨统领。一日,郑广到福州府衙参加聚会,满座官员,无一人愿意理会郑广,郑广便笑道:'我是粗人,却有一诗献与诸君,如何?'众人大笑,心说,一个海贼还能写诗?"说到此处,李元胤笑吟吟地瞧着金堡,仿佛郑广上身似的。

金堡也便瞧着李元胤,等他将郑广的诗念出来。

李元胤一笑,又念道:"郑广有诗上众官,文武看来总一般。众官做官却做贼,郑广做贼却做官。"念罢,依旧是笑吟吟地瞧着金堡。只是，如果仔细看的话，会发现，他的双目之中，闪过一丝寒光。那是带着隐隐杀气的寒光，只有见过血才会出现的杀气。

不像那些书生，终日里"子曰""诗云"，到头来，连鸡也不敢杀，更不用说杀人了。而战争，不杀人，则被杀，决无理性可讲。因为鞑子决不可能和你讲理，手握兵权的，也决不会和你讲理。

李元胤心头冷笑，只不过表面上依旧笑吟吟的。金堡的选择，也将是他的选择。这就是李元胤的想法。身为锦衣卫指挥使，这些年又跟随李成栋东征西讨，李元胤可决不像他外表看起来那么云淡风轻。

金堡瞧着李元胤，愣了一愣，忽地就大笑起来。笑罢，长长一揖，郑重地说道："下官金堡，见过指挥使大人。"

李元胤大笑，将金堡扶起。

李元胤相信，金堡是一个识时务的人；而金堡相信，这曾经为贼的，将会是很好的官。因为，这个人将官与贼都看得很分明。

毫无疑问，金堡对官与贼的看法，其实与李元胤很相似。

金堡不是王夫之。

在王夫之眼中，官就是官，贼就是贼，哪怕这贼已经为官。

滴水休教饮。长眠莫唤醒。耳中事与意中人，尽尽尽。倒转千群，横行万里，活埋一寸。

利剑虽难忍。空筵还易领。口无舌更眼无瞳，请请请。黄檗酸虀，绿蓉浆粥，白灰烧饼。

————金堡《醉春风·戏作》

金堡成为依附李元胤的五虎之一。虎头、虎牙、虎皮、虎脚、虎尾，金堡乃其中之"虎牙"。大明朝一向党争，苟无依附，在朝堂之上，只怕寸步难行。金堡很懂得这样的道理。所以，金堡成为"虎牙"。所以，只要是李元胤剑锋所指，无论是所谓正人君子，还是所谓奸佞小人，金堡都会扑上去撕咬不已。

金堡冷笑道："正人君子？呵呵，正人君子……"对那些所谓的正人君子，金堡只是冷笑不已。纵观天启、崇祯两朝，那些败坏国家大事之正人君子，又何尝少了？尤其以东林党人为最。而当流贼、鞑子先后攻来，那些曾经的正人君子，纳头便拜者，又何尝少了？"周公恐惧流言日，王莽谦恭未篡时。向使当初身便死，一生真伪复谁知?"这原本就是千古不易的真理。

顺治六年(1649),清军进攻信丰,李成栋战败,在渡河逃窜时,坠马落入桃江河,溺死。死后,谥忠烈,赠太傅、宁夏王。对于这一生反复无常的乱世军阀来说,或许,这也算得上盖棺定论了。这人到底是忠还是奸?又有谁能说得清呢?

顺治七年(1650),李元胤孤军守肇庆。广西沦陷,永历帝逃往浔州。十二月,杜永和、张元由水路逃跑,广州沦陷。李元胤孤军奋战,被围于郁林,无奈,穿上大明朝服,登城四拜,曰:"陛下负臣,臣不负陛下。"自刎殉国。

先是,李元胤三斩判将,曰佟养甲、杨大甫、罗成耀,"决机俄顷,而皆先请敕行事,不自专也",然则朝臣恐惧,以为皇帝爪牙,不可锋利如斯也。李元胤既殁,马吉翔继任锦衣卫指挥使。

五

从剧痛中醒来,金堡仰面躺着,一动不动。

他无法动弹,整个人就像是被拆卸成一块一块似的,散落在沾满血迹的地面上。那血,早渗透到泥土里去。

金堡知道,这里有他的血,还有其他人的血。

五虎? 金堡心头冷笑。除了"虎头"袁彭年,其余四虎,都已银铛入狱。

入的,是锦衣卫的大狱。

五虎? 一动不能动的金堡,很想大笑几声。

有人站在身后的五虎才是虎,现在,丧家犬而已。或许,连丧家犬都不如。

李元胤将军大约是凶多吉少了。金堡不无悲哀地想道。如果李元胤还在,便是借他十个胆子,马吉翔也决不敢拿五虎下刀。

马吉翔这是立威呢。

借五虎来立威。

至于皇帝,呵呵,皇帝靠得住么? 对于皇帝来说,李元胤也好,马吉翔也好,都只是他的爪牙。或许,皇帝更喜欢马吉翔这样的爪牙。

李元胤的杀伐决断,朝臣都感觉到恐惧,皇帝难道就不会?

将李元胤留在肇庆守城,谁说不是皇帝故意的安排?

借刀杀人。借刀杀人。金堡真的很想仰天大笑。

可惜，他不能。

他遍体鳞伤，全身早已如散架一般。

"投靠我，或者，死。"马吉翔恶狠狠地道。

金堡两眼睥睨，呵呵冷笑。

这样的冷笑，使得新任锦衣卫指挥使的马吉翔很不舒服。不过，到底已经是锦衣卫指挥使，也算得上是大人物了，马吉翔嘴角的肌肉一阵抽搐之后，依旧挤出了一丝狰狞的笑来。

"李元胤已经死了。"马吉翔冷笑一声，"金堡，尔等不用等他了。如今，只有我，才可能是你们的靠山。"

金堡轻轻摇头。下大狱时，李元胤也曾匆匆赶到梧州营救，只是很快就与袁彭年回到肇庆守城。这是金堡所知道的。金堡失望至极。肇庆分明已是死地，李元胤分明已经到达梧州，结果，永历帝还是下诏，将李元胤赶回了肇庆。至于袁彭年，是皇帝特诏赦免，因为袁彭年是随李成栋父子反正，算得上是李元胤的亲信。在皇帝心中，李元胤才是真正的老虎。既然是老虎，就总不能将这老虎逼急了。

金堡每一次的摇头，都吃力得很。

他低低地呻吟一声。

马吉翔一伸手，掐住金堡的脖子，冷冷地道："如今，你记住，我让你活，你就能活，我让你死，你就必须死。不要指望李元胤，他已经死了。不然，现在的指挥使会是我？"说到最后一句话时，马吉翔显得很是得意。

金堡依旧一声不吭。

"圣旨！"马吉翔轻轻松手，掏出一块帕子来，擦拭掉两手沾染的血迹，然后展开圣旨，徐徐念道，"……照北京厂卫故事，全副刑具轮番使用！"念罢，将黄绢圣旨放在一边，哈哈大笑道："金堡，你若再不言语，便没有机会了。"马吉翔一脸的得意。这些天来，马吉翔一直都很得意。他怎么也没有想到，鞑子攻入两广，居然成为他的机会。大人物就是那些会及时把握住机会的人。毫无疑问，马吉翔自以为就是这样的大人物。

说起来，也是五虎得罪人太狠了，所以，皇帝一到梧州，吴贞毓等人便趁着李元胤不在的机会，上书弹劾，而这，正与皇帝一拍即合。只不过，皇帝还是等吴贞毓等人连上十余疏，方才下旨，将金堡等人下了北镇抚司狱——除了袁彭年。

马吉翔抓住了这个机会。

马吉翔知道，皇帝需要的不是虎，无论是五虎，还是李元胤这样的猛虎；皇帝需要的，是爪牙，是狗。

当金堡等人下狱的时候，马吉翔就更明确了这一点。

否则，五虎是李元胤的人，李元胤还在肇庆守城，皇帝又怎会拿金堡等人开刀？

果然，李元胤到梧州之后，又被皇帝赶回了肇庆。

马吉翔知道，这一回，李元胤必死无疑。

借刀杀人。不错，皇帝就是借刀杀人。然而，李元胤纵然知道皇帝是借刀杀人，他又能如何？再去降了鞑子？佟养甲已死于李元胤之手，不要说李元胤不想，即便李元胤真有再降鞑子之心，只怕鞑子也不会答允。

当李元胤诛杀佟养甲之时，便已绝了后路。

皇帝果然是深谋远虑。马吉翔不由自主地这样想道。

马吉翔直起身来，转过去，脸上现出一股狰狞之色。

金堡那睥睨的眼神，实在是令他不舒服。

好吧，就这样吧。马吉翔心头冷笑。既然不能收服，那么，就只有除去。

"必致堡死。"马吉翔狞笑着吩咐道，"不过，也不能就这么让他死了。"

"大人的意思是……"

"先打断他的一条腿！"马吉翔呵呵地笑着，扬长而去。在他的身后，是弥漫在整个空间的血腥气。

锦衣卫想让一个人死，那个人就决不会活；想让一个人活，那个人就决不会死。大明朝立国以来，一向如是。

怪煞妒花风，红雨催飞急。便做风能不妒花，开与花何益。
懵懂惯相轻，伶俐空相惜。最好荒烟蔓草中，影也休相觅。

前日雨中开，今日风中落。落落开开不是花，风雨何曾作。
人自爱花开，人自憎花落。落落开开只是花，憎爱何曾作。

——金堡《卜算子·落花二首》

金堡虽两眼睥睨,心中却早已一片凄凉,就好像那满地狼藉的落花一般。风与雨,何曾在意开开落落的花?花开也罢,花落也罢,他们都没有放在心上。

六

金堡终究没有死得成。说起来也很简单,就是朝臣们不乐意了。因为他们发现,当李元胤在的时候,五虎即使乱咬,终究咬不死人;而现在,真的是要死人的——如果再不制止的话,一旦让马吉翔嗜血成性,只怕金堡之后便轮到他们了。

猛虎出于柙,谁之过欤?

圣人的话,朝臣们可没人不记得。

自然,如果往好里说的话,那就是兔死狐悲。从马吉翔的角度来说呢,就是杀鸡儆猴。金堡等人就是鸡,而朝臣们不愿成为被吓的猴。

朝臣们陆续汇聚梧州,要求将四虎一案交朝廷公议,便是曾经被五虎咬过的,也这样强烈要求。被五虎咬过的,现在还在朝堂之上;而马吉翔,那是真的要杀人的。马吉翔慑于众怒,没奈何,只有将金堡等人放出来。

金堡被放出来的时候,左腿已断。

马吉翔虽说将四虎给放了出来,却不肯就此了结,于是,金堡被判黜戍广西清浪卫。

无论如何,马吉翔都不会将金堡留在朝堂之上。

"要么,从我;要么,死。"如果不死,那就流放。流放到广西那人迹罕至的清浪卫去。

临行前,金堡问:"李元胤将军究竟如何?"金堡始终都不肯相信李元胤已经死了;可是,如果李元胤没有死的话,马吉翔又如何会成为新的锦衣卫指挥使?

马吉翔皮笑肉不笑地说道:"干你何事?"说罢,一挥手,便让解差将他押解出去。

金堡仰天长叹。

此前,王夫之因营救金堡而得罪王化澄,王化澄必欲杀之。幸得高一功所救,方才逃过一劫。此际,王夫之已逃亡桂林。

朝堂之上,永远都少不了党争。

一叶沿溪斗北风。几条荒岭学枯松。寒云无伴懒行空。
天影全低流水外，滩声半冷夕阳中。余生心迹付冥鸿。

——金堡《浣溪沙·江行》

拖着瘸腿，沿着漓江，缓缓前行。

前方，已是桂林。

瞿式耜正留守桂林。王夫之现在应该也在桂林。这使得金堡的心情略微好了起来。他想，这一回见到王夫之，是不是可以和他再谈谈词？要不，说说诗，好像也行。

朝堂之上，说诗谈词，是最容易、最安全的。

这使得金堡的心中难免有一些悲哀。

从此，就说诗谈词吧。这天下大事，与我何干？若不是姚志卓，我又哪会出山？便闲居在余杭，管他大清大明，我且说诗谈词好了。只可惜，被姚志卓挑起了一腔热血——只是不知姚志卓现在何处？还活着么？

这战乱的时代，人的死亡，实在是很容易的事。

热血已经渐渐地冷了。金堡不由得又有些鄙视自己。不过，这朝廷又何尝需要热血？这朝廷在四处流亡、苟延残喘之中，所需要的，依然是勾心斗角。那些朝臣，依然是党争不已；那皇帝，依然是喜见朝臣的党争。惟朝臣党争，才会争先依附皇帝。

只可惜，那些手握重兵的军阀，未必将这略有小聪明的皇帝放在眼里。想到此际，金堡不觉又冷笑几声。

他万念俱灰。

什么大清，什么大明，不过如此而已。

<h2 align="center">七</h2>

金堡留在了桂林。

瞿式耜的话，那两个解差大约还不敢违拗。

瞿式耜只是淡淡地说道："本官只是尽一尽地主之谊，又不是要将卫公一直留在桂林。"无论如何，瞿式耜也不好违背朝廷的法度，将金堡一直留在桂林。然而，留那么一会儿，应该还是可以的。至于这一会儿是多久，想来也没人去计较。

至少，那两个解差不会计较。

事实上，那两个解差也是真的不会计较。

桂林，终究是一座名城，而那个清浪卫，根本就是人迹罕至之处，如果真的押解金堡往那儿去的话，天知道还有没有命回来。便不说鞑子兵已经大举攻入广西，便是那广西山中已经归化的土司、没有归化的山民，就有可能要了他的命。

瞿式耜苦笑道："不过，卫公，本官也不知道鞑子什么时候就会打来。"说着话，就又是一阵苦笑。

桂林城中，已没有兵，驻城将领早不战而逃。

这使得瞿式耜也难免心灰意冷。

"无妨。"金堡淡然说道。没来由，他心中竟忽然冒出一丝恶意来：鞑子兵如果攻来，永历皇帝又会往哪儿逃？这位永历皇帝，从即位以来，好像一直在逃亡。金堡不无恶意地想道，这位皇帝根本就是自找的。他既不能如崇祯帝、隆武帝那般，宁殉国也要保持一份帝王的尊严，又不能如晋之元帝、宋之高宗那般，至少也能保住半壁河山。他只会逃亡。也许，这位皇帝，根本就没有想过抗击鞑子吧，否则，又何以会忠奸不明？又何以将忠心耿耿的李元胤置于死地？

只是不知道李将军现在到底怎样？

金堡心中也曾想过，以李元胤的性情，以身殉国，大约是可以预料的事；只不过他总是不肯相信，不愿相信。他想，即使事逢危难，李将军也应留有用之身以待将来。即使在皇帝和马吉翔的心中，李元胤早已死去。

这些想法，使得金堡很是痛恨。

他不知道自己到底该痛恨谁，是痛恨马吉翔，还是痛恨那位永历皇帝，但此刻，他的心中充满了这种痛恨和一丝浓浓的恶意。只不过对于这样的痛恨与恶意，他自己也不大说得明白。

"瞿公，"金堡沉默片刻，说道，"城中既然无兵，公何不弃城而走？"

瞿式耜也沉默片刻，睁开早已疲累的双眼，瞧着满面风尘的金堡，轻轻地说道："老夫已经很累了。"

金堡惊道："瞿公……"金堡的眼眶在这刹那间便蓄满了泪水。他知道，他本应无泪的。

瞿式耜淡然一笑，道："有心杀贼，无力回天。唉！国家养士养兵，到头来，敌未到，俱已逃之夭夭，老夫夫复何言？老夫累了。"

金堡默然无语,只有深深一礼,如此而已。他明白瞿式耜的意思。他明白,这一次,瞿式耜或许还能弃城而走,所谓留有用之身以待将来;那么,下一次呢?下一次,只怕依旧如此,依旧是敌未到而官军早已逃遁。官军畏敌如虎,各路将领各有私心,如何与鞑子一战?

一股绝望的情绪渐渐地笼罩在金堡的心头。这与他先前对朝廷的绝望又有所不同。准确来说,这是对天下大势的绝望。不错,大明朝有的是不怕死的好男儿,然而,那些怕死的、畏敌如虎的,更多啊。

金堡忽地想起传说中的精卫来。

金堡在桂林暂且住了下来。一路来,又是戴枷而行,早已疲累不堪。他想歇息两日,再去见而农①也不迟。王夫之一家,早到了桂林。当金堡入狱以后,王夫之连续上疏营救,方才得罪了王化澄,差点儿连命也送掉。这份情谊,金堡决不会忘。

桂林城中,已没有什么人烟;鞑子还没到,这座名城早已是空空荡荡。

金堡不禁悲从中来。

"金大人,"那两个解差脸色俱有些发白,道,"我们还是早些走吧。"

"走?往哪儿走?"金堡嘲笑似的问道。

"离开桂林就好。"一个解差说完,另一个便忙不迭地点头。他们又不傻,自然看出桂林已是死地。如果留在桂林,只怕是死路一条。降?像他们这样的小人物,只怕鞑子根本就不会放在眼里。

乱世之中,小人物的死,就像残花飘落水面,连一丝涟漪也不会泛起。

金堡冷笑一声,道:"莫非两位还要押送我往清浪卫去么?"

那两个解差对望一眼,苦笑道:"只怕清浪卫早没人了。"一路行来,他们哪里还会不知,那个唤作清浪卫的卫所,有人才怪;即使有人,只怕也是在等死。

金堡悠悠道:"两位准备到哪儿去?"

那两个解差又对望一眼,满面茫然。是啊,准备到哪儿去呢?

---

① 而农:王夫之的字,另号姜斋。

鞑子已经攻入广西,即将打到桂林,桂林沦陷是迟早的事。桂林沦陷之后,梧州会没事儿？梧州沦陷,朝廷必然又要流亡,紧接着,只怕就是整个广西的沦陷。那么,他们这两个小小的解差,又能到哪儿去？回锦衣卫交差？别开玩笑了。

他们虽然只是小人物,但并不傻。

相反,小人物也有小人物的智慧。

"不知道,"那两个解差老老实实地说道,"不过,总要先离开桂林才是。"只有离开桂林,才有一线生机。这样的道理,他们还是明白的。

金堡淡然道:"那两位逃命去吧。我这条腿已经瘸了,如果跟两位一起走的话,只怕会连累两位。"

"金大人……"

"我们就此分开吧,"金堡正色道,"这是给两位一条生路,也是给金某一条生路。至于马吉翔,呵呵,如今这样的形势,两位就算逃出去,只怕也不会回锦衣卫吧？"

那两个解差面面相觑,回道:"容我们哥儿俩商议一下。"说着,走到一边,嘀嘀咕咕起来。毫无疑问,金堡所言,都是真话,如果带着金堡上路的话,只怕他们哥儿俩还真逃不出去;更不用说,桂林留守瞿式耜已经发话,要金堡在桂林小住。虽说瞿大人现在几无一兵一卒可用,可也不是他们这两个小小的解差可以抗衡的。两人商议一会儿,便各向金堡一揖,道:"如此,我们兄弟就此别过,还望金大人保重。"这样的场面话,他们还是会说的。金堡笑道:"若将来真的有事,两位只管说金某是瞿大人留下的,与两位无关。"那两人大喜,道:"多谢金大人。"金堡这样的话,自然把两人的最后一点顾虑打消得一干二净。

待两个解差逃之夭夭,金堡兀坐多时,低低长叹,不知不觉便睡了过去。人在疲累的时候,总是很容易就睡着的。正睡得迷迷糊糊之际,忽听得门外一阵马蹄声,紧接着是刀枪声,在空荡荡的桂林城中响起。

金堡大吃一惊,一点睡意一下子就烟消云散,他的心也因恐惧而怦怦直跳。

人有恐惧心,原就是寻常的事,唯大英雄能够克服自己的恐惧而已。

鞑子兵已经入城了。金堡虽说已有如此判断,却还是透过窗子缝儿往外看去。果然，不大会儿，就看见一队队鞑子兵从门前经过。

"这些鞑子。"金堡几乎是咬牙切齿。他的一颗心迅速地就沉了下去。

桂林沦陷了。他想。虽说这是早晚的事，可他还是没想到竟会来得这么快、这么迅速。

桂林沦陷，瞿公会如何？还有，而农一家又会如何？

这样的念头，也只是在心中一闪而过。因为他很快就想到，接下来，他该怎么做。很显然，等待他的，要么就是如瞿公那般，准备以身殉国；要么就是剃发投降，留一条给祖宗丢脸的辫子，想来鞑子也不会过于为难他，说不定还能给他一个官儿做做；再者，就是逃亡。

可天下之大，又能往哪里逃？

金堡绝对相信，大明亡国，是早晚的事，看那永历小朝廷的君臣便知道了；这天下，早晚是鞑子的。虽然使人很不舒服，但却是明摆着的事。就像当日蒙元击破南宋，获取整个天下。

天下事，已然如是，我该何去何从？金堡身子发软，往后跌跌撞撞的，一屁股坐到了凳子上。

剃发留辫？哦，不，决不。金堡想道。金某堂堂男儿，又怎能给祖宗蒙羞？

那么，以身殉国？呵呵，这样的朝廷，金某不愿。想到此际，金堡不由得又是冷笑几声。对这样的朝廷，他已绝望。

一次一次的失望，终于累积成绝望。如果说从前对这样的绝望他还不肯相信，那么现在，他信了。

走。金堡站起身来，从后门出去，直往城外。然而，走不多久，便听得马蹄声起，刀枪轰鸣，夹杂着鞑子兵的鼓噪声，杀伐声，由远及近，迅速而来。金堡心中猛地一跳，四顾之下，忽见一面红墙之外有一棵极高的树，树冠高过墙头，又斜斜地伸向墙里。金堡没有犹豫，爬上那棵树，翻身跃入墙中。

然后，他便看见一座铜香炉，就放在青石板砌成的院子当中。

寺院？金堡微微一愣。

他没想到，他无意之中竟然跳进一座寺院。

红墙外，马蹄声越来越近，那鼓噪声也越来越响，隐隐约约地听有人叫道："捉到瞿式耜了……"这使得金堡微微一惊。虽说早在意料之中，一颗心还是变得有些沉重。

他知道，瞿公已有死意，决不会降了鞑子。

找到寺门，金堡也没敢打开，只是透过门缝往外看。果然，他看到被鞑子兵押送着的瞿式耜，还有一人，却是张同敞。这使得金堡又是一惊。因为他知道，张同敞原本不在桂林城中的。

鞑子兵一边行进，一边鼓噪着、欢呼着。

金堡脸色铁青。

他很想打开寺门，去与瞿张二公一起，但他终于没有。

"施主。"在金堡的耳边，忽就有一个苍老的声音轻轻响起，蓦地回头，却见一个面色黝黑、憔悴的老僧，颔下胡须花白，两只眼没精打采。

也不知那老僧是什么时候来到他的身后的。

"施主，且随老衲来。"那老僧淡淡地说道。说来也怪，金堡仿佛是不由自主地跟着那老僧进了大雄宝殿，那寺门外的危机，一时之间，竟全然忘怀。

"施主，坐。"那老僧指着一个旧蒲团，对金堡说道。一边说着，一边自己也在一个旧蒲团上趺坐了下来。金堡瞧着那老僧趺坐的模样，有样学样，竟也两腿交叉，趺坐了下来。这使得那老僧眼前一亮。要知道，以金堡的年龄，要这样两腿交叉着趺坐，并不是一件很容易的事。

"大师，"金堡左右瞧了几眼，忍不住问道，"没有其他人了么？"

那老僧微微一笑，道："都走了，本寺只剩下老衲一个。"

金堡点点头，心说，原来和尚也会怕死。转念一想，和尚也是凡人，凡人就会怕死，这又有什么好奇怪的？这样想着，嘴角竟浮现出一丝淡淡的笑来。

这淡淡的笑落在那老僧的眼中，竟忽然想起佛祖拈花、迦叶微笑的故事来。传说，世尊在灵山会上，拈花示众。是时众皆默然，唯迦叶尊者破颜微笑。世尊曰："吾有正法眼藏，涅槃妙心，实相无相，微妙法门，不立文字，教外别传，付嘱摩诃迦叶。"

那老僧不由得也微微一笑。

"施主意欲何往？"那老僧淡淡地问道。

金堡怔了怔，道："大师教我。"说着，真心诚意地向老僧合十一礼。

那老僧又微微一笑，道："在老衲想来，施主既逃入本寺，自然是不肯降、不肯战,不知老衲说得可对?"

金堡忙道:"大师所言正是。"

那老僧想了想,道:"其实,若不肯降,只需剃发留辫,那鞑子也未必就为难了施主。"

金堡轻轻摇头,虽说没有作声,神色却很是坚决。

那老僧笑了起来,道:"那便是与我佛有缘了。"

金堡心中一动,道:"大师的意思是……"

那老僧微笑道:"施主慌乱之中,竟逃入本寺,岂非与我佛有缘?"

金堡只觉心中像是响了一个炸雷,一下子如醍醐灌顶,豁然开朗。不错,不肯战,不肯降,便是逃也艰难,又恰好逃入这座寺院,岂非与佛有缘?鞑子已经占据桂林,瞿张二公也已落入鞑子之手,在这样的情况下,想逃出桂林,必然艰难;而一旦被鞑子俘获,要么剃发留辫,要么死,绝无第三种可能。

金堡哈哈一笑,趺坐在蒲团之上,向那老僧深施一礼,道:"如此,请大师为我剃度。"这些年来,一直密布在心头的阴霾,竟一下子消散。

什么大明,什么大清,与我何干? 从此,我只是一化外之人,只是一行云流水般的僧人。

放下一切,方得快活。此刻的金堡,真的像是背负沉重的行者,放下了一切的背负,获得了人间最大的快活。

那老僧笑道:"老衲这便为汝剃度,取法名性因,如何?"

金堡又深施一礼,道:"多谢大师赐名。"他知道,从此世间再无金堡,而多了一个唤作性因的僧人。

梦中拄杖穿松竹。飞水喧空谷。醒来听得雨敲篷。不是芭蕉也不是梧桐。

茫茫目断秋江上。寒色深於浪。死灰又湿瓦香炉。听到半醒半睡没工夫。

——性因和尚《虞美人·江舟听雨》

八

金堡没有离开桂林。

那老僧道:"老衲听闻,在广州海幢寺,有个高僧,法名函罡,他日你可去拜入他门下。"老僧虽说替金堡剃度，却没有将他收入门下。金堡也曾询问缘由，那老僧只是笑而不语。不久之后，金堡才明白；而当金堡明白的时候，那老僧已经圆寂。

金堡之所以没有离开桂林，是因为瞿式耜与张同敞。

这一次攻陷桂林的，是清廷的定南王孔有德。孔有德原本是大明登州守将。攻陷桂林、俘获瞿张二人之后，劝降无果，便将他们囚禁在风洞山的临时大牢里，欲徐徐图之。只可惜，瞿张二人心如铁石，决不肯降。无奈，孔有德提出，只要二人剃发为僧，即可免于一死，结果还是被拒绝。

在大牢之中，二人嬉笑怒骂，相与唱和，题曰《浩气吟》。

正襟危坐待天光，两鬓依然劲似霜。愿作须臾阶下鬼，何妨慷慨殿中狂。凭加榜辱神无变，旋与衣冠语益庄。莫笑老夫轻一死，汗青留取姓名香。

——瞿式耜《浩气吟（选一）》

连阴半月日无光，草荐终宵薄似霜。白刃临头唯一笑，青天在上任人狂。但留衰鬓酬周孔，不羡余生奉老庄。有骨可抛名可断，小楼夜夜汗青香。

——张同敞《浩气吟（选一）》

张同敞，张居正曾孙。

在大牢之中，瞿式耜兀自写密信给部将焦琏，告知清军虚实，要他迅速袭击桂林。信曰："事关中兴，勿以我为念也。"密信被巡逻兵搜获，终落入孔有德之手。孔有德苦笑，心知这二人是无论如何都无法劝降的了。

顺治七年（1650），闰十一月十七日，瞿式耜、张同敞在风洞山南仙鹤岩慷慨就义。与他们一同殉难的，还有靖江王朱亨歅。张同敞妻亦殉节。

从容待死与城亡，千古忠臣自主张。三百年来恩泽久，头丝犹带满天香！

——瞿式耜《绝命词》

一月悲歌待此时，成仁取义有天知。衣冠不改生前制，名姓空留死后诗。破碎山河休葬骨，颠连君父未舒眉。魂兮懒指归乡路，直往诸陵拜旧碑。被刑一月，两臂俱折。忽于此日，右手微动，左臂不可伸矣。历三日，书得三诗，右臂复痛不可忍；此其为绝笔乎？敢烦留守师寄雪公、道公两师，如别山之左右手也。孤臣同敞囚中草。

——张同敞《绝命诗》

金堡眼睁睁地瞧着瞿式耜倒入血泊之后，张同敞人头落地，又向前走出三步，方才轰然倒下，不由得心如刀绞，将两眼轻轻闭上。

不过，他并没有哭。

文文山绝命词说："孔曰成仁，孟曰取义。惟其义尽，所以仁至。读圣贤书，所学何事。而今而后，庶几无愧！"

瞿张二公正是死得其所，胡为哭之？

"阿弥陀佛。"金堡低低地念了一声，转身离去。

他知道，瞿张二公已经殉国，而活着的人，总要为他们做些什么，否则，心中有愧。

九

当定南王孔有德听说有个和尚上书求见的时候，不觉呆了一呆，心想，哪里来的和尚求见本王？不过，读完那和尚的上书之后，他还是挥了挥手，命手下人领那和尚进来。

那封上书，居然是想替瞿世耜、张同敞收殓遗体。

当金堡进入定南王府的大厅时，孔有德的两眉忽就往上一挑。

"贫僧茅坪庵性因，见过定南王爷。"金堡合十施礼，不卑不亢。

"本王见你眼熟。"孔有德道，"莫非是本王的故人？"

金堡微微一笑，道："王爷，好久不见。"

孔有德瞳孔骤缩，道："是你？"

"正是贫僧。"金堡依旧合十。

孔有德大笑起来，道："堂堂五虎之虎牙，什么时候出家为僧了？"这大笑声中，自然不免含有些讥讽意。

金堡淡然道："世间再无虎牙，只有贫僧性因。"

孔有德熟视着金堡，忽然展颜一笑，道："本王听说，虎牙差点儿死于锦衣卫的大牢啊。"说这话的时候，又有些幸灾乐祸的感觉。

金堡面色不改，依旧淡淡地说道："贫僧性因，王爷。"

孔有德眯着两眼，瞧着这头皮尚新的和尚，半晌，点点头，正色道："看来，卫公你是真的出家了。"

"阿弥陀佛。"金堡低低地念了一声佛号。这一声佛号，倒也云淡风轻，仿佛与从前再不相干似的。

孔有德与金堡倒也算是旧识，只不过不是很熟而已。

"那么，卫公，你来找本王却是何事？"孔有德故意问道。

"阿弥陀佛，贫僧性因，王爷。"金堡也不着急，只是反复表示自己现在是性因和尚。他自然明白，如果他还是金堡，只怕孔有德会将他抓入大牢，或者迫他降清。所以，现在他只能是一个叫作性因的和尚。瞿式耜、张同敞若出家为僧，孔有德都不会去计较，更不用说他区区金堡了。金堡曾经的永历小朝廷给事中的官职，孔有德可不会放在心上。

孔有德笑道："好吧，是性因大师。大师来见本王，所为何事？"

金堡道："阿弥陀佛，贫僧为瞿张二公而来。"

孔有德脸色微变，半晌，叹道："本王本也不欲杀二公，奈二公不肯降我，唯有杀之。"

金堡轻轻摇头，道："二公死得其所，却也怪不得王爷。"

孔有德叹了口气，微微地闭上眼，半晌，方才睁开，低低地道："本王也是圣人后裔，当年，若不是……"他没有将话说完，便苦笑着摇摇头，不再将话说下去。崇祯四年（1631），八月，祖大寿被围于大凌河城，孙元化急令孔有德赶赴增援，然而登州辽东兵与山东兵素来不和，孔有德一路北上，沿途都无法得到官府给养，抵达吴桥时，风雪交加，士兵终于哗变。说起来，事情的起因只是一只鸡。这只鸡的主人是东林党人号称"浪里白条"的举人王象春的家仆。孔有德所部士兵在自筹粮草时，一名士兵强行抢走了这只鸡。王象春是有功名的人，自然不会将孔有德放在眼里，要求将此士兵穿箭游街。一路行来，士兵原已不满，这样一来，更是群情激愤，最终酿成兵变。

孔有德原是辽东总兵、左都督毛文龙的部下。毛文龙被袁崇焕无罪而诛，孔有德、耿仲明不服新任总兵黄龙，故跨海来投登莱巡抚孙元化。兵变之后，孔有德将孙元化放出登州。

若不是被逼急了，又哪里会兵变？当日，若不是兵变，只怕他孔有德和他的弟兄们早就完了。一支饥寒交迫的军队，又哪里会有前途？大明的官员们、有功名的文人们，根本就没有将他们这些将脑袋别在腰间的大头兵放在眼里。

既然如此，那就反了吧。

更不用说，毛文龙还是前车之鉴。

一时之间，孔有德百感交集。对瞿式耜、张同敞，或许他会感佩，但他想，他决不会做那样的人。若明廷以国士待我，我亦会以国士报之；只可惜，明廷不会。

可是，这些年来，他又何以总是想起当年的事？想起率部打回山东之时，曲阜孔府拒绝他入内拜谒，甚至拒绝认可他也是圣人后裔？

圣人后裔降了异族，无论有怎样的借口或缘由，终不是一件光彩的事。

孔有德睁眼看金堡时，金堡神色不变，也不知听清他的话没有。这样的话，孔有德一直都只放在心上，哪里敢说出来。即使今日有所感，也终只是半吞半吐而已。

"算了。"孔有德心里想道，"大清的皇帝以国士待我，我必以国士报之。"想到此节，不由得又有些狰狞。当年那些瞧不起我、逼迫我的人，今日在我足下颤抖，岂非也是人生快事？

孔有德可不认为自己是一个君子。

君子带不了兵，尤其是带不了这乱世之中的兵。

"大师是想收葬瞿张二公？"孔有德问。嘴里这样问着，心中不免可惜，可惜这二人终不肯降，连出家免死都不肯。一方面，可以想象，像瞿式耜、张同敞这样的人若肯投降，会给人以多大的快意，给那些夸夸其谈的文士们以多大的打击；另一方面，这样的忠贞之士，又使他心底终不免羞愧。

"阿弥陀佛，"金堡道，"贫僧正是为此事而来。"

孔有德沉吟片刻，森然道："瞿张二公却是我大清之敌，被我斩首，理当曝尸，以儆效尤，让那些至今负隅之人瞧瞧，与我大清为敌会是怎样的下场。于私，本王倒也敬佩二公；于公，本王必欲将二公示众。"

"不然，王爷。"金堡轻轻摇头。

孔有德似笑非笑地瞧着这个新剃度的和尚，道："哦？你且说

"阿弥陀佛。"金堡正色道,"大清也要忠贞之士,王爷。"

孔有德脸色微变。

金堡轻声道:"王爷,厚葬瞿张二公,以明忠贞之大义,贫僧以为,大清的皇上也是乐于见到的。"

孔有德默然半晌,忽道:"不错。"孔有德自然会想到,厚葬瞿张二公,其实便是向清廷表明自己的态度:瞿张是大明的忠臣,我孔有德,则是大清的忠臣。无论大明还是大清,对忠贞之士,都会重用。老实说,对那些降臣、降将,无论大明还是大清,在重用的同时,也都会防备着。道理很简单,今日你背叛了大明,那么,明日你也就有可能背叛大清。

即使是对孔有德这样的人来说,也是一样。

所以,孔有德更得想办法让清廷相信他的忠心。

尤其是在手握重兵的时候。

定南王,只不过是清廷还用得着他的时候给他的一颗定心丸而已。

"昔日,张弘范灭宋,摩崖石刻曰,'镇国大将军张弘范灭宋于此'。"金堡淡淡地道,"结果空留下千古骂名。王爷,身前富贵固然好,身后之名,却也不可不思啊。"

孔有德默然无语。只是他的眼中闪过一丝精光。孔府前的羞辱,他始终无法忘记。虽然说,当年的兵变,他也没什么后悔的。当年,若非兵变,只怕他孔有德早死在不知哪位明廷文臣的屠刀之下了。明廷文臣杀起武将来可是毫不手软。

"大师,"孔有德忽就问道,"本王倒很想问你一个问题。"

"阿弥陀佛,"金堡道,"王爷,请问。"

"大师出家前倒也算得上是永历的一个忠臣,也曾起兵抗我大清,"孔有德目不转睛地盯着金堡,缓缓问道,"却如何就出家了呢?"

"阿弥陀佛,"金堡苦笑一下,轻轻摇头,道,"王爷当年也是我大明之将,却如何就降清了呢?"

"大胆!"孔有德身后的侍卫大喝道。

孔有德摆了摆手,又想了想,忽就大笑起来,道:"原来如此,原来如此,呵呵,看来,这大明的气数,真的是尽了。"金堡下狱之事,他原就有所耳闻,现在看来,是真的了。一个要忠臣命的朝廷,又何须为他尽忠？这大明的气数，真的是尽了。孔有德想了又想，心情愈发愉快起来。

"好，大师，"孔有德微笑道，"我这就派人随大师去厚葬瞿张二公，以明我大清亦重忠臣。"说罢，不觉洋洋得意，仿佛自己已是大清朝的大忠臣。

顺治九年（1652），李定国收复湖南大部，南下广西，直趋桂林。七月初四，桂林城破。孔有德手刃姬妾，自焚而死，全家一百二十余口，悉数被杀。仅有一女孔四贞逃脱。清廷顺治帝为孔有德上谥号武壮。几年后，孔有德之子孔庭训被李定国下令处斩。

孔有德死后，尸体被李定国焚骨扬灰，清廷为之建衣冠冢。唯一幸存的女儿孔四贞，被孝庄太后收为养女。

此时，金堡已一人一杖，离开桂林，直向广东。

自此，天下事与他再不相干。

两两相呼隔一湾。逢人便说路行难。老夫已识高低面，客子休争上下滩。

云欲尽，水还宽。扶筇不拟更投竿。悲秋何必秋风起，二月春风透骨寒。

——金堡《鹧鸪天·闻鹧鸪》

十

广州，雷峰海云寺。天然和尚趺坐在蒲团上，瞧着这个风尘仆仆从桂林远道而来的行脚僧，神情淡淡。这行脚僧说是来自桂林茅坪庵，法名性因。从年龄上来看，这位性因和尚，比天然和尚好像也小不了几岁。

天然和尚看罢，两眼半开半阖，手中不断地捻着佛珠，却一句话也没有说。他的神情始终淡淡，根本就看不出他在想些什么。他的嘴唇微微地动着，仿佛在念诵什么经文，不过，一点声音也没有发出。

起初还好，可过了好大一会儿，天然和尚还是一声不吭，金堡心中便微微有些焦躁。只不过，这一两年来的行脚僧生涯，终究将他的性子磨掉了好多,所以,嘴角抽搐了几下,终于还是忍住了。

他默默地在心中念着《心经》。

每当焦躁的时候,默念几遍《心经》,便会使他的心情平复很多。

金堡心道:这和尚到底是什么意思?

从桂林远道而来,好不容易见到天然和尚,表明来意,这和尚却似八风吹不动的模样,一声不吭,到底何意?而且,从年纪上来看,这和尚分明比他也大不了几岁。老实说,要拜这个比他大不了几岁的和尚为师,金堡心中多少有些不舒服。

金堡原就是桀骜不驯之人。否则,也不会成为五虎中的虎牙了。虽然,现在已出家,性子也磨掉不少,可正所谓江山易改本性难移,那性子,就似草灰掩盖着的火一般,一遇时机,就会腾腾燃起。

默念几遍《心经》之后,金堡睁眼看时,天然和尚依旧是那副八风吹不动的模样,甚至连呼吸声都是那么轻微,如果不仔细听的话,根本就听不见。如果不是知道这和尚还活着,这一动不动的模样,还真与死去没什么分别。金堡不由得这样想道。

半个时辰过去了……

一个时辰过去了……

两个时辰过去了……

天然和尚真的就一动不动,就那么趺坐在蒲团上。金堡再也忍不住,就站起身来。只可惜,趺坐太久,两腿早就麻了,这一站起,整个人差点儿就摔倒。好不容易站稳了,却还是感觉两腿仿佛已不是自己的,又酸又麻,自己根本就做不了主。

连自己的腿都做不了主。金堡不无悲哀地想道。

自然,这样的念头也只是在心头一闪而过。此刻的金堡,还想不了那么多。

好大一会儿,那酸麻的两腿才算是回到自己的身上。金堡向天然和尚合十一礼,一声不吭,便转过身来,向外走去。

大殿外,夕阳已西下。有个老僧,手持一把大扫帚,正在慢慢地扫着满地落叶。

"性因。"天然和尚忽地睁开眼,叫了一声。

"在。"金堡一愣,下意识地应了一声。他还真没想到,这和尚居然在他想离开的时候忽然出声。对于金堡来说,其实,出家只是一种逃避。就像水浒中的鲁达，走投无路，方才出家。金堡也是。只不过金堡的走投无路并非是杀了人，而是既不肯剃发降清又不肯为大明殉死，如此而已。大明，不值得他去尽忠；大清，他决不愿屈服。那么，就只剩下这一条路了。

自然，这期间也多亏了清廷定南王孔有德的宽容。大明的官员，只要出家，既往不咎，而不是赶尽杀绝。金堡相信，孔有德不可能不明白，这样的出家，其实依然是对清廷抱有敌意，至少是不肯与清廷合作。

降清的前明武将孔有德，也未必就一无是处；而忠于大明甚至愿为大明殉死的，也未必就是正人君子。王化澄想杀王夫之，马吉翔想杀金堡。年初，王化澄已经殉国，马吉翔仍始终跟随在永历帝的身边，甘心做永历帝的鹰犬。

人世间的事，人世间的人，又哪是那么容易就分得清好与坏、忠与奸的？

"汝从何来？"天然和尚淡淡地问道。

"桂林。"金堡没有回头，却依旧是下意识地回答道。他的心中，也曾想过不作声，可不知道为什么，还是回答了天然和尚。他只觉得他无法拒绝，不愿拒绝，不敢拒绝。就像小时候面对母亲的呼喊时，总是无法拒绝。

"汝欲何往？"天然和尚依旧是淡淡的声音。

"我……"金堡愣住。

从桂林茅坪庵出来，他知道，他是要往广东去，去找一个叫天然的和尚。可是现在，如果离开海云寺，他往哪儿去？又能往哪儿去？一时间，金堡只觉心头一片茫然，只觉天地之大，竟已无处可去。回家？回杭州的家？出家已无家。那么，蓄发还俗？金堡可不会认为这是很好的选择。若真的蓄发还俗，做回金堡，大约清廷不会放过他。再去投奔永历帝？再去投奔永历帝，即便他能够厚着脸皮，马吉翔也不会放过他啊。更何况，他对永历帝的那个小朝廷，早就死了心。

天然和尚也不作声，只是静静地等待，等待这个叫性因的和尚的回答。

金堡转过身来，躬身合十："大师教我。"金堡只觉得天然和尚的两问蕴含无限禅机。金堡原就是个聪明的人，二十七岁就考取了进士。

"汝可愿意拜入贫僧门下？"天然和尚问道。

金堡忙道："弟子愿意。"心道：我原本就是来拜入你门下的，是你始终不理，我这才想离开。

天然和尚道："贫僧便为汝取个法名，唤作澹归，如何？"

"澹归？"

"世道迷茫，澹澹而归可也。"天然和尚微笑着说道。

金堡愣愣的，只觉身在茫茫荒原，仿佛看到一丝光亮似的。世道迷茫，此间丛林方为归处。走投无路之际，刚好逃入茅坪庵，然后剃度为僧，方能无事离开桂林。莫非，这一切都是天意？天意为僧？

可天然和尚却又如何说"澹澹而归"呢？

天然和尚仿佛看穿他内心的疑问似的，依旧微笑，道："不急，不急，世间事多，放不下的也多，便若贫僧，也要身着袈裟，也要一日两餐，也要打坐安眠，一样有很多放不下的。"

金堡的嘴唇动了动，仿佛明了天然和尚的话，又仿佛什么也不明了。又或者，很多事，分明是明了的，可真的是放不下；分明知道这一切一旦出家就应该放下，可事实上，真的是放不下。

金堡微微抬头，看供奉在大殿中央的佛陀。

佛陀正微笑。

佛陀永恒微笑。

"澹归。"天然和尚唤道。

澹归？澹归是谁？在这瞬间，金堡心头忽地就又迷茫起来。不是性因么？不是金堡么？若唤我澹归，那么，性因呢？金堡呢？

"澹归。"天然和尚又轻轻地唤道。

"弟子在。"金堡终缓过神来。

"汝且洗碗去。"天然和尚微笑着轻声说道。

"洗碗？"

"碗具若破，汝得偿之。"

金堡呆呆地站立了一会儿，心道："不过是洗碗，又如何会将碗洗破？"这样想着，不觉轻轻摇头。他也没有问天然和尚何以要他去洗碗。既然天然和尚肯将他收下，留在海云寺，那么，洗碗就洗碗吧。洗碗，总比茫茫然不知身往何处的好。

金堡自然不知，这碗他一洗就是十年，从海云寺到海幢寺。也不知，这一洗碗，碗具破缺，竟真的要他典衣偿之。

十年后，世间再无金堡，再无性因，只有澹归。

今释澹归。

在金堡将要离开大殿的时候，天然和尚忽地又道："李元胤将军已经战死了。"

金堡闻听之下，不觉一个趔趄。虽然说，这个消息早在意料之中，可从天然和尚的嘴里说出，他还是忍不住心头一痛。

也许，这就是天然和尚所说的放不下吧。

不过，他没有回头。

人生如行路，无论怎样的艰难，既然已经选择了这样的行路，就不应回头。

放不下的，就放不下吧，慢慢放下就是。金堡这样想道。澹归，澹归，澹澹而归可也。

金堡忽然觉得，天然和尚好像一直都是在等他来，等他从桂林来到广州，来到海云寺。天然和尚那副八风吹不动的模样，仿佛充满了禅机与睿智。

天然和尚，法名函昰，字丽中，别字天然。方丈室名为瞎堂。座下弟子以"今"字名之。故澹归正式拜入门下之后，又名今释。

今释澹归。

余在雷峰，闻息影死节事，欲为位哭之，知息影不受哭也，作两绝句："传来了事有南阳，得死千秋骨亦香。人喜人惊都一笑，刀头滋味只寻常。""谁牵端水党人名，各自人还各自成。似我为僧君不肯，似君正好学无生。"

——澹归和尚《书南阳侯传后》

寄幻人间莫论时，花间叶落漫寻思。未来鳞甲先相试，不向肝肠早见嗤。采药但能逢隐忍，吹箫只解唤参差。一衾枕外皆仇敌，独许南阳烈汉知。

——澹归和尚《忆息影》

十一

乾坤落落，问何人、生得有心有眼。尽日逢春春欲尽，未识春
深春浅。燕掠莺穿，花勾草惹，石也难陪点。东风恶发，残红昨夜
都卷。

曾倩杜鹃传言，揶揄两处，做一般消遣。听道不如归去好，把
我舌头暗剪。新便生生，旧仍故故，长日昏昏短。可怜澹煞，日亲
日近日远。

——澹归和尚《念奴娇·惜春》

澹归这碗一洗就是十年。从海云寺到海幢寺，一直都是在厨
房亲涤碗器，即便隆冬，也无改变。这期间，碗器残破何止上百，澹
归俱典衣偿之。然而，那又如何？那些曾经放不下的，难道真的就
能放下？

春来春去，云舒云卷，仿佛什么也没有改变。

只不过，十年时间过去，人却已经老了。

"师兄。"出家不久的今地和尚再次来找澹归。

今地和尚俗名李充茂，其兄便是李永茂。隆武帝殉国之后，李
永茂与瞿式耜拥桂王在肇庆即帝位，改元"永历"。永茂为东阁大
学士、太子太保兼礼部尚书。永历帝败走桂林之后，李氏兄弟出银
百余两买下丹霞山为避乱计。然而，不久之后，永茂就因病去世。
充茂蹉跎数年，今也出家，只是想一人一钵，回故里去看看，于是，
便想着将丹霞山送与澹归。

在肇庆的时候，李氏兄弟与澹归也算得上是相识。

"师弟。"澹归淡淡地合十道。十年洗碗，心总是静不下来，便
想着隐入深山潜修。或许，这也是一种逃避吧。澹归想。不过，古
来高僧，似乎也都喜欢隐入深山，与世隔绝。

也正因澹归有了这样的想法，今地和尚才想着在行脚之前将
丹霞山托付给他。今地和尚将丹霞山托付给澹归，自然不仅仅是
因为他们相识。

今地和尚叹了口气，道："家兄曾想终老于斯，故以一生积俸
来买此山，只可惜，人事无常。"说罢，不觉又轻轻摇头。事情其实

已经过去很多年。然而，即便如此，未必就会忘记。

人的记忆，往往与时间无关。

或许，这一切都将过去，可这过去了的，却始终都在记忆之中缠绕。

澹归如此，今地亦如此。

"阿弥陀佛。"澹归念了一声佛号，只是无言以对。

从弘光到隆武再到永历，小朝廷始终都是苟延残喘，清兵一来，不战而溃。到如今，永历小朝廷索性逃到缅甸去了。澹归明白，这个小朝廷覆灭，是迟早的事。他的心中有些悻悻然，又有些凄然，只不过十年的洗碗生涯，使得他的脸色依旧平静。

十年，终究还是能够使一个人有所改变，即使他的心依旧。

今地和尚道："丹霞山便托付给师兄了。"说是托付，其实是将丹霞山送出去了。他年，今地和尚或许还会回来，然而，再回来时，仍是一个和尚，要那丹霞山何用？天下已渐渐地安定下来。大清的天下，如今可谓是固若金汤。今地和尚真的很想回去看看，多年战乱之后的家乡是一幅怎样的景象。这些年来，河南始终战乱不止。老了。今地和尚忍不住想道。若不是老了，人都已出家，又怎会还想着回家去看看？

今地和尚一人一钵，飘然远去。

瞧着今地和尚的背影，澹归忽地好生羡慕起来。那行云流水般的行脚僧生涯，似乎也不错。他想。古来高僧，似乎都曾如此行脚。别的不说，唐时玄奘大师，便曾如此行脚，远赴天竺。

"澹归。"天然和尚也老了，只是他的脸色，却变得比从前红润许多。

"方丈。"澹归没注意到天然和尚什么时候出现在他身后。

"你决定了？"天然和尚问道。

澹归沉默片刻，决然道："决定了。"

天然和尚轻轻地道："建一座寺院不是一件容易的事。"

澹归道："总得去做。"

天然和尚点点头，也不再说什么。他出家为僧多年，自然明白，有些事，总得去做，无论有多艰难。只不过，澹归想凭一己之力在丹霞山建寺，谈何容易？

"孝山来了。"天然和尚道，"他说有事找你。"

"孝山?"澹归愣了一下。

孝山，南雄知府陆世楷，上任之后便曾到海幢寺来。与澹归见过几次面，却没有深谈，更谈不上深交。佛家讲因缘。在澹归想来，他与孝山，彼此也只是路人而已。

孝山是大清的官。

在澹归心中，对大清的官，终究有些排斥；即使当初不得已去见定南王孔有德，但是在他的心中，又怎么可能真的认可当初孔有德的背叛？背叛就是背叛，无论有多少借口，终究是背叛。

只不过这孔有德最终竟殉了大清的国。这使得澹归也不免想到，如果当初大明朝真的以国士待之呢？就像永历小朝廷，当初真的以国士待金堡呢？

这样想着，就使得澹归的心很乱。

念《心经》也没有用。

"孝山在方丈室等你。"天然和尚淡淡地说道。

赤城霞起，清溪练净，紫盖天倚。华叶严丽，温凉二水，神龙到今洗。大雄觌体。楼观错宝，丘壑散绮。密石双靡。曲廊小径，如纲之有纪。

夜月落晨磬，树杪云泉流*渶渶*。下下高高，重重叠叠里。忆妙喜轮擎，慈氏门启。金猊玉几。看百转千回，露肩脱屣。叹风尘、浮生余几。

——澹归和尚《绕佛阁·和孝山游丹霞》

一时稽首，何年长老，露顶舒肘。炼石脱手，惊波夺路，崩腾出江口。红螺怒吼。龙尾疾举，鱼贯齐走。截岸而守。虎牙鹿角，纵横画奇耦。

宝盖逼霄汉，深密埋符正压纽。背负屏云，指麈谽落斗。独上大雄峰，千骑拥后。连冈叠阜。鼓节问钟声，精严细柳。护宗风、地长天久。

——澹归和尚《绕佛阁·丹霞山》

此刻的澹归，自然不会想到，陆世楷对他的一生影响有多大。

十二

康熙元年（1662），大明朝廷正式落下帷幕，永历帝在昆明被吴三桂亲手绞杀。虽然说，此后郑成功在台湾将永历的年号又用了很久，但大明王朝，真的是完了。

不知道为什么，当听到这个消息的时候，澹归竟没来由地松了口气，仿佛一块悬在心头很久的巨石忽然放下似的。那巨石，使他这些年来一直都很沉重。

澹归原本以为他会很难过。

可是，他没有。

他以为他会遥拜南方大哭。

可是，他没有。

永历帝的锦衣卫指挥使马吉翔也死了，是被缅人杀死的。这奸贼，一直都害人不浅。这些年跟在永历帝的身边，不知道害死了多少人。当澹归听闻马吉翔的死讯时，他以为自己会很开心。

可是，他没有。

这一切，没有使他悲、使他喜。

这一切，只是使他忽然轻松起来。

就像挑着重担上山的山民，那重担一旦从肩头放下，整个人便觉得异常轻松。

这是一种很奇怪的感觉。

十余年来，澹归始终都放不下的，此刻，仿佛真的已经放下。

澹归将全部的精力，放到了建寺上面。

建丹霞寺。

澹归"自充监院，前后创造，胼手胝足，运水搬柴，跨州过郡，送往迎来，人事镠辖，五官并用"。

然而，当看到一座崭新的寺院出现在眼前的时候，又是一种怎样的开心呢？

和尚，哪怕是做了十余年的和尚，终不能忘情啊。

在整个建寺的过程之中，孝山对澹归的助力很大。

记得冬时，寒苞未坼，小如寒豆。归来忘却，病后眼将眉覆。镇支离、欹枕下帘，打成日午三更候。听金声忽掷，锦笺初展，珠泉重逗。

　　清瘦。微吟罢、觉果熟香生，枝传干授。深严阴雪，怎比晴光和厚。为空庭、分绿出青，后来长见今掀手。便呼他、太守梅花，一样松风透。

　　　　　　——澹归和尚《锁窗寒·次孝山过龙护园观庭前梅树》

　　澹归性子粗直，而陆世楷与澹归相交，从未见其疾言厉色。

　　……自有丹霞以来，予充监院七载，使君为檀越亦七载，山中缔构，下及米盐琐屑，无不共区画，视予如手足，视丹霞如其家。予欲远行，辄致语使君，为我权家数月，使君笑而应之。凡予所惕然视止行迟者，使君出一策，辂然以解；即所劝导部内，清净软语，各有以发其欢心，未尝稍涉勉强，作以高临下之色。……

　　　　　　——澹归和尚《丹霞山施田碑记之二》

　　陆世楷是清廷的官。

　　清廷的南雄知府。

　　然而，这又如何？

　　每当与陆世楷在一起的时候，有意无意地，澹归都会忘记陆世楷的身份。陆世楷呢，有时也会问起当年的事，问起当年澹归还是金堡的时候，那"虎牙"的生涯。

　　"党同伐异。"陆世楷叹道，"大明便是亡于这样的党同伐异。"

　　澹归默然不语。虽然很不想承认，可这些年来，回过头去想想，当年的事，不是党同伐异是什么？便是瞿公这样的铮铮男儿，也是一样。五虎依附李元胤，所咬的，自然是别党的人。若为同党，毫无疑问，视而不见。然而，这样做，真的就么？

　　瞿公殉国。李元胤殉国。王化澄，唉，虽然很不想承认，可是，王化澄不也是殉国吗？同样愿意为大明殉国的人，何以当日竟会如此水火不相容，都以为自己是对的，对方是错的，都恨不得将对方置之死地。

　　这使得澹归每当想起就有些茫然。

　　"这大明，就像一辆大车，"陆世楷叹道，"大臣，就是这辆大车上的部件，这些部件配合得好，这车才称之为车，无论载重多少，都能缓缓前行。反之，这些部件，互相撕咬，车轮子要拆掉车架子，车架子要压垮车轮子,呵呵,这大车便是精铁铸成,也禁不起这样的折腾,不散架才怪呢。"

说着,陆世楷便瞧了澹归一眼。如果说起初只是天然和尚希望他去帮澹归一把,将丹霞寺建好,那么,现在,交往这么多年,陆世楷还真的已经将澹归当作朋友。

其实,最初的时候,他也只是觉得很好奇,好奇这个传闻中性如烈火、逮谁咬谁的"虎牙"会是一副什么模样,又怎么会出家为僧。永历朝的五虎,尤其是"虎牙"金堡,当年咬人的时候,可是疯狗一般。而且,"虎牙"不仅对对手狠,而且对自己也一样狠,被马吉翔抓入锦衣卫之后,宁死都不肯屈服。这是一个狠人。这样一个狠人,却如何会出家为僧? 在陆世楷想来,当大清打到的时候,这样的狠人,应该会拼命的。

连锦衣卫都不肯屈服之人,陆世楷可不以为他会怕死。

这是一个有意思的和尚。陆世楷想。

澹归的眼神有些空洞。是啊,这大明就像一辆大车,他也曾是这大车上的某个部件,而且,这部件还曾折腾不已,那么,大明之亡,岂不也有他的份儿? 这使得澹归原本已经轻松下来的心,又有些沉重。

放下。放下。

这么多年,难道真的还是放不下?

若真的放下,当年在南雄辞别孝山的时候,也不会写下"尽飞尘、赴海不能填"的词句来。如今想来,这样的词句,岂非笑话?

陆世楷忽就一笑,道:"大明也罢,大清也罢,如今,咱们也没什么可争的。不过,大和尚,如今百姓的日子与崇祯在位的时候相比,你觉得如何? 若现在的皇帝是弘光或永历帝,你觉得又会如何?"一向温和的陆世楷,在说这几句话的时候,瞧着澹归的眼神就变得炯炯有神起来。

澹归的鬓角早已斑白。

只是他的两道剑眉,依旧显得那么倔强。

澹归默然良久,喃喃道:"不一样的,不一样的,阿弥陀佛,不一样的……"他不知道该如何去分辨。崇祯朝,党争不已,互相置对方于死地已经到了不管国事将会如何的地步;至于弘光、永历,分明已是苟延残喘,那样的党争却依旧不肯停歇。最终就是将大明搞成不可收拾的模样。苟非如此,流贼也罢,清军也罢,都翻腾不出多少水花来。这样的道理,尤其是在陆世楷分说之后,澹归自然明白。可是,华夷之辨啊,自古以来的华夷之辨啊……

宁要一个昏庸、刚愎的明朝皇帝,也不要一个还算得上是英武之主的鞑子皇帝? 可是,对于老百姓来说,这谁做皇帝,他们会关心么? 真的会关心么?

陆世楷微微一笑,悠然道:"大和尚,你都已是大和尚了,出家十多年,还放不下这些么? 前些日子,我忽然想起自己填过的一阕词来。"

三间茅屋。屋后萧萧竹。更喜柴门临水曲。隔岸柳丝垂绿。

午余一枕匡床。醒来窗外斜阳。犊子驱过短堰,鹅儿浴起方塘。

——陆世楷《清平乐·村居》

待陆世楷念罢,澹归却有些不解,瞧着他那张温和的脸,不知他何以会忽然想起这阕算不上出色的词来。这样的词,跟无病呻吟也差不多,有其形而绝无其神,尤其是以他堂堂知府的身份。一个知府说村居,不是无病呻吟是什么?

陆世楷仿佛看穿澹归的疑惑,悠悠笑道:"老百姓能过这样的日子,便是盛世。"他自然不会继续说下去。以澹归的聪明,自然很容易就会明白他的意思。

大清能给老百姓这样的村居生涯,大明,能么?

澹归似被雷击了一般,低着头,喃喃道:"阿弥陀佛,阿弥陀佛……"其实,这瞬间,他自己也不知道自己在念些什么。

陆世楷笑道:"过些天,是尚王的生辰……"

"尚王? 哪个尚王?"澹归茫然道。

陆世楷笑道:"大和尚,有些事,你若不肯放下,便只能是金堡,而不会是澹归。"说罢,轻轻摇头,转身出了丹霞寺。

有些事,终得自己去想清楚,那些放不下的,终究得自己去放下。

异姓真王,三朝佐命,一代功宗。自虎牙奉令,瞻云在北;龙骧建节,抱日临东。铜柱分茅,楼船出海,战守全归耕凿中。澄江上、有骊珠昼白,火树宵红。

深杯琥珀香浓。看绕座芝兰蕴藉同。更汾阳阶下,貂金赫奕;大梁苑内,毫素从容。道洽成康,名齐周召,宪老还推约玉翁。重论旧、问渡辽余得,几个英雄?

——澹归和尚《沁园春·寿平南尚王》

"重论旧、问渡辽余得,几个英雄?"写罢,澹归喃喃自语,想:当日渡辽背明投清者,果然是英雄么?若平南王是英雄,那么孔有德呢?还有那亲手绞杀永历帝的吴三桂呢?他们,也是英雄?就是这些英雄,率领大军扫清寰宇、灭了大明,迎来大清的盛世。

澹归很想大笑几声。

可是,他笑不出来。

古剑花生绣。忆当初、仰天长叹,风尖石透。几叠哀筇吹白露,化作清霜满袖。唤一缾、芒鞋同走。入夜欲投何处宿,见半弯月上三更后。刚挂住,驼腰柳。

隔溪渔网悬如旧。渡前村、叩门不应,狺狺多狗。积得陈年零落梦,搬出胸中堆阜。要浇也、不须杯酒。老大无人堪借问,照澄潭吾舌犹存否。窥白发,自摇手。

——澹归和尚《贺新郎·感旧次竹山兵后寓吴兴》

一阕《沁园春》写罢,再写下这一阕《贺新郎》,澹归方才长长地吁出一口气来。"阿弥陀佛。"澹归低低地念了一声佛号,将笔轻轻放落。

此心犹在,此身又何妨入红尘?或许,这也是一种修行吧。只是,澹归虽然这样想着,心头却总还是觉得有些什么是放不下的。

他没有想到,当年的出家,其实不是因为"放下",而是由于"放不下"。

十三

有来谁不去,青原老、摩羯令全提。是三角麒麟,波中扫迹;一枝菡萏,座上披衣。兼收得、花宫藏玉带,纶阁显金镄。先觉先知,同归极果;多材多艺,独运灵机。

人间真叵测,马牛莫及处,逆顺风齐。须信闲名易谢,大病难医。笑白泽图边，何劳听棘；黄茅瘴里，更懒牵犁。未解月轮东转，错道沉西。

——澹归和尚《风流子·挽药地和尚》

康熙十年（1671），药地和尚圆寂的消息传来时，澹归也已是将近六十岁的人了。药地和尚也是在桂林沦陷之后出的家，那时，他还不叫药地和尚，而是唤作方以智。

据说，方以智被捕之后，清兵在他的左边放上一件清廷的官服，右边放上一把钢刀，然后让他自己选择。方以智毫不犹豫地选择了钢刀。清帅马蛟麟劝降无效，只好任凭已经披上袈裟的方以智离去。这也就像当年的定南王孔有德，金堡已经为僧，便任凭他离开桂林，甚至还允许他收葬瞿式耜、张同敞。

那是顺治七年（1650）的事了。一眨眼，已经二十余年。二十余年至今，不仅永历小朝廷已经覆灭，平生相交之故人，更是如花一般凋零。有的以身殉国；有的苟延残喘。只是，无论当初做出怎样的抉择，其结局都一样。

都是死亡。

李元胤、王化澄、瞿式耜、张同敞、孔有德、马吉翔、永历皇帝、方以智……

大明的，大清的……

忠的，奸的……

澹归蓦然发现，他们的结局，其实一样，与以各种各样方式死去的芸芸众生没什么区别。

死亡，是所有人的结局，无论他生前怎样。

"阿弥陀佛。"澹归站在大雄宝殿里，默默地瞧着庄严的佛陀，忽然觉得，佛陀的眼角似乎有泪。

"阿弥陀佛。"澹归取出《骷髅图》来。

这是陆世楷托人送来的《骷髅图》。

澹归沉吟一下，便提笔直写，写了整整一天，写罢，嘴角浮出一丝微笑。如果有人在旁边，会发现，这微笑与灵山拈花的佛陀的神情并无二致。

叹汝骷髅，骷髅汝叹，无了无休。便脂消杵白，抛沉海底；灰飞炉火，吹散风头。起倒非他，笑啼是我，生不推开死不收。谁来问，问谁来感慨，禁舌凝眸。

思量多少迁流。直趱得纷纷作马牛。痛支离天地，紧穿过电；颠连民物，烂炒浮沤。后辙前车，爱悲憎喜，有得揶揄没得羞。还闻道，道汝能无事，我也无忧。

几个骷髅，被人敲磕，着甚干忙。见绮罗软美，生来结构；鞭捶怨毒，死去思量。蝼蚁为亲，乌鸢作客，朝露何由吊夕阳。谁家事，却自行自说，还自承当。

无端熟境难忘。有一点灰生万点霜。任劈波鱼痛，明年昨日；穿空鸟痒，此土他方。旧恨非存，新欢莫续，地老难扶天又荒。好听取，唱尸林一曲，寸断柔肠。

阅尽骷髅，不知来处，空说惺惺。才眼轮赢得，粘连一线；鼻梁输与，扯曳千生。血肉都消，精魂罢弄，且把佳城当化城。非无伴，伴寒风渐沥，野火青荧。

撩蓬指数谁评？尽列子乘虚不算行。看波翻影落，四山长定；钟沉鼓寂，十日齐明。衲被辞头，钵盂失手，道是无情却有情，真还似，似圆伊三点，鬼哭神惊。

休为骷髅，热时冰冷，壮岁龙钟。有谈天驰辨，挟山逞力；剑成斗状，丸在空中。铁石栽花，雷霆结冻，白昼寻人不见踪。我也曾，散形多似豆，留迹如鸿。

家翁只是痴聋。任贵贱贤愚打合同。更酬钱干笑，弄绳儿戏；长嗤叶落，缓步鸦从。绮阁朱颜，荒郊枯骨，灯镜千重影万重。一杯酒，大鲸吞海尽，莫觅蛇弓。

人叹骷髅，骷髅不叹，却又逍遥。怪百骸零碎，轻轻撇下；三魂浪荡，远远开交。城郭人民，昨非今是，华表归来也不消。谁相委，鸦啼枯树上，鼠穴深蒿。

往来荒径迢迢。好一口晨钟不解敲。喜眼睛干了，没些顾盼；舌头烂却，免得唠叨。黄土挑空，白钱烧断，无耳听他大小招。英灵汉，更何人司命，重整皮毛。

我见骷髅，出尘妖媚，绝代豪华。占江山万古，千群斗蚁；交亲四海，两部鸣蛙。已脱囊藏，何劳粉饰，独露堂堂不似他。长怜悯，暂堆些马鬃，又作人家。

　　休教梦绕天涯。看流水无心恋落花。问回风雪卷，谁来争席；横江月坠，任去磨牙。太乙符空，西方药尽，洒落相撑乱似麻。真平等，便渔阳鼓吏，澹杀三挝。

　　一个骷髅，许多孔窍，争奈他何？是曲分韦杜，丸争赤黑；眼栽荆棘，舌滚风波。未掷头颅，已寻皮袋，不管双肩只管驮。到这里，却青蝇罢吊，百草成窝。

　　休言结习消磨。直万劫千生一缕拖。便疏钟夜歇，微云昼净；尚交玉帛，岂免干戈。冷刮禁磁，热浇看溺，才说无知知更多。也须得，到杖头敲响，划断婆娑。

　　　　　　——澹归和尚《沁园春·题骷髅图，梅花道人曾有此作，见其浅陋，乃为别之，得七首》

　　吴镇，字仲圭，号梅花道人、梅道人，与黄公望、倪瓒、王蒙合称"元四家"。

　　澹归知道，这一回，他是真的放下了。

十四

　　白日难欺，青天不爽，只此骷髅。到排场戏毕，尽停边鼓；熏炉烟散，却剩香篝。无想有天，也须扣算，放自当年到此收。终不道，泛秋波一叶，随处芳洲。

　　思量惭愧难酬。曾顶戴春霖起白沤。忆香蒸云子，从伊饱满；轻裁霞绮，护汝温柔。莫倚无知，瞒他有眼，总付梧桐一片秋。应认取，者下回分解，别有风流。

　　当汝无时，原无消息，逗此风光。到云生月吐，旋相圆满；山支水派，不爽针芒。桂斧谁修，玉砂难磉，琢就玲珑七宝装。曾倩汝，为日轮炫紫，寒夜凝霜。

　　成功底事难量。仍掷与乾坤自主张。尽雪里梅开，凭谁蕴藉；风中柳摆，非汝轻狂。百折如新，一丝不乱，烟草迷离总不妨。珍重好，教大钧裁剪，鹤短凫长。

毕竟还他，晓风残月，正好惺惺。看太白占星，显开玉色；黄钟应律，敲作金声。揖让筵终，征诛局罢，渠不增加汝不轻。堪爱处，为元龟受灼，枯槁皆灵。

西园片片落英。也妆点东风媚晚晴。任血洒虞兮，原非战罪；肠回康了，不碍文名。万石洪钟，一丝残纽，止此冰霜骨几茎。夫谁暇，怨华亭鹤唳，蜀道淋铃。

为问蒙庄，厄言枉吊，笑尔何知。既使我其然，焉能免此；如君之说，抑又奚为。幸未凋零，先为飘荡，究竟鱼还死水湄。早辜负，却桃花春水，杨柳秋堤。

欲抛抛付伊谁。真避影银灯只浪吹。便一枕蝶轻，还黏粉翅；三眠蚕稳，仍惹缫丝。去则难留，留原难却，一线纹生玩月犀。唯片晌，耐板桥霜迹，茅店荒鸡。

——王夫之《沁园春·梅花道人题骷髅图，澹归嗤其鄙陋，为别作七首乃词异，而所见亦不相远，反其意作四阕正之》

当澹归收到老友的这四阕和词时，只是微笑。

因为他知道，王夫之还是王夫之，而金堡，已经是澹归了。

今释澹归。

方以智

惊心处、半生冰冷，只在一声中

—— 江月晃重山 ——

锦帐吹残戍角，秋风勾勒斜阳。平波依旧雁来忙。青笺在，一字太难当。

贝叶能消块垒，乱帆何限凄凉。化城不照海云黄。回望处，故国更茫茫。

—— 李旭东 ——

天下之大，竟已无处可去，无处可逃。这使得方以智直感到莫大的悲哀。偌大的大明朝，如此江山，短短几十年的工夫，便已分崩离析，以至于今。他知道，大势已去，大明朝的覆灭是迟早的事。即使这样，再看永历朝堂之上，依旧是党争不已，互相攻讦，而那些手握兵马的军阀则拥兵自重，没人将朝廷放在眼里，更不用说将朝廷放在心上。这样的朝廷，呵呵，这样的朝廷，这样的大明朝，早使得方以智欲哭无泪，一颗心也早已冰冷。

虽然说，君子有所为有所不为，大丈夫，虽千万人吾往矣。可每次努力，都像狠狠一拳打在虚空，全无着力之处，这样的努力，还有什么用处？又还有什么意义？

国朝积弊久矣。

那些士绅，那些官，那些分封各处的藩王，那些蝗虫般的宗室，那些只会高谈阔论、唯恐天下不乱的读书人，还有紫禁城中要么昏庸要么刚愎的皇帝，都在努力使这个国家走向灭亡。

而那些流贼，所到之处，更是鸡犬不留，路绝人行；还有关外的鞑子，长年以来，虎视眈眈。而那些兵呢，那些国家的兵呢？与匪也没什么区别。

然后，再看看那些流贼，招安，造反，再招安，再造反……

那些兵，降贼，降匪，再降贼，再降匪……

还有出奔关外，为鞑子出谋划策以谋故国中原的……

人之礼义廉耻，在这个时代，几乎看不到了。他们所做的，就是想让这个国家像被蛀空了的巨厦，轰然倒塌。

又或者，有人还有美好的想象，希望这个国家就像病入膏肓的人，早些死去，然后重生，仿佛重生之后就是一个美好的世界。

凤凰涅槃。

不是么？

那满地的饿殍，狼藉的尸骸，他们，看不到。

那破碎的山河，撕裂的文明，他们，看不到。

他们，只是做着永不可能实现的梦。

这使得方以智很是想笑。他笑天下人，那些糊涂或者不糊涂的人；他也笑自己，因为，他也曾经那样，以为自己是能够力挽狂澜的英雄，以为自己是诸葛孔明那样的人物。那样的胸怀、那样的抱负，曾经如火一般，在他的胸口燃烧，发出光，发出热，照亮这个污浊不堪的世界，给这个无可救药的世界以温暖。

天下事，终得有人去做。许多年以后，又有一个同时代的人凛然说道："天下兴亡，匹夫有责。"然而，扰乱这天下的，又是谁？当他们将这江山如同琉璃一般打碎的时候，又在想些什么？匹夫，匹夫，呵呵，匹夫们决不会将什么天下兴亡放在心上。放在心上的，只有属于他们自己的富贵荣华，或者，只有属于他们自己的生存。只要自己能够活着，天下兴亡，与我何干？看看吧，那些匹夫，贼来降贼，寇来降寇。否则，区区流贼何以会席卷天下？关外的鞑子，又何以会长驱直入，兵锋所指无不披靡？

国朝早就像粉碎的琉璃瓶，不可能修补了。

方以智微微仰头，环顾着四围的青山。

这里是仙回山，山中居住着僮人。

"我笑青山多妩媚，料青山见我应如是。"方以智忽就想起稼轩的这两句词来。从前，读这两句词的时候，他还不是很明白；现在，他明白了。他想，当年稼轩独对青山而笑的时候，该是一种怎样的无奈与苦涩。

　　锦绣园林，芙蓉筵席，从来狼藉东风。玉楼香泪，可惜吊残红。千古章台坑里，活埋却、多少王公。黄昏后、苍天偌大，没处放英雄。
　　晓窗蝴蝶散，变成花片，出入虚空。问桑田沧海，半晌朦胧。打叠千篇万卷，五更尽、枕上疏钟。惊心处、半生冰冷，只在一声中。

——方以智《满庭芳》

方以智披上袈裟，又摸了摸新剃不久的头皮，不觉微微一笑，轻声道："这回断送老头皮。"碎落的草叶沾在他的袈裟之上，轻轻的，却总也不肯掉落。方以智走出了山洞，直向那群正鼓噪着的人走去。

洞口不是很大，而且掩着杂乱的草木树丛，如果不仔细看的话，大约很难发现这是一个可以藏身的山洞。仙回山中，这样的山洞，其实不是很多。

那凶神恶煞般的鼓噪声来自不远处的一所宅院。

一所依山而建的宅院。

如果是太平时期，这样的宅院，实在是一处隐居的好地方。

即使是乱世，这样建在仙回山中的简陋的宅院，应该也没人在意，无论是清兵还是其他什么兵，都不会闲得发慌，到这几乎可以说是与世隔绝的仙回山中来。

这些年来，方以智一直流浪在这样的深山，与世隔绝，仿佛是在逃避着什么。当人无法适应的时候，往往就会选择逃避。人之一生，总有一些事，是想逃避的。也许，这是自欺欺人吧。可很多时候，这样的自欺欺人，就像饮鸩止渴一般，明知是毒，却还是饮了下去。

将来与眼前，人们往往选择的是眼前，而不是将来。

宅院里传来的鼓噪声中夹杂着隐隐的哀号声。

老实说，对这样的哀号声，方以智早就麻木了。

见过太多的痛苦，又哪会因这样的哀号而悲悯？正如见过血的兵士，不再因血而晕厥。他们，甚至会因此而变得嗜血。

但方以智还是向那宅院走去。

人之一生，总有一些事，是想逃避的；然而，人之一生，又有很多事，是不能逃避的。

哪怕是死。

二

严玮忍着剧痛，挣扎着，将头微微抬起，呻吟几声，瞧向那些个鞑子兵。那些个鞑子兵刀枪在手，俱是一脸狰狞。

但是严玮知道，这些个鞑子兵，未必是真的鞑子。

他们，说的是和他一样的话。

他们，或许也曾是大明的兵。

但是现在，他们剃发留辫，那丑陋的金钱鼠尾，正耷拉在他们的脑后。

他们，洋洋得意。

他们，凶神恶煞。

他们，浑忘了他们的祖宗。

"说吧，"鞑子兵为首的是一个校尉，黝黑的一张脸油腻腻的，就像多少年也没有抹过的饭桌似的，说道，"方以智在哪里？"

那校尉知道，即使他带了二十多个人过来，要是漫无目的地去搜山找一个人的话，或许也能找到，却不知道要花多少时间与气力了。人在能偷懒的时候自然要偷懒，更何况，眼前的这个人，他看着让人很是不舒服。

当他们刚刚找到这所宅院的时候，这个人也是不在的。好在这所宅院的邻人，很轻易就出卖了这个已经藏好身的人。

这样的乱世，出卖原就是很寻常的事。那校尉没有觉得什么不妥，二十多个鞑子兵也没人觉得不妥，即使是严玮，也没有。最多，是他的家人，含着悲与怒，时不时地瞧向那邻人，仿佛要将那邻人的面貌牢记在心中。

那邻人也不以为意，只是站在一边，仿佛这一切都与他毫不相干。他就像是一个看戏的人，即使他也曾在戏中，并且推动了剧情的发展。

"方以智是谁？"严玮呻吟着说道。他的眼神很茫然，仿佛真的不知道方以智是谁，更不会与方以智相识。老实说，严玮可真不相信这群鞑子兵会知道天地间有个方以智。他们，应也是奉命行事。

那校尉狞笑一声，举起腰刀，一刀背就砸了下去，将严玮再一次砸倒在地。

地上，血迹斑斑。

"老子的耐心很有限。"那校尉道。说着，便让两个兵丁从人丛中拉出一个孩子来。

"你……"严玮心就往下一沉。

"老子会杀人的，"那校尉很认真地说道，"真的会杀人的。"

说着，就一挥手，只听得当啷啷一声轻响，一把钢刀已经搁在那孩子的肩头。那孩子脸色苍白，只是依旧倔强地昂着头，一声不吭。

那孩子分明很是害怕。

面对死亡，没人不害怕；但有些事，即使害怕，也要面对。

严玮再次挣扎着站起，道："军爷，你即使杀了我全家，我也不认识什么方以智，更不知道他在哪里。"他说话的声音很轻，却很坚决。

那校尉哈哈大笑："好汉子！"说着，便示意那两个兵丁杀人。那两个兵丁迟疑了一下，最终还是将刀高高举起，眼看着就要落下，忽听得有人高声叫道："等一等！"说话间，从宅院的外面便快步走进来一个和尚。

那和尚看起来倒也算是年轻,只是脸色一点也不好看,有愤怒,有悲凉,还有那么一丝丝无奈与决绝。

他身披袈裟,足踏芒鞋。

他的头上,是短短的一层头发,很显然,已经好多天没有剃发了,不过,隐隐地还能看见他发青的头皮。他的头上没有戒疤,很显然,这是已经剃度却还没来得及受戒、刚出家的和尚。

乱世之中,像这样匆忙出家的和尚很多很多。

那校尉瞧着这和尚,眼神冰冷,右手紧握着腰刀的刀把,心道:居然有多管闲事的和尚? 要是这和尚真的多管闲事的话,老子不介意开杀戒。

对于乱世之中的兵来说,杀人实在是一件很容易的事。

"我便是方以智。"那和尚道。

"你?"那校尉显然有些不相信。马帅派他来搜山的时候,只说是要抓明朝的一个大官,可没说是和尚。

方以智又走几步,冲着严玮深深一揖,道:"是我连累伯玉兄了。"

严玮苦笑道:"密之啊密之,你这一出来,我是白挨打了。"

方以智叹了口气,道:"我若不出来,只怕他们真的会杀人。"说着,他轻轻抚摸了一下那还在刀下的孩子的头,歉然道:"是叔叔牵累你了。"然后,他直起身来,转身面向那校尉,淡淡地道:"我便是方以智,与他们无关,你放了他们。"

"放了他们?"那校尉冷笑一声。

不待那校尉继续说下去,方以智道:"你放了他们,我便随你回去就是。否则,惟死而已。"方以智淡淡说来,神情却很是坚决。

"你……"那校尉瞧着方以智,便有些迟疑。临行前,马帅再三叮嘱,要抓活的,那话可还在耳边。那校尉自然明白,对于马蛟麟来说,活着的方以智可比死去的方以智要有用得多。更重要的是,这明朝的大官要是肯降的话,毫无疑问,官职将在他这区区校尉之上。罢了,还是小心为妙,万一他降了马帅,老子现在又得罪了他,只怕会麻烦。

在乱世能爬到校尉这位置的人,总不会太笨。

"算了算了,"那校尉收起腰刀,在腰间挂好,哼了一声道,"便宜你们了,下一次,可别落到老子手上。记住,再与我大清作对,老子可不会放过你们。"说罢,一挥手,道:"方先生,请吧。"

他自己也相信了眼前的这和尚真的便是方以智。

如果不是,不仅这和尚会没命,这严家一家人大约也会没命。

这和尚总不会拿这么多条人命来开玩笑。

旧是餐毡待鸠身,阴暗异病叹前因。北都矢死惟存骨,西土无生岂累人。蛮地何缘求复壁,楚囚犹欲结华斤。翻成广柳驱车路,痛哭神州一片尘。

——方以智《示严伯玉》

方以智被押回位于平乐的清军大营。清帅马蛟麟早听得消息,心头大喜,早早地就在营门外等着。马蛟麟原是大明岳州副将,几年前降清,现任定南王孔有德麾下随征总兵官。马蛟麟原也不识得方以智,但他知道,如果方以智肯降,不仅定南王会很高兴,便是朝廷,也会有奖赏。要知道,方以智曾经官封大学士且名动海内。在朝廷想来,这样的人若能归附,则可见民心所向。在关外的时候,朝廷自然不会在意这虚无缥缈的民心,可如今,已经入关,要治理天下,自然就要收拾民心,以为天命。

然而,当方以智被清兵簇拥着进入大营的时候,马蛟麟不由地脸色一变,冷哼一声。

他自然也没有想到,方以智竟变成一个和尚。

此刻在他眼前的,可不就是一个身着袈裟的和尚?

马蛟麟一声冷哼,身边人早刀枪齐举,指向方以智。

方以智神色不变。

"大帅,大帅,"押方以智回来的校尉忙嚷道,"这就是方以智啊,就是您让找的方以智。"

马蛟麟眯着眼,微微露出一点杀气,瞧着这神色不变的和尚,心里也未免有些称奇。他是从尸山血海中滚打出来的,从大明的副将到大清的总兵,自然明白,当刀枪架到脖子上的时候,有多少好汉两腿发软、神色苍白、浑身哆嗦,甚至屎滚尿流,也算不得是什么稀奇的事。便是他自己,也是一样。否则,当年也不会降清了。

说不怕死的人多得是,可真的事到临头还不怕死的,百不遇一。

"方以智?"马蛟麟上下打量了方以智几眼,道,"方大学士?"

方以智轻轻摇头,道:"我是方以智,不过,不是什么方大学士。"他轻轻地一伸手,将搁在他肩头的一枝长枪的枪尖拨向一边,道:"小心些,我就这一件袈裟,坏了,麻烦。"他神情淡淡,分明就没将那森森的刀枪放在心上。

那几个兵丁面面相觑,刚想大声呵斥,却听得马蛟麟道:"本帅相信你是方以智方大学士了。呵呵,本帅早闻得方大学士泰山崩于前而不变色,如今一见,果然名不虚传。"

"不敢。"方以智不卑不亢地道。对马蛟麟依旧称他为方大学士,他也没有去纠正。

"不过,"马蛟麟脸色一变,道,"你真的不怕死么?"

"怕。"方以智淡然道,"蝼蚁尚且惜命,我又如何会不怕死?"

马蛟麟愣了一下,哈哈大笑:"如此说来,方大学士倒也是识时务的人。俗话说,'良禽择木而栖,良臣择主而事',没什么,我大清必然会重用方大学士,他日,本帅还要请方大学士多多关照啊。"话是这样说着,很显然的,眼神之中充满不屑,心道:这什么名满天下的方大学士,还不是降了?难怪不怕。都准备降了,这刀搁到脖子上又还有什么可怕的?

方以智微微一笑:"将军误会了。"

马蛟麟一愣:"误会?"

方以智淡然道:"我虽然怕死,却也不肯降了鞑子。"

"你!"马蛟麟又是一愣,不觉大怒。

方以智叹道:"四十余年,惟欠一死;心怀恐惧,却也不肯事房偷生。来吧。"说罢,伸手抚摸了一下自己的脖子,笑道:"好头颅终须钢刀斫之。"

"疯了,疯了。"愣了片刻,马蛟麟喃喃道,"押下去,押下去!"

马蛟麟可不敢这样轻易杀掉方以智。这杀贤的骂名,说起来可不会好听。天下太平之后,总会有文人记述,流传后世。千古骂名,可不是每一个人都能担当的。

几天后,马蛟麟令兵士将方以智押上教场,一边放着一套清廷的官帽官服,一边直身站立着一个手持鬼头刀的杀气腾腾的刽子手。马蛟麟冷冷道:"方先生,本帅再给你最后一次机会,你可要选好了。"

方以智毫不犹豫,便向那刽子手走去。

他走得很慢,脸色也苍白,但每一步都是那么坚定。

视死如归。

三

不知道出于什么心理，马蛟麟终于没有杀方以智。不过，马蛟麟还是很郑重地说道："本帅可以不杀先生，也不为难先生，不过，先生既已出家，便要真的出家。"方以智看着是一副和尚的打扮，但任谁都看得出来，他这是权宜之计。

他的额头上，还没有戒疤。

未待方以智说话，马蛟麟一摆手，又道："先生是聪明人，自然明白，大明的朝廷不会长久，也不值得先生去效忠。先生的气节，本帅很是佩服。不过，先生也不要让本帅难做。"

方以智默然无语，半晌，叹息一声，道："贫僧已经出家，红尘万事，早与贫僧毫不相干。"说着话，眼神未免一阵黯然。虽说他并不怕死，但若能留有用之身，自然也不会去就刀镬。更重要的是，马蛟麟说得一点也不错，这南明小朝廷，实在不值得他去效忠。否则，这些年来，他也不会一直都宁流亡深山也不肯去投降了。

然而，如此江山，果真就眼睁睁地瞧着落入鞑子之手么？

马蛟麟一笑，道："如此，待本帅上书定南王爷，便可放先生离去。这一阵，却要委屈先生了。"马蛟麟对自己的决定很是满意。对定南王将会如何回复，他一点也不在意。因为王爷早就有这样的意向，大明的官员，只要肯出家，不再与大清为敌，就可既往不咎。或许，这也是收揽人心的一种方法吧。人只要活着，即使现在不降，待大局已定，终有一些人会屈服的。而且，据说，朝廷里还有人以为，这样做可以让那些顽固不化的读书人将来瞧瞧，到底是大明好，还是大清好。

至少，对污浊不堪的大明，马蛟麟自己可没什么好印象。定南王孔有德当年要不是被逼得走投无路，大约也不会跨海去降清。大明的文臣武将，互相倾轧，生死党争，回过头去想想都会叫人不寒而栗。

像卢象升，不就死于党争，被杨嗣昌借刀杀人？

翌年开春，马蛟麟带兵攻入梧州，将已经出家的方以智安置在城东的云盖寺。方以智托人将妻儿送回家乡，算是彻底斩断情缘。妻子潘翟眼泪汪汪，却也知丈夫的无奈，到底只好洒泪而别。活着,总比死去的好,即使他做了和尚,至少将来的某一日,一家人或许还能团圆吧。潘翟临行前也未免这样往好处想道。

如果不走,马蛟麟未必相信方以智是真的出家。潘翟这点道理还是明白的。

临行前,潘翟又低低地问道:"相公,你不怪我?"

方以智自然明白妻子说的是出卖他的事。先前,正是马蛟麟逼问潘翟,潘翟才说出方以智的下落。或许,也算不上是出卖吧。人在生死关头,很多事总是身不由己。

方以智一笑,道:"从前种种,从贫僧遁入空门,便全忘了。"他的心,或许还有些痛,然而,此刻他已出家,一切的尘缘,包括痛,都应斩断。

妻儿离开之后,方以智又募资在云盖寺的那口著名的冰井旁建了三椽茅屋,唤作冰舍。数年前,曾与瞿式耜游冰井修亭作记并欲建别舍。如今,瞿公已经殉国。据闻,定南王也曾劝说瞿公,只要肯出家为僧,便会放过瞿公。瞿公毫不犹豫地拒绝了。

想到此节,方以智也未免怅怅。

> 烂破乾坤,知消受、新诗不起。正热闹、黄金世界,红妆傀儡。兰蕙熏残罗绮骨,笙歌饯送沙场鬼。被一声、霹雳碎人间,春心死。
>
> 泪珠儿,从今止。眼珠儿,从今洗。见青山半卷,碧云千里。鸣洞响遮归鹤语,冷风剪破雕龙纸。几万重、楼阁一时开,团瓢里。
>
> ——方以智《满江红·梧州冰舍作》

"罢了。"方以智想道,"泪珠儿,从今止。眼珠儿,从今洗。从今后,世间便再无方以智,云盖寺便多一个和尚罢。"

这和尚,法名行远,号无可。

自甲申至庚寅,无可道人以猗玗洞之悬丝,流离岭表,十召坚隐,不肯一日班行,为白发也,转侧瑶峒,以鸡纳为归路。庚寅间之间,栖一瓢于仙回山,不幸同隐有相识者,系累胥及,被絷而胶致之平乐将军。将军奉默德那教,尤恶头陀,露刃环之。视此衲之不畏死而异之,逼而誂之,终以死自守,乃供养于梧州之云盖寺。大病垂危,久而小愈,无可道人自燃香而祭之曰:生死一昼夜,昼夜一古今,此汝之所知也。汝以今日乃死耶。甲申死矣,自此而石巢之锋、乙酉三河之盗、丁亥大埠之劫、天雷之苗、被左之遁、昨冬之平乐教场，何往而非死。若自无始以来之道人视之，邵子所谓虚过万死矣。蒙庄氏日以齐生死，一夭寿为言，而乃哼哼于曳尾栎社树，养生全其天，若真有莫可奈何然者。……能以死知其所以不死，知不死之无不可以死，则此死也诚天地之大恩矣。……此年来感天地之大恩，痛自洗刮者也。独眷眷者，白发望之久矣，尚未得一伏膝下。姑以逃勾吴为解，是则白马旲照之所呼苦苦者耳。因起而歌，歌曰：风飘飘兮云溕溕，地之下兮天之上。香烟指故乡兮安所往，未能免俗兮呜呼尚飨。

——方以智《辛卯梧州自祭文》

然而，此身犹在，此心果然死耶？

洞庭不是，早一场收拾，孤臣孽子。竟把青天，埋在秋风浪里。为甚么，风不死。

投书枉费人间纸，草木无情，却记君山泪。千古骚场，不过呜呼而已。总没教，人说起。

——方以智《河传·与楚上陈其容》

四

顺治九年（1652），方以智在时任苍梧县兵宪的同乡彭广的帮助下，终得以离开梧州。与他结伴而行的，是施闰章，方以智故友宣城沈寿民的弟子。出梧州，越梅岭北上，过泰和，入清江，登匡庐。

这大好河山，如今，都已在大清的治下。大明朝，只偏安于一隅，眼看着就要覆灭。

无力回天。方以智也未免黯然想道。任谁也无力回天。更不用说，这朝廷的上上下下，犹自在争权夺利。

匡君庐后，遂有名山姓。峰顶上，开三径。麻姑招五老，列槛窥明镜。君不见，庐山面目何曾定。

说法东林竟，飞瀑消钟磬，随一片、闲心听。香炉休篆字，雨洗苔痕净。云起处，浅深染却关全病。

——方以智《千秋岁·狂庐凌云社作》

划碎虚空。堕落珠宫。漫夸张、鬼斧神工。半间茅屋,八面玲珑。有一条溪,千丈石,万株松。

急雨斜风。电卷雷轰。是谁来、掷杖成龙。千年古意,分付诗翁。在两崖间,三弄外,一声中。

——方以智《行香子·三叠泉玉川门》

对于方以智来说,这是他这些年来难得的轻松时节。他享受这样的轻松。

这些年来,方以智就像一根绷紧的弦,时刻挣扎在生死线上。人或许不畏死。但是像这样时刻面对死亡,这绷紧的弦总有一天会绷断。

所以,方以智死了,无可和尚还活着。

现在游览庐山的,轻轻松松走进庐山的,或许,已不是方以智。

而是一个叫无可的和尚。

方以智在庐山住了将近四个月,这期间,写完《东西均》。"古呼物为'东西',至今犹然……道亦物也,物亦道也。"

此时,两个儿子中德、中通也上了山。于是,别匡庐,下鄱阳,与妻及幼子会合,复越彭泽,顺流而下,回到桐城。

这时,已近岁末,除夕就要来临。

遍地酒杯香。知多少、带累柴桑。剩得古来双袖在,锦袍白眼,青衫红泪,攒杀眉梁。

开口断人肠。只消这、一字难当。渔父千年无处着,半炉麸炭,一瓢泉水,吞却鄱阳。

——方以智《青杏儿·似山下干云龙》

只不知此时与妻儿团聚一起回家的,到底是一个叫无可的和尚,还是一个叫方以智的前明大学士?

五

顺治十年(1653),方以智到了南京竹官,礼拜觉浪禅师,受大法戒,更名弘智,字无可,别号药地。

在桐城家中的时候,先是皖开府中丞李芃赠以袍帽,征其入仕；紧接着，又有一个马姓官员，举荐他于朝，并着人陪他赴京。方以智明白，他想隐于家大约是不可能的了。或者说，他只能是一个和尚，而绝不可能再去做方以智。

三斤麻，一匹布。错向岭头开铺。黑漆桶，破沙盆。归家不见门。欲知汝，在何许。莫看灯笼下语。一句句，一声声。从来说不明。

——方以智《更漏子》

对于方以智来说，这一回，算是真的出家，隔断红尘。人生之事，或许就是这样吧，就像水上浮萍，分明知道水流的方向，这浮萍却难以自主。"一句句，一声声。从来说不明。"

经冬雪压梅花绽。墙角枯枝谁爱看。一阵东风。昨日今朝大不同。
藤枯树倒还埋没。莫卖此番寒彻骨。静夜参堂。不是人间一样香。

——方以智《偷声木兰花》

灯笼破。风吹过，光影门头行货。寻常话。明头诈。刀山剑树，自家描画。怕。怕。怕。
终朝坐。原来错。那得水中横卧。三更夜。灯儿下。寒毛竖起，不劳人骂。罢。罢。罢。

——方以智《钗头凤》

参禅，闭关，仿佛真的已经是一个僧人一般，直到顺治十二年（1655）的秋天，父亲方孔炤在家乡病故。

"阿弥陀佛，"当方以智辞行的时候，觉浪禅师虽说心中有些奇怪，却到底是高僧，神色不变，"汝果真要回去守孝？"

方以智很认真地点头："是的，师父，弟子真的要回去。"

"出家无家，"觉浪禅师叹道，"药地，你依旧尘缘难了啊。"说着，不觉又轻轻摇头。这几年，方以智参禅闭关，可来劝说他还俗出仕的，一直都没有少过，好在方以智一直都摇头，甚至不惜与来劝说的人绝交，包括多年的好友吴伟业。

吴伟业已经出仕。

在所有人看来,方以智仿佛真的已经出家,事实上,已经受大法戒,也是真的出家。可是,这一回,要是回去为老父守孝的话,旁人会怎么看?清廷又会怎么看?自古以来,可没有一个出家的僧人回俗世的家替去世的老父守孝的。

方以智如果这样做的话,很容易被人诟病,或许,还会因此招惹很多麻烦。

觉浪禅师这样叹息着,接着便沉吟无语。

方以智轻轻地道:"佛亦有母,我亦有父。"这说的是佛母孔雀大明王的故事了。

觉浪禅师不觉动容,半晌,道:"好自为之。"说罢,便微微地闭上双眼,不再作声。老和尚自然想道,一旦出家便无父无母,大约也不是佛陀本意。佛陀慈悲,普度众生,而父母不也在众生之中吗?

方以智回家奔丧,于合明山下结栾庐守墓三年。这三年,对于方以智来说,可谓是很滑稽的三年,他所面对的,是各色各样的目光。因为身披袈裟的大和尚如同世间俗人一样在亡父墓前大哭,怎么看都叫人觉得滑稽。更何况,他还守墓三年。

佛亦有母,我亦有父。这样的话,无疑很有道理。然而,出家无家,若还是眷恋俗世中的家,又谈何出家?更何况,这三年之中,妻儿都在身边。大和尚的身边,有妻有妾有儿,又如何让人相信他已出家?

对于一般人来说,或许,也就在旁边嗤点嘲笑而已,而对于时刻注意到方家的官府来说,或许,就有些紧张了。方以智名动天下,如果他不是真的出家,而再与那些顽固不化的反清分子相勾结的话,那么,事情就会变得很棘手。尤其是对这些年来曾经帮助过方以智、表示只要出家就既往不咎的人来说。

对此,方以智浑然不管。这三年间,他先是与中德、中通、中履三子,重编《周易时论》,附以《图象几表》,紧接着,又相继写出《正叶》《五老约》《药集》《医学会通》来。

方以智实在不像是一个大和尚。

即使他已受大法戒,俨然一副高僧的模样。

即使在这三年之中,他始终都是袈裟在身,始终都是和尚的打扮。

他的心,始终都留在这尘世间。

或许，斩断尘缘，真的不是一件容易的事。

六

帐前珍重兰亭帖。与香烟相接。一炉红火，一双白眼，一庭黄叶。
长吟梦与松风叶。入钟声重叠。九天楼阁，半堆泥土，两行蝴蝶。

——方以智《贺圣朝·书与黄俞邰》

风起恨青霄。堆砌无聊。乱红催语肯相饶。九十春光留不
住，只在今朝。

旧泪洒横桥。那更吹箫。一声断处血难消。夜半子规啼不
尽，只见花飘。

——方以智《浪淘沙·示陈涉江》

黄虞稷，字俞邰，号楮园，福建晋江安海人，藏书千顷堂，闻名
海内。

陈丹衷，字旻昭，号涉江，一号献父。曾授御史，赴黔粤招募苗
兵。工诗文，能书画，长于墨竹。

顺治十五年（1658），方以智离开桐城，行脚江西，溯江直上庐
山五老峰，入南城荷叶山，遍游南城景城、资圣和新城寿昌廪山、南
谷、天峰诸寺，游踪不定，没有再回竹关。其间，方以智交游也是遍
天下，无论僧俗，无论明朝遗民还是大清官吏，无论乡绅贤达还是
士人学者，游踪所至，无不交往。方以智原本就是名士，如今又一
副行脚高僧的模样，自然是人人都乐意与他交往。

没人知道他这样做到底为什么。

僧不僧，俗不俗，总是会令人诟病。

不过，一个人做些什么，又关别人什么事呢？但求无愧于心，
又何须对人言说。至于清廷，许多年前方以智就已将生死置之度
外，如今还活着，是因为要留有用之身以待将来。那么，在这样的
情况下，又何须在意清廷怎么看？

自然，方以智也没有忘记与一些清廷的官员保持来往。

能不让他们注意，就不让他们注意。因为只有活着，才能有更
多的作为，无论是著述，还是其他方面。方以智这样想着。这不是

为了朱家皇帝，不是为了大明王朝，而是为了汉家天下。

那金钱鼠尾的辫子，真难看啊。方以智不无鄙夷地想道。

"父亲。"方中通不无忧虑地瞧着老父，总觉着有些不放心。在方中通想来，老父有些天真。天真与年龄无关，与他是否出家也无关，与他读过多少书、有过多少著述，依旧无关。

天真的人，总是活在自己的梦想里。

哪怕那样的梦想就像天际的絮云，分明就在眼里，但绝无人能够捕捉得到。

又或许，在这样的乱世之中，能够活在梦想里，也是一种幸福吧。人生本来就已很苦，若再无梦想，岂非更苦？梦想又像暗夜的星火，即使找不到出路，也能给人以暂时的温暖。

这一年的十二月一直到次年的正月，张煌言两次率军攻入江南，甚至一直打到江宁城郊。紧接着，郑成功也挥军到崇明，与清军激战。虽说到最后失败了，但这真的也就像暗夜中的星火，使人觉得，在这一片土地上，终须有不肯屈服的男儿，终须有不惜牺牲生命也要去光复汉家山河的铁血男儿。

这些铁血男儿，使得方以智终不免有些羞愧。人固有羞耻之心。对于方以智来说，这样的羞耻之心来得尤其浓烈。否则，当初也不会毫不犹豫地走向屠刀，宁死也不肯穿清廷的官服了。此后，形势越来越明朗，很多原本坚持初衷的，最终也都放弃了初衷，羞答答地归顺了清廷，像吴伟业；至于龚鼎孳、钱谦益，这些或者"小妾不让死"，或者"嫌水太冷"的天下名士，更是主动迎降，以谋得在新的朝廷里的一席之位。只要能有官做，而且还是高官，含羞忍辱又有什么？自然，对于他们来说，或许那不是羞辱，而是识时务，是快乐与幸福。

袈裟还是当年的那一身，已经很旧很旧了，只不过，洗得还算干净，有几处有些损坏，不过，已经打上了补丁；还有几处，则被岁月磨洗得很轻薄，仿佛一捅就会破了似的。

方以智低垂着双眼，道："我没事。"想了想，又道："此去湖广，只当是替为父去看望一些老朋友，其他的，什么也不用说。"

"儿子明白。"方中通应声道。

"万事小心。"方以智已有些昏花的老眼中现出几分柔情来。其实，儿子早已长大，如今，也算得上是学有所成，一方名士。

方以智不放心儿子，儿子也一样放心不下父亲。要知道，他们所要做的事情，万一被清廷侦知，只怕惹来的就是滔天大祸。然而，有些事，明知有可能会惹祸，总也要去做的。

　　做了，未必就能成；可要是不做，就永远也不会有希望。

　　刘驾梦难圆。蝴蝶双双笑杜鹃。蜀道秦关烽火里，苍天。捏起喉咙又一年。

　　雁字凭谁传。春去秋来写不全。最苦衔芦还失伴，堪怜。带累人间又一篇。

——方以智《南乡子·游告》

　　方以智不愿意捏起自己的喉咙，尤其是在这样的乱世烽火之中。张煌言、郑成功等既然使他看见了星火，那么他也就要为之发出一点点光，哪怕因此会燃烧自己。

　　总要去做。方以智想道。

　　当初，父亲方孔炤曾任湖广巡抚，到现在，湖广还有他留下来的一些部属。这么多年过去了，父亲的那些部属，还忠于大明么？还能听方家的振臂一呼么？

　　然而，有些事，总得去做。方以智默默地望着儿子远去的背影。那背影就像夕阳下的树，黄昏以后，渐渐地淡了，不见了，但他明白，到明日清晨来临、旭日升起的时候，那树依旧会伟岸，哪怕满身风露。

七

　　转眼已是康熙三年（1664）。这一年的七月，张煌言被执于舟山，九月初七，在杭州殉国。

　　浅水醉芙蓉。微云界远峰。坐高楼、半落梧桐。当面千层青不了，聊拈出，夕阳红。

　　池浪学寒松。虫声切暮钟。扫人间、一阵西风。刮去愁肠愁得笑，空回首，看飞鸿。

——方以智《唐多令》

这一年,方以智入主青原山静居寺。也是在这一年,他写完《药地炮庄》。一个和尚去解读《庄子》,也是一件很有意思的事。没人去怀疑这部书的价值。事实上,这部书写成不久,萧伯升就为之写序,并且开始镌版印刷。只不过,更多的人在意的是,这位药地大师、从前的四公子之一方以智,实在不像一个和尚。

或许,他根本就不想做一个和尚吧。

即使,他已经做了很久的和尚。

披上袈裟、受过大法戒的,未必就是和尚。

他了不断尘缘,依然享受亲情,几个儿子总是间歇地随侍在身边;他关心故国河山,甚至让儿子去联络故友,以待时机;他交游满天下,哪有高僧潜修的自觉?他不断著述,将心中所想一一书写出来,以留后世。

"刮去愁肠愁得笑,空回首,看飞鸿。"当张煌言殉国的消息传来时,方以智默默地遥望天际,遥望着天南。

天际,其实并没有飞鸿。

永历朝廷已经覆灭,皇帝被吴三桂亲手绞死,李定国病死。如今,张煌言又已殉国。郑成功兵败后,据守台湾,如今,算是为大明保留最后一点元气。郑成功后还能最终打回大陆、光复汉家河山么?

缟素临江誓灭胡,雄师十万气吞吴。试看天堑投鞭渡,不信中原不姓朱。

——郑成功《出师讨满夷自瓜洲至金陵》

开辟荆榛逐荷夷,十年始克复先基。田横尚有三千客,茹苦间关不忍离。

——郑成功《复台诗》

郑成功或许真的英雄了得。然而,到如今,他真的还能打回来么?永历皇帝已经殉国,大明最后的朝廷已经覆灭。如果郑成功真的打回来,这天下还会姓朱么?

想得太远了。方以智嘴角浮现出一丝似有似无的讥笑。或许,这天下姓不姓朱并不重要,重要的是,要还我汉家衣冠、汉家文化。

这些年来,方以智孜孜不倦地著述,也正在于此。

老树作溪桥。倚仗逍遥。出门一步即亭皋。绝妙夕阳留不得,又要来朝。

回坐小团瓢。墨水空浇。求天珍重破芭蕉。千万苦留秋莫老,让我挥毫。

——方以智《浪淘沙》

方以智想起,儿子从湖广回来曾对他说道,只要大军打到,湘人必能响应。当儿子偷偷地将这些湘人的允诺告诉他的时候,他只是苦笑一下。

他不是不相信湘人的血性。

十多年前,李定国将军就曾打下湖广。只可惜,如今看来,那却像是垂死病人的回光返照。

大军攻入湖广,湘人必能响应。那么,若大军攻不到湖广呢?

更不用说如今哪来的大军?

永历小朝廷已经覆灭。李定国已经病故。张煌言已经殉国。郑成功割据在台湾。剩下的那些零星的反抗,却像是小火苗一般。虽然说星火也能燎原,可这样的星火,往往在燎原之前就被扑灭了。

大军?

没大军了。

原来真的是锦上添花易,雪中送炭难。

方以智的梦想,是能够联络湖广豪杰,直接起兵。现在想来,这真的如同梦幻一般;而这梦幻,又似肥皂泡,看起来无比美丽,却禁不起轻轻一碰。轻轻一碰,便迅速破灭。

然而,终不能放弃。方以智又这样想道。只要活着,就终有希望,即使那希望看起来很是渺茫。

<h1 align="center">八</h1>

康熙十年(1671)的三月,一群持械的捕差兵卒闯进了春浮园。方以智从青原山静居寺退养之后,便住在春浮园中的亦庵。自然,信徒们所看到的是一个老和尚,唤作无可药地和尚。和尚慈

眉善目的模样,只是低垂着两眼,仿佛始终都有些忧郁。

有人说,禅师学问很大;还有人说,禅师交往广阔。

禅师在青原山已经很多年。

捕差们在春浮园没有找到禅师本人,不过,禅师的两个儿子方中德、方中履恰好在春浮园,被人指认之后,毫无悬念地就被拘押了起来。

"听说,是造反……"泰和县城之中,有人这样神秘兮兮地说道。

"造反?"听的人就有些不相信了,"你说药地禅师造反?"一个分明已经老去的和尚,说他造反,实在是令人难以相信。在想象中,那些造反者不应是凶神恶煞、横眉怒目状么? 他们实在很难将药地禅师与造反者联系起来。

天下承平已久,人们的日子早已趋向稳定,乱世已经结束了十多年。大明也罢,大清也好,对于普通人来说,又有什么关系? 无非是脑后多出一条辫子而已。与从前的盘发相比,现在的辫子似乎也没什么不方便的,尤其是夏日炎炎的时候,理发修面之后,还能给人清爽与凉快的感觉。

如果非要说有所不同的话,那就是税交的没从前多了,流贼少了,匪也少了。还有就是官兵。只要不是造反,官兵也不会如同大明时的那样,到你家来抢,而且,还是见到什么就抢什么。

太平。有些老人当年是死里逃生,自然会这样不无感慨。从天启到崇祯,天下纷扰不休,哪里曾有过这样的太平? 流贼所到之处且不说,便是流贼所不至之处,官府的税收也是一年比一年重,一年比一年多,对老百姓的盘剥,恰便似元时的一个曲子所唱到的那样——

夺泥燕口。削铁针头。刮金佛面细搜求,无中觅有。鹌鹑嗉里寻豌豆。鹭鸶腿上劈精肉。蚊子腹内刳脂油,亏老先生下手!

——无名氏《正宫·醉太平·讥贪小利者》

否则,好好的大明百姓,怎么会纷纷从贼? 怎么会落草为寇、为匪? 还不都是被逼的。《水浒》里说逼上梁山,大宋是这样,大明也是这样。

鞑子或许很坏。可鞑子再坏能坏过大明去？鞑子再坏，叫老百姓没了活路？对于普通老百姓来说，什么文化，什么夷夏，他们可不会在乎。他们在乎的，是日子能够过得下去。据知县大老爷说，大清的皇帝说了，"永不加赋"。康熙小皇帝虽然还小，可那也是天上的星宿下凡，说"永不加赋"自然便是"永不加赋"。据说，还是顺治老皇爷吩咐的。

造反？为什么要造反？莫非还要像明末那样，天下战乱不止，老百姓没个活路？

药地禅师造反？还有他几个儿子？他几个儿子，可都是文质彬彬的样子。

"不会吧？"闻得药地禅师造反，便又有人质疑道，"禅师一向慈悲，又怎么会造反？"

"这唤作知人知面不知心。"便有人将嘴一撇，头一摆，辫子甩到了脑后。那辫子划过的弧线，在春日的阳光下，就像乳燕低翔。

"我还是不信。"先前质疑的人依然坚持自己的不信。

"唔，不是造反。"就又有人神秘兮兮地压低声音道。

"不是造反？不是造反，官府怎么会来捉拿老禅师？"有人奇怪地问道。

那压低声音的人将声音越发地压低了，道："听说，是反清复明。"

"啊？"众人大惊。不过，很快就又有人笑道："还不是一样？"在他们看来，造反与反清复明好像也没什么分别。造反便是流贼，像前明李自成、张献忠那样的；反清复明，便是回到天启、崇祯那个时期那样的。可在普通老百姓看来，流贼横行不就是在天启、崇祯年间？而且，据说，流贼还是被前明的官府逼出来的。自然，其间的复杂，他们不知道，也不想知道；不关心，也不想关心。他们关心的，只有自家的日子。

"听说，老禅师已经联络了很多人，只待时机成熟，就要起兵反清，"那压低声音的人继续压低着声音，道，"只可惜，在广东那边，有人告发到了官府，抓了好多人，又向咱们这边发了缉捕文书，所以，官府就派人来抓老禅师了。"

"可他一个和尚……"

"和尚怎么了？当年，道衍大师不也是和尚？"

"道衍？哼，那不就是个反贼？当年，大明的皇帝是建文，永乐可不就是反贼,抢了侄子的帝位?"这话,在前明的时候,自然是没人敢说的。不过,现在已是大清,自然便会有人替建文鸣不平。无论如何,做臣子的起兵,就是造反,就是反贼,哪怕他是皇帝的亲叔叔。皇帝的亲戚多了去了,要是做亲戚的动不动就起兵造反,这天下还不早就乱了?

"呵呵。"

"我明白了。"有人忽地低声叫了起来。

"你明白了? 明白什么?"有人应声问道。

"我明白了,难怪老禅师这许多年到处行脚,还有,他几位公子,也是这样。我原先还奇怪呢,这都出家做和尚了,如何俗家的儿子还一直都跟在身边,原来……原来……"

"他几位公子就是替老和尚跑腿的!"有人一拍大腿,恍然大悟道。这样一想,可不是! 很多原先疑惑的,现在都用不着疑惑了。老和尚满天下乱跑,老和尚交游满天下,原来,是联络同党,想反清复明呢。

老和尚的俗家名字是方以智。不过,大多数人对此并不关心。即使知道,他们中的大多数也只会愈加疑惑地去问:方以智是谁?

如果知道方以智,则更加会疑惑:在前明弘光年间,可差点儿入狱,后来被迫流亡,才算是捡了一条命。

晚明时期,几乎没一个好皇帝。要么昏庸,要么刚愎。从天启到崇祯,到甲申国变之后弘光、隆武、永历。据说,隆武曾誓师要收复中原。不过,谁知道呢? 谁让他最终成了一个短命皇帝呢? 要是不短命,说不定与弘光、永历也没什么区别。

对朱家,当年的老百姓就没有什么好印象,更不用说在当今的大清了。更何况,在如今的大清,要是再怀恋前明,只怕会惹来滔天大祸。

好吧,就算药地禅师,或者说方以智,不是李自成、张献忠那样的造反,而是忠于前明,想联络四方以图反清复明,是前明的忠臣。可是,这与咱们又有什么相干? 咱们已经是大清的臣民,可不能一不小心惹祸上身,受到株连。这反清复明,又是在咱们泰和这地儿,老禅师在泰和也有一段时间了,早就有人与老禅师有过一些交往。要是株连起来,只怕真的会有很多人人头落地。

这样一想,便又有人对老禅师咬牙切齿地痛恨起来。好好的太平日子不过,反清复明,不想活了?

九

知不问,又何言。揭过真丹七万年。只有一帘青滴滴,等闲挂在草堂前。

——方以智《捣练子·似禅客》

方以智神色不变,轻轻地写下这阕记忆中的《捣练子》。这阕《捣练子》什么时候写的?他已经记不大清楚了。年纪大了之后,记忆越来越差,很多从前牢记于心的,现在都记不得了。然而,若说记忆差了,又为什么有些原先很模糊的,如今,却越发清晰起来。

禅师。方以智将笔搁下,忽然想到,自己出家有二十多年了吧,便是受大法戒,也要十八年了。本师觉浪禅师,早已圆寂。觉浪禅师活着的时候,曾以法脉相传,要他将曹洞宗发扬光大。这阕《捣练子》,应该是那个时期写的吧?

差不多已经忘了。方以智轻轻摇头。要不是在一册经书中偶然翻检到这张发黄的旧纸片,真的已经忘记了。许多年之后,重新读自己的这首旧词,恍然若新。

似禅客。

终不是。

也曾闭关参悟,终究参不透。

也曾行脚天下,却是想与会天下豪杰。

此身,是僧?非僧?

当年的出家,已是身不由己;受大法戒,还是身不由己。觉浪禅师说,尘缘难了。其实,并不是尘缘难了,而是身不由己。

人生总有太多的身不由己。

放弃亲情,即使儿子随侍身边也无动于衷地将其赶走?方以智觉得,他做不到。

放弃国仇,就此老老实实做一个和尚,而不管这天下是大明还是大清,是夷还是夏?方以智觉得,他还是做不到。

是的,诚如一些朋友所认为的那样,大明未必就好,大清未必就坏,大明的皇帝,要么昏庸要么刚愎,大清的皇帝甚至能说得上英明,大明赋税重、阉党横行,大清据说"永不加赋",更不见太监作威作福。总之,大清与大明比起来,真的要好很多,无论是对普通老百姓还是对官绅来说,都是这样。大明亡后,大清也没有像前明对政敌那样将其遗民赶尽杀绝。在大清,只要没有事实的活动去反清,任你去做遗民,或出家为僧,或隐遁山林,官府大多也只是睁只眼闭只眼,甚至对这样的遗民,还给予应有的尊重,时不时地还会征召入朝为官。

大清对名士的重用,也是前明所无法相比的。

这一切的以为,真的很有道理。

然而,在方以智的心中,却还是执着地牵挂着大明,牵挂着汉家天下。顾炎武说:"有亡国,有亡天下。亡国与亡天下奚辨?曰:易姓改号,谓之亡国。仁义充塞,而至于率兽食人,人将相食,谓之亡天下。……知保天下然后知保国。保国者,其君其臣,肉食者谋之;保天下,匹夫之贱与有责焉耳矣。"或许,这些年来所做的一切,也正是因为此吧。

他们不知道。有时候,方以智也会不无悲哀地这样想。

他知道,人心思定。他知道,还记得大明的人已经越来越少,还想着回到大明的就更少。否则,也不会有越来越多的读书人去应试科举争着做大清的官了。方以智自然不会以为争着去做大清的官的就是没有气节、就是忘了祖宗,那些大清的官,也不无品德高尚之士,然而,这更使方以智觉得悲哀。

士,都忘怀了大明忘怀了汉家天下,就更不用说普通的老百姓了。

只是,方以智忘不了。

方以智相信,天下必然还有很多如他一样的人。

如顾亭林,如王夫之,如黄宗羲。

总有些人,是怎么也不会改变的。

即使这大清的统治似乎也不坏。

其实,方以智还在春浮园。

当缉捕文书下达到庐陵县的时候,知县于藻大吃一惊。他一边稳住上差,一边就派人到泰和送信,希望方以智能够躲过追捕,再徐图援救。萧孟昉没有犹豫,就让方以智躲藏到密室之中。不错,方以智或许应该出逃。可如果出逃的话,能够逃得过到处下达的海捕文书?如今,清廷的基层早已稳定了下来,如果方以智真的出逃,只怕很快就会陷入天罗地网当中。更不用说方以智已经六十岁了，无论是精力还是体力，都已无法支撑这样长时间的逃亡。

三十岁的时候很容易就做到的事情，六十岁的时候往往想都不能想。人之老去，原就如此。

此外，萧孟昉也不放心。

"先躲一躲吧。"萧孟昉说。

萧家是巨富之家，春浮园中，自然会有隐藏得很深的密室。如果将方以智藏到这样的密室之中，再将官差应付好，这件事应该就能这样过去了。又不是刻骨的仇恨，萧孟昉相信，只要应付得好，那些出差的捕快士兵也不会掘地三尺来找一个人。

所谓应付得好，无非就是给些银两。这些银两，萧家给得起。

中德、中履不肯藏入密室。

他们说，官差要是一无所获，只怕不肯罢休。

他们这样说的时候，很是平静。这样的平静，使得萧孟昉有想流泪的感觉。

忠臣。孝子。萧孟昉这样想道。如果说方以智是忠臣的话，那么，毫无疑问，方氏兄弟就是孝子。这样的忠臣孝子，使得萧孟昉很是感动。

萧孟昉性慷慨不吝施予，尝蠲田谷数千石，具饔餐以活狱囚。又为逋赋者完室家，赎子女，其好义如此。（萧名伯升，江西太和人。豪快自喜，意气卓荦，交游满天下。）

——王晫《今世说·德行》

苦心思救济，尽现漆园身。蛮触征皆罢，逍遥足绝尘。父书还赖友，古道可娱亲。三世交情重，应知贱子贫。

——方中通《萧孟昉捐赀为老父刻〈药地炮庄〉感赋》

方以智接受了萧孟昉的安排，躲在了密室之中。

因为还有一些事，必须去做。

此身若系囹圄，那没有关系；此去若赴西方极乐，那也没关系。可在此前，总有一些事情，必须安排好。否则，只怕死也不能瞑目。

"王师北定中原日，家祭无忘告乃翁。"方以智心中回旋起放翁的这两句诗来。也许，年轻的时候，还不明白。现在，他明白了。

他明白了放翁的心。

这么多年,方以智做了很多事,很多不能让人知道的事。因为,如果让人知道,只怕真的会有很多人人头落地。

十余天后,当萧孟昉再次来到密室的时候,方以智的神情轻松,并且将刚刚写下的《捣练子》拿给萧孟昉看,笑道:"伯升,你看,老衲现在像不像个和尚?"

"智公。"萧孟昉看到方以智轻松的样子,不由得心头一痛。他低头看那词笺。"知不问,又何言?知不问,又何言?"萧孟昉喃喃着,不由得又是心中一痛。

什么也不用问,什么也不用说。或许,这就是方以智现在的决定。

方以智将一个包裹交给了萧孟昉,道:"如果中通没事,你就将它交给中通。万一中通有什么不测,就烧了罢。"方以智依旧神情淡淡,并没有做千叮咛万嘱咐状。因为方以智相信萧孟昉,就像相信他自己一样。

"要不,智公,"萧孟昉迟疑一下,道,"我们起事吧?"

方以智一瞪眼,道:"胡说!"

"智公!"萧孟昉叫了一声。

方以智轻轻摇头,道:"伯升啊,你家大业大,起什么事?这件事,原本就与你无关,是我牵累你了。"方以智自然明白,现在的局势,无论是谁都起不了事。他这些年来所做的,只是保留火种,以待将来。如果现在起事,只怕那火种很快就会被扑灭。至于萧孟昉,更不能牵连到这件事中去。否则,真的是百死难赎其罪了。

虽然说是三世交情,可这些年来,萧孟昉对方家的帮助已经太多太多。

"可智公如果出去的话,只怕九死一生。"萧孟昉努力地劝说着,"不如,智公你就在这儿待着,官府不会找到你,时间久了,这件事也就过去了。"

方以智再次轻轻摇头。

"智公!"

"二十多年前,我就应该死了,只不过苟且偷生以至于今。"方以智轻轻一叹。他想起前些天传抄来的一阕《贺新郎·病中有感》。

　　方以智记得当时读完之后，便长叹一声："梅村①命不久矣。"方以智与老友吴伟业绝交已近二十年。当时，吴伟业已经出仕，并且来劝说方以智也出仕，结果不欢而散，就此绝交。这近二十年的时间里，吴伟业绝口不提方以智这个曾经的老友，方以智也同样如此。却想不到，近二十年之后，方以智读到了这阕《贺新郎》。

　　据传抄的人说，梅村先生年初的时候就有些身体不舒服，这阕词，正是在这个时候写的。

　　方以智却知道，梅村更不舒服的，是他的心。

　　想不到梅村出仕之后，终究是不开心。方以智想道。其实，不仅是梅村，还有牧斋②，也是一样。

　　早知今日，何必当初。方以智不无感慨。然后想到自己，当日，岂非也终究屈服？同样的，但肯为僧便可免于一死，瞿式耜、张同敞二公毫不犹豫地拒绝了，而他方以智，羞羞答答地点了头，曰：留有用之身以待将来。留有用之身以待将来，终究只是借口，说到底，还是怕死，一旦有了活路还是选择了活路啊。

　　年纪大了之后，方以智每每想起，都会冷汗涔涔。

　　他可以欺骗所有的人，他可以说，其实，他真的不怕死，真的愿意殉国，而之所以选择为僧，是因为要留有用之身以待将来。

　　但他无法欺骗自己。

　　"二十余年惟欠一死。"方以智轻轻地说道。

十

　　历遍刀锋后，空门亦化城。老亲不畏死，人子敢偷生。两地同时系，千秋此日晴。佛恩如有在，拭却泪纵横。

　　　　　　　　　　——方中通《闻老父庐陵自诒，饮泣书此》

　　康熙十年（1671）的五月，数名差役押解着方以智离开南昌，在西郊登上了前往广东的解艇。与方以智随行的，有儿子方中履、侄子方中发，还有孙子方正珠。

103

---

　　① 梅村：明末清初诗人吴伟业。
　　② 牧斋：明末清初诗人钱谦益。

洒泪遣儿去，惟思白发亲。代余依大父，道我是羁人。魂梦同烟瘴，著龟诉苦辛。难中初侍侧，莫负此风尘。

——方中通《大人将度岭遣儿正珠随侍入粤》

　　方以智是重案犯，原本是不可能允许家人同行的。只不过方以智年纪已大，又有病在身，时任南昌道台的周体观与方以智也算是有些交情，行前嘱咐了解差几句，再加上萧孟昉肯花钱，所以，那几个解差也就与人方便、与己方便。不仅如此，登艇之后，还给方以智去了枷锁，并不为难。虽然说，这期间也有生怕方以智戴着枷锁一不小心就会死在路上的担忧，可对于方以智来说，这枷锁的去掉，毕竟多了几分自由。

　　解艇到庐陵的时候，方以智病重，南昌道台周体观为之斡旋，终得北京刑部与广东方面允许，暂时留在庐陵养病，待病好之后再押送广东。在庐陵养病期间，萧孟昉与弟子中千和尚都赶来照料。这病一养，就到十月了。十月初，有文书催解，方以智再次被押往广东。这一次，与之随行的除了方中履、方正珠之外，还有萧孟昉与中千和尚。萧孟昉表示要送一程，中千和尚则坚持要侍师入粤，同生共死。

　　到泰和，送别萧孟昉。两人洒泪道别。因为他们不知道，这一次分别后，还能不能再见。"人生不相见，动如参与商。"更何况人已垂垂老矣，这一次被押往广东又是生死难料。萧家家大业大，无论如何，不能让萧孟昉牵连进去。在江西，萧家人脉广阔，万事还好商量；如果跟着到广东的话，只怕是祸不是福。虽说临别时，谁也没有多说什么，可那样的感伤与无奈，还是像雨后的青苔一般，给人以几分清凉，又几分凄凉。

　　送别萧孟昉，解艇继续前行，顺势而下，已进入万安县境内。进入万安县境内之后，急湍似箭，猛浪若奔，驾船的人说，前方已是惶恐滩，各位且小心些。

　　惶恐滩，在距万安县城十里的江面上，是千里赣江十八险滩之一，又名黄公滩，更早的则是叫作湾弓滩，因位于县城南门，还叫作南门滩。后来，有一船行经此处，风急浪高，便翻了船，有一位黄姓船工毫不犹豫地下水救人，救起了很多落水者，只可惜他自己却淹死了。为了纪念这一位黄姓船工，后人便将湾弓滩改名为黄公滩。另有一说，是宋代有一个叫王阮的人，夜宿于此滩，梦见一位自称管理赣石三百里的河滩之神，姓黄，王阮便称他为黄公，故又将此滩唤作黄公滩。又有一说，宋代观察使黄又元在滩下建漏湖坪台，台有亭，亭有碑，碑名此台为黄公台。此滩正在黄公台附近，故名黄公滩。总之，在惶恐滩之前，这里唤作黄公滩。

后来，为什么又被称为惶恐滩呢？这应与苏东坡有关了。东坡与儿子苏过经万安时，舟行滩头，但见浊浪排空、声如雷鸣，便问滩名，船家答曰：黄公滩。浊浪声中，东坡却将"黄公"二字听作了"惶恐"，不由得心有所动，只觉十分惶恐。东坡被贬谪岭南，此时正不知前程，可不就是感觉惶恐？

> 七千里外二毛人，十八滩头一叶身。山忆喜欢劳远梦，地名惶恐泣孤臣。长风送客添帆腹，积雨浮舟减石鳞。便合与官充水手，此生何止略知津。
>
> ——苏轼《八月七日初入赣过惶恐滩》

> 赣石三百里，有大小黄公滩，与万安对，无甚险恶。坡公误听，以为是惶恐滩，遂对喜欢。
>
> ——王阮《王阮诗序》

王阮，字南卿，德安人。宋孝宗隆兴元年（1163）进士，调都昌主簿，移永州教授。淳熙六年（1179），知新昌县。光宗绍熙中知濠州，改知抚州。

不过，后人知道有个惶恐滩，却不是因为东坡，更不是因为王阮或者黄又元。

而是因为文天祥。

> 辛苦遭逢起一经，干戈寥落四周星。山河破碎风飘絮，身世浮沉雨打萍。惶恐滩头说惶恐，零丁洋里叹零丁。人生自古谁无死，留取丹心照汗青。
>
> ——文天祥《过零丁洋》

已是冬日的黄昏，解艇穿过激流，停在了水势平缓的岸边。船工们开始生火做饭，押解的公差们也早被折腾得脸色发白，两腿发软，这解艇一旦停下，便觉浑身舒坦。冬日天短，天色早黑了下来，草草吃罢晚饭,众人很快就熟睡了过去,发出此起彼伏的鼾声。方以智与儿子方中履、弟子中千和尚闲聊几句,便也让他们睡去。

一路行舟,船上的每一个人都已经很累,自然也包括时刻照顾着老父的方中履和时刻照顾着本师的中千和尚。

方以智却睡不着。人老了之后,总是很难入睡。方以智想起年轻的时候,几乎头一沾枕,就能立刻酣眠。那样酣畅淋漓的睡眠,已经很久没有了。

年轻真好啊。方以智伸手摸了摸颔下的白须,不无感慨。庄子说:"人生天地之间,若白驹之过隙,忽然而已。"现在想来,果然如此啊,真的是不知不觉间就已经老了。

夜已深,斜月低垂,四周一片寂静。方以智趺坐在船舱里的蒲团上,忽听得淅淅沥沥地下起雨来。那冬日的雨,打在篷窗上,给船舱里的人带来阵阵寒意。方以智从蒲团上站起身来,低着腰,将孙子方正珠踢翻的被子重新给他盖好,微微地笑了一下,心道:这孩子,睡相这么不好。不过,老衲当年,好像也一样。

他想起当年跟正珠差不多年龄的时候,也是这样,时常将盖在身上的被子踢到床下,哪怕是在冰冷的冬日。那时,父亲还活着,父亲睡不着的时候,就会施施然地过来,将他踢走的被子重新给他盖好。

有父亲的日子,真的是好温暖啊。方以智苍老的心头,忽地多出温暖与柔情来。

父亲已经去世很久了。这些年来,随着年龄的增长,方以智越来越想念起父亲来。所以,当孩子们随侍在身边的时候,方以智从来不赶他们走。这不仅仅是因为有些事要让孩子们去做,更重要的是,他知道即使出了家,已经做了和尚,他还是一个父亲。

是他的孩子们的父亲。

他不想让他的孩子们失去父亲。

世间的和尚很多,高僧也很多,可他的孩子们的父亲,只有他一个。

人,总不能只为自己一人而活。

这样想着,方以智心头百转,越发睡不着了。他便又想起,白日的时候,船家说这里便是惶恐滩……

没人说文天祥。

即使每一个人,包括那些押解他前往广东的公差们都知道惶恐滩是因为文天祥而著名。

"人生自古谁无死，留取丹心照汗青。"方以智微微地笑着，心头一派平和。

没人看见他的微笑。

但他知道，他现在的微笑，一定很好看，就如同灵山之上拈花的佛陀。

山鬼篝灯闲寄语。读书万卷谁怜汝。一寸香灰，三间茅草，四野霜风相许。

破灶枯柴还自煮。长廊落叶飘残雨。把住钟声，拍来孤掌，一句果然千古。

——方以智《明月棹孤舟》

方以智便想起不久前所填写的这一阕词来。"一句果然千古。"方以智其实已经记不清当时填写这阕词的时候，心中的这"一句"到底是哪一句，可是现在，他忽然觉得，这果然千古的，岂非就是文信国的"留取丹心"？

四野霜风，落叶残雨。对于心存故国的方以智来说，这大清的现在，岂非就是如此？或许，对于很多人来说，这大清的天下，其实不比大明差；这大清的皇帝，其实比大明的皇帝好很多。可对于方以智来说，他所感觉到的，就是四野霜风，就是落叶残雨，就是山鬼篝灯，就是破灶枯柴。

只可惜，真的很难使人看到希望，即使这么多年以来做了很多很多事，给将来或许能够恢复的大明留下了火种。火种在，终究会有火熊熊燃起。

只是，老衲却看不到了。方以智微笑着想道。

此去广东，生死难料。其实，这难料，只是儿孙们心中的希望。因为方以智明白，此去广东，不是九死一生，而是十死无生，有死无生。对于死亡，方以智并不恐惧。"二十余年惟欠一死"，早在二十多年前，落入清军之手的时候，就应该死了。只是当时他终究是选择了出家为僧，道是留有用之身以待将来。年轻的时候，他相信他真的不怕死；当落入清军之手以后，降与死，他选择了死；但当可以选择出家为僧而活的时候，他还是选择了活。

此刻的方以智，当然不会想到，若干年后，乾隆皇帝论说这一段历史的时候,就毫不犹豫地指出,那些出家为僧的,其实与降清的没什么分别,一样是丧失了气节。从某种程度上来讲,显得更加恶劣。如果说降清的是小人的话,那么,那些出家为僧的就是伪君子。乾隆很痛恨这些不肯殉节的,恨不得将他们都归入"贰臣"。

方以智自然不会以为自己是"贰臣",只不过随着年龄的增长,越来越感觉到当年的选择是一生的污点,无论这一生做多少事去弥补,都无法抹去。

此去广东,有死无生,那么,儿孙们怎么办?方以智又苦笑一下,轻轻摇头。如果说他还有什么是放不下的,那就是他的儿孙们了。

只怕儿孙们也要受到牵连。方以智想道。

他又想起,中通现在还在官府的大牢里。

"二十余年惟欠一死。"方以智喃喃着,掀开船舱的垂帘,人已站在船头。一阵寒雨扑面而来,使得老人不由自主地打个寒噤。雨,真的很冷。方以智忽就想起牧斋"水太冷"的故事来。这老汉,倒也好生有趣。方以智想道。他记得当时刚刚闻听这个故事的时候,对牧斋是异常的鄙夷;现在,他只是觉得这老汉好生有趣。

因为他知道,牧斋后来后悔了,暗地里做了很多反清的事。人大约就是这样,在生死关头,总是犹豫。老衲也是如此,又哪有脸去嘲笑别人?

陈子龙,夏允彝、夏完淳父子,史可法,瞿式耜,张同敞,张煌言……

那些肯毫不犹豫殉国的,才是真的英雄。与他们相比,老衲什么也不是。老衲已经苟活了二十余年。"二十余年惟欠一死。"如此而已。

"惶恐滩头说惶恐,零丁洋里叹零丁。"

此日,舟行惶恐滩,或许,就是天意?

一句果然千古。

斯人足以千古。

老衲大不如也。

寒雨越来越大,发出潇潇的响声,打在篷窗上,使得船舱里此起彼伏的鼾声都听不清楚了。不过,如果仔细听的话,还是能够听清,哪一声是儿子方中履的,哪一声是孙子方正珠的,哪一声是弟子中千和尚的。其实，他们的鼾声都不是很大，甚至可以说是很轻微的，可方以智忽然发现，他还是能够辨认得出。

这是一件很有趣的事。方以智想道。人生，这样有趣的事总是很多很多。

几点青山是六朝。风尘起处数归樵。木末荒祠看落照。人少。夕阳催入乱红飘。

欲问青天天莫笑。谁好。魂从觱角一声消。日暮残鸦啼古道。春草。那堪踏损马蹄骄。

——方以智《定风波·与戴无忝》

方以智站立船头，默默念诵着从前的这一阕《定风波》。如果说平生最得意，那么，大约就是这一阕了。"木末荒祠看落照。人少。夕阳催入乱红飘。""欲问青天天莫笑。谁好。魂从觱角一声消。"这样默默念诵几遍，只觉一片苍凉。

老衲终不像个和尚。方以智不由自嘲似的笑了笑，一纵身，跳入波涛之中。

麻鞋认得一峰孤。杖头呼。耳呜呜。滚出乱云堆里药葫芦。甘露海中才一滴，人醉了，有天扶。

君山铲却好平铺。是冰壶。小浮图。一个琉璃天地看来无，纵有探竿千百丈，量不得，洞庭湖。

——方以智《江城子·送石溪仁者》

浪尖之上，仿佛有个和尚，遗世独立，随着滚滚波涛渐渐远去。

康熙十年（1671），十月初七，夜雨连江，方以智自沉于惶恐滩头。

同年年底，十二月二十四日，与方以智绝交二十余年的吴伟业病逝于江南。

吴伟业

吾病难将医药治，耿耿胸中热血

满江红

我读先生，亦不过，外人而已。值当日，南云北马，仓惶之至。好向吴山烽火烬，蒋陵萧瑟秋风里。叹黄花，拾起更无因，秦淮炽。

遭逢际，苏与李。琴河感，玉京耳。算才名何用，几篇青史。龙飞去，一笺错写燕歌市。酒阑时，昨梦付谁闻，陈卧子。

—— 李旭东 ——

崇祯十四年(1641),对于吴伟业来说,不经意间就成为他一生的记忆。这一年,吴伟业任南京国子监司业。

水西门外,胜楚楼头,吴伟业举起酒杯,略带感伤,给赴任成都的吴继善饯行。流贼横行,张献忠盘踞川中,此际赴任成都,实在是祸福难料。吴继善则一副若无其事的模样,道:"圣人云,既来之,则安之。吾则是既往之,又安之。"

或许,对于身在江南的吴继善来说,李自成、张献忠这些流贼实在是太遥远了,遥远得很不真实。

"志衍兄。"吴伟业忧心忡忡地道,"万事还是小心为好,若事有不济,弟以为还是辞官回乡为好。"

吴继善哈哈一笑,道:"吾会的。"心中却道:孩子话。吴继善虽说比吴伟业只年长三岁,心性上却要成熟很多。此去成都,固然有风险,但谁又能说没有机遇?乱世之中,风险与机遇原本就同在。更何况,对于献贼,吴继善可真没放在心上。否则,这巨寇大贼也不会被朝廷官军赶进川中了。如今,官军将献贼围困在川中,正似瓮中捉鳖一般,献贼覆灭是早晚的事。

面对吴继善的大笑,吴伟业心中只有苦笑,刚想再劝说几句,便闻得一股隐隐的幽香,好似初起的春风一般,吹上他的心头;又好似少女盈盈的指尖,拂过他的面庞。

这使得吴伟业大吃一惊。

他不知道自己如何会忽然之间产生这样奇怪的感觉,他只感到,这感觉十分奇怪,他这一生,好像也没有遇到过。

即便是当年新婚,也不曾有过这样的感觉。

这感觉,仿佛使他忘怀一切,只有一颗心,微微地颤动着,充满了渴望。

好似当日等待发榜。吴伟业心头猛地又是一颤,这才觉得,这感觉仿佛似曾相识。是的,就好像当日等待发榜,患得患失,又充满渴望。

当卞赛、卞敏姐妹盈盈而上的时候,首先看到的,便是吴伟业那张发呆的面庞。见此情景,十六岁的卞赛不由抿嘴一乐。

卞赛的这抿嘴一乐,就轻轻地镌刻在了吴伟业的心头,一生也未能磨灭。

剪烛巴山别思遥,送君兰楫渡江皋。愿将一幅潇湘种,寄与春风问薛涛。

——卞赛《题扇送志衍入蜀》

这是卞赛题写在扇面上的一首七绝。卞赛写完之后,就将扇子送给了吴继善,盈盈笑道:"吴公子一路顺风,愿公子到成都之后,得遇薛涛。"

吴继善哈哈大笑,便将扇子收了起来,笑道:"你这小妮子,可真会说话。"当吴继善与卞氏姐妹说话的时候,吴伟业呆呆地举起酒杯,仿佛想饮酒的样子。然而,当酒杯倾斜的时候,那酒却泼洒在了衣襟上,胸前很快就湿了一片。

吴伟业浑然不觉。

吴伟业这痴痴呆呆的模样,使得卞赛又是抿嘴一乐。

"骏公。"吴继善见状,不觉好笑,便叫了一声。

"啊?"吴伟业愣了一愣,方才发现自己虽举起酒杯,但酒没喝到嘴里,反而泼洒了一身,不由脸色一红,忙将酒杯放下,只是这胸口湿湿的,一时之间,却也不知该如何才好。

吴继善心知吴伟业一向在京城为官,家教又好,大约从未经历过这样的场合,故而才有所失态。不过,他也不点破,只是微微一笑,道:"骏公到南京之后,有没有听说过'酒垆寻卞赛,花底出陈圆'这样两句诗?"

"啊?"吴伟业又愣了一下,"'酒垆寻卞赛,花底出陈圆'?小弟……小弟好像听说过。"这样说着,脸色又是一红,神情讪讪,仿佛这两句话见不得人似的。十里秦淮,灯红酒绿,这两句诗盛传江南,吴伟业到南京之后,不知道听多少人说起,只不过当那些人说起的时候,吴伟业都没有在意而已。对于没有见过的,人们往往都不会很在意。更何况,这卞赛也好,陈圆也好,与他吴伟业又有何干?身为国子监司业,与秦淮歌女来往,终不是一件很光彩的事,若有有心人捅到朝堂之上,只怕会更麻烦。

有些事,可以做,却是万万不能说的。

虽说吴伟业身在南京,可他知道,他早晚还是要回到北京,回到官场之上。

或许,当官不是他的选择,但是,当官却是他们吴家整个家族的选择。

吴继善见吴伟业脸色血红,自然明白他不是因为喝酒,而是因为卞氏姐妹,心头好笑,便道:"骏公既然听说过,却如何见面不相识呢?"这话其实说得也有些毛病,因为听说过未必就认识。只不过,吴继善想将卞氏姐妹介绍给吴伟业,自然也就不管那么多了。

"啊?"吴伟业依旧愣愣的,好像明白了吴继善的话,又好像没有明白。

吴继善已自转头,面向卞赛,道:"卞姑娘,你不是说想见梅村学士么? 这一位,便是吴伟业吴梅村,梅村学士。"

卞赛第三次抿嘴一乐,冲着吴伟业深施一礼,道:"卞赛见过学士。"很显然,她早就认出这有些痴呆的男子应该便是大名鼎鼎的梅村学士。

人生若只如初见。

无论是吴伟业还是卞赛,他们都没有想到,他们的这一次相见,改变了彼此的一生;他们都没有想到,他们的这一次相见,将彼此深深地镌刻在了心头;他们都没有想到,他们的这一次相见,短暂的快乐与幸福之后,便是一生的痛苦与思念。

断颊微红眼半醒。背人蓦地下阶行。摘花高处赌身轻。
细拨薰炉香缭绕,嫩涂吟纸墨欹倾。惯猜闲事为聪明。

一斛明珠孔雀罗。湘裙窣地锦文靴。红儿进酒雪儿歌。
石黛有情新月皎,玉簪无力暖云拖。见人先唱定风波。

——吴伟业《浣溪沙·闺情》

二

吴伟业沉迷在肉体的欢愉之中。那年轻的肉体令他流连忘返。他忽然明白,何以十里秦淮会如此繁荣,即使在这国事飘摇的时刻。关外,鞑子虎视眈眈;中原,李自成驰骋纵横;川中,张献忠几成割据之势;而朝堂之上,依旧是党争不已,恨不能将对方置于死地。大明朝,早就危若累卵。吴伟业不是吴继善。吴继善此去成都,还很乐观,以为或可建下功业;而在吴伟业看来,这大明朝,连回光返照的可能都几乎没有。

然而，这又如何？这里是南京，依旧是十里秦淮，纸醉金迷。"商女不知亡国恨，隔江犹唱《后庭花》。""小杜"的这首诗，原本说的就是南京，就是秦淮。那么多年过去了，似乎什么改变也没有。

"今朝有酒今朝醉吧。"吴伟业贪婪地嗅着鼻子，闻着那使人心醉神迷的馨香。那馨香来自卞赛。这个十六岁的姑娘，使吴伟业不可自拔地流连，无法自主。偶尔，他也会想起，他不该，以堂堂南京国子监司业的身份，流连烟花之地，实在是不该。他还会想起，北京的皇帝对他是如此之知遇、偏爱，以至于去年的黄道周一案，那么多人受到牵连，唯独对他网开一面；还有家中二老与妻子……

堕落。吴伟业不无汗颜地想道。这样的念头，却终似轻风一般吹过，瞬息之间，无影无踪。人生短暂，得欢乐处且欢乐。十里秦淮，那么多的官绅、那么多的公子哥儿，都在流连，又哪里会多我一个？我不是圣人。我终只是一个贪恋美色的凡夫俗子。但要是让我选择的话，我宁可选择做这样的快乐的凡人。

吴伟业享受这种贪恋肉体而获得的快乐。

这臭皮囊，原来不仅不臭，还那么香。那样的馨香，他宁愿用一辈子去换。

眼底桃花媚。罗袜钩人处。四肢红玉软无言，醉、醉、醉。小阁回廊，玉壶茶暖，水沉香细。

重整兰膏腻。偷解罗襦系。知心侍女下帘钩，睡、睡、睡。皓腕频移，云鬟低拥，羞眸斜睇。

——吴伟业《醉春风·春情》

门外青骢骑，山外斜阳树。萧郎何事苦思归，去、去、去。燕子无情，落花多恨，一天憔悴。

私语牵衣泪。醉眼偎人觑。今宵微雨怯春愁，住、住、住。笑整鸾衾，重添香兽，别离还未。

——吴伟业《醉春风·春思》

快乐的日子总是短暂，吴伟业也不可能是卞赛的唯一。对于卞赛来说，这只是逢场作戏，即使他是梅村先生。从南京到苏州，又到常熟,再到苏州,卞赛似流莺一般,寻找着属于她的春天。对于秦淮河的歌女来说,这是最好的结局。否则,到人老珠黄,"门前冷落车马稀"的时候,真的只能"老大嫁作商人妇"了。

崇祯十六年(1643),卞赛侨居在苏州虎丘之山塘。

娇眼斜回帐底,酥胸紧贴灯前。匆匆归去五更天,小胆怯谁瞧见?
臂枕余香犹腻,口脂微印方鲜。云踪雨迹故依然。掉下一床花片。

——吴伟业《西江月·春思》

吴伟业赶到了苏州,一慰这两年来的相思之情。卞赛很是开心。被一个人记挂着、爱着,总是一件很开心的事。如果说两年前的卞赛还有些逢场作戏的话,那么,现在,她的心就变得很是柔软。

两年的流莺生涯,使她深深明白了鱼玄机的那两句诗:"易求无价宝,难得有情人。"很多事,从前不懂,现在懂了;很多情感,从前不懂,现在懂了。人终须长大。有的人,长大之后,一颗心会越来越硬;而有的人,长大之后,一颗心就会变得越发柔软。

这是卞赛。

十八岁的卞赛。

如果说十六岁的卞赛是含苞欲放的花儿,那么,十八岁的卞赛便已是怒放的花儿,绽放出一生的美丽。

卞赛双眸如水,瞧着吴伟业,无限柔情。

"神女生涯原是梦,小姑居处本无郎。"卞赛柔声道,"昨日,妾身读到李义山的这两句诗,就哭了一场。你说好笑不好笑?"

卞赛晕红的双颊分明带着笑,可她如水的眸子所含着的,却好像是泪。

泪比水要晶莹。

"是么?"吴伟业心中一动,却不动声色,轻轻地拈动着身前的小酒杯,道,"义山的诗,原是极好的。"

春到人间能几日,愁过清明节。陌上正繁华,袅袅游丝,杜宇声啼血。
茫茫山水经年别。感事归心切。无计可留春,阵阵杨花,吹起漫天雪。

——卞赛《醉花阴·春恨》

他抬头，看挂在壁间的卞赛自书的这阕词。这是一个聪慧的女子。吴伟业暗暗点头，心道。知书，工小楷，能画兰，善琴。这样的女子，自然是人间佳偶。

吴伟业忽地心头就有些痛。他只是抬着头，掩饰着心头的痛。

"无计可留春，阵阵杨花，吹起漫天雪。"吴伟业心中默默地念诵着，想将这阕词记住，铭记在脑海，镌刻于心上，就像记住这个女子的名字一样。

卞赛红着脸，借着酒兴，伏在案几上，一双眸子则直勾勾地盯着吴伟业，低低地道："吴郎，亦有意乎？"

吴伟业依旧抬着头，仿佛没听清楚似的，却道："赛赛，你这词，不错，不错。呵呵。"说罢，端起酒来，一口饮尽。因为饮得太急，酒水呛进气管里，忍不住大声咳嗽起来，直咳得满面通红。

卞赛何等聪慧？见此状唯有长叹一声，瞧着正俯身咳嗽的吴伟业，不复言语。只是她的眼里多出几分落寞和忧伤。

卞赛伸出手去，轻轻地拍打着吴伟业的脊背，柔声道："你没事儿吧？又没人跟你抢，喝慢点儿。"

"没事。"吴伟业又咳嗽几声，方才渐渐止住，直起身来，又说了一声："我没事。呵呵，让你见笑了。"

卞赛嫣然一笑："哪里会？像我们这样的人，永远都不会笑恩客。"她眼中的忧伤，悄悄地转作了讥嘲，嘲笑着自己，也嘲笑着这个世界。

她根本就没有注意到，吴伟业的眼中，早蓄满了泪。

一阵剧烈地咳嗽，流出泪来，原本是寻常的事。

乌鹊桥头夜话，樱桃花下春愁。廉纤细雨绿杨舟。画阁玉人垂手。

红袖盈盈粉泪，青山剪剪明眸。今宵好梦倩谁收。一枕别时残酒。

——吴伟业《西江月·咏别》

我不能。吴伟业凄然想道。如果是两年前，或许，我能。但是现在，我不能。

因为传闻，田贵妃的父亲田宏遇要来金陵替皇帝选妃，已经选中卞赛与陈圆。也正是闻得这个消息，吴伟业才匆匆赶到苏州，与卞赛相见。也许,这样的传闻,未必是真。然而,吴伟业不敢。他不敢冒这个险。皇帝的知遇之恩,他无法忘记。他也不敢得罪田宏遇。而且,如果真的将卞赛娶回家,他也不知该如何面对二老与妻子。

吴伟业心头惨痛,默默地走出门,取出一支笛子来。"吴郎?"卞赛好生奇怪,忽然之间,只觉看不懂这个男子。凭女人的直觉,她相信吴伟业来找她是因为喜欢,两年前的炽热,她到现在也无法忘记,便是这几日的重逢,也似冬日的火,使人温暖,使心柔软。也正因如此,方才借着酒兴,附几而顾曰:"亦有意乎?"只是她没想到,这个分明"有意"的男子,竟装作没听见、听不懂的模样。这使得卞赛很是忧伤。

原来,一切都是假的。卞赛在心头嘲笑着自己。原来,一直都是自作多情。

那样的忧伤,就转作了讥嘲。

她以为,她已经看懂了这个虚伪的男子。

天下男子,负心者何其多!卞赛凄然想道。

然而,当吴伟业默默地走出门,取出一支笛子的时候,她愣住了。

忽然之间,她只觉得这个男子好生神秘,好生遥远。

忽然之间,她只觉得她已看不懂这个男子,只觉这个男子好生陌生。

即使,他们曾经是那么的恩爱。

那恩爱,其实,也就像梦一般,梦醒了,就什么也没有了。

吴伟业轻轻地道:"赛赛,我吹笛子给你听。"说罢,将笛子横到了嘴边,悠扬的笛声轻轻飘起,像风,又像云,飘满了整个的天空。

卞赛却从那笛声中听到莫名的忧伤,那忧伤,与她所拥有的似乎一样。

吴伟业连吹几曲,直吹得嘴唇干裂、舌尖发麻,方才止住,站起身来,默默地瞧着卞赛,良久良久。

"吴郎?"卞赛脸色晕红,心忽地就又柔软起来。刚才,他是不是真的没听清?要不,我再问一次?卞赛心中犹犹豫豫。反正已经丢过一次脸,再丢一次脸又有何妨?如果能一生快乐,那么,便是丢脸又有什么关系?

卞赛犹豫着,正想再次开口的时候,却见吴伟业嘶哑着声音,道:"珍重。"说罢,便转过身去,飘然远去,再也没有回头。

空留下呆呆发愣的卞赛,不知所措。半晌,方有盈盈的泪从眼角滚落。她不知道吴伟业何以如此多情地来寻她,又何以如此绝情地离去;但她知道,"从此萧郎是路人"。

香罢宵薰,花孤昼赏。粉墙一丈愁千丈。多情春梦苦抛人,寻郎夜夜离罗幌。

好句刊心,佳期束想。甫愁春到愁还往。销魂弱柳六时垂,断肠芳草连天长。

——卞赛《踏莎行》

三

崇祯十七年(1644),李自成攻破北京。三月十九日拂晓,皇帝在前殿鸣钟召集百官,无一人前来。"诸臣误朕也,国君死社稷,二百七十七年之天下,一旦弃之,皆为奸臣所误,以至于此。"皇帝恨恨地说罢,在景山自缢身亡,时年三十三岁。身边只有提督太监王承恩陪同。

自缢前,皇帝又在蓝色袍服上书曰:"朕自登基十七年,虽朕薄德匪躬,上干天怒,然皆诸臣误朕,致逆贼直逼京师。朕死,无面目见祖宗于地下,自去冠冕,以发覆面。任贼分裂朕尸,勿伤百姓一人。"

皇帝死后,自杀官员有户部尚书倪元璐、工部尚书范景文、左都御史李邦华、左副都御史施邦曜、大理寺卿凌义渠、太常寺卿吴麟征、左中允刘理顺、刑部右侍郎孟兆祥等,驸马都尉巩永固全家自杀,太监自杀者以百计,战死在千人以上。宫女自杀者三百余人。绅生生员等七百多家举家自杀。

消息传到江南,吴伟业便似五雷轰顶一般,从前种种,一下子涌上心头。

吴伟业崇祯元年(1628)考取秀才,崇祯三年(1630)中举,崇祯四年(1631)参加会试,首辅周延儒极为赏识,遂定为第一;紧接着,在殿试的时候,又以一甲二名连捷。次辅温体仁与首辅周延儒一向不和,便趁机攻击这里面有舞弊之嫌。周延儒无奈,便将吴伟业的原卷呈请御览,结果皇帝在他卷子上批了"正大博雅,足式诡靡"八个字,物议因此平息。这样的知遇之恩,对于吴伟业来说,可谓是刻骨铭心。不仅如此,当皇帝得知他尚未成婚后,特地赐假让他回家娶亲,"奉旨完婚",这使得他的世俗荣耀达到顶峰。此后,吴伟业官运一路亨通,初授翰林院编修,继典湖广乡试,崇祯十年(1637)充东宫讲读官,十三年(1640)又迁南京国子监司业,晋左中允、左谕德,转左庶子。即使是在卷入黄道周一案的时候,其他六个人都受到处分,唯独吴伟业被免于追究。不过,经此一事,吴伟业的胆子一下子小了很多,便以母亲病重为借口,向皇帝请求外放,皇帝也答应了。吴伟业这才到了南京,远离了北京的政治旋涡。

他知道,如果不是皇帝的话,大约他早就不知道被那政治旋涡卷到哪里去了。

从前种种,俱在心头。吴伟业大哭一场,神情恍惚,便想自缢以身殉国,以报皇帝知遇之恩。却哪知他这些日子以来的恍恍惚惚,早就被家人发现,都正小心翼翼地注意着他,所以,人还没自缢,老母已经急匆匆地赶来,一把将吴伟业抱住,大哭道:"儿若死,留下我们怎么办?"老父则道:"吾儿尽忠,便不欲尽孝耶?"吴伟业怔怔良久,长叹一声。他性子原本就懦弱,一时感激皇帝的知遇之恩,故想以身报之;可这老母一哭,便顿觉自己不孝,也不放心。他知道,随着皇帝的自缢殉国,只怕大明朝会迎来更大更多的风雨,若他就此殉国,其如老父老母何?在即将来临的乱世之中,他们的生存,都将会是一个问题。

"你就舍得丢下我们?"妻子则是含着泪,劝说着。

一家老小,父母妻妾儿女,团团地环绕在吴伟业的身边。

"罢了。"吴伟业叹息道。

当王翰来访的时候,吴伟业已经在床上躺了两个多月。他原就体弱,甲申国变,一场痛哭,悲从中来,沉疴弥剧,再加上心中郁郁,几乎什么人也不想见,缠绵病榻,算是有了一个与世隔绝的借口。

他也不敢见人。

皇帝对他的知遇,天下无人不知。如今,皇帝已经殉国,而他依旧苟活。天下殉国之士绅亦多矣,而他依旧苟活。皇帝刚愎,刻薄寡恩,即使这样,仍有那么多人以身殉之;皇帝独对吴伟业青眼有加,可这么久过去了,吴伟业却还活着。

吴伟业可以想象别人会怎么看、怎么说。便是他自己,也忍不住一次一次地鄙视自己,瞧不起自己。或许,对于吴伟业来说,放不下父母妻儿未必就是恐惧死亡的借口,可他毕竟还苟活着,偷生于这人世间。

人固有羞耻之心。吴伟业终不是不知羞耻之人。

王翰是吴伟业的朋友。

王翰的来访,也使得吴伟业老父老母很是开心与安慰。

"悔堂,劝劝吾儿,"老母抹着泪说道,"若他再如此下去,只怕我们二老真的要白发人送黑发人了。"老父老母自然明白,他们儿子的病,更在于心。

当王翰看到吴伟业憔悴的面容时,不由得也吓了一跳,差点儿都认不出来了。

"悔堂兄。"吴伟业倒是认出王翰来。

"骏公,"王翰道,"这才多久没见,你却如何变成这副模样?"

吴伟业苦笑一下,黯然神伤,道:"甲申国变,圣上殉国,我们这些做臣子的……我们这些做臣子的,对不起圣上啊。"说罢,眼泪便夺眶而出。

王翰也自眼眶一红,长叹无语。两人相对无言,各自神伤。或许,他们所感伤的,不仅是甲申国变,更是大明朝的前程渺茫。

五月,福王朱由崧被四镇拥立,已在南京即位,改元"弘光"。这位弘光帝即位之后的第一件事就是选秀。十里秦淮,纸醉金迷,正对弘光帝的胃口。满朝文武依旧党争,依旧花天酒地,朝政混乱不堪。至于四镇军阀,更是将弘光帝看作傀儡,又哪会真的将弘光帝及他的小朝廷放在心上?

五月二十九日,弘光朝已经召吴伟业为詹事府少詹事,只不过因为有病在身,所以,吴伟业上了《辞职疏》,留在家中养病以至于今。

王翰迟疑一下,道:"骏公,我已将书都烧了。"

吴伟业愣了一下,道:"将书都烧了?为什么?"

王翰笑道:"用不着了。我已经跟具德和尚约好,世俗的事情处理好,便跟随他出家。"说着,是一脸的轻松。

"出……出家？"吴伟业愣愣的。

王翰自嘲似的笑道："也曾想过殉国来着，可到底还是怕疼、怕死，就没敢。可圣上都殉国了，我这怕疼、怕死啊，也对不住圣上。就只好出家为僧了。"

吴伟业依旧愣愣的，瞧着王翰。

"吴三桂已经降了鞑子，打开山海关，将那些鞑子放进来了。"王翰叹息道，"鞑子，流贼，唉，这天下，很快又会大乱了。……南京的朝廷，呵呵，靠不住。那四镇，更靠不住。像我这样的穷儒，什么也做不了，只好明哲保身，逃之夭夭。降贼降鞑子，我可真做不到。"

吴伟业点点头，心里也知王翰的分析极有道理。鞑子进关，只会给中原带来灾难。就像当年的蒙元那样。

"骏公，"王翰目光灼灼，"不如，我们一起吧？"

"一起？"吴伟业有些茫然。

"出家，我们一起出家。"王翰早知吴伟业欲自缢殉国而不能的事。既然自缢殉国而不能，那么，出家为僧应该没什么问题吧？不管怎样，出家为僧也是对已经殉国的皇帝的一种态度。

"出家？"吴伟业只觉目瞪口呆。

"出家为僧。"王翰点头道，"既然大明已经不在，那我们就出家为僧吧，总不能屈身事贼、事虏。"很显然，对弘光小朝廷，王翰并没有放在心上。拥立弘光的四镇，在王翰看来，大约便是董卓、袁绍之流。

"出家？"吴伟业喃喃着。老实说，王翰约其出家，对于吴伟业来说，未尝不是一种很好的选择。然而，他不能。

吴伟业慢慢地使自己的心静下来，瞧着王翰热切的双眼，苦笑一下："其实，我出家倒也没什么，其如老父老母何？"

"其……其如老父老母何？"这一回，轮到王翰目瞪口呆了。

王翰还真的无法继续说下去。若从道义上硬逼着吴伟业随他一起出家，"其如老父老母何"，是之为不孝。无论如何，总不能置吴伟业于不孝之地。因为要忠，所以不孝？这话说起来好像是堂堂正正，可细想起来，着实是不近人情。更不用说，即使不论老父老母，这吴家也是大小一家子，要是吴伟业真的出家为僧，这一大家子，只怕就会散了。

王翰离开吴家之后，便受法于具德和尚，释名戒显，字愿云。

这一年的秋天，吴伟业赴任弘光朝詹事府少詹事。

这一年的年底，吴继善在成都为张献忠所杀。吴继善"骂不绝口，贼脔而割之"。

四

梅花独自，倚东风低说。那一枝枝向谁折。更高处、偏寒玉手，徘徊知有赠，惹我梅心如结。

晚来怜素影，影亦怜人，偏是今宵共明月。正传柑时候，薄袖轻衫，蝉鬓动、腰肢清切。但屈指年来携手处，又不道梅花，像人离别。

——吴伟业《洞仙歌·梅花》

梅花底下，伊人远去。吴伟业怔怔地，疑心自己应该是看错了。可他又疑心自己适才的疑心是错的。那远去的伊人，分明就是卞赛。那样的风姿、那样的婀娜，早镌刻在心头，又怎么可能认错？那梦中的牵萦，那心头的缠绕，宛然还在。

当吴伟业第一眼看见那梅花底下的伊人时，便认出那是卞赛。

不可能认错的。

当吴伟业认出卞赛的时候，一颗心不由自主地跳了起来，跳得很是激烈、很是剧烈。他很想立刻上前，将那个女子揽在怀中，告诉她，一切都已过去，如今，他们可以在一起了。"亦有意乎？""亦有意也。"他们，原本就应该是一对啊。

就像钱牧斋与柳如是、冒襄与董白、龚鼎孳与顾眉。

即使是在乱世之中，那也将是传奇与佳话。

吴伟业提起脚，刚刚踏前一步，忽就有些迟疑。他知道，他追上卞赛很容易，可是，追上去之后呢？追上去之后，真的迎娶卞赛？以妻礼迎娶？就像牧斋迎娶柳如是？

若果真如是，老父老母会答允否？答允他以妻礼迎一个秦淮歌女进家门？

若果真如是，天下人又会如何看？当日，田弘遇是想将卞赛献给先帝崇祯的，如今先帝尸骨未寒，就要迎娶卞赛？

吴伟业提起的右脚，在这瞬间，竟久久地没有落下。

梅花底下,伊人犹在,一袭白衣,宛若仙子。人与梅花相映,人似梅花高洁,梅花如人清切。

吴伟业远远地瞧着,不由得就痴了。

他提起的右脚轻轻放下,心念更是百转,只想着如果去与卞赛相见,当如何说、如何做,如何安排将来的一切。

他的心就有些乱了。

他不明白,这日日牵挂的人儿分明就在眼前,为何他却胆怯而不敢相见了。

梅花底下,伊人忽地向远方走去。

吴伟业张开嘴,想叫住她,可忽然感觉到喉咙涩涩的,竟发不出声音来。他眼睁睁地瞧着伊人渐渐远去,渐渐远去,直到不见。

梅花犹在。

冬日的月,也渐渐升起。

梅花与月,在这一片天地之间,那么安宁,那么静谧。

伊人早已不见。

吴伟业凄然一笑。

他只觉得很痛恨自己,痛恨自己总是在有所选择的时候选择自己所不愿的那一个。

然而,或许这就是人生吧。

崇祯十七年,顺治元年(1644),秋,吴伟业出任弘光朝詹事府少詹事。

顺治二年(1645),吴伟业决计归里,正月十六日接父手书,闻母病,即上疏告假,返回太仓。不久,弘光朝复征,不赴。

柳花风急赛清明。小儿攀、走倾城。一纸身躯,便欲上天行。千丈游丝收不住,才跌地、倏无声。

凭谁牵弄再飞鸣。御风轻、几人惊。(芳草)江南,二月听呼鹰。赵瑟秦筝天外响,弹不尽、海东青。

——吴伟业《江城子·风鸢》

在南京的时候,曾有人问,这阕《江城子》是不是写的阮圆海。

吴伟业笑而不语。

无论是因为对弘光朝廷的不满，还是因为不愿留在南京这个给他太多伤心记忆的地方，总之，吴伟业是离开了南京，回到了苏州。

对于吴伟业来说，或许，这是他一生之中最正确的选择。

因为到这一年的五月，清兵渡过长江，攻入南京，赵之龙、王铎、钱谦益率弘光群臣迎降。

吴伟业不知道，如果他还留在南京的话，那迎降的群臣之中，会不会有他的身影。

一个人，所有的选择，都与他的性格有关；而一个人的性格，天注定。

五

老子生平，雅自负、交游然诺。今已矣、结茅高隐，溪云生阁。暇日好寻邻父饮，归来一枕松风觉。但拖条、藤杖笋鞋轻，湖山乐。

也不赴，公卿约。也不慕，神仙学。任优游散诞，断云孤鹤。健饭休嗟容鬓改，此翁意气还如昨。笑风尘、劳攘少年场，安耕凿。

——吴伟业《满江红·感兴》

对于吴伟业来说，这真的是很快意的生活。远离喧嚣，远离官场，人生便变得自在很多，快意很多。

吴伟业在南京弘光朝廷虽说只有短短几个月，却也明白，当年在北京的时候，如果不是先帝护着，他什么也不是，只怕被人连骨头都吃了自己还不知道。大约这也是他逃离南京的缘故。

不适合。吴伟业不无悲哀地想道。自己真的不适合，不适合那污浊的官场，那勾心斗角的官场。

他所向往的，是那自由自在。

就像现在这样。

大明也好，大清也好，现在的吴伟业，就是自由自在，"也不赴，公卿约。也不慕，神仙学。任优游散诞，断云孤鹤。"人活着，能够拥有这样的自在，还有什么不满足的呢？

如果说吴伟业快乐的背后还有什么不满足的话，那就是卞赛。那一个早已镌刻在心头的名字，即使时间流逝，也一样无法湮灭。人心不是铁石。刻在铁石上的名字，会被流水冲蚀，会被时间磨平；刻在人心上的，只要这颗心还在跳动，那名字，就会永在。那名字，让人有时温暖，有时冰冷，有时快乐，有时忧伤，却始终都陪伴着这颗跳动的心。

即使那个人不知道。

但是我知道。吴伟业喃喃地，遥望着天际的云。

他不知道，这些年来，卞赛流落到了何方，她，是不是还活着。

乱世之中，一个女子要想生存，实在是太难太难。

顺治七年(1650)，这一年，吴伟业已经四十二岁了。

十月，吴伟业到了常熟，与老友钱谦益相见。钱谦益带头迎降之后便自后悔，辗转多年，如今正闲居在常熟家中。至于他暗中与西南、东南联络的事，却是吴伟业所不大清楚的了。否则，以吴伟业怯懦的心性，大约还不敢到常熟来。

老友相见，不由感慨。从甲申国变，到南京沦陷、弘光覆灭，七八年来，物是人非，多少故人以身殉国，多少故人入山为僧，又有多少故人屈身事清。有些事，有些人，不必说，终在心头。像顺治四年(1647)，陈子龙投水殉国。当消息传来时，吴伟业感觉到的不是悲痛，而是羞愧。人固有羞愧之心，吴伟业又哪会没有？只不过那样的羞愧之心，总是藏得很深，不肯让人看了去而已。

顾眉跟了龚孝升，现在是鼎鼎大名的横波夫人；董小宛现在在如皋水绘园，与冒辟疆双栖双宿；李香君也到了商丘，住进西园翡翠楼，与侯方域琴瑟和鸣，与夫人常氏姐妹相称；陈圆圆跟了吴三桂，据说，就是为了陈圆圆，吴三桂才打开山海关，降了大清，放清兵入关；柳如是现在虽说是小妾的身份，可实际上，钱谦益可从来没有将她看作妾，当初迎娶的时候，也是以妻礼；只有寇白门，不久前在秦淮河畔病故。

当初有名的秦淮歌伎，除了寇白门，如今都算得上是各有归宿……

听着白发牧斋侃侃而谈，吴伟业便有些不自然起来。那样的尴尬，哪里逃得过牧斋的法眼？不过，这老家伙却视而不见，只是自说自话，说着他的河东君。老家伙一脸的快活，两只已经奄拉的老眼之中还存有几分狡黠。

吴伟业终于忍不住，说道："牧翁，还有一位的下落你没说呢！"

"还有谁？"钱谦益眨了眨老眼，笑道，"你不会说是马湘兰吧？那可是老前辈，早死了不知多少年了。"余澹心《板桥杂记》中所记载的秦淮八艳，唯马湘兰不是同时代的人，早在五十年前就已经去世了。不过，马湘兰与王穉登淡淡交往三十年的故事，不知让多少人为之叹息。马湘兰去世之后，王穉登写道："歌舞当年第一流，姓名赢得满青楼。多情未了身先死，化作芙蓉也并头。"其悲其痛，宛然纸上。

　　袅袅随风，盈盈怯雨。浮踪长日浑难主。却看旖旎聚还分，最怜缭绕来兼去。

　　弱比飞尘，轻同吹絮。无端不解寻归处。碧天春昼任悠扬，有时力困萦芳树。

　　　　　　　　　　　　　　——马湘兰《踏莎行·游丝》

"牧翁，"吴伟业苦着脸道，"您老知道我说的是卞赛。"他叹息一声，道："当日一别，就再也没见到她。我……我不放心她。"吴伟业与卞赛的最后一次相见是在南京。梅花底下，伊人远去。那时，还是弘光朝。不久之后，清兵渡江，攻入南京，就再也没有见过卞赛，也不知道她的下落。这样的乱世之中，一个女子，实在是很叫人不放心。

　　有时，吴伟业也会想，或许，她已经死于乱军之中了。乱世之中，人命如草，即使是曾经名满江南的秦淮歌伎。

　　只不过，吴伟业心中终有希望在。

　　他不相信。

　　或者说，他是说服自己不相信。

　　这不相信，对于吴伟业来说，就是希望。

　　"你不放心她什么？"钱谦益眨着老眼，奇道，"你与她有什么关系么？"

　　"牧翁……"吴伟业苦笑一声，不过，很快就像是想起什么，愣了一愣，再瞧钱谦益这张老脸时，便觉这张老脸原来并不可恶，相反，还很可爱。

　　钱谦益这样问，不就说明卞赛还活着？而且，他似乎还知道卞赛的下落。否则，又哪会这样问？再想起卞赛与柳如是也算是秦淮姐妹，那么，卞赛的下落，钱谦益知晓也算不得是什么奇怪的事了。

这样一想，吴伟业不觉开心起来，瞧着钱谦益的眼，不觉也热烈起来，就像当年，与卞赛初相见，热烈地瞧着卞赛一样。恍惚之间，钱谦益满是皱纹又眉须皆白的黑脸，也变得分外可爱起来。

"牧翁，"吴伟业长长一揖，"还望让我与卞赛相见。"

钱谦益掀髯大笑，悠悠道："骏公啊骏公，莫非你此次来常熟，不是来看望老夫，而是来寻卞赛？"

六

钱谦益说卞赛正在常熟，前些天，还来看望过柳如是。这使得吴伟业的心不由自主地怦怦直跳起来。已经四十余岁的人了，此际，却似初恋的少年一般，又像是当日水西门外、胜楚楼头的初相见。他的脸也变得晕红，像是刚刚喝了酒似的。

"已经派人去接了。"钱谦益笑道，"便是你不说，老夫也会派人去接。"

在等待的时候，吴伟业忍不住问道："牧翁，这些年来，她……过得可好？"

钱谦益沉吟道："清兵入南京的时候，卞赛为避兵乱，改换道装，躲进了栖霞山葆真庵，方才算是躲过这一劫。李香君逃出之后，也曾在栖霞山与卞赛住过一阵。不久之后，香君便随朝宗回了商丘。"

吴伟业心头一痛。他可以想象，在那样的兵荒马乱中，她是如何地挣扎着以求生存。

钱谦益道："后来，自然便是漂泊各地，前些日子，方才来常熟。"

"漂泊？"吴伟业胸口越发疼痛。一叶浮萍，漂泊于茫茫水上。这是怎样的无奈与哀痛？

钱谦益道："她现在不叫卞赛，而是唤作卞玉京，卞玉京道长。"

那一个女子盈盈而来，穿着一身白色的道袍，那如雪的白，直刺得吴伟业的眼有些痛。

"赛赛……"吴伟业站起身来，低低地叫了一声。他仿佛又闻到初相见时的馨香。整个人又有些呆。这是十年前的感觉，这是十年前的感觉啊。

吴伟业忽就有想流泪的感觉。

然而，那一个女子仿佛没看见吴伟业似的，直接上了绛云楼。绛云楼上，柳如是正等着她的姐妹。仿佛那一女子本来就是来看望她的姐妹。

空留下吴伟业呆呆地发愣。

"牧翁。"半晌，吴伟业求助地望向钱谦益。

钱谦益也觉奇怪，便让身边的小丫鬟去问一下。不大会儿，那小丫鬟过来回话道："道长要更衣呢。"

"更衣？"吴伟业愣了一下。

钱谦益则笑了起来，道："骏公，不急，不急，放心，放心，卞道长很快就会来与你相见。"他们俱是博学之人，自然明白，这"更衣"便是"如厕"。

原来如此。吴伟业心下松了口气。人有三急，不管是谁，都一样。卞玉京又哪里会有例外？看不到座中的吴伟业，自然也不会是奇怪的事了。

"牧翁，"吴伟业迟疑地问道，"您老可曾说我想见她？"卞玉京是钱谦益派人去接来的，只是不知，钱谦益吩咐人去接卞玉京的时候，说过什么，是说柳如是想见她的姐妹，还是说吴伟业想见故人？卞玉京此来，知不知道吴伟业在这里？是因为柳如是而来，还是因为吴伟业？

这对于钱谦益来说，自然没有什么分别；而对于吴伟业来说，却很重要。

钱谦益笑道："放心，放心，老夫办事，你放心。"

吴伟业松了一口，却又道："那怎么她还不下来？牧翁，要不，您再让人催催？"

钱谦益一笑，便让那小丫鬟再次上楼。过了一会儿，那小丫鬟下来道："卞道长说，她身体有恙，不便与故人相见。不过，如果学士愿意的话，三个月之后，亲到太仓拜访学士。"

吴伟业怔怔的，像是明白了什么，良久，说不出话来。相见争如不见。他明白卞玉京此刻的心。如果愿意，那么，就三个月之后再见吧。"两情若是久长时，又岂在朝朝暮暮？"否则，此时相见又能如何？不如给大家一点时间，仔细想想，到底要不要相见，相见之后，又当如何？

是啊，相见之后，又当如何？便若此际，两人相见，又当如何？

吴伟业呆呆的，什么都不敢去想。可那些不敢想的，偏偏又直往他心里钻。

"牧翁，"吴伟业涩涩地道，"借纸笔一用。"

钱家，纸笔自然都是现成的。很快，下人就将笔墨纸砚送了过来。吴伟业拈起笔来，长叹一声，缓缓写道：

枫林霜信，放棹琴河。忽闻秦淮卞生赛赛，到自白下。适逢红叶，余因客座，偶话旧游。主人命犊车以迎来，持羽觞而待至。停骖初报，传语更衣，已托病疹，迁延不出。知其憔悴自伤，亦将委身于人矣。予本恨人，伤心往事。江头燕子，旧垒都非；山上蘼芜，故人安在？久绝铅华之梦，况当摇落之辰。相遇则惟看杨柳，我亦何堪；为别已屡见樱桃，君还未嫁。听琵琶而不响，隔团扇以犹怜。能无杜秋之感、江州之泣也！漫赋四章，以志其事。

白门杨柳好藏鸦，谁道扁舟荡桨斜。金屋云深吾谷树，玉杯春暖尚湖花。见来学避低团扇，近处疑嗔响钿车。却悔石城吹笛夜，青骢容易别卢家。

油壁迎来是旧游，尊前不出背花愁。缘知薄幸逢应恨，恰便多情唤却羞。故向闲人偷玉箸，浪传好语到银钩。五陵年少催归去。隔断红墙十二楼。

休将消息恨层城，犹有罗敷未嫁情。车过卷帘徒怅望，梦来襡袖费逢迎。青山憔悴卿怜我，红粉飘零我忆卿。记得横塘秋夜好，玉钗恩重是前生。

长向东风问画兰，玉人微叹倚栏杆。乍抛锦瑟描难就，小叠琼笺墨未干。弱叶懒舒添午倦，嫩芽娇染怯春寒。书成粉箑凭谁寄，多恐萧郎不忍看。

——吴伟业《琴河感旧》

写罢，两行眼泪从眼角滚落。

对于三个月之后的相见，吴伟业很是渴望，蓦然之间，又变得很是恐惧。因为他很惊恐地发现，三个月之后，或许，将是他们今生的最后一次相见。

有些事,有些人,失去了就是失去了,再也无法挽回。

或许,这就是命运吧。

七

"老夫聊发少年狂。"这几天,吴伟业总是想起东坡的这句词来。这句词,在他的心头循环缭绕,缕缕不绝。他只觉得自己的年龄仿佛折掉了一半,如今,只不过二十出头,活泼泼似雨后的清泉水,汩汩流淌,发出快乐的叮咚声。

我心如初。吴伟业忍不住又这样想道。

他忍不住想将自己的快乐告诉所有的人,告诉每一个人,认识的,与不认识的。

他捂住自己的心,等待。

他得小心一些,莫使自己的心因为快乐而爆炸。

他等待着。

等待那一个心中的女子。

那一个女子,始终都装在他的心中。

也许,没人知道。可是,没人知道又怎样呢? 我自己知道。我的快乐,可以与人分享。但是我不会告诉他们,不会告诉他们我为什么快乐。吴伟业不无得意地这样想道。

他相信,这么多年过去了,那一个女子,也不曾改变。

她的心,他的心,中有灵犀一点通。

他相信。

他固执地相信着那一个女子,就像相信他自己一样。

顺治八年(1651)的初春如期来临。当这个初春来临的时候,吴伟业不由自主就想起当年的胜楚楼头。那也是一个春天。一个让他记了一辈子的春天。

一个人,一件事,就是一生。

一个季节,一次回眸,就是一生。

人生原本就这样简单。

卞玉京身着一袭黄色的道衣,带着侍女柔柔,飘然而来。

吴伟业不由自主地站起身来,身子微微前倾,两脚微微一动,分明就是想迎上去。

可他没有。

满堂宾客的眼光也都瞧向这飘然而来的女道士,各有惊艳之色。有认识的,自然是暗自嘀咕:原来是昔日秦淮河畔的卞赛。有不认识的,自然便想:这位女道士与梅村学士是什么关系?分明与梅村学士应是旧相识。

侍女的怀中,抱着琴。

卞玉京脸色平静,对满堂宾客视而不见。

从她看见这满堂宾客在的时候,她便已明了吴伟业的选择。

许多年前,吴伟业已是这样的选择。

所以,卞玉京很是平静。

这些年来,她的心,早已平静如水。

无论经历多少苦难,都这样。

没人知道,在这样平静的水面之下,曾有多少惊涛激流。

银样镴枪头。"你原来是苗而不秀,呸,你是个银样镴枪头。"

卞玉京心头很平静地想道。没有悲哀,没有讥嘲,有的只是异常的冷静。

盈盈一礼之后,卞玉京道:"贫道见过学士。"

"赛……"吴伟业方才吐出一个字,喉咙便像被什么掐住似的,后面的字,硬生生就咽了回去,半晌,涩涩地说道:"卞道长,好久不见,这些年可好?"

卞玉京嫣然一笑。跟当年在秦淮河畔的时候一样。那个时候,对于每一个来见她的男人、每一个来与她欢好的男人,她都会这样嫣然一笑。

只是现在,她一身道装,不复当年少女的馨香。

人总会长大,总会老去,总会改变。

卞玉京没有作声,而是回头,呼取侍女柔柔所携之琴,盈盈坐下,十指纤纤,拨弄在琴弦上。

一曲弹罢,又是一曲,直弹到天荒地老、海阔天空。

满座动容。

卞玉京将琴收起,又是盈盈一礼,只是,她的两眼终不复平静,满溢泪水。

"吾在秦淮见中山故第,有女绝世,名在南内选择中,未入宫而乱作,军府以一鞭驱之去,吾侪沦落,分也,又复谁怨乎?"

坐客皆为出涕。

说罢,卞玉京已自转过神来,飘然而去。

飘然而来,飘然而去,恍若过客。

吴伟业呆呆地伫立良久,脸色微变,像是下定了决心似的,拔脚就追了出去,浑不管满堂宾客还在。

驾鹅逢天风,北向惊飞鸣。飞鸣入夜急,侧听弹琴声。借问弹者谁,云是当年卞玉京。玉京与我南中遇,家近大功坊底路。小院青楼大道边,对门却是中山住。中山有女娇无双,清眸皓齿垂明珰。曾因内宴直歌舞,坐中瞥见涂鸦黄。问年十六尚未嫁,知音识曲弹清商。归来女伴洗红妆,枉将绝技矜平康。如此才足当侯王。万事仓皇在南渡,大家几日能枝梧。诏书忽下选蛾眉,细马轻车不知数。中山好女光徘徊,一时粉黛无人顾。艳色如为天下传,高门愁被旁人妒。尽道当前黄屋尊,谁知转盼红颜误。南内方看起桂宫,北兵早报临瓜步。闻道君王走玉骢,犊车不用聘昭容。幸迟身入陈宫里,却早名填代籍中。依稀记得祁与阮,同时亦中三宫选。可怜俱未识君王,军府抄名被驱遣。漫咏临春琼树篇,玉颜零落委花钿。当时错怨韩擒虎,张孔承恩已十年。但教一日见天子,玉儿甘为东昏死。羊车望幸阿谁知,青冢凄凉竟如此。我向花间拂素琴,一弹三叹为伤心。暗将别鹄离鸾引,写入悲风怨雨吟。昨夜城头吹觱篥,教坊也被传呼急。碧玉班中怕点留,乐营门外卢家泣。私更装束出江边,恰遇丹阳下渚船。剪就黄绝贪入道,携来绿绮诉婵娟。此地繇来盛歌舞,子弟三班十番鼓。月明弦索更无声,山塘寂寞遭兵苦。十年同伴两三人,沙董朱颜尽黄土。贵戚深闺陌上尘,吾辈漂零何足数。坐客闻言起叹嗟,江山萧瑟隐悲笳。莫将蔡女边头曲,落尽吴王苑里花。

——吴伟业《听女道士卞玉京弹琴歌》

卞玉京早擦干了泪,很平静地望着这个急急追来的男人。没人知道,她平静的心上,早就伤痕累累。也许,怪不得这个男人。可那样的伤,总在,这一生,也不会改变。

只不过她不愿意将自己的伤给这个男人看。

因为他不配。

卞玉京只是很平静地瞧着这个男人,就像瞧着一个陌生人一样。

"赛……赛……"吴伟业涩涩地道。

"贫道卞玉京。"卞玉京淡淡地回道。

吴伟业苦笑一下,道:"卞……道长。"

卞玉京点点头,道:"梅村学士追出来做什么?"

"我……"吴伟业一阵语塞,一时之间竟有些茫然。是啊,他追出来做什么? 追出来,是想追回卞玉京,就像当年的萧何追韩信? 又或者,就像牧斋与柳如是,追回卞玉京,将卞玉京安置在吴家,从此双栖双宿? 且不论卞玉京会不会答应,即便答应,又如何向老父老母与妻儿交代? 更何况,卞玉京还是一个这么有故事的女人。一个这么有故事的人,又如何禁得起众口悠悠?

其实,不仅现在,这三个月以来,吴伟业始终都是犹豫不决。一方面,他只盼望时间能够早些过去,能够早点见到卞玉京;另一方面,他又渴望时间能够慢些,再慢些,他才不用那么早地去面对他所不想面对的。

或许,是因为,他记忆之中的美好是卞赛,而眼前将要面对的,是卞玉京。

女道士卞玉京。

卞玉京两眼盈盈,那盈盈的泪中,仿佛还蕴含着一丝丝渺茫的希望。心在生与死之间,总是千回百转,眼前的这个男人分明已经让她死心,可在这一刹那,偏偏又渴望他能捉住她的手,揽她在怀中,柔声说道:"赛赛,我们回去,再也不分开。"分明已不再希望,为什么在这瞬间,这希望又突然而来? 分明心已死,为什么,要使这颗心蓦然之间起死回生?

卞玉京微微地仰着头,瞧着这个男人。

这个男人,老了,他的两鬓,已经斑白,他的眼,已经有了眼圈,他的手背,已有青筋。这样一个分明叫她死心的男人,为什么,总是忘不掉?

那平静的脸,其实,是假装的啊。卞玉京不无悲哀地想道。人的脸,总是那么容易平静;可是人的心呢? 人的心,又如何才能平静? 那一个镌刻在心上的名字,又如何才能抹去?

"我……"吴伟业深深地吸了一口气,道,"我送送你。"

"送送我?"卞玉京惊讶地问道。

"嗯,我送送你。"吴伟业很认真地说道。

这一送，就是一百余里，直将卞玉京送到苏州横塘。吴伟业将《琴河感旧》四首写到了纸上，默默地递给了卞玉京，方才转身离去。望着吴伟业远去的身影，卞玉京将《琴河感旧》轻轻撕碎，撒到了空中。那片片飞扬的碎纸，就像她此刻的心。

心已碎。

那碎了的心上，将不复有那一个曾经镂刻得如此深、如此痛的名字。

这一个男人，将永不再见。卞玉京默默地想道。

永不。

落拓江湖常载酒，十年重见云英。依然绰约掌中轻。灯前才一笑，偷解砑罗裙。

薄幸萧郎憔悴甚，此身终负卿卿。姑苏城上月黄昏。绿窗人去住，红粉泪纵横。

——吴伟业《临江仙》

吴伟业永不知道，这个为他流尽一生眼泪的女子，将不会再为他流一滴泪。

因为他不配。

八

松栝凌寒，挂钟阜、玉龙千尺。记那日、永嘉南渡，蒋陵萧瑟。群帝翱翔骑白凤，江山缟素舻稜碧。躐麻鞋、血泪洒冰天，新亭客。

云雾锁，台城戟。风雨送，昭丘柏。把梁园宋寝，烧残赤壁。破衲重游山寺冷，天边万点神鸦黑。羡渔翁、沽酒一蓑归，扁舟笛。

——吴伟业《满江红·白门感旧》

吴伟业的心却久久不能平静。

他总是想起，当清兵攻入南京，那一片混乱之中，卞赛曾是如何地挣扎生存。那样的挣扎，使他感觉很痛。他知道，他辜负了卞赛。这样的辜负，使他与卞赛相伴一百余里，也不敢开口，不敢开口让卞赛留下来，留在他的身边。

他胆怯。

这一生,他无时不胆怯。

这一生,总是心口不一,总是去做那些不想做的,而想做的,总是不敢。

这是他的悲哀,也是人的悲哀。

人,总是难随心所欲,所牵挂的、顾忌的,实在是太多太多。

顺治十年(1653),清廷征辟诏书下。这些年来,屡有举荐,只是都被吴伟业一一推托,侯朝宗更是特意写信,叮嘱他勿失名节。侯朝宗参加清廷科举之后,便自后悔,故才有劝说之意。

然而,现在,征辟诏书已下,该当如何?不奉诏的话,任谁都想得到那将会是怎样的一种结果。很多时候,不合作,便是罪。

吴伟业心情抑郁,大病一场。

有司敦迫。

老母垂泪道:"儿若不欲往,其奈吾家何?"

老父也自神色忧戚,道:"如今,早是大清的天下,儿若忤逆不肯奉诏,只怕我吴家很快就会大祸临头,到时候,谁都没有活路。"

这样的道理,吴伟业自然是明白的。可是,若真的奉诏入京,却又如何对得起大明、对得起先帝?这名节,一旦失去,就再也无法挽回。

牧斋就是前车之鉴。

当日带头迎降清兵的牧斋,这些年来,不知道被多少人笑骂,即使后来他做了很多很多的事,也无法改变士林对他的看法。人言可畏。对牧斋是这样,对吴伟业,又哪里会有什么不同?

吴伟业很难想象,自己成为江南士林笑骂的对象时,他将会是一种怎样的感觉,又将如何去面对那些曾经的朋友。

可如果不奉诏呢?不奉诏,就是违诏;违诏,很显然,就是对清廷还不满。对清廷不满的,清廷又哪会手软?那样的话,只怕吴家的倾覆,就是顷刻间的事。

面对官府,一个家族的倾覆是很简单的事,更何况太仓吴家又不是什么大家族。所以,双亲的哭求与担忧,也实在是迫不得已。

吴伟业长叹一声。

他知道,即使不为自己打算,也要为整个家族打算。总不能为了自己一个,而给整个家族带来祸患。

他自己未必就怕死,可要是因为自己而连累整个家族被满门抄斩呢？如果真的那样，只怕自己是百死难赎了。

很多时候，人活着，真的不是，也不能，只为自己。

人总有太多的牵挂，无论他是乐意还是不乐意。

九月，吴伟业携家人取道运河北上。经过镇江的时候，写下了《满江红·蒜山怀古》。

沽酒南徐，听夜雨、江声千尺。记当年、阿童东下，佛狸深入。白面书生成底用，萧郎裙屐偏轻敌。笑风流、北府好谈兵，参军客。

人事改，寒云白。旧垒废，神鸦集。尽沙沉浪洗，断戈残戟。落日楼船鸣铁锁，西风吹尽王侯宅。任黄芦、苦竹打荒潮，渔樵笛。

——吴伟业《满江红·蒜山怀古》

顺治十一年（1654），吴伟业抵达北京。这一年，吴伟业在京四处拜谒，只想"白衣宣至白衣还"，也算是能够保住几分名节。

三月，陈名夏以"结党怀奸"和有"留发复衣冠"之语而被处死。"谳成，论斩，上命改绞。"

十月，龚鼎孳生日。

楚尾吴头，仅斗大、孤城山县。正遇着、青丝白马，西风传箭。归去秦淮花月好，召登省阁江山换。更风波、党籍总寻常，思量遍。

文史富，才名擅。交与盛，声华健。正三公开府，张灯高宴。绿鬓功名杯在手，青山景物图中见，更他年、拣取碧云峰，归来羡。

——吴伟业《满江红·题画，寿总宪龚芝麓》

顺治十二年（1655），正月二十六日，被任命为《顺治大训》纂修官。正月二十九日，被召入南苑，参与纂修《内政辑要》。四月二十九日，被任命为《太祖太宗圣训》纂修官。九月四日，顺治帝亲试詹翰四十八人，表、疏、判各一，吴伟业乃其中之一。十二月七日之夜，顺治帝传吴伟业等人作画以进，八日，吴伟业点染山水。

顺治十三年（1656），正月初四，被任命为《孝经衍义》编纂官。初六，被召入南苑，参与纂修。十七日，自南苑归。二月六日，升国子监祭酒。二十七日，顺治帝在南苑阅骑射，召群臣从观。吴伟业应制作颂诗。其时，继妻卧病榻上。不久，继妻卒。十月十日，伯母张氏卒。讣至，上疏乞过继伯父母为嗣子，且乞假以奉嗣母之丧，顺治帝亲赐药丸抚慰。岁末，获假离开北京。仲女时从丈夫居京师，执手诀别，大恸："儿从夫长作京师人矣，父老病，无意复出，儿非有事不得还江南。"

三年来，吴伟业便像是提线木偶一般，浑浑噩噩，不得自主。每一天，做的都是自己不愿意做却不得不做的事。分明清帝宠幸，而这样的宠幸，在吴伟业看来，却是痛之切、苦之切。这样的苦楚，还无法与人言说。

吴伟业想起，三年前在南京的时候，有司让他去劝说已经出家的方以智还俗以应清廷征辟，吴伟业推托不了，只好去见他的这位老友。方以智微眈双眼，神情倔强，道："骏公，有失节之妇劝人再蘸者乎？"吴伟业当时就满面通红，二话不说，拔脚离去。

吴伟业回去之后，便将昔日与方以智的往来书函找了出来，付与丙丁。在别人看来，吴伟业是何等决绝，与老友就此绝交；而在吴伟业自己，是无法忍受那样的耻辱，尤其是这耻辱还是来自于老友。

或许，在方以智看来，是吴伟业失节之后，想拉他一起失节，来掩饰自身的羞愧。而在吴伟业，只是不得已而为之。作为相交这么多年的老友，不仅不理解，反而如此讥嘲，吴伟业又如何能够忍受？这样的讥嘲，便似锋刃利刀，寸寸碎割着他本已脆弱的心。

不过，如果要说痛恨的话，吴伟业更为痛恨的，大约不是方以智，而是他自己。至于在生命中抹去方以智的痕迹，只不过是他不想再想起那一次的屈辱而已。又或者，当时羞恼之下，就再也不管不顾，不想再与方以智有任何的交集了。

顺治十四年（1657）正月，吴伟业途经济南。

天清华不注，搔首望，白云齐。想尚父夷吾，雪宫柏寝，衰草长堤。松耶柏耶在否，只斜阳七十二城西。石窌功名何处，铁笼筹算都非。

尽牛山、涕泪沾衣。极目雁行低。叹鲍叔无人，鲁连未死，憔悴南归。依然洋洋东海，看诸生、奏玉简金泥。谁问碌碌战骨，秋风老树成围。

——吴伟业《木兰花慢·过济南》

憔悴南归。

吴伟业只觉"无颜见江东父老"。

九

三年守孝。

三年后，守孝期满，吴伟业正担心朝廷再次征辟的时候，顺治帝驾崩。当顺治帝驾崩的消息传来时，一时之间，吴伟业也说不清是悲是喜。

当日，崇祯帝殉国的消息传来，吴伟业知道，他必须号啕，因为崇祯帝对他的知遇之恩，无人能比；在官场上，对他的保护与偏爱，也无人能比。

那么，现在呢？顺治帝驾崩的消息传来呢？在北京三年，顺治帝也可谓对他有知遇之恩，而且，对他的心怀故国，也不以为意。要不然，仅仅他的《秣陵春》传奇，就会给他带来莫大的祸患。还有那两首《满江红·感旧》，即使不说是对新朝的怨愤，至少也是对前明的难以忘怀。

诗酒溪山，足笑傲、终焉而已。回首处、乱云残叶，几篇青史。昔日儿童俱老大，同时宾客今亡矣。看道旁、争羡锦衣郎，曾如此。

遭际盛，声名起。跨燕许，追苏李。苟不知一事，吾之深耻。年少即今何所得，孝廉闻一当知几。论功名、消得许多才，偶然耳。

满目山川，那一带、石城东冶。记旧日、新亭高会，人人王谢。风静旌旗瓜步垒，月明鼓吹秦淮夜。算北军、天堑隔长江，飞来也。

暮雨急，寒潮打。苍鼠窜，宫门瓦。看鸡鸣埭下，射雕盘马。庾信哀时惟涕泪，登高却向西风洒。问开皇、将相复何人，亡陈者。

——吴伟业《满江红·感旧》

如果要追究的话，只怕陈名夏就是前车之鉴。

然而，没人追究。

事实上，想置陈名夏于死地的，也不是顺治帝，而是张煊、陈之遴、宁完我。因此陈名夏被宁完我弹劾而最终获罪。传闻，陈名夏死后，顺治帝"悯恻为之堕泪"。陈名夏曾道："留发复衣冠，天下即太平。"

顺治帝实在算得上是一个很宽容的皇帝。如果是当日的崇祯的话，陈名夏只怕早就被砍了头。崇祯杀起大臣来，从来就没有手软过。

连说出如此悖逆之话的陈名夏，顺治帝都"为之堕泪"，更何况吴伟业。

吴伟业在北京的三年，时刻都想着归隐，分明就是一副不肯效力朝廷的模样，可顺治帝也没去追究。三年后，吴伟业以伯母去世作为借口乞假南归，顺治帝居然也批了假。回到太仓后，一待就是三年，说是守孝。这三年之中，顺治帝也没派人来催促。毕竟，谁都知道，嗣母与亲母并不是一回事，而吴伟业的亲母，还活着。

顺治帝这样的知遇，这样的宽容，毫不夸张地说，比崇祯帝一点也不差。或许，在顺治帝，也是想比崇祯帝做得更好吧。如果因此能够收揽吴伟业之心，那么，就能收揽江南士子之心，也就能收揽天下文士之心。

这天下，已经是大清的。

顺治帝驾崩，新帝即位，明年，将改元康熙。吴伟业知道，即使三年守孝期满，朝廷大约也不会征辟他入京了。而从另一个角度来说，如果征辟，只怕他必须再去；因为，朝廷再也不可能有顺治帝时的宽容了。

吴伟业长叹一声，一连数日，郁郁寡欢。他觉得他应该欢喜的，但是他没有。自然，他也没有号啕。

当日的号啕，如今，对于吴伟业来说，已是一种讽刺。

吴伟业连写了《清凉山赞佛诗四首》与《读史有感八首》。诗传出去以后，有人曾道：梅村学士这写的是什么，怎么看不大明白？便又有人来问吴伟业。吴伟业笑而不语。或许，对于吴伟业来说，这诗既已写出来，便与他毫不相干。又或许，没人读得懂才好呢。

不久之后，吴伟业便明白了这个道理。

顺治十八年（1661），正月初七，顺治帝驾崩。六月，奏销案起。七月，金圣叹等十八名诸生以"哭庙案"被杀。十月，清廷下"迁界令"。

康熙二年（1663），庄廷鑨《明史》狱兴。

短短数年,江南连起大狱,株连无数,不知多少人家破人亡,又不知多少人被满门抄斩。

顺治帝的宽容,不是清廷的宽容;顺治帝驾崩之后,清廷举起了屠刀,毫不犹豫地杀向江南。不肯顺从的,杀。

吴伟业惶惶不安,唯恐被牵连了进去。

十

康熙七年(1668)九月,六十岁的吴伟业到了无锡,与姜宸英、严绳孙、顾湄同往秦松龄之寄畅园,作诗咏胜。吴伟业原本名满江南,如今,钱谦益早就去世,龚鼎孳又在朝为官,吴伟业俨然就是江南文坛领袖。这样的声名,对于此际的吴伟业来说,很重要。因为他相信,他的名声大,交游广,就不那么容易遭遇大狱。

清廷兴起大狱,一般都不会拿名满天下的人来开刀。

更何况,这些年来,吴伟业四处奔走,与各色人等交往,包括清廷的官吏,无非就是想向清廷表明,他对清廷毫无恶意,更无意于反清,如今的优游山林,只不过是因为年纪大了,性情也喜欢这样的散淡而已。

事实上,熟悉吴伟业的也都明白,吴伟业即使坚守所谓的名节,也决不会参与反清的各种活动。更不用说,随着永历小朝廷的覆灭、台湾郑氏的归降,大明朝已算是彻底灭亡。在这样的情况下,只有傻子与疯子才会继续去做什么抗清的事呢。

清廷的统治,已经逐步稳定了下来。

寄畅园中,众人尽情歌咏,俨然便是太平时节。

或许,如今的大清,如今的江南,也的确可谓是太平时节。

"吴伟业!你给老子出来!"众人正饮酒、歌咏之际,忽就听得有人在寄畅园外高声呼喝道,"吴伟业!吴梅村!你这个狗娘养的,给老子出来!"

吴伟业微微皱眉,不过,他既不知这在外面发癫的人是谁,又不知对方何以会对他如此破口大骂,自然,也就只能装作没听见。他这边装作没听见,作为主人的秦松龄却不能。秦松龄不过三十来岁,十八岁就中了同进士,顺治帝曾召试《咏鹤》诗,秦松龄有句云:"高鸣常向月,善舞不迎人。"顺治帝赞曰:"是人必有品。"换个角度来说，以这样的品性，又怎么可能让人在寄畅园外破口大骂吴伟业。

对于秦松龄来说，吴伟业既是文坛前辈，又是他请来的客人，要是听得有人大骂而不闻不问，他这个做主人的，也就未免太没面子了。

不过，秦松龄也只是悄悄吩咐人出去将那人赶走，并不想将事情闹大。因为他也不知，那在寄畅园外的究竟是什么人，又与吴伟业有什么关系。万一要是一个吃错了药来痛骂吴伟业失节的狂生，只怕在座的都会很麻烦。不管怎么说，当年崇祯帝对吴伟业有那样的恩情，而吴伟业在清廷待了三年，终究也算是失节。吴伟业说自己有多少苦楚也没有用，失节就是失节，没有任何借口可言。

只不过在座的，谁都不会拿失节来说事，也不会因为失节而瞧不起吴伟业。

大清都已经立国这么久了，无论乐意不乐意，在座的，现在，都是大清国的人。

下人出去之后没多久，那声音倒是小了下来，只不过，很快就又大了起来："吴伟业，你现在很了不起啊，连亲戚也不认了？你个狗娘养的，连亲戚也不认了？"

吴伟业大吃一惊，一时间，竟有些懵。亲戚？在无锡还有什么亲戚？如果这在寄畅园外破口大骂的，真的是他亲戚，他又怎么能够还装聋作哑？

"老夫去看看。"吴伟业当机立断。不认亲戚的罪名，他还真承担不起。这要是传出去，毫无疑问，会成为士林的笑话的。秦松龄等人自然也不好阻止，便都跟在他的身后，一起出了寄畅园。

寄畅园外，一个七十多岁须发皆白的老汉正跳着脚地大骂。那老汉，虽说须发皆白，却是红光满面，那精神简直不要太好。

秦松龄大吃一惊："郑先生？"很显然，他认得这个老汉。秦松龄心中却道：难怪刚才那声音听得有些耳熟，却原来是郑保御！

郑保御也算得上是吴中名医，所以，秦松龄见过几次。

"你……"吴伟业愣了一下。

"老夫郑保御！"老汉冷冷道，"怎么，梅村学士不认得老夫了？"

吴伟业惊道："是郑家表哥！"说着，便有些尴尬，道："都好多年没见过了。"他心中估算着，好像甲申国变之后，便没有再见过。

这么多年过去,见面不相识应该也算不上是什么奇怪的事吧?

郑保御冷冷道:"好,好,认得就好,——你跟我来。"说罢,就转过身去。

吴伟业迟疑道:"到哪儿去?"

"去了就知道了。"郑保御的声音依旧是那么冷冷的,仿佛吴伟业做过什么十分对不起他的事情似的。

十一

无锡。惠山。祇陀庵。锦数林。

玉京道人墓。

当吴伟业看见那墓碑上的字,整个人就是一个踉跄,险些摔倒。秦松龄赶紧将他扶住。

"这、这、这里……"吴伟业面色苍白,只觉浑身发软,"这里是……"

"这里是玉京道人墓。"郑保御冷冷道,"你长着眼,不会自己看么?还要问老夫?"

吴伟业不死心地问道:"我知道是玉京道人墓,我……我是想问,这是哪个……是哪个玉京道人?"他实在难以将卞玉京与眼前的玉京道人墓联系起来。在他的记忆之中,无论是当日胜楚楼头的卞赛,还是身着黄色道袍的卞玉京,都不应该与眼前的冰冷的玉京道人墓有什么关联。

那墓碑,真的很冷很冷,直冷到吴伟业的心里去。

郑保御淡淡道:"听说,她出家之前,唤作卞赛。"

"卞赛,赛赛……"吴伟业又是身形一晃,险些摔倒,整个人麻酥酥地,饶是秦松龄扶着,也还是慢慢地坐了下去,瘫倒在地上。

"卞赛,赛赛,"吴伟业喃喃道,"真的、真的是她……"

秦松龄等人有的听说过吴伟业与卞玉京之事,有的没听说过,不过,此际见老人如此失态,俱不觉心有戚戚:这要怎样的刻骨铭心,才会如此黯然神伤?这样想着,又都有些不解:既然如此,最终梅村先生又何以没有与卞赛在一起?

牧斋翁与柳如是、冒辟疆与董白、龚鼎孳与顾湄,早已是江南士林佳话。

"她……"良久,吴伟业低低地问道,"什么时候死的?"

郑保御想了想,道:"道人是康熙四年没了的,到现在,已经三年了。"

"康熙四年,康熙四年。"吴伟业惨然一笑。康熙四年(1665)的时候,他闲居太仓家中,正四处与人交往,为人写诗著文,正是士林领袖,可谓春风得意。没想到当他春风得意的时候,卞玉京却默默死去。

郑保御叹了口气,只是瞧着吴伟业,也不再破口大骂。或许,他破口大骂,只是想引出吴伟业而已。

吴伟业歇息一阵,待身上的酥麻缓缓消去,站起身来,低低地道:"这些年来,赛赛到底是怎么过的? 又是怎么死的?"

郑保御两眼睥睨,道:"你不知道?"

吴伟业凄然道:"我不知道,我不知道。从来都没人告诉过我,从来都没有……"

"那你找过她没有?"郑保御冷笑一声,问道。

吴伟业面色黯然,不禁羞惭,低低地道:"没有。"长叹一声,不禁后悔:"我……对不起她。"他的心,一阵阵地痛,直痛得恨不得就此死去。

这些年来,身边的亲人,老父,老母,妻子,女儿,一个一个地离去,他都没有这么痛过。人老了,总会见到越来越多的死亡,那些曾经的亲人,曾经的朋友,眼睁睁地瞧着一个接一个地离去,从最初的痛,到最后的漠然,原本就是寻常之事。

痛多了,便不再痛。这便是人生。

可是,为什么,此刻,还是那么的痛?

郑保御又一声冷笑,道:"你自然是对不起她!"

吴伟业神情凄惨,也没有辩驳,只是乞求地瞧着郑保御。

郑保御也自长叹一声,道:"那一年,从太仓回到横塘不久,玉京道人就去了浙江,嫁人了。不过,她过得很是不如意,所以,不久之后,就让柔柔代她跟了那人,而她自己,回了吴中。你知道她回吴中来做什么么?"

吴伟业喃喃着:"是啊,她又回吴中来做什么?"神情越发凄惨。他不敢去想,不敢去想卞玉京分明已经嫁到了浙江又何以回到吴中。嫁到浙江,自然是想忘记吴伟业,想离吴伟业远远儿的;可是,为什么她很快又回到吴中呢?

不仅吴伟业,秦松龄等人自然也想到这个问题,不由得都是低低叹息,再瞧向已因惨痛面目狰狞的吴伟业,心中更是说不出的滋味。"薄幸萧郎憔悴甚,此身终负卿卿"的词句,他们都是读过的;可是此刻,又哪里再忍心责怪这个老人昔日的薄幸?

郑保御苦笑一下,涩涩地道:"玉京道人到吴中之后,才知道你去了北京,后来,又听说,你留在了北京。"

吴伟业只觉五雷轰顶一般,整个人便有些懵。郑保御这样说,卞赛回吴中,岂非来找他?那一年,将卞赛直送到横塘……

吴伟业两眼就有些模糊。

他只觉得自己错了。从前,只觉自己是薄幸,如今,觉得自己好像是错了。

一生的错。

吴伟业蓦然觉察到,自己这一生,好像就没什么事情是对的,好像每做一件事都是错的。崇祯殉国,他选择了苟活;清廷征辟,他选择了应征;还有卞赛,他选择了逃避。每一次的选择,现在看来,好像都是错的。为什么,每一次,都是错?每一次,总是错?

吴伟业茫茫然,直不知自己身在何处,郑保御的话,在他的耳边,也变得模糊起来。

郑保御道:"道人没找到你,却赖到我这儿来了,住我的,吃我的,不过,你放心,她自修行,可没跟老夫住在一起。老夫一大把年纪,也消受不起这样的美人恩。"说着,郑保御自嘲似的一笑。

众人瞧着这老汉,只觉这老汉似乎也没先前那么面目可恶了。其实,卞玉京依郑保御而居,便是住在一起又有何妨?毕竟,卞玉京出身秦淮歌伎,依人同居与人同住,原是很寻常的事。至于年龄,众人也不会放在心上,看看柳如是与钱牧斋便知道了。

郑保御叹息一声,道:"梅村啊,你在北京迟迟不归,却知道人如何为你担心?这痴女子,竟刺舌血书《法华经》一部,却道是为老夫祈福,呵呵,老夫哪有这样的福气?老夫活得好好儿的,也用不着祈福。"说着,两只老眼便盯着吴伟业,有些羡慕,有些嫉妒。

那几年,吴伟业逗留北京,正是前程未卜。很显然,卞玉京刺舌血书《法华经》是为了吴伟业,只不过是假托为郑保御而已。

众人面面相觑,此际,谁也不知道说什么才好。他们只觉得,这样的奇女子、痴女子,梅村学士居然薄幸辜负,实在是不该。只不过这些话,他们心里可以说,却无法说出而已。

郑保御从怀中掏出那本《法华经》来,道:"梅村,这便是那部道人刺舌血所书的《法华经》，现在也算是物归原主吧。"说着，就将经书递到了吴伟业的手上。

吴伟业拿着那本经书，老泪忍不住滚落。他伸出满是青筋的手，轻轻摩挲着这本仿佛还带着卞玉京体温的经书，久久地，没有打开。

他不敢。

连打开看一眼都不敢。

那一字字的血，是卞玉京一瓣瓣碎裂的心。

那一瓣瓣碎裂的心，居然还在为这个薄幸的人祈福。

这是怎样的一种讽刺与滑稽？

据说，人之一生，原本就很滑稽，可有滑稽如斯乎？

吴伟业摩挲良久，长叹一声，将《法华经》还给了郑保御，低低地道："我不配。"

郑保御愣愣地瞧着吴伟业，倒没有想到，吴伟业居然没有接受这卞玉京留下的礼物。这时，秦松龄小心地问道："郑先生，能不能让我看一看？"郑保御迟疑一下，将《法华经》递给了秦松龄。秦松龄接过，轻轻翻开书页，那一字一字的鲜红，使得他年轻的心也似被刺了一下。

一个女子，刺破舌尖，用舌血书写下这部《法华经》，而她的身影又是那么孤单、那么寂寞，她的心，又在无望地牵挂，她所牵挂的人，还不知道她在牵挂着。这是一种怎样的绝望与伤心？

也许，对于这个痴女子来说，这样的绝望与伤心，也是一种快乐吧。在她的心中，有那么一个人，那个人还活着，还平安，对于她来说，或许，这已足够。喜欢一个人，一生一世，未必就一定要朝朝暮暮，一定要相守相依。也许，他真的薄幸，真的辜负，可是我的心中，总还是装着他啊。"薄幸萧郎憔悴甚，此身终负卿卿。"梅村终不是没心肝的人。也许，卞玉京在刺血书写这部《法华经》的时候，会这样想道。

真的薄幸，哪会有这样的内疚？

像当日写《会真记》的元稹，那才是真的薄幸，真的没心肝。

众人传看着《法华经》，纷纷称奇，忍不住将目光又都投向玉京道人墓与墓前的碑。碑上，是冰冷的字；墓中，是一颗滚热的心。

玉京道人，莫详所自出，或曰秦淮人。姓卞氏，知书，工小楷，能画兰，能琴。年十八，侨虎丘之山塘。所居湘帘棐几，严净无纤尘，双眸泓然，日与佳墨良纸相映彻。见客初亦不甚酬对，少焉谐谑间作，一坐倾靡。与之久者，时见有怨恨色，问之，辄乱以它语，其警慧虽文士莫及也。与鹿樵生一见，遂欲以身许，酒酣，拊几而顾曰："亦有意乎？"生固为若弗解者。长叹凝睇，后亦竟弗复言。寻遇乱别去，归秦淮者五六年矣。久之，有闻其复东下者，主于海虞一故人。生偶过焉，尚书某公者，张具请为生必致之，众客皆停杯不御，已报曰至矣，有顷，回车入内宅，屡呼之，终不肯出。生怏快自失，殆不能为情，归赋四诗以告绝，已而叹曰："吾自负之，可奈何！"逾数月，玉京忽至，有婢曰柔柔者随之。尝著黄衣作道人装，呼柔柔取所携琴来，为生鼓一再行，泫然曰："吾在秦淮，见中山故第有女绝世，名在南内选择中，未入宫而乱作，军府以一鞭驱之去。吾侪沦落，分也，又复谁怨乎！"坐客皆为出涕。柔柔庄且慧。道人画兰，好作风枝婀娜，一落笔尽十余纸，柔柔承侍砚席间，如弟子然，终日未尝少休。客或导之以言，弗应，与之酒，弗肯饮。逾两年，渡浙江，归于东中一诸侯，不得意，进柔柔奉之，乞身下发，依良医保御氏于吴中。保御者，年七十余，侯之宗人，筑别宫资给之良厚。侯死，柔柔生一子而嫁，所嫁家遇祸，莫知所终。道人持课诵戒律甚严。生与保御，中表也，得以方外礼见。道人用三年力，刺舌血为保御书《法华经》，既成，自为文序之，缁素咸捧手赞叹。凡十余年而卒，墓在惠山祇陀庵锦树林之原。后有过者为诗吊之曰：

龙山山下茱萸节，泉响琤淙流不竭。但洗铅华不洗愁，形影空潭照离别。离别沉吟几回顾，游丝梦断花枝悟。翻笑行人怨落花，从前总被春风误。金粟堆边乌鹊桥，玉孃湖上蘼芜路。油壁曾闻此地游，谁知即是西陵墓。乌桕霜来映夕曛，锦城如锦葬文君。红楼历乱燕支雨，绣岭迷离石镜云。绛树草埋铜雀砚，绿翘泥涴郁金裙。居然设色倪迂画，点出生香苏小坟。相逢尽说东风柳，燕子楼高人在否？枉抛心力付蛾眉，身去相随复何有？独有潇湘九畹兰，幽香妙结同心友。十色笺翻贝叶文，五条弦拂银钩手。生死栴檀祇树林，青莲舌在知难朽。良常高馆隔云山，记得斑骓嫁阿环。薄命只应同入道，伤心少妇出萧关。紫台一去魂何在，青鸟孤飞信不还。莫唱当时渡江曲，桃根桃叶向谁攀？

——吴伟业《过锦树林玉京道人墓并序》

万事催华发。论龚生，天年竟夭，高名难没。吾病难将医药治，耿耿胸中热血。待洒向、西风残月。剖却心肝今置地，问华佗、解我肠千结？追往恨，倍凄咽。

故人慷慨多奇节。为当年、沉吟不断，草间偷活。艾灸眉头瓜喷鼻，今日须难决绝。早患苦、重来千叠。脱屣妻孥非易事，竟一钱不值何须说。人世事，几完缺？

——吴伟业《贺新郎·病中有感》

吴伟业病体挣扎，书写下这阕字字血泪的《贺新郎》。"人世事，几完缺？"写罢，凄然一笑，心想：吾之一生，遭际万事忧危，无一刻不历艰难，无一境不尝辛苦，总是苟且求存，到头来，何事伤心如许？

这已是康熙十年（1671），吴伟业已经六十三岁。

"为当年、沉吟不断，草间偷活。"吴伟业伤心地想道。从前种种，涌上心头，一些事，一些人，使得老人的浊泪顺着眼角不断流淌。

这一生，对不住很多人。

吴伟业吩咐道："敛以僧装，葬吾于邓尉、灵岩相近，墓前立一圆石，题曰诗人吴梅村之墓，勿作祠堂，勿乞铭于人。……吾诗虽不足以传远，而是中之寄托良苦，后世读吾诗而知吾心，则吾不死矣。"

老人低低地叹息着。

他知道，即便是他死了，也无法与卞赛在一起。卞赛注定了要孤零零，天荒地老，无法改变。他们，即使死了，也只能遥遥相望。

"薄幸萧郎憔悴甚，此身终负卿卿。"吴伟业喃喃着。

康熙十年（1671），十二月二十四日，吴伟业病逝，享年六十三岁。

此前，十月初七，夜雨连江，药地和尚方以智自沉于惶恐滩头。

忍死偷生廿载余，而今罪孽怎消除。受恩欠债应填补，总比鸿毛也不如。

岂有才名比照邻，发狂恶疾总伤情。丈夫遭际须身受，留取轩渠付后生。

胸中恶气久漫漫，触事难平任结蟠。块垒怎消医怎识，惟将痛苦付汍澜。

奸党刊章谤告天，事成糜烂岂徒然。圣朝反坐无冤狱，纵死深恩荷保全。

——吴伟业《临终诗四首》

余 怀

江山依旧，怪卷地西风，忽然吹透

浪淘沙

烟柳惯横斜。晓月帘遮。六朝脂粉
接天涯。我有清愁挥不去，弹上
琵琶。

眼底乱如麻。吹老蒹葭。春风秋雨
两相差。世事人心都莫负，只有
梅花。

李旭东

这几天，太仓的吴家很是热闹。

这一年的五月二十日，正是吴伟业的六十大寿。不知不觉间，这位领袖江南的文章太史，已经六十岁了。从五月初，各地的文人雅士，便纷纷汇聚太仓，来给梅村先生祝寿。梅村先生相交满天下，恰逢这六十大寿，来祝寿的，自然是纷至沓来，使得整个太仓都变得热闹起来。

吴伟业的心情也很是开朗，让儿孙们招呼着远来的客人，而他自己，则与几个老友说着闲话。时间已是康熙七年（1668），距离甲申国变已经二十余年了。二十余年，世事沧桑，故人凋零，怎不叫人感慨万分？不经意之间，便说起牧斋翁的身后事。

"唉。"严正炬叹息一声，"牧斋翁尸骨未寒，就逼得河东君悬梁自尽，这虞山钱家，端的是叫人齿冷。"

"听说，是族人要夺河东君房产。"董含也自叹息，"要说起来，谁教河东君只有一女，而未能生养子嗣呢？"

这样说着，众人俱是唏嘘不已。

"澹心兄，"严正炬忽道，"我记得你是南京人？"

余怀一身简易的道装，足踏灰色的布鞋，轻捋额下花白之须，道："余闽人，而生长金陵，生平以未游武夷、未食荔枝为恨。"说罢，爽朗地笑了起来。余怀这一开口，便是地道的金陵口音，大家便明白，这必是生于斯、长于斯的南京人。

严正炬道："不知澹心兄当日可曾见过河东君？"

余怀这一回愣了一下，就有些迟疑，想了想，道："我记得河东君是在松江，儒服男装，与人交往。"顿了顿，道："与陈卧子同居，也是在松江南楼。那一阵，我都在南京，可没去松江。"说罢，笑了起来，笑得有些自嘲，又有些沧桑。当日，在南京，余家也算得上是有名望的人家，余怀少年得意，流连秦淮河畔，原就是寻常之事。十里秦淮，纸醉金迷，有不得见者，如朱斗儿、徐翩翩、马湘兰，而所见者则多乎哉，如尹春、李十娘、葛嫩、李大娘、顾眉、董白、卞赛、卞敏、范珏、顿文、沙才、马娇、顾喜、李香……甲申国变之后，各自飘零，或有归宿，或出家为道，或红颜薄命，更有与北来兵搏命如葛嫩者。现在想来，当北来兵攻入南京，多少须眉男儿、朝廷官吏纷纷屈膝乞降，而这秦淮河畔的葛嫩，宁死不屈，嚼舌碎，以血喷清将之面，终与丈夫孙克咸双双被杀。这样的女子，宁不愧煞男儿？

这样想着，余怀不由得长叹一声。

要写下来。他想。如果不写的话，再过些年，可能这世间就再也没人记得当年的那些奇女子了。

昔宋徽宗在五国城，犹为李师师立传，盖恐佳人之湮灭不传，作此情痴狡狯耳。"'风乍起，吹皱一池春水'，干卿何事？""彼美人兮"，"巧笑倩兮，美目盼兮。""彼君子兮"，"中心藏之，何日忘之"。

——余怀《板桥杂记》

往事如烟，终会湮灭。余怀想，是该为那些女子写些什么了。

"哦，"董含笑道，"我知河东君曾与牧斋翁久在南京，还以为她是南京人呢。"

"水太冷。"忽有一宾客低低地说了一声。这声音虽很低，但也足以让在座的人都听清楚了。这是关于河东君最有名的一个传闻。传闻，北兵入城，河东君劝说牧斋翁殉国，结果牧斋翁俯身试水，曰："水太冷。"遂领头降了北兵。这样的传闻，其实真假难辨，却也足见河东君之男儿气息。只不过这样一想，牧斋翁去世之后，河东君自尽，也是可以理解的了。这不仅仅是对钱氏宗族的抗争，原也是她性格的刚烈所致。

这"水太冷"三字之后，竟然一时冷场，谁也不知道该如何接过话头说下去。说钱牧斋当日丧节降清固然不妥，继续说河东君刚烈之性似乎也难以为继。甲申国变，钱牧斋降清，当日，梅村先生吴伟业人在太仓，算是保存了名节；可十年之后，梅村先生还是应了清廷的征辟，到北京为官三年。无论这是不是被迫，站在士林的立场来看，终究是失节，与葛嫩、与河东君这些女子相比，都是大不如；更不用说以身殉国的陈卧子、张煌言了。

吴伟业六十大寿，原是喜庆的日子，众人不知怎么的，说起河东君的事来，原已不妥；要是再以此说起钱牧斋的失节，这不是有指桑骂槐之嫌么？

余怀打个哈哈，笑道："各位，今日，我们是来给梅村学士祝寿，却说些不相干的话作甚？他日有闲，咱们再说便是。"

"是极,是极,今日是来给梅村学士祝寿。"董含忙就也笑了起来。

余怀说着话,便将随身带着的一卷卷轴取了出来,笑道:"秀才人情纸半张,我只有两阕新词,敬祝梅村学士寿比南山、福如东海。"

董含忙道:"打开看看,打开看看。"

吴伟业也自含笑不语。

这些年,余怀卖文为生,虽说不至于身无分文,却也算得上是身无长物了。

五亩园中叟,白发老青门。当年文章太史,声价满乾坤。一旦后庭花落,憔悴绿珠红豆,芳草怨王孙。萧瑟郊居赋,吹笛到羌村。

装玳瑁,巢翡翠,压昆仑。谁钦敌者,此事不得不推袁。君自低头东野,我自倾心北海,难与俗人言。富贵何足道,高卧且加餐。

——余怀《水调歌头·祝吴梅村六十》

问先生,今年六十,阅尽许多今古。鸾台凤阁麒麟殿,都是劫灰尘土。差堪语。算只有、东山丝竹西陵树。逍遥场圃。对曲几匡床,疏廉清簟,抱膝吟梁父。

莺花社,常见髯参短簿。能令公喜公怒。祢衡空自题鹦鹉,何况滕屠郑酤。真迟暮。君不见、通天台表江南赋。葵榴正吐。看子晋吹笙,成君击磬,锤碎花奴鼓。

——余怀《摸鱼儿》

众人读罢,无论读懂没读懂的,俱是一连声地道:"好词,好词,好一个'当年文章太史,声价满乾坤'……"

余怀则是认真整理了一下灰白色的道服,恭恭敬敬地冲着吴伟业深施一礼,道:"梅村公当年赠词,余怀没齿难忘。"

吴伟业呵呵一笑,忽地低低叹息一声,道:"好多年前的事了。"

"要近三十年了。"余怀道。

"是啊,要近三十年了,"吴伟业指指余怀,又指指自己,道,"澹心,你,我,都老了。"说着,微微地眯起眼,瞧着门外的天空,思绪仿佛回到了当年。

二

那年,吴伟业出任南京国子监司业。

当吴伟业出任南京国子监司业的时候,不过三十出头。黄道周一案,崇祯帝网开一面,吴伟业并没有受到牵连,可他也似惊弓之鸟一般,不敢再在北京待下去,于是,便央求皇帝,让他到了南京。皇帝居然也应允了他的这个不怎么合理的央求。说起来,崇祯帝对吴伟业的知遇、爱护,真的是没人能够比得上,大约这也是甲申国变吴伟业没有殉节而一直被人诟病的缘故吧。

说起来,吴伟业一生,艰难困苦,仿佛每一次的选择都是错,比如甲申国变没有选择殉节而是草间偷活,比如前几年进京为官,可甲申之前刚好离开北京、乙酉之前刚好离开南京呢?要是李自成攻入北京的时候他还在北京、北兵攻入南京的时候他还在南京,他会做出怎样的选择?甲申,与他齐名的龚鼎孳选择了降贼;乙酉,与他齐名的钱牧斋选择了降清。

人生的际遇,其实,真的很难说。错的,对的,又有谁真的能说得清?

洗足山中夜,高枕鼓趺眠。长宵清寂无梦,只此便通仙。岂料披衣刮目,瞥见高深一白,使我发狂颠。今日是何日,今岁是何年。

新春后,残腊半,上元边。无人知我出世,元属古尧天。坐见飞琼积玉,但愿千龄万岁,冻合此山川。何处生戎马,无地起烽烟。

——杜濬《水调歌头·生日喜雪》

"发榜了,发榜了。"众人正在喝酒,以庆杜濬生日的时候,忽就有同学在外面嚷道。

杜濬醉眼蒙眬,喃喃自语:"无人知我出世,元属古尧天。"喃喃间,便借着酒兴,狂笑不已。门外,是漫天的大雪,整个国子监都笼罩在一片莹白之中。

南京,已经许多许多年不曾有过这样的大雪了。

已往空思,向后休愁,用永余年。叹历来遭际,无非逆境;平生眷属,谁是良缘。悲亦宜歌,痛还当饮,抛却鸠笻又放颠。安排定,向水边林下,作个神仙。

芳时恣意流连。但莫触、伤心重黯然。若秋之半也,堤防白雁;春云暮矣,回避啼鹃。子爱南华,史耽西汉,二物焉能便舍旃。无多事,只文繁须汰,诗杂须删。

——杜濬《沁园春·感兴》

杜濬仿佛没听见外面的鼓噪声,只自发着狂颠,一边喝酒,一边吟唱。杜濬是黄冈人,一口的湖广话,往日说得慢些还好,这一发狂,含含糊糊地,根本就没人听得清他在说什么。

白梦霄忽然笑了起来,转头冲着余怀道:"澹心,你也吟唱一阕新词来。"

"为什么?"余怀有些莫名其妙地问道。余怀今日倒也喝了一些酒,不过,喝得不多,头脑还清醒,自然不会像杜濬那样发癫。杜濬三天两头就喝酒,而且是一喝就醉,一醉就发狂吟。本来呢,他这发癫发狂吟也没什么,问题是,他是黄冈人,这发狂吟的满口湖广话,可没人听得懂;没人听得懂倒也罢了,他偏偏还要抓住人听;抓住人听倒也罢了,还要与人讨论。根本就听不懂他在狂吟些什么,还要与他讨论,这任谁也受不了。"只文繁须汰,诗杂须删。"杜濬醉眼圆睁,滴溜溜地乱转着,正不知他看中谁,又要与谁讨论为文、为诗之法。

余怀与白梦霄早往后躲在其他几个同学的身后,唯恐让杜濬给抓了去。在杜濬大醉的时候听杜濬吟唱、与杜濬谈诗论文,那可是受罪。余怀与白梦霄可不想受这样的罪。即使是朋友也不行。

余怀一边小心地注意着杜濬的动态,一边与白梦霄说话。一时之间,他有些不大明白,白梦霄何以叫他也吟唱一阕新词来。余怀向来不喜欢当众吟唱。他觉得这当众吟唱,就像是过年的时候穿着新衣出门去炫耀一般。这样的炫耀,只有家境贫寒的人家才会;富贵人家,日日都有新衣,哪会炫耀?

余怀家境很好,好到可以日日新衣。

同样,余怀诗词文章俱佳,佳到根本就没有必要当着别人的面吟唱、炫耀,唯恐人不知似的。

桃李不言,下自成蹊。对于诗词文章,也是一样。

国子监每次考试,名列榜首者,不外乎余杜白。南京人称"鱼肚白"的谐音。所不同者,杜濬若名列榜首,便会饮酒大醉,大有

"我辈岂是蓬蒿人"之意；白梦鼐呢，则会匆匆赶回家中，去告知父母家人；只有余怀，一副理所当然的模样，仿佛丝毫都不放在心上。

这就像一个穷人，赚到十文钱会异常开心；而一个富人呢？不要说是十文钱，便是一两、十两，乃至百两白银，也会不以为意。

余怀，就是这样的富人；余家，就是这样的富贵人家。

白梦鼐窃笑道："澹心，你是闽人呢。"

"闽人怎么了？"余怀便有些不高兴。不错，余家是闽人，不过，早就搬来金陵，住了很多年了，而他自己，更是生于斯、长于斯，在他自己看来，他们一家早就是地地道道的南京人。可不知道为什么，无论是街坊邻里，还是国子监的同学，总还是将他看作闽人。在南京人的嘴里，闽人仿佛是蛮子似的。所以，白梦鼐这一说"闽人"，余怀便有些不开心。

白梦鼐是南京人，白家，在南京已不知多少代了。

白梦鼐仿佛没看到余怀的不开心似的，笑道："你要是用闽南语吟唱的话，嘻嘻……"说着，便笑而不语。在南京人看来，闽南语、粤语之类都是鸟语，很难听得懂；杜濬的湖广话要是与之相比，不管怎么说，总还是人话不是？

余怀自然立刻就明白了白梦鼐的促狭，于是狠狠地瞪了他一眼，心道：我又不会说闽南语。不过，闽南语好像很好听啊，虽然听不懂。

在家中，余怀的父亲时不时就会哼唱一些闽南小调。他的声音有些嘶哑，可哼唱出来的闽南小调，着实好听。有时候，余怀也会想道，要是让秦淮河畔的歌伎来唱老父的闽南小调的话，只怕会更好听。

只可惜，不是闽人而想学闽南小调，只怕会很难很难。

有人从门前经过，听得门内的热闹，便忍不住探头探脑。有相熟的，便道："已经放榜了，你们还不去看？"

这里的放榜，说的是国子监的月榜，每个月都会试一次，每个月都会放一下榜。

那人刚说完，屋子里便有人笑道："有什么好看的？还不就是鱼肚白？这鱼肚白都在这儿呢，他们都不着急，我着什么急？"嘴里这样说着，声音到底有些酸溜溜。不过，终究还是要服气啊。这都一两年了，每一次的放榜，都是鱼肚白。久而久之，这样的放榜，又还有什么好看的？看放榜，无非是渴望自己做了榜首；如今，不仅榜首没希望，连前三都没希望。

那说话的人定睛一瞧，可不，这鱼肚白都在呢。杜濬在发酒疯，余怀与白梦鼐不知在悄悄地说些什么，其他人也是喝酒的喝酒、说话的说话，还有跟杜濬一样，拿出自己的诗词文章，或吟唱，或非要与人讨论的。靠壁的地上，还颓然斜倚着几位，正发出鼾声，明显是喝醉了的。

"对了，"刚刚说话的那人便斜着眼问，"这回的榜首，是余、杜，还是白？"

榜首不外乎鱼肚白，但这榜首终究只有一位，所以嘛，这鱼肚白之间，总还是要争一争的。南京国子监的榜首，而且是经常上榜首的人，要是去乡试的话，中举是铁定没问题，说不定还是一榜解元；将来入京赶考的话，没准就是前三甲。

江浙一带的学子，要考到前三甲，原本就是经常的事情。而南京国子监，更是汇集了东南各省的精英。像国子监的司业吴伟业，当年，便是会试第一、殿试第二。

那门外的人道："听说是澹心兄，不过，我还没来得及看。"自然，他最关心的不是榜首是谁，而只是想看看自己的名次。但自觉这一次的文章有些瑕疵，故不敢去看，担心自己的名次落后，徒惹人笑话了去，故而一直蹉跎到现在，想等没人的时候，或多拉几个人一起去，好壮壮胆。人在考得好的时候，喜欢告诉每一个人，好分享他的喜悦；而在考得不好的时候呢，也喜欢告诉每一个人，好诉说自己的委屈、考官的不公，以获得一点可怜的安慰。

白梦鼐闻听之下，冲着余怀道："澹心兄，恭喜恭喜。"这话里面，怎么听都有些酸溜溜的味道。

余怀则不以为意，道："不过是月考，要过了乡试，那才算数。"这国子监的月考榜首，一百次、一千次，也抵不得乡试的一次。这样的道理，余怀自然明白。古往今来，往日作文如有神助而到了考场却不知所云者，比比皆是。

白梦鼐仿佛从余怀的话中也获得一些安慰似的，点头道："这倒也是。唉，说到底，也要过了乡试才算数。"虽说鱼肚白几乎包揽国子监的榜首，可谁也不敢说乡试就必能通过，更不用说夺取解元了。

考场上，实在是有太多的不可知。

"余澹心,余澹心,"忽就有人大声嚷嚷着而来,"吴司业让你去一下。"

"吴司业?"余怀愣了一下。吴伟业是国子监的司业,不过,往日里,跟国子监的这些监生可没什么来往。吴伟业的这个司业,几乎就是一个闲职,终日里写诗填词作赋,或者就是到秦淮河畔花天酒地,听说,正与"酒垆寻卞赛"的卞赛打得火热,不知羡煞多少国子监的少年学子。在国子监,已经很久不见这位吴司业了。

余怀自然听说过卞赛,也曾想过成为卞赛的入幕之宾,只可惜,这位卞赛,很有脾气,对不喜欢的人,根本就是冷冰冰的,不理不睬;对她看得上的,才喜笑颜开、谐谑以对。余怀去过几次,卞赛对他都是视而不见,这使得余怀很是失望,更有些不忿,结果还是无可奈何。

国子监的榜首,南京城的富家子弟,卞赛根本就没有放在眼里。

有时候,余怀甚至怀疑,卞赛是不是不知道他的存在。或许,在卞赛的眼里,余怀只是偶尔经过的一抹云,过去了就过去了,谁还会去记住这云是什么样子、又叫什么名字。

人有名,而云没有。

十六岁的卞赛,居然看上三十多岁的吴司业,这使得余怀多少有些受伤。

在余怀看来,吴司业既不年少,也不多金,卞赛凭什么瞧上他啊?就因为吴司业的功名?余怀想,将来,说不定我也能考个解元然后进京考个状元回来呢?

这样想着,余怀的心情就会舒服很多。

余怀与吴司业,说起来,也就是国子监的师生关系。这忽然之间让余怀去一下,什么意思?有什么事么?

余怀这样想着,却也不敢耽搁。身为国子监的监生,尊师重道是必须做到的事情,吴司业让他去一下,那么,他就必须第一时间赶到,否则,这怠慢师尊的罪名,可不好听。

"澹心兄,"白梦鼐迟疑地问道;"你知道是什么事么?"

"不知道。"余怀道,"不过,去了不就知道了么?"

白梦鼐瞧了一眼还在喃喃吟唱着的杜濬,道:"那我陪你去一趟吧。"

吴伟业脸色红润，身上还带着些微的脂粉气和一缕淡淡的馨香。那样的馨香，余怀蓦然之间竟有些似曾相识的感觉。对，是卞赛，卞赛用的，好像就是这样馨香的脂粉。这味道，只要嗅闻过，就很难忘记。这味道，就像夏日的清荷，可远观而不可亵玩；又像是雪里的梅花，冷香幽幽，宛若君子，使人自惭。

"梅村先生。"余怀与白梦鼐恭敬地施礼。其实，吴伟业比他们也大不了几岁，但身份放在那儿，他是他们的老师。

吴伟业含笑瞧着这两个年轻人，道："你是余怀余澹心，你是白梦鼐……"虽说是第一次单独见面，吴伟业却没有认错人。在国子监，监生肯定不会认错老师，但是老师认错或不认识某个监生，却是很正常的事；所以，吴伟业一眼认出余怀与白梦鼐，使他们不由得有些感动。

两人忙各自答应一声："是我，梅村先生。"

吴伟业笑道："咱们年纪也差不多，不必先生先生的，就平辈论交吧，叫我吴梅村或梅村就行。"吴伟业神态很是和蔼，也很真诚。

余怀与白梦鼐对望一眼，到底没敢直接呼作"吴梅村"或"梅村"。

"澹心啊，"吴伟业亲切地道，"我写了一个词，送你的，你看看。"说着，便将放在桌上的一个卷轴递向余怀。

余怀大吃一惊，张口结舌道："先、先生……"他怎么也没想到，吴司业竟会送他一阕词。吴伟业虽说年轻，才三十来岁，却早已名满江南，得他一阕词，声名大涨是完全可以想象的事。吴伟业主动赠词，自然是揄扬，只不过不知会揄扬到什么程度而已。

就余怀暗自想来，吴伟业也只会是揄扬，因为自己没做错什么，吴伟业不可能讽刺挖苦什么的；再说，吴伟业为人一向平和，也决不可能写那种讽刺挖苦的文字。

白梦鼐也是大吃一惊，再瞧向余怀，眼神之中便掩饰不住嫉妒之色。

余怀接过，展开卷轴——

绿草郊原，此少俊、风流如画。尽行乐、溪山佳处，舞亭歌榭。石子冈头闻奏伎，瓦官阁外看盘马。问后生、领袖复谁人，如卿者？

鸡笼馆，青溪社；西园饮，东堂射。捉松枝麈尾，做些声价。

赌墅好寻王武子,论书不减萧思话。听清谭、亹亹逼人来,从天下。

——吴伟业《满江红·赠南中余澹心》

"……听清谭、亹亹逼人来,从天下。"余怀喃喃读罢,又是兴奋,又是惶恐,更带有几分羞涩,一张脸便涨得通红,道:"梅村先生,这、这,小子实不敢当啊……"

吴伟业的这番揄扬,"问后生、领袖复谁人,如卿者?""听清谭、亹亹逼人来,从天下。"又岂止是与余怀平淡相待,根本就是将他放在一个很高的位置。这样的位置,令二十多岁的余怀,真的有些惶恐了。

吴伟业爽朗地笑道:"当得起,当得起,呵呵,呵呵呵呵……"

那爽朗的笑声,许多年以后,犹在余怀的耳边回响。

三

真的是老了。余怀瞧着吴伟业渐趋苍老的容颜和那有些向前弯躬的身影,心中不无感伤之意。不仅吴伟业老了,余怀他自己也老了,还有当年同样意气风发的杜濬、白梦鼐,都老了。

只有那些在乱世之中殒命殉国的,才永远停留在他们的年轻时代。

陈卧子不会老。

夏存古不会老。

张煌言,也不会老。

余怀这样想着,从怀中掏出一册书来,递向吴伟业。

"这是……"吴伟业接过,眯着眼看时,那册书的封面上,是手写的"玉琴斋词"四个字。这四个字,饱蘸浓墨写成,在夏日的阳光下,仿佛发出淡淡的反光。

正有阳光,透过天窗,斜斜地照在吴伟业的身上。

"老了,"余怀道,"便想将自己平生所作整理一下,结果,先鼓捣出这本词集来。"

吴伟业点点头,道:"我看看。"他慢慢翻开了词集。词集是余怀手抄,每个字都很是工整,笔画显得瘦削,一如其人。

开篇,便是《四十九岁感遇词六首》——

白香山云："四十九季身老日，一百五夜月明时。"苏子瞻云："嗟我与君皆丙子，四十九年穷不死。"余今年四十九身，既老矣，穷犹未死，追想生平，六朝如梦，每爱宋诸公词，倚而和之，聊进一杯，正山谷云"坐来声喷霜竹"也。

江山依旧。怪卷地西风，忽然吹透。只有上阳白发，江南红豆。繁华往事空流水，最飘零、酒狂诗瘦。六朝花鸟，五湖烟月，几人消受。

问千古英雄谁又。况伯业消沉，故园倾覆。四十余年，收拾舞衫歌袖。莫愁艇子桓伊笛，正落叶乌啼时候。草堂人倦，画屏斜倚，盈盈清昼。

——余怀《桂枝香·和王介甫》

狂奴故态，卧东山，白眼看他世上。老子一生贫彻骨，不学黔娄模样。醉倒金尊，笑呼银汉，自命风骚将。楼高百尺，峨眉地作屏障。

追想五十年前，文章意气，尽淋漓悲壮。一自金驼辞汉后，曾共楚囚相向。司马青衫，内家红袖，此地空惆怅。花奴打鼓，声声唤醒瑜亮。

——余怀《念奴娇·和苏子瞻》

白云黄石人家，山中宰相推前辈。布衾似铁，湘帘似水，有人酣睡。剑削芙蓉，书装玫瑁，都无尘累。听鹧鸪啼罢，霓裳舞破，千日酒、真堪醉。

说起英雄儿女，哭东风，几番挥泪。明年五十，江南游子，九分憔悴。白发临头，黄金去手，负凌云气。待何时、倩取麻姑鸟爪，为余搔背。

——余怀《水龙吟·和陆放翁》

擘脯弹筝，杖矛雪足，慷慨如此。壮士横刀，美人却扇，总为多情使。胸中五岳，梦中三岛，不觉一时坟起。叹浮生、短衣破帽，应羞碌碌余子。

天涯衰草，斜阳归骑，认得萧萧故垒。四十九年，青楼白马，一觉扬州耳。谢家安石，王家逸少，日在风流丛里。从今后、及时行乐，逍遥而已。

——余怀《永遇乐·和辛幼安》

老去悲秋，菊蕊盈头，竹叶盈杯。正洞庭木落，宫莺乍别，楚天云净，旅雁初回。天许闲人，人寻韵事，高筑栽花十丈台。催租吏，纵咆哮如虎，如我何哉。

东篱更葺茅斋。邺架上藏书万卷堆。叹年将半百，须髯如戟，运逢百六，心事成灰。莫话封侯，休言献策，只劝先生归去来，平生恨，恨相如太白，未是奇才。

——余怀《沁园春·和刘后村》

最伤情、落花飞絮，牵惹春光不住。佳人缥缈朱楼下，一曲清歌何许？莺无语。谁传道、桃花人面黄金缕。霍王小女。恨芳草王孙，书生薄幸，空写断肠句。

江南好，花苑繁华如故。画船多少箫鼓。吴宫花草随风雨，更有千门万户。苏台暮。君不见、夷光少伯皆尘土。斜阳无主。看鸥鸟忘机，飞来飞去，只在烟深处。

——余怀《摸鱼儿·和辛幼安》

吴伟业看了很久、很久，方才将词集轻轻合上，神情有些黯然，又有些无奈。

余怀道："请先生赐序。"

吴伟业点点头。他自然明白，余怀将词集交与他是为了求序。这些年来，向他求序的文士也多矣。

"澹心，"吴伟业沉吟一下，道，"此前的词，如何不见？"

《玉琴斋词》开篇便是四十九岁时所作，余怀为词，自然不可能自四十九岁始。

余怀淡淡地道："甲申之前，吾俱删汰了。"他忽然便想起杜濬的句子来："文繁须汰，诗杂须删。"

吴伟业两眉一挑，奇道："哦？何以如此？"吴伟业与余怀相识近三十年，自然读过余怀年轻时的诗词文章，怎么都不觉着是要删汰的，至少不应完全删汰。

余怀默然片刻，轻轻地道："年少轻狂，不知世事艰难，如今老矣，但觉不堪回首。"说罢，神情也有些黯然。

那些过去了的，终究还在心头，无法忘记。

四

清兵入城的时候,余杜白正在酒肆饮酒大骂。尤其是杜濬,一喝就醉,一醉就发狂癫。

"这大明,亡了!"杜濬斜着眼睛,也不知道瞧向哪里,只是大声地痛骂着,"没救了!你瞧瞧,这位弘光天子,一登基,做的可是人事?瞧瞧,这国家都成什么样了,这位天子,呵呵,这位天子,一登基,就选秀,就选秀啊,这像个中兴天子的模样?"

> 亘古谁家国不亡。西村空自产无双。姑苏台后五湖航。
> 渔父一桡存郑国, 乞儿三战报平王。英雄到此却思量。
>
> ——杜濬《浣溪沙·读越绝书》

杜濬咿咿呜呜地吟唱一阕之后,又吟唱了一阕。

> 事去多少英雄恨。头雪慵除盈一寸。杖藜独步过溪桥,生受渔翁来闻讯。
> 瑟瑟西风寒递信。怪底青旗吹不正。橙黄橘绿白云天,秋到好时秋又尽。
>
> ——杜濬《玉楼春·暮秋独步》

直到满面泪水,滚滚而落。白梦鼐也自神情黯然,喝着闷酒。

"澹心,"杜濬狠狠地一挥手,道,"这庙堂之上,朽木为官;殿陛之间,禽兽食禄;狼心狗行之辈,滚滚当道;奴颜婢膝之徒,纷纷秉政,以致社稷丘墟,苍生涂炭……"

这是《三国志平话》中诸葛亮痛骂王朗的一段话,此刻,从喝醉的杜濬嘴里骂出来,直教人更觉别有一番滋味。

甲申国变,弘光登基。弘光登基之后,第一件事便是选秀;而朝廷里的那些文武,依旧是勾心斗角;手握兵权的四镇呢,又根本就不将这个小朝廷放在眼里,更不用说放在心上。这样的朝廷,实在是叫人失望。到如今,北兵大军压境,渡江而来,南京沦落也就这几天的事。

"就说你吧,澹心,"杜濬笑了起来,"论才学,我佩服你,佩服,余杜白,余杜白,以你为首,我服。可那又怎样? 啊? 那又怎样? 照样落第。只是乡试而已,又不是到北京,你,照样落第,不要说解元了,这举人的功名,你也得不到。你,服不服? 服不服?"

杜濬带着醉意,狂笑道。

两年前,余怀满怀希望,参加了乡试,结果,是出人意料的落第。余怀百思不得其解。要说以他的才学,得不到解元倒也罢了,居然名落孙山,其间的反差也未免太大了。余怀记得,落第之后,向来喝酒只是浅尝辄止的他,竟大醉了一场。

不过,两年过去,余怀的心情倒也渐渐平复,不再以为意。只是偶然想起,终有些怏怏,也就是杜濬所说的不服。

余怀叹了口气,道:"如今,说这些话又有什么意思? 眼看着这大明的江山,就要落入鞑子之手⋯⋯"

杜濬冷冷道:"那与你我又有何干? 在大明,你就是一个小小百姓;到了大清,莫非你就不是一个小小百姓了?"

白梦鼐忽道:"你们说,这大清会不会开科?"

"开科?"余怀与杜濬都愣了一下。如今,正是南北相争,虽说北兵势如破竹、南兵节节败退,可要说现在清廷就开科,好像也太早了吧? 当日,赵构在临安登基,终保住半壁江山⋯⋯

两人想到赵构,不觉又都叹息一声。从弘光帝登基之后的所作所为来看,他实在是比不上宋高宗的。更何况,宋高宗时,还有岳飞、韩世忠等中兴名将。如今呢? 弘光四镇,刘泽清、高杰、刘良佐、黄得功,哪个有岳飞、韩世忠的模样? 他们要是有岳飞、韩世忠的三分忠心、三分本事,也不至于让北兵兵临南京城下。

白梦鼐的眼中便放出微微的光来,道:"大清已得了大半的江山,如今看来,一统天下也是早晚的事。我听说,大清的皇帝已定年号顺治,顺治,顺治,自然还是要靠读书人来治理天下⋯⋯"白梦鼐说着说着,忽就见两双看着他的眼都有些恶狠狠的模样,不由得吓了一跳,声音越来越低,越来越低,到最后,便住了口。

杜濬恶狠狠地道:"你要降鞑子?"

白梦鼐干笑两声,小声道:"咱们就平民百姓,又没大明的功名,没食过大明的俸禄,说什么降鞑子? 便是想降,也没资格啊。"说着,又干笑两声。这既不是大明朝廷的官员,又没有大明朝廷的功名,还真降不了鞑子。因为鞑子也不可能什么都收啊。降鞑子,也是要有资格的。

杜濬冷笑一声，道："老白，别说杜某没说清楚，你要是去投靠鞑子，做鞑子的官，咱们就绝交，连朋友都没得做。"

白梦鼐脸色微微变了一下，嘟囔道："我不就这样一说？又不是真的要去投靠鞑子。"心说：我便是要投靠，也没人引荐，鞑子也不会要我啊。如果是吴司业的话，只怕鞑子就会给他一个大官做了。

与吴伟业齐名的龚鼎孳，在北京已经降清，"贼来降贼，清来降清"，这话虽说不好听，可龚鼎孳现在分明已是清廷的重臣，将来入阁也未尝不可能。这天下，眼看将是大清的天下，做鞑子的官怎么了？早晚，大家都得去应举，都得去做鞑子的官。

余怀瞧了白梦鼐一眼，不过没有像杜濬那样生气。人各有志，原就是寻常的事情。有些事，自己无论如何不能去做，至于别人，又哪能去左右？

你我终究是凡人。余怀心头不无悲哀地想道。在这样改朝换代的乱世，到头来，又有谁说得清谁对谁错？如果大清能够一统天下，白梦鼐的选择，又何尝有错？在新的时代，无论乐意不乐意，人终究要生存下去的。

三人正说话间，忽就听得酒肆外一阵鼓噪："鞑子进城了，鞑子进城了……"那声音很是惊恐、慌张。三人一听，也是大惊，哪里有心情再去争论什么应不应大清科考的事，眼前北军进城，首先得应付过去才是，至于将来的事，就等将来再说。

白梦鼐小声道："鞑子怎么会这么快就进城？这、这南京的城墙，又不是纸糊的。"饶是白梦鼐对大清有什么恶感，可这南京城这么快就被他们攻破，还是令他惊诧不已。

余怀叹了口气，道："我们出去看看吧。"杜濬脸色阴沉，点点头，道："好，我们出去看看。"却哪里有往日喝酒之后的醉态？容易醉的，其实，不是酒，而是人啊。

三人出门之后，很快就听得有人道："是钱尚书迎降呢。"

钱尚书？钱谦益？钱牧斋？

三人面面相觑。

钱谦益乃文坛领袖，与吴伟业、龚鼎孳合称三大家，但是要论起来，吴伟业、龚鼎孳二人到底是不如钱谦益的。可以说，钱谦益之诗，当今无人能比。

这样的人，居然带头迎降？还要不要名节了？

白梦鼐则两眉一跳，心道：如牧斋翁都迎降大清……

他的目光就有些闪烁不定。新朝新气象。他想，如果他愿意的话，不管怎样，在新朝，肯定会比在大明的时候混得好。白梦鼐可没觉得大明对他有什么恩德。

五

词大要本于放翁，而点染藻艳，出脱轻俊，又得诸金荃、清真，此由学富而才隽，无所不诣其胜耳。余少喜学词，每自恨香奁艳情，当升平游赏之日，不能渺思巧句以规摹秦柳。中岁悲歌侘傺之响，间有所发，而转喉扪舌，喑噫不能出声。比垂老而其气渐已衰矣。此余词所以不成也。读澹心之作不能无愧。娄东弟梅村居士题。

——吴伟业《玉琴斋词序》

吴伟业吩咐家人取过笔墨，再次打开《玉琴斋词》，略一思索，便写下这篇词序来。《玉琴斋词》的书页前面，原就空着七页，是给人写序所预留下来的。只不过吴伟业并没有写满这七页。

待墨汁干了些，吴伟业方才合上《玉琴斋词》，交还给余怀，歉然道："老夫老了，文思大不如前，只能寥寥数句，澹心你可莫怪。"

余怀接过，翻开看罢，不由感动，道："怀先生揄扬，实愧不敢当。"

吴伟业笑道："当得，当得。昔日，老夫读澹心之词，只道是金荃、清真，如今，慷慨不减放翁，亦足为稼轩余绪，如此等词，老夫自觉大不如也。澹心之词可谓老而弥辣。"吴伟业一点也不吝啬对余怀的评价。

众人也早知吴伟业对余怀青眼有加，只是却也没料到，竟有这样高的评价。再看向余怀之时，神情便有些异样。

吴伟业呵呵一笑，道："诸位不妨看一看澹心之词，便知老夫言之不虚也。"

"这……"余怀便有些迟疑。

吴伟业淡然道："词中沧桑，各人自知，无妨无妨。"

余怀略一沉吟，道："如此，还请诸位仁兄指教。"说罢，团团一揖，将《玉琴斋词》递给与他最近的董含。

"董兄,请指教。"余怀恭敬地说道。

余怀自然明白吴伟业的意思。余怀词中,尽有故国之意,虽说不是很明显,在座的却都是饱学之士,哪有看不出来的?前些年几起文字狱,余怀可记忆犹新。只不过吴伟业只点到"沧桑"二字,余怀沉吟一下,便放下心来。毕竟词中并没有明显的悖逆文字,便真有有心人告到有司,想来应也无妨。词写沧桑,原是寻常之事,朝廷的文字狱再严厉,想来也不会以沧桑之意治罪。

作为作者,在写的时候,或许真的心怀故国;而作为读者,所读出来的,不过一年华老去之人的沧桑之感而已。穷而老,尤其是曾经的富家公子如今变得穷而老,自然会比常人更多这样的沧桑。

吴伟业略略点出,余怀立刻就明白了。

转念又想到,词既然写出,又编定成集,求师友为序,又何妨与人读来?

余怀想起当日的杜濬来。当日的杜濬,每得一词,便是大声吟唱,唯恐人不知。如今,杜濬正闲居于南京,布衣此身。

很久没去见这位老友了。余怀心头有些黯然。几十年的老友,一样的穷愁,一样的布衣,只是一个在南京,一个在苏州,相距虽不远,相见却何难。

> 一陂春水。几寸愁肠深似此。今日清明。伤尽他乡旅客情。
> 天涯芳草。说道江南依旧好。我见犹怜。魂断斜阳古寺边。
>
> ——余怀《减字木兰花·清明》

"好词。"董含赞道,"不过,小弟以为,魂断斜阳古寺边,这古寺,不如古道,魂断斜阳古道边,澹心兄,你以为如何?"

"不然,不然,"一人低吟几遍,笑道,"兄台却忘了'清明'二字也。既是清明,自然不在古道边。"

"不错不错,"又一人恍然大悟道,"清明时节,夕阳古寺,天涯羁旅,不尽愁肠。'未老莫还乡,还乡须断肠。'江南虽好,人在他乡,情何以堪。"

"恍若见荒山古寺,坟冢累累,无人为祭。"又一人叹道,"顺治年间,吾行走江南,时常得见如此荒凉。"这人这样一说,众皆无语。当日,清兵渡江,江南尽有不肯降者,如江阴,殊死抵抗,至城破之日,幸存者仅老幼五十三口。那些年,行走江南,荒山古寺,满目新坟。

董含却也不料竟由此词说到这上面来，便有些尴尬，心道：余澹心词中未必有此意，即便有此意，却也很是含糊，哪里看得出来？

文字构陷，董含自也害怕。

"看这首，看这首。"董含忙道。他随意翻开一页，便吟唱起来。

> 柳外与花前，啼断廉纤雨。惯惊残梦惯销魂，欲住真难住。
> 记得乍来时，娇小歌金缕。如今上苑总无春，只得随春去。
>
> ——余怀《卜算子·残莺》

吟唱已罢，董含长叹一声，若有所失的模样。"如今上苑总无春，只得随春去。"何等无奈，何等凄凉。"无可奈何花落去"而终有"似曾相识燕归来"，"春归何处"而终是"若到江南赶上春，千万和春住"，至于此，则是"只得随春去"。

便若是英雄豪杰穷途末路，唯有慨然长叹，再也兴不起半分争胜之心。

六

余杜白三人从酒肆出来，便闻得北兵已经入城、礼部尚书钱谦益带头迎降的事，不由得各自瞠目。白梦鼐心道：如牧斋翁都能看清形势，主动迎降，若吾等，自然便可观望。他倒没想去主动迎降。一则是他只是个小小监生，哪有资格去迎降北兵；二则是虽说心中已自不以为意，但这投降鞑子的事，终须不能带头，否则在士林之中只怕会坏了名声。至于杜濬所谓绝交的话，他倒没有放在心上。与在新朝的前程比起来，杜濬的绝交又算得了什么？更何况，说不定用不了多久，杜濬自己也会改变主意。

杜濬则是怔怔无语，像是被点了穴似的，一动不动，久久地瞧着街上慌忙奔逃的人，只觉天地之大，一时间竟无处可去。虽说早知清兵渡江、南京城破是早晚的事，可当南京真的城破的时候，杜濬还是无法接受，尤其是竟以这样的方式城破。"十四万人齐解甲，更无一个是男儿"。杜濬心头只觉好笑。三百年大明朝，到最后，"更无一个是男儿"。天下间还有比这更滑稽的事么？

余怀忽地变色道："杜兄、白兄，我要回家去看看了。"这一说，正各怀心事的杜濬与白梦鼐也回过神来,脸色俱是一变。清兵入城,虽说是钱尚书主动打开城门,可天知道将会发生什么样的事。古来城破,这城中之人,俱会遭劫,尤其是富人。

余家,正是南京有名的富商。

余怀与杜濬、白梦鼐匆匆告别,便急往余家的方向走去。只可惜,走不多长时间,便有难民蜂拥而来,将余怀裹挟其间,几乎寸步难行。有好多次,人都差点儿被挤倒,要不是仗着年轻力壮,只怕就此被踩死都不是什么奇怪的事。

事实上,已有人大声嚷道:"有人被踩死了,有人被踩死了……"

人流涌过,一地狼藉,那被踩死的,更是如同被拍死的虫子一般,在血泊之中,无人理睬。青石板上,红色的血,兀自泛着血沫,汩汩发出轻轻的声响。

余怀哪里见过这等场面?不由得脸色苍白,两腿就有些发软,倚靠着街边的红墙,待稍稍恢复,刚想再往家走时,便听得一阵急急的马蹄声,狂风暴雨一般地卷了过来。

"跪下!"

"跪下!"

"跪下!"

"操你姥姥……"

"啊……"

清兵铁骑的洪流以不可抵挡之势,由远及近,眨眼间已扑入眼帘。马上的骑兵,高声呼喝着,让还没来得及逃走的人跪在路旁;那不肯跪的,就毫不犹豫地一枪刺去,将人挑在了枪尖上,阵阵惨嚎声,在南京城里回荡。

余怀听得那声声"跪下",只觉羞辱难当,正迟疑之间,一杆长枪已经直指到眼前,枪尖上兀自滴着鲜血。

"咦,是个书生,"那马上的骑士惊讶地叫了一声,枪势就缓了缓,没有直接刺向余怀。"跪下!"那骑士喝道,"要想活命的话,就跪下!"

"我……"那血腥的压迫,直压得余怀喘不过气来。

那骑士再次喝道:"要想活命,就跪下!不然,我不杀你,自有人杀你!"那骑士分明是汉家男儿,一口汉话。

余怀自然知道那骑士所言是真,心下略略挣扎,低声道:"多谢军爷。"不敢再怠慢，忙就撩衣袍，跪了下去，心下却只觉万分屈辱。

原来，我终怕死。在跪下的同时，余怀也不无悲哀地想道。人固然怕死，可在这国破家亡之际，依旧吝命，总是耻辱。

骑队过去之后，青石板路的两旁，那些没来得及逃走的，都老老实实地跪倒在地，低着头，一动不动。整座南京城一片寂静，连轻微的风声都听得见。

还有血流声。

每一个人，几乎都能听得见自己的血流声。

清兵的大军，入城了。

旗帜飞扬。

多年以后，余怀填了一阕《望海潮》来记录此时的屈辱，不过，他题作《金陵怀古》，一个古往今来不知多少人写过的题目。

长江天堑，龙盘虎踞，千秋铁锁金陵。结绮楼中，瓦棺阁外，空留吊客青蝇。钟打六朝僧。看莫愁湖水，鹭起沙汀。搔首成隅，降旛一片晚烟凝。

伤心往事无凭。恨猰㺄儿不见，鼠子纵横。花发后庭，草深废井，何人泪洒新亭。聊欲记吾曾。闻旧时王谢，燕子巢倾。只有淡烟斜日，飘渺露孤灯。

——余怀《望海潮·金陵怀古》

七

南京。鸡鸣山下。几间破旧的茅草屋，梁敧栋朽，摇摇欲坠。一个老者一手持着一个酒葫芦，一手持着一把笤帚，骂骂咧咧地，正不知在咕哝着什么。他垂在脑后的长辫，早已是一片银白，不见哪怕一点黑色；随着他的摇头晃脑，那银色的长辫，也左右摇晃不停。

夜来雨雪廉纤，谁人洒向空中坠。登峰一望，些些点点，徒萦旅思。寂寞僧居，茶烟出户，畏寒坚闭。笑书生苦问，当年战绩，那说向、从头起。

不是乌林赤壁，是儿童、分曹牵缀。两家弈局，一般拙劣，忽然催碎。南亘方山,北蟠钟阜,西流江水。到面前、只有东风,吹落杜陵双泪。

——杜濬《水龙吟·清凉寺即目,用东坡韵》

在草屋前的场地上,正有几个孩子追逐着,玩耍着,不时发出快活的喧笑。不过,即使是在追逐的时候,他们也会躲着这老者,唯恐被这老者捉了去,这老者总是絮絮叨叨叫他们去听他吟唱。

大人们说,这老者很有学问,会作诗,经常有人来找这老者求诗的。

可我们还只是孩子。孩子们这样想道。

孩子们可不懂作诗,也不想去作什么诗。他们只知道,被这老者捉了去、去听他吟唱什么诗啊词的,简直就是活受罪。

尤其是这老者说的还不是南京官话,这些土生土长的孩子,哪里听得懂他的话来?

大人们说,这老者是有气节的人……

什么是气节?气节能当饭吃么?孩子们就很疑惑。他们可不知道什么叫作气节。气节对于他们来说,远不如一块饭时的面饼,更不如逢年过节时的一块肥肉。

便是知了肉,也比什么气节更吸引孩子们。夏日的时候,孩子们便时常捉了知了来,用湿泥裹着,用火烤了吃。那一小块知了肉,有时候,几个孩子要分来吃,每个孩子只能分到一丢丢;可这对于孩子们来说,依旧是莫大的乐趣。

"疯的。"也有孩子这样指着那老者道,"是痴子。"

"才不是呢。"便又有孩子分辩道,"杜爷爷写字很好看的,我娘说,再过两年,就求杜爷爷教我认字,将来好考个状元回来,光宗耀祖。"这显然是一个对未来充满信心、以为未来只有光明的孩子。

这已是康熙十七年(1678)的冬天。这一年,南京城没有下雪。

"那一年,好大的雪啊。"杜濬拔掉木塞,将葫芦举起,口对口,狠狠地喝了一大口。冰凉的酒,顺着喉咙,滚入腹中,化作炽热的火。杜濬只觉自己整个人都在燃烧。燃烧中,恍惚回到三十多年前的那个冬天。三十多年了,哦,不,应是近四十年了。杜濬想道。那时,老子多年轻啊,正是年少轻狂的年纪。

杜濬眯着昏花的老眼,瞧着身后的鸡鸣山。青山依旧,物是人非。

"杜老，"杜濬方才转过身想进屋去，蓦听得不远处有人高声喊道，"先别进屋子，有人想见你呢。"

听声音，是久住邻舍的一个中年汉子，平日以打柴为生。据说，前明的时候，他也曾读过几年书，南京城破后家破人亡，在寺庙里做了几年和尚，到三十来岁方才还俗成家，如今，已有三个孩子，大的那个是女孩儿，已经十岁了。就是这中年汉子，一直都想让两个小的孩子拜杜濬为师，只不过杜濬一直都没有答应。"读书何用？"杜濬道。一边说着，就一边死命地摇头。

杜濬自家的孩子，他都不肯去教，更不用说这邻居家的孩子了。

"不见。"杜濬一皱眉，毫不犹豫地回答道。说着，头也不回，急急地就进了门，反手将门关上，又用门闩闩上，想想还是不放心，竟搬过几条长凳来，从门背后死死抵住，仿佛生怕来客会破门而入似的。

这一通忙活之后，杜濬便有些喘，大口大口地呼吸一阵，一颗剧烈跳动的心方才渐渐地平复了下来。杜濬苦笑着，想道：不服老真是不行了，——老夫都这么老了，那些人何以还不肯放过我？难道非要逼得老夫躲进深山里去？总不能现在一大把年纪去落发为僧吧？

不大会儿，一阵轻微的脚步声之后，便是拍门声。

"杜老，你跑什么呀，真的是有人找你呢。"邻舍的那中年汉子道。那汉子其实也四十多将近五十了，只不过大约是常年打柴的缘故，显得很是精干，看起来一点也不觉得老。

"不见！"杜濬没好气地道，"老夫说过，老夫什么人也不见。"

"老杜，是我。"门外，便响起一个有些陌生的声音。

"是你也不见。"杜濬不假思索地道，"谁都不见。"

"呵呵，我可不信你不见我。"那声音笑道，"我是余怀。"

"余怀？"杜濬一愣，脱口道，"哪个余怀？"

"余杜白。"余怀轻声道。话音未落，便听得门里一阵搬动凳子的声音，然后，是拉开门闩，吱呀一声，破门打开，现出一张苍老的容颜来。

"你是余怀？"杜濬瞧着余怀同样苍老的容颜，揉了揉眼，仿佛不相信似的。

余怀也瞧着杜濬，忽然开颜大笑，笑得很是灿烂。"我可不是余怀？老杜，你不会认不出来了吧？"余怀笑着说道。

"你真的是余怀。"杜濬颤抖着双手，忽地一把将余怀抱住，大笑道，"你果然是余怀。余杜白，余杜白，哈哈，哈哈哈，余杜白的余怀。"笑着笑着，忽然大哭起来，老泪纵横。余怀心里忽地一酸，也忍不住落泪。两人俱已年近七旬，数十年不见，再次重逢，容颜依稀，也说不出是悲是喜，忍不住又哭又笑，在康熙十七年的冬日里，南京鸡鸣山下。

孩子们这时居然也不去玩耍，而是好奇地围了过来，瞧着这两个搂在一起又哭又笑的老头儿。良久，两人方才止住哭笑。杜濬冲着那中年汉子道："曹小子，老夫多谢你了。"那姓曹的中年汉子笑道："这位老先生问路呢，刚好问到我，所以，我就将他直接带过来了。"

余怀奇道："老杜，我倒是不明白了，你何以拒客于门外？"来者要不是余怀的话，只怕杜濬真的就是紧闭其门，让来访的人吃闭门羹了。

杜濬怒道："这些天老夫烦死了，烦死了。"

"怎么了？"余怀奇怪地问道。

杜濬道："鞑……这个，朝廷今年不是开了个博学鸿词科么？结果是'一队夷齐下首阳'……"

余怀笑道："正是在来的路上，我也看到有人将这首诗题在驿壁上。'一队夷齐下首阳，几年观望好凄凉。早知薇蕨终难饱，悔杀无端谏武王。'也不知是什么人写的，这一路传抄，好生促狭。"

杜濬大笑道："又哪里促狭来？这'一队夷齐下首阳'，岂不正是他们乐意的？'求仁得仁，求义得义'，原本就想下首阳，就莫怪天下人笑话。"

"那老杜你……"余怀忽像是想起什么似的，奇怪地瞧着杜濬。

杜濬瞪了他一眼，道："世有老妇再醮乎？"

余怀笑道："老妇再醮却也是一段佳话。"

杜濬双目圆睁，瞪着他，半晌，叹了口气，低低地道："老白应了博学鸿词科，已经在清廷任职了。"

余怀点点头，苦笑道："这么多年过去了，他到底还是没能忍住。"

杜濬迟疑一下，道："其实，老白立身原本很正，只是、只是这功名，他还是看不透，都这么一大把年纪了，还是应了博学鸿词科。"说罢，又叹息一声，为这老友的晚节不保。"这不，朝廷开了博学鸿词科，这金陵的官儿，也就看中了老夫了，几次三番，派人来劝说老夫再醮，他们不嫌烦，老夫倒是嫌烦了。"杜濬自嘲似的一笑，"曹小子一说有人找，我就以为是金陵城里的官儿又派人来了。"

余怀也叹息一声，低低地道："江南名士应征者也多矣。"两人对望一眼，一时无话。

八

直到鞑子兵过去很久，余怀才敢站起身来。站起来的时候，两只膝盖早跪出了血迹。城中兵荒马乱，到处都是乱窜的难民，那些地痞趁机抢劫钱财、调戏妇女。他们做起这些事情来，简直轻车熟路。一些胸有大志的地痞呢，便引着清兵，直往那些有钱的财主家里去。清兵吃肉，他们跟在后面，也好分一点汤吃。

余怀一路经过，便遇见好多起这样的事，不由得恨恨地想道：怎地这些地痞比鞑子更可恶？

他忽然之间便想起燕顺的事来。

燕顺，淮安妓女也。年十六，知义理。每厌薄青楼，以为不可一日居。甲申三月，凤阳督师马士英标下兵鼓噪而散，突至淮城西门外，马步五六百人，掳掠甚惨。妓女悉被擒，顺独坚执不从。兵以布缚之马上。顺举身自奋，哭詈不止，兵竟刃之。

——余怀《板桥杂记》

这便是大明的兵。

这大明的兵，与鞑子比起来，又有什么区别？百姓死于大明的兵之刀下与死于鞑子的刀下，又有什么区别？

还有那些趁火打劫的痞子，他们作起恶来，甚至远胜于鞑子。

余怀赶到家中的时候，已近黄昏。街头，正有三三两两的鞑子在贴告示。一边贴着，一边大声宣告，道是全城戒严，天黑之后，若有不归宿者，杀无赦。余怀面色发白，赶紧往家中走去。

余家，是很大的一所府邸。老爷子在南京经商多年，现如今，也算得上是南京排得上号的富商。

当余怀赶到家门口的时候，愣了一下。因为以往一直都站在门口看门的两个家人竟然不见。朱漆的大门，也敞开着，门里，隐隐传来哭声。余怀的心就往下一沉，一点也不敢怠慢，几乎是一路奔跑，直奔院里。当他跨过门槛的时候，因为心急，差点儿被绊倒。

偌大的庭园里，一片狼藉，就像是被抄了家似的。余怀的心又是往下一沉。

"少爷回来了。"正呜咽哭着的一个粗使丫头眼尖，瞧见了急匆匆的余怀。

余怀沉着脸，问道："怎么回事？"

"呜呜，呜，是鞑子兵，呜……"那粗使丫头委屈地哭着。她面色本来就黑，又涂满了胭脂，这一哭，脸上黑一道、花一道的，着实难看。可那委屈的哭声，还是使得余怀心里很不好受。

"老爷呢？"余怀急急地问道。

那粗使丫头道："老爷在屋子里呢，老爷他，老爷他……"

"老爷他怎么了？"余怀急道。

"老爷他……"那粗使丫头一着急，话已经到了喉咙口，硬是没能挤出来。

余怀一跺脚，便顺着哭声，直往内屋里去。

余老爷奄奄一息，正仰躺在榻上。他的旁边，是几个半老的女子，都哭得满面泪水，声音嘶哑。

"父亲！"余怀心头一痛，忙就在余老爷的床榻边跪了下来。那几个老姨太太见少爷回来，就哭得更凶了。

余老爷挣扎着微微地抬起了头，勉强笑了一下，道："你回来了……"

余怀强忍着泪，道："我回来了。"

余老爷道："鞑子、鞑子来过……"

余怀道："我知道，我知道。"家里的这副狼藉的模样，分明就是有人来抢劫过。

余老爷苦笑道："都被抢走了，都被抢走了……"

余怀安慰父亲道："人没事就好。"

余老爷叹息一声，道："几十年辛苦，这一下子就没了，爹心里不舒服啊。……连地窖里的银子，都被抢走了。"

余怀一惊："怎么会？"

"出了内贼。"余老爷苦笑道。说着,他微微地闭眼,有两滴混浊的老泪从眼角滚落。"人也被抢走了。"余老爷痛苦道,"抢了银子,抢了首饰,能抢的都抢了,到后来,连人都抢走了。"那几个老姨太太越发地哭了起来。因为谁都知道,被鞑子抢走的家里的女人,只怕是凶多吉少。至于说去救人,那更是天方夜谭。现在,唯一能够做的,只有听天由命。命不好,鞑子会杀人;命好,鞑子凌辱过之后,会放人。问题是,女人被鞑子凌辱之后,还能活下去么?

余怀成亲也有好几年,刚刚到家,看见妻子不在,他便知这回妻子怕是凶多吉少。

"这几个,"余老爷一指那几个老姨太太,吃力地道,"跟着老夫也有好多年了,等我死后,家里还剩下多少值钱的,就让她们几个分了吧。这乱世之中,她们要活着,也不容易。"

"老爷……"那几个老姨太太哭道,"不要说不吉利的话,你不会有事的。"

余老爷笑道:"我自己的身体,我自己知道。我也是六十多岁的人了,不怕死。"余怀知道,对于父亲来说,这一辈子挣下来的家产,一下子就没了,实在是毋宁死。父亲被鞑子打伤,但伤得更重的,是他的心。

"你们几个先出去,我跟我儿子还有几句话说。"余老爷示意那几个老姨太太出去。

"老爷……"

"出去吧。"余老爷黯然道。

那几个老姨太太互相对望几眼,慢慢地起身,出去了。所谓瘦死的骆驼比马大,余家,即使几乎被鞑子洗劫一空,可还是有些值钱的东西的,这几个老姨太太分了这些东西,如果卖掉的话,下半辈子应该还是没什么问题的。对于这几个老姨太太来说,这也实在是没法子的事。余家,已经家破人亡。

待那几个老姨太太出去,余老爷又让余怀将门关上,道:"临死之前,我有两件事吩咐你,你要是不按为父说的去做,就是不孝。澹心,你可记住了?"

余怀忙道:"儿子记住了。"

余老爷点点头,道:"我死之后,立刻离开南京……"

"父亲!"余怀惊道。

"为父的后事,自有人去办理。即便不办,也无妨。这乱世之中,人命如草芥。为父死了便死了,可不想将来连个祭祀的人也没有。"余老爷肃然道,"如今,满城都是鞑子兵,你要是不走的话,只怕落入鞑子之手,命都没了。……你先听我说。你曾是兵部范景文公的幕府,这身份,往日里自然不算什么,可要是鞑子知晓了,只怕会招降,到时,你是降还是不降?"

余怀毫不犹豫地道:"儿子决不会降了鞑子。"

余老爷点头道:"不错,不能降了鞑子,丢祖宗的脸。澹心,你记住,你与鞑子,有杀父之仇,毁家之恨。"

余怀道:"儿子记住了。"

"那边壁橱里,有一套道袍,是给你准备的。昔日,为父读书,读到建文帝一身僧衣逃出南京,一时兴起,便准备了一套道袍。为父是商人,自然觉得道袍比僧衣要好看些。却不料还真的用得上。你换上道袍,装作道士,小心一些,应该能逃出南京。"

余怀落泪道:"儿子会小心的。"

"第二件事,逃出南京之后,你便到苏州去。"余老爷忽地笑了起来,"那边,我买下了一座小山庄,很不起眼的那种,有些银两,藏在山庄的井里。你抽干水,便能起出那些银两。"

"父亲!"余怀再次惊道。

余老爷取下右手的青玉扳指,道:"到苏州之后,你去寒山寺,找一个叫寒昙的和尚,将这枚青玉扳指给他,他自会带你去那个小山庄。放心,那位寒昙和尚,是你爹这辈子最好的朋友,有过命的交情,早年他要是愿意的话,你爹所有的财产交给他都乐意。"余老爷说这话的时候,苍老的脸上竟现出一丝光辉。

余怀不知道父亲当年与那位寒昙和尚有什么故事,但从父亲的脸色来看,父亲对那位和尚必定是十分信任。

余老爷一口气说了很多,便有些喘,示意余怀倒了杯水,喝了几口,道:"这笔银两,本来就是准备给子孙留条后路,却不料,这么快就用上了。"他瞧了余怀一眼,道:"你妻子已被鞑子玷辱,鞑子将她捆在马上带走的时候,已经奄奄一息,看来是凶多吉少了。你不要去找她,你要留着你的命,替你爹、你妻子,还有你家人,报仇。"余老爷眼中是无尽的愤怒与仇恨。

余怀忍着痛,道:"我知道,父亲。"

余老爷道:"儿子,你是聪明人,知道该如何报仇吧?"

余怀含着泪,道:"我知道,父亲。"

余老爷微微一笑，道："我累了，歇一会儿，你也好好儿睡上一觉，明儿一早，换上道袍，离开南京。记住，我们余家已经家破人亡，你要活下去，替死去的人报仇！"

当晚，余老爷含笑去世。余怀将父亲草草装殓，埋在了院子里的假山下，落泪磕头，暗道："儿子只要活着，就不会降鞑子；儿子只要活着，就要报仇！"

余家，已经家破人亡。

九

将余怀让进屋子，杜濬将儿孙叫了出来，拜见余怀，开心地道："这便是余怀，我跟你们说过的当年的'余杜白'的余怀。"一边说着，一边就忍不住再一次地想道：那时，真年轻啊。

当人老去，总是忍不住一次又一次地怀想从前。

见过礼之后，杜濬便吩咐儿孙上街买酒买肉。一个三十来岁的汉子嘟囔道："买酒买肉，没银子怎么去买？"他这样说着，脸色便不是很好看。他身上的衣服，已经很旧了；分明三十来岁的模样，额角却已有皱纹，两鬓也略显斑白，连那垂在脑后的辫子，都有了白色。

杜濬一瞪眼，怒道："你说什么？"

那汉子苦笑道："没银子了，爹。"

杜濬又瞪眼，道："前几天老夫不是还卖过一幅字？"

那汉子又苦笑一下，道："还了一些债，又给爹您买了点酒，给妞儿做了一件新衣服，就只剩下几个铜子儿了。"

杜濬直挠头："花得这么快？"

那汉子直点头。一边点头，一边就暗自腹诽。虽然杜濬卖字卖文，可这杜濬的文与字，也值不了几个钱。就这样，老头儿卖字卖文的时候，还要看人看心情，看人不对眼的，出多少钱也不卖；心情不好的时候，给多少钱也不卖。

杜濬的心情一向都不是很好，能够看对眼的人，也实在是不多。

其实，今年也有一次机会的，就是博学鸿词科。可惜，老头儿毫不犹豫地就拒绝了。拒绝博学鸿词科也就罢了，本地的官儿，多少还是给点面子，交往一二吧？可这老头儿，还是那么倔强，不管是什么样的官儿,就只看自己的心情,看自己是不是看对眼。

这老头儿,根本就是活在自己的臆想里。

余怀迟疑一下,道:"我这儿还有点银子……"

杜濬瞪眼道:"哪能要你的银子。……算了算了,你就去跟洪老板说,他娘的墓志铭,老子应下了,明天就给他。"

那汉子一喜,道:"爹说的是真的?"

杜濬怒道:"你爹我什么时候说过假话? 我说写就写,说明天给他就明天给他,怎么,你个兔崽子不信? 行了,快去吧,先去拿定金,然后买酒买肉,嗯,买两只盐水鸭,一家子都好好儿吃一顿。"

那汉子答应一声,就匆匆忙忙地出去了。杜濬呵呵地笑着,看了一眼他的儿孙们,也自有些高兴。"行了,你们去吧,"杜濬道,"我自与我朋友说会儿话。"说着,一边吩咐烧水沏茶,一边就将余怀带入书房。

说是书房,其实也就是一间简陋的草屋,比正房、卧房都要小的草屋。而且,尘泥渗漉,就像归有光笔下的项脊轩似的。

不过,余怀也不以为意,随便在一张椅子上坐下。

"小心!"杜濬惊呼道。

余怀愣了一下,屁股已经坐到了椅子上。那椅子吱呀一声,险些散架,使得余怀吃了一惊。好在杜濬及时扶住,余怀才算是没有跌倒。

"小心些,不用力,就没事。"杜濬尴尬地说道。

余怀悠悠道:"我身体还行,没事,就是摔下去,也摔不死。"不过,说是这样说,他还是站起身来,打量了一下这几乎就要散架的椅子,问道:"有榔头没?"

"榔头?"杜濬奇道,"要榔头做什么?"

余怀伸手摁了摁那椅子的后背,道:"这椅子还能修一修。"

杜濬瞪着眼,不相信似的瞧着余怀,半晌,道:"你这个富家公子,还会这个?"

余怀也瞪眼,道:"老夫现在可比你穷多了,不然,还会到你这儿来打秋风?"

两人大眼瞪小眼,瞪了一会儿,俱自放声大笑。

人日见梅花。开在林家。香云冉冉影横斜。酒晕生潮人欲醉,一缕红霞。

冷蕊堕清笳。鸟雀无哗。风吹残梦绕天涯。不是梅花辜负我，我负梅花。

——余怀《卖花声·人日梅花》

这天晚上，杜濬喝了很多酒。喝了酒的杜濬，满面红光，使人几乎忘记他的年纪。"不是梅花辜负我，我负梅花。"杜濬翻开余怀手抄的几阕新词，高声吟唱着，吟唱着，忽然就又大哭了起来。这使得他满座的儿孙很是尴尬。老爷子却浑然不管，只是一边抹着眼泪，一边继续号啕着。

"不是梅花辜负我，我负梅花。"杜濬嚷嚷道，"不是大明辜负我，我负大明……"

众人大惊。杜濬的一个儿子忙就去捂他老父的嘴，一边捂着，一边很是尴尬地道："我爹他喝醉了，胡说八道。余叔，尊作没有这个意思吧？"

余怀将酒杯高高举起，笑道："哪能呢？老夫只是说梅花而已。呵呵，只说梅花。"老人在说"梅花"的时候，便显得有些狡黠。

"风吹残梦到天涯。"饶是被捂住嘴，杜濬还是含含糊糊地嘟囔着，"大明彻底完了，完了，没办法了，……都是这帮奸贼，败了我大明天下，如今倒好，他们摇身一变，又成了大清的官了。大明，大清，都是一样的做官，做大官，……我就不明白了，这些人的气节呢？澹心，你说，他们的气节呢？他们，连婊子都不如啊。改朝换代，秦淮河的婊子都知道坚守气节，这些读书人呢？他们读书，读书，都读到狗肚子里去了？'一队夷齐下首阳'。呵呵，果真是读圣贤书的读书人啊。"杜濬借着酒劲，痛骂着。只不过，一则是年纪老了，二则是醉了酒就是满口的湖广话，饶是他儿孙，也不知道他在说些什么。

余怀却大致上听懂了。

因为，许多年前，每一次醉酒之后，杜濬都是这样，借着酒劲，吟唱，骂人。

只不过，那个时候，余杜白经常一起骂。

那个时候，他们骂着阮大铖，骂着马士英，骂着朝堂之上的一切奸贼。

国家，岂不是就败在这些奸贼之手？

余怀叹息一声，道："国家变乱，便是青楼，也多奇女子、烈女子,而那些读书人,呵呵,那些读书人,果然是读书读到狗肚子里去了。"他沉吟一下,道:"我前些日子在研修一本《板桥杂记》,便是记当日秦淮河畔的奇女子,也要让天下间的那些须眉看看,让他们看看,这'羞耻'二字是怎么写的。"

"世间老物,要知'羞耻'二字啊,"杜濬喃喃着,"来,澹心,喝,我们继续喝,不醉不休。"

"好,不醉不休。"

宋蕙湘,秦淮女也。兵燹流落,被掳入军。至河南卫辉府城,题绝句四首于壁间,云:"风动江空羯鼓催,降旗飘飏凤城开。将军战死君王系,薄命红颜马上来。""广陌黄尘暗鬓鸦,北风吹面落铅华。可怜夜月箜篌引,几度穹庐伴暮笳。""春花如绣柳如烟,良夜知心画阁眠。今日相思浑似梦,算来可恨是苍天。""盈盈十五破瓜初,已作明妃别故庐。谁散千金同孟德,镶黄旗下赎文姝。"后跋云:"被难而来,野居露宿。即欲效章嘉故事,稍留翰墨,以告君子,不可得也。偶居邸舍,索笔漫题,以冀万一之遇。命薄如此,想亦不可得矣。秦淮难女宋蕙湘和血题于古汲县前潞王城之东。"潞王城,潞藩府第也。

——余怀《板桥杂记》

葛嫩,字蕊芳。余与桐城孙克咸交最善。克咸名临,负文武才略。倚马千言立就,能开五石弓,善左右射。短小精悍,自号"飞将军"。欲投笔磨盾,封狼居胥,又别字曰武公。然好狭邪游,纵酒高歌,其天性也。先昵珠市妓王月,月为势家夺去,抑郁不自聊,与余闲坐李十娘家。十娘盛称葛嫩才艺无双,即往访之。阑入卧室,值嫩梳头,长发委地,双腕如藕,面色微黄,眉如远山,瞳人点漆。叫声"请坐"。克咸曰:"此温柔乡也,吾老是乡矣。"是夕定情,一月不出,后竟纳之闲房。甲申之变,依家云间。间道入闽,授监中丞杨文骢军事。兵败被执,并缚嫩。主将欲犯之。嫩大骂,嚼舌碎,含血喷其面。将手刃之。克咸见嫩抗节死,乃大笑曰:"孙三今日登仙矣。"亦被杀。中丞父子三人同日殉难。

——余怀《板桥杂记》

东风无力。吹梦无踪迹。昨日似今今似昔。不与些儿将息。

断肠人在天涯。春光不恋儿家。到底吹完柳絮,偏生留着梨花。

——葛嫩《清平乐》

蓦腾乍起。正云鬓未理。手按裙带倚床阑,但说道、困人天气。娇眼半开犹似睡。怕镜奁如水。

玉容懒把桃花礥。却自然妖丽。彩毫约略扫眉峰,春已透、粉香堆里。一见教郎终日喜。拼小楼同醉。

——葛嫩《师师令》

对于葛嫩与孙克咸来说,或许,这是最好的结局吧。

十

南京。苏州。嘉兴。

余怀开始奔波。

这期间,局势安定下来的时候,余怀也曾回南京重新给父亲安葬。至于被鞑子掳去的亲人,很快就打听到,她们都被凌辱至死。

找不到凶手。

余怀只知道,凶手是鞑子兵。

余怀一路奔波,哪里有抗清的义军,他就在哪里;哪里有抗清的王师,他就在哪里;哪里有抗清的匪盗,他就在哪里。

只要抗清,不管是什么人,余怀都会去打听、交往,去将银两交给他们。

家破人亡。余怀已经无家,还要那些银两做什么?

现在,他只想联络抗清之人,只想天下汉家男儿能够奋起,将鞑子赶出江南,赶出中原,赶回关外。

然而,很快地,余怀就发现,他像那上古传说中填海的精卫一般,无论衔多少石填入海中,那海依旧是海,波澜壮阔,浊浪滔天。

吴易兵败,在杭州就义,父亲承绪、妻子沈氏及女儿尽皆殉国。

陈子龙兵败,投水殉国。

夏允彝兵败,投水自尽。

夏完淳兵败,在南京笑骂洪承畴,被押出处斩,临刑前,立而不跪,神色不变。

黄毓祺曾参加江阴守城,次年,在舟山兵败,逃至泰州被捕入狱,后死于南京狱中。

李成栋兵败,坠马落水而死。

李元胤兵败,自刎殉国。

何腾蛟兵败,在长沙就义。

瞿式耜、张同敞兵败,在桂林就义。

张煌言兵败,在杭州就义。

……

郑成功兵败,转而经营台湾,算是为大明留下最后一块土地。

顺治十八年(1661),永历帝被吴三桂擒获,次年,在昆明遇难。

垂虹亭下,看平湖秋水,连天浮碧。恰是四更山吐月,重见今宵七夕。钓得鲈鱼,沽来村酒,鸥鹭为宾客。狂歌痛饮,柳桥风露如昔。

久已泛宅浮家,英雄老矣,五十头空白。万斛闲愁堆满面,那有推愁计策。天在阑干,人归图画,高处星堪摘。汀花岸草,松陵无限萧瑟。

——余怀《念奴娇·垂虹亭下度生朝自寿》

自寿一杯,花鸟江山,烟雨楼台。奈吴霜点鬓,形容易改;白驹过隙,岁月频催。双屐如龙,孤筇似鹤,富贵于我何有哉。英雄老,叹青蝇独吊,红粉成灰。

前身金粟如来。天谪做人间钝秀才。况汉宫芳草,班姬憔悴,江南枯树,庾信悲哀。游戏文章,炉锤仙佛,铁壁铜墙打不开。吾衰矣,正年过半百,一醉千回。

——余怀《沁园春·五十一岁自寿》

重开三径,喜江南狂客,为余称寿。除却卧龙与水镜,不是鹿门朋友。明日中元,今朝修禊,多买乌程酒。欢呼六博,殷勤只少红袖。

我已五十加三,神仙富贵,早撒英雄手。地轴天河俱震动,幸有故人依旧。白发飘零,朱颜憔悴,愁对金城柳。酒阑歌罢,当头明月如昼。

——余怀《念奴娇·自寿》

"酒阑歌罢，当头明月如昼。"余怀穿着一身洗得发白的道袍，站在如昼的明月之下。"我已五十加三，神仙富贵，早撒英雄手。""白发飘零，朱颜憔悴，愁对金城柳。""欢呼六博，殷勤只少红袖。""明日中元，今朝修禊，多买乌程酒。"

二十年苍凉一梦。

父亲留下的银两，已经花完，然而，抗清却是一次接一次的失败，抗清的英雄，一个接一个地殉国，叫人看不到任何希望。

这是如漆的黑夜，看不到一点光。

而此刻，当头明月如昼。

眼前有月，心头却看不到光。

小舟如叶，放中流、摇漾一湖春水。古木丰碑苔藓裂，热血鳞鳞犹紫。北符南宫，西陵东市，总为君臣耳。杜鹃啼罢，有人歌哭于此。

当日白骨青山，孤坟耸峙，石破惊山鬼。泪洒两朝冤少保，遥望荒祠遗址。蘋藻盈杯，棠花满地，欹帽斜阳里。回舟日暮，汀鸥无数翔起。

————余怀《念奴娇·于忠肃公祠》

身无分文的余怀落魄吴中，在苏州卖文为生。

他已知道，大明朝真的是亡国了。

他无法报仇。

二十余年的仇恨积攒于心，到头来，只不过是"有人歌哭于此"。

或许，人生之无奈与凄凉，就在于此吧。

然而，余怀终不死心，奔走各处，与各色人等交往。这些人中，被余怀寄予莫大希望的，是吴伟业。

因为吴伟业是诗坛祭酒、士林领袖，尤其是在钱谦益死后。

钱谦益当年一念之差，领头迎降鞑子，尤其是"水太冷"的故事，成为士林的一个笑话。然而，没多久，钱谦益就后悔了，将大量的时间与精力，花在了抗清的大业上。人，总会有一念之差，总会有犯错的时候，钱谦益就是；但钱谦益终究是后悔了。

钱谦益死后，吴伟业如果肯反清，以其士林领袖的身份居中联络,或许,这抗清的事业未必就不可行。

余怀自然明白,自己决不是领袖群伦的人。

吴伟业是。

只可惜,余怀很快就发现,吴伟业即使对清廷再不满,也不可能去反清。

因为他的性格。

吴伟业的性格实在是太懦弱,懦弱到几乎没一件事能自己做主。所以,当甲申国变的时候,分明想殉国,结果没有;有朋友约他一起入山为僧,也算是对得起崇祯先帝,结果又没有。还有卞玉京的事。卞玉京已经问他:"亦有意乎?"结果他视而不见,装糊涂;可要是说对卞玉京没感情吧,那些个诗词,却又写得明明白白,"薄幸萧郎憔悴甚,此身终负卿卿"。

吴伟业这样的性格,就注定了他不可能去反清。甚而至于,当清廷的征辟到来的时候,吴伟业即使再怎么不情不愿,也还是收拾行装,往北京去了。

对于吴伟业来说,这实在是一种悲哀;而对于余怀来说,则无非是再失望一次而已。

一个人经历无数次失望以后,这再一次的失望,其实,真的是不算什么了。

然而,余怀到底有些想念金陵了。

秋来梦绕秦淮路。看天外、飞鸿去。帆影斜阳邀笛步。美人歌扇,酒徒裘马,总是关情处。

绿杨红豆今迟暮。判断家乡霜满户。陈苑梁台狐与兔。乌衣巷口,杏花村畔,一夜溪堂雨。

——余怀《青玉案·思乡》

那一年,鞑子攻入南京,余怀一生为之改变。

岂止余怀? 不知有多少人一生都为之改变,多少人家破人亡。

报仇? 反清复明?

到头来,不过一声长叹。

江水澄澄江月明。江上何人搊玉筝。隔江和泪听。满江长叹声。

——张可久《越调·凭栏人·江夜》

十一

雨帘风箪围修竹。向芭蕉借取窗纱绿。六代青山，故人何在，伤心不唱江南曲。

梦短愁长魂断续。叹数茎白发年年秃。花史重修，醉乡新筑，待君同采东篱菊。

——余怀《七娘子·夏夜寄金陵故人》

杜濬翻到这首《七娘子》，眯着眼，大声吟唱之后，便大声嚷道："澹心，你这金陵故人，可是杜某？"

余怀笑而不语。

"六代青山，故人何在，伤心不唱江南曲。"杜濬再次大声吟唱，"叹数茎白发年年秃。花史重修，醉乡新筑，待君同采东篱菊。……这便是杜某了，没有其他人。"

余怀笑道："何以见得？"

杜濬一瞪眼，道："你有很多朋友么？在金陵，有很多朋友么？啊？有很多么？"

余怀依旧笑而不语。

杜濬瞪着眼，忽地叹了口气，颓然道："我们活得太久了，我们，都已经没什么朋友了。他们都死了，死了。"他的眼就又有些湿润。

余怀也叹息一声。

是啊，已经是康熙十七年（1678），很多从前的朋友，现在，都没了。像吴伟业，康熙十年（1671）已经去世。

余怀站起身来，道："我想到国子监去看看。"

"国子监？"杜濬恍然道，"我也很多年没去过了。"说着，叹息一声："如今的南京，早不是昔日的南京；如今的国子监，还是昔日的国子监么？"江山依旧，物是人非。说话的时候，老人心头便又冒出这样八个字来。

余怀就有些伤感，道："我这一次不去看一看的话，只怕就没有下一次了。你，我，都老了。"此刻的余怀，自然没想到，他还会活很久很久，还会在很老很老的时候，四处奔波，只是为了能够生存下去。当人老去，或许不是怕死，但就是想活下去，活得久些，更久些,好看一看这一个世界,看一看那些死去的人所看不到的世界。

杜濬道:"那好,我就陪你去走一遭。"

翌日,两人起了个大早,离开鸡鸣山,直往南京城里去。

三十多年过去了,南京城依旧繁华,跟往日也没什么区别。所不同的是,三十多年前,十里秦淮,俱是大明衣冠;而如今,满目所见,俱拖着一条或大或小、或长或短、或黑或白的辫子。那些辫子,有的直拖过腰,走路的时候,左右摇晃着,像是人长着一条尾巴似的。

余怀虽说穿着道装,毕竟没有正式出家,所以,脑后还是留着一条辫子的。只不过,这条辫子短短的,拖在脑后,真的就像老鼠尾巴似的,显得很是滑稽。按照清廷的"十从十不从",如果出家为道,倒可不留那条丑陋的辫子的;只不过余怀偏偏留了这么一条短短的、小小的辫子。

两人相互搀扶着,也不要人陪,沿着秦淮河,直往国子监方向而去。时不时地,余怀就会指指点点地说道,这里曾是某某地方,某某楼,曾经有过某某人,皮肤如何,眼睛如何,纤手如何,又或者是会弹琴,会下棋,会画梅,会画兰,会作诗,会填词……如数家珍。

杜濬便睁着眼笑,说:"澹心,这都近四十年前的事了,你还记得?"

余怀悠悠道:"我便是怕不记得了,所以,才写了个《板桥杂记》。"

杜濬道:"在哪里?拿来给老夫瞧瞧。"

余怀却只是笑着,拉着杜濬一路前行。

这里,这里,余怀说:"老杜你可还记得,那一年,咱们会集来骂马士英与阮大铖?"

杜濬说:"记得,不过,小子,那一回,你可差点儿落入虎口。"

余怀就笑:"哪能呢,别忘了,老夫可是南京的地头蛇。不过……"

说着,就有些黯然。

这南京,到底是在马士英、阮大铖这样的奸贼手中好,还是落入鞑子之手好?马士英、阮大铖无论怎样的跋扈、奸诈,可那时,南京终是大明的天下;而如今,却已经是大清的天下了。

江山犹在,物是人非。

这秦淮河畔新起的楼台,几乎没有一座认识的了。眼看他起楼台,眼看他楼塌了,眼看他新的楼台在旧址上重新拔地而起。或许,世事就是如此吧,决不会因为某一个人而改变。

还有人。

近四十年过去,这秦淮河畔,已经看不到一个熟悉的人。

那棵柳,那棵歪脖子柳,还是当年的那一棵啊。余怀忽地开心地大笑起来。

是啊,是啊,就是当年的那一棵,我也想起了,就那一棵,歪着脖子的,其他的柳,没那么歪的。杜濬也开心地笑了起来。

在秦淮河畔的男男女女,就很奇怪地瞧见,有两个白发老者,围着一棵歪脖子柳,又跳又笑起来。

他们仿佛很快乐的样子。

秦淮河上,画船依旧。

吴 旸

愿化为、彩石补还他，乾坤缺

秋夜雨

璚枝已散花如雪。西楼一片凉月。

屏山遮翠雾，认几处，潮声摧折。

更深勿向长干立。绾不回，檐瓦霜

裂。此意终未结。看笠泽，红轮

初歇。

——李旭东

回首昭阳,千里外、愁云凝色。那堪忆、蛾眉初入,承恩瑶阙。画凤殷勤团扇底,当熊宛转金舆侧。叹帝城、烟景入悲笳,容华歇。

骊山恨,终难灭。青冢怨,何须说。对新斋清磬,暗沾襟血。苦竹春迷瑶瑟雨,衰兰秋老铜山月。愿化为、彩石补还他,乾坤缺。

——吴易《满江红·和王昭仪》

饱蘸浓墨,吴易在纸上写下这阕《满江红·和王昭仪》。吴易人有些瘦,这字,写得也很瘦,每一笔,都似出鞘的剑,锋芒毕露,凛凛生寒,而当一字一字读到"愿化为、彩石补还他,乾坤缺",又是何等悲壮。

吴易嘴角刀削一般,微微地笑着,笑得很是硬朗。

"相公……"沈氏神情却有些犹豫,只是嘴角蠕动了一下,终究还是没敢多说。

父亲吴承绪则爽朗地笑道:"吾儿志向,为父已知。为父老矣,帮不了你什么,但吾儿放心,为父决不会丢你的脸。"吴承绪虽说是笑着说这几句话,可他的神情却分明很是决绝。

吴易跪了下来,给父亲恭恭敬敬地磕了个头,道:"孩儿忠孝难两全,孩儿不孝,若有来生,孩儿愿意还做父亲的儿子,承欢膝下。"说着,未待老父出声,便又跪着转身,面向沈氏,道:"夫人,若有牵累,还望夫人莫怪,若有来生,为夫来生再报。"沈氏慌忙跪倒,眼圈就是一红,低低地道:"妾身、妾身也决不会给你丢脸。"吴易点点头,方才站起身来,走出门去。

门外,院子里,站着二三十人,面色不同,有的有些兴奋,有的有些恐惧,但都显得很是坚定。

在院子的一侧,有一人被捆绑得结结实实的,嘴里塞着一团乱麻,嘴唇已经开裂,嘴角也已撕裂,有鲜血流出。那人被逼着跪倒在地,只是头颅还倔强地昂着,仿佛……仿佛一个不屈的英雄似的。

他的眼,时不时地就瞪向院子里的人,有一些愤怒、不服,还有一些鄙视、怜悯。

当吴易出来的时候,跪着的那人先是眼前一亮,接着又是一黯。

　　"日生，"见吴易从屋子里出来，孙兆奎有些迟疑地问道，"你决定了？"沈自骊也自瞧着吴易。他们一个是举人，一个是诸生，与吴易相交莫逆。吴易是崇祯十年（1637）的进士。

　　往日里，无论什么事，他们都不会这样紧张。可这次不同。这次，他们议的是毁家纾难。不过，他们也没怎么犹豫，只是让吴易做最后的决断。

　　吴易刚毅的脸上现出淡淡的笑意，道："我们还有其他选择么？"这一说，孙兆奎、沈自骊原先还有些紧张的面色竟松弛了下来。是啊，他们还有其他选择么？当吴易带着人将朱国佐抓回来时，他们已经没有其他选择。

　　他们，已经箭在弦上。

　　朱国佐原是吴江县丞，当清兵攻至吴江的身后，这位县丞大人打开城门，主动迎降。诸生吴鉴徒手入县庭，大骂朱国佐；朱国佐当场让人抓住吴鉴，送到苏州，在胥门学士街处斩。吴易闻讯之后，也没说什么，只是找到孙兆奎与沈自骊，率领二三十人，以迅雷不及掩耳之势，一举擒获朱国佐。

　　便是此刻被五花大绑，嘴里还塞着一团乱麻被迫跪倒在那里的一个。

　　将朱国佐绑了回来，吴易便让人去请吴鉴的父亲吴汝延。杀子之仇，得让这白发人送黑发人的老人自己来报。

　　吴易将塞在朱国佐嘴里的那团乱麻取了出来。

　　"吴易，你敢杀我？"朱国佐恶狠狠地瞪着他。朱国佐从被绑到这儿来便已明白，事情难以善了，而他这位吴江县丞，也面临凶多吉少、有死无生的局面。既然有死无生，哀求也必然无用，那么，自然便要显出有骨气的模样。

　　自然，也只有他自己才知道，他这副有骨气的模样，到底是真，还是假。

　　吴易呵呵冷笑："为什么不敢？"

　　朱国佐恨恨地道："你若杀我，便是造反，杀官造反，诛九族的罪！"说着话，便又用凶狠的目光瞪向那院子里的其他人。

　　吴易鄙夷地道："朱县丞，你书都读到狗肚子里去了？这鞑子的官儿，还做出味道来了？杀官造反，呵呵，好大的罪名！"

　　朱国佐道："吴易，别说本官没有提醒你，我大清兵锋所指，望风披靡,这天下,已经是我大清的。你现在放了本官,本官可以既往不咎;否则⋯⋯"他冷笑着环视一眼,道:"呵呵,就凭你们这几十个人,想翻天?我大军所至,你们这些人,还不够塞牙缝儿的。"这一点,朱国佐自然不会有丝毫的怀疑。他相信,清军若赶到的话,这几十人,还真是不够塞牙缝儿的。只不过,他不知道自己能不能看到那一天。

他在恐吓吴易。

他也知道,这样的恐吓其实没有什么用处。

不过,总得去试一试,不是么?

"吴大哥,"忽就有人从院子外进来,道,"吴老爷来了。"

从院子外进来的,自然便是吴汝延,诸生吴鉴的父亲。吴汝延头发花白,面容憔悴,只是,两眼放着寒光。一进院子,吴汝延便瞧见跪倒在地的朱国佐,不由得怒从心头起、恶向胆边生,直扑向朱国佐,恶狠狠地道:"恶贼,我与你何仇何恨,要致我儿于死地?"吴汝延一阵拳打脚踢,直到气喘吁吁,方才停住。

朱国佐冷冷地,不过,却道:"吴鉴不是本官杀的。"

"跟你杀的有什么分别?"吴易冷笑。

朱国佐哼了一声,也不再多言,只道:"吴易,你若杀我,他日,我大军所到,必然鸡犬不留。你可要想好了!"

吴易大笑道:"我已经想好了。"

这边说着,那边早有人布置好吴鉴的灵位。吴汝延手持钢刀,在儿子的灵前,手起刀落,砍下了朱国佐的头颅。当朱国佐一腔冷血喷薄而出的时候,吴汝延放声大哭。

顺治二年(1645),吴易、孙兆奎、沈自驹起兵,仅得三十人。七日后,得三百人,并船只三十艘,居长白荡,出入太湖、三泖间。会松江盗首沈潘有徒千四百人,劫掠不常,缙绅患之,移书于易,易起兵往战,以计擒之,沈潘降,并其众,获艘七十。

<h1 style="text-align:center">二</h1>

当吴易回到长白荡的时候,沈氏的泪水忍不住就夺眶而出。女儿则依偎在母亲的身边,有些胆怯地瞧着吴易。

吴易的身上,溅着血。

那血，还红。

“昨儿，七夕。”憋了半晌，沈氏憋出这么几个字来。

吴易嘻嘻笑道：“我知道，我知道，夫人，所以，这不，回来的路上，刚刚写了一首词，送你的，你瞧瞧。”说着，便从怀中掏出一张纸来，递给了沈氏。

纸上，墨迹还不是很干，而且，多有涂改之处。想来，是在收兵回营的船上，匆匆而作。

此时，窗外已是初八的月，弯弯如钩。

灵鹊初回，飞梁乍拆，商飙还涌层波。人间天上，会少总离多。多少天台花谢，楚宫冷、云雨模糊。断肠甚、篁枯弦绝，清泪满苍梧。

新愁从此夜，一欢成梦，后约蹉跎。恨天公懵懂，情种偏磨。更恨机中素手，空憔悴、云锦鱼梭。待借取，女娲木石，衔血去嗔河。

——吴易《满庭芳·七月八日夜作》

沈氏读罢，眼泪就又流了出来。词中之意，她哪还有不明白的？尤其是到最后，“衔血去嗔河”，分明依旧是“愿化为、彩石补还他，乾坤缺”之意。

虽说早就明了丈夫起兵之后，便是将生死置之度外，她自己也早有同生共死之念，只是，读到这样的词句，还是有些难过。

吴易便有些歉意，叹道：“夫人……”

他刚想说什么，沈氏已经伸手，捂住他的嘴，低低地道：“不用说，相公，妾身明白。”

吴易叹了口气，道：“是我对不住你们母女。”他自然明白，现在的太湖水军，无论如何，是难以抵挡鞑子的大军的；即使刚刚降服沈潘，收编了沈潘的部下。

夫妻两人正说话间，忽就听得有人敲门，道：“日生，有军情要议。”说话的是沈自炳，沈自驷的族人。此时，太湖水军已经吸引很多人来投，像武进吴福之、常州戴之俊等。

吴易冲着妻子抱歉地笑了一下，道：“我先去看看。”说罢，便跟着沈自炳议事去了。

沈氏自然明白军情的重要性，可这刚刚回到长白荡就又有军情要议，也实在使沈氏很是担忧。“唉。”沈氏叹息一声，将女儿抱住，心中只是舍不得女儿。她知道，从吴易决定起兵，她们娘儿俩的命运差不多就已经注定。

吴易来到议事厅，孙兆奎、沈自骢、吴福之、戴之俊等人俱在，神情各自不同，却都显得很是凝肃。

"日生，"孙兆奎歉然道，"你这刚回来，就又要将你叫起。"

吴易笑道："这说是什么话来？若不叫我，那才真是有问题。"众人俱不觉笑了起来。

孙兆奎笑道："放心，我们白头军的首领还是你吴易吴日生。"太湖义军俱以白布缠头，以示为崇祯皇帝戴孝，故曰"白头军"。因为首领是吴易与孙兆奎，又被人叫作"孙吴军"。白头军从最初的三十人，发展到现在，已经有数千人了。

吴易与孙兆奎率人进驻长白荡之后，收编了一些水贼，像沈潘；然后，又有一些水贼主动来投，像赤脚张三。

这一次，出去打探到军情的，便是赤脚张三的部下。

赤脚张三是主动率领部下来投，又是积年水贼，精于水战，所以，在白头军中，也很受看重。这汉子长年在水上，一身古铜色的皮肤，像是生了锈一般；两只大脚都是五趾张开，像张开爪子的蜘蛛，便是战船在水上颠簸不定，他也站得稳稳的，根本不像其他人那样，要紧抓住船舱内的什么，才能使自己不至于摔倒。

"吴大哥，"赤脚张三一开口便是江湖气息，"是镇江的谍报，有两千鞑子兵，将要过此，小弟觉得，我们可以干这一家伙。"赤脚张三说这话的身后，眼神之中显得很是兴奋。

白头军成军以来，一直都是收编水贼，还没有跟鞑子兵干过。这一回，有鞑子兵经过，岂不正是机会？如果是在岸上，或许赤脚张三还会有些犹豫；可如今是在水上，那鞑子兵的战斗力至少要减一半。

不仅赤脚张三是这么想的，孙兆奎等人也持同样的想法，如今，就是等吴易点头，众人便可计划如何破敌了。

鞑子舍长就短，居然到水上来，这对于白头军等人来说，自然是一次很好的机会。

吴易正沉吟间，却听得沈自骢轻轻地道："纵敌，不祥。"这是《左传》里的话。原话是"秦违蹇叔，而以贪勤民，天奉我也。奉不可失，敌不可纵。纵敌患生，违天不祥。"之后，秦晋崤之战，晋军大破秦军。沈自骢将这段故事简化成四个字，其意思却是很明显的，而且,还带有吉兆。

晋军设伏,大破秦军;那么,白头军要是于湖滨设伏呢? 岂非也能似晋军大破秦军那样,大破鞑子兵?

"干了!"吴易不再犹豫,下了决断。

接下来,自然便是召集众将,商议如何去设伏打这一仗了。

白头军将战船都伪装成农船,设伏于湖滨,每隔一里布置几十艘,连续布置了三十里。鞑子兵经过的时候,正是夜晚,却哪里注意得到这是战船还是农船? 更何况,一望无际的湖面上,断断续续地有一些农船也是寻常的事。连夜行军中的鞑子兵也不疑其他,只是借着月光看这南方的天空与波光。

白头军设伏之处,左边是河,右边便是湖,鞑子的大军,正行走在中间的岸上。如果有精通水战之人在的话,必然会警觉:此处正是设伏的绝佳之地。

只可惜,鞑子多北人,无论是来自关外的真鞑子,还是入关之后相继投降的假鞑子。他们对于水、对于水战,所知寥寥,哪里会注意到这些。

"南人柔弱,"就有鞑子嗤笑道,"连这南方的水也是这样。"

"不然,就凭我们这点儿人,能一直打到江南?"就又有鞑子笑道,"记得去年吧? 那个南蛮什么史阁部,说是有多少人来着? 二十万? 二十万大军啊,结果怎么着? 不堪一击。"

"也不能这么说,"又一个鞑子沉吟道,"我军江阴不就没能攻下来? 二十多万大军,愣是没拿下江阴。对了,我说老兄,我们这回会不会是去增援江阴?"

"不会吧? 二十万人都没拿下江阴,我们这区区两千人,便是去了,又有何用? 我看不会。"前一个鞑子想了想,说道,"说起来,这江阴人还是真犟啊,这大明朝早就完了,如今,是咱们大清的天下了,他们这样不肯降,就不怕一旦城破,遭到屠城? 你说这江阴人图个什么呢?"

"不明白。"那鞑子摇了摇头,道,"对了,老兄,听口音你是山东人?"

"对头。你呢?"

"陕西的,"没等那鞑子问,这鞑子便主动解释道,"原是跟着闯王的,后来降了大明,再后来跟着咱们将军投了大清。"

"俺可不是。俺在前明的时候,一家子都到关外了。"

这些鞑子兵,一边行军,就一边这样小声说着话。半夜容易瞌睡,即使是急行军也是,这样说说话呢,就能将瞌睡虫驱赶掉一些。老实说,他们也不知道,上边何以要他们这样急行军,不过,既然军令下来了,再苦也得听令。

如今,可比不得前明的时候。前明之时,兵就是大爷,便是朝廷的皇帝、兵部的老爷们,也得拿银子来哄着,这些兵才肯给他们几分好脸;如今,是大清的天下了,这大清的兵,要是不听令的话,只怕人头就要落地。

来自关外的真鞑子,可没几个好说话的。

鞑子兵正说话间,忽就觉得有些不对。这些鞑子兵,即使是后来投靠的,也都是久历疆场、不知见过多少血的,对危机的来临,有着极强的敏感性,无异于老鼠感觉到猫的蹑足而来那样。

"不好。"立刻就有人大叫道。

叫声未了,便有铺天盖地的箭雨从空而落,紧接着,在两侧的水面上,出现一点点的火光,就像是有人在虚空之中吸烟一般。火光之后,便是爆竹似的火枪声。三十里路一齐发作,两边水面上的船只发出狰狞的吼叫。

可怜这正急行军的鞑子兵,哪里想到会在这里遇伏?这一阵箭雨之后,倒下一片;一阵火枪之后,又倒下一片;然后,两边的船上,长戈如林,交叉着直刺了过来。鞑子兵都是短兵器,又没有船,于是,就只能眼睁睁地瞧着长戈如林地刺过来而毫无应对之法,一个接一个就倒在了血泊之中。

这一战,白头军大获全胜。

归途中,吴易忽道:"我想起稼轩的那首《永遇乐》来。"

"'千古江山'那一首?"孙兆奎便问道。

吴易笑道:"正是。"接着,便低低地吟诵了几句:"千古江山,英雄无觅,孙仲谋处……"这一阕词,直教人悲壮至极,又热血至极。稼轩一生欲北伐而不得,那么,如今呢?

白头军的这一战,使吴易雄心顿起,心道:鞑子也不过如此,老子杀之,砍瓜切菜一般。

这一战,胜得实在是有惊无险,更重要的是,打破了鞑子不可战胜的神话。此刻,他们还不知道,二十余万鞑子军久攻江阴而不得下的事。

孙兆奎道："日生，要不，你也作一个词来？"

吴易沉吟一下，道："好。"

众人便开心地鼓噪起来。

千载孤亭在，万里大江流。风飘雨打何处去，瑜亮孙刘。共道寄奴盖世，可惜燕秦拱手，粉碎掷神州。问虎吞龙斗，六代有人不。

酒可饮，兵可用，志难酬。横戈跃马，甚时了国耻君仇。画里金山铁瓮，梦里云台麟阁，身世两沉浮。青青看不倦，争奈湿双眸。

——吴易《水调歌头·北固亭》

"横戈跃马，甚时了国耻君仇。"孙兆奎点点头，道，"会有那么一天的。"

赤脚张三笑道："放心，吴大哥，有兄弟们在，定将鞑子赶到关外去。"

沈潘原是水贼降将，不过，这一战打下来，倒也很是勇猛，使得几位文人出身的首领刮目相看。"英雄莫问出处。"当大军在激战的时候，孙兆奎便这样对吴易说道。要知道，这战败而降之将，要获得信任原不是一件很容易的事。

此刻，沈潘也道："咱们再多打几次，至少先将鞑子赶出吴江去。"

吴易微笑着点头。

要将鞑子赶出关，仅仅凭他白头军，恐怕还不可能；但要说将鞑子赶出吴江，想来还是可以的。

起兵以来，吴易第一次对自己的将来充满信心。

三

转眼已近中秋。回过头来想一想，这一年，真的发生了很多很多事。这些事，有悲有喜，但总体上而言，应该还是喜事更多。

白头军大胜鞑子之后，声名远播，很快，鲁王、唐王都派人来，以为吴易便是中兴之将，一如当日之岳飞、韩世忠。这使吴易颇为自得。想当日，岳家军刚刚兴起的时候，也不过就这么多人吧？可能还没有。但结果呢？结果，岳家军一样先后战胜，直到朱仙镇大捷。若不是高宗十二道金牌召回,险些就要直捣黄龙了。

我不是岳飞。吴易忍不住这样想道。若真的有那一日,我必不会如岳飞那般,放弃将要到来的直捣黄龙,而最终含冤风波亭。

个人荣辱事小,国家事大。吴易又这样对自己说道。

唤吴刚何在,凭将玉斧,为我扫丰隆。道天公老去,愁见今秋,不比往时同。兴亡满眼,齐州恨、九点烟空。那堪照、秦关汉苑,楚殿与吴宫。

朦胧。银河影没,珠斗光收,深锁霓裳梦。最断魂、绕枝惊鹊,失侣哀鸿。何年赴、琼楼旧约,横铁笛、瞥凤骖龙。挽东海,为伊洗出瞳眬。

——吴易《渡江云·中秋无月》

这一年的中秋,没有明月。

对于吴易来说,这自然有些遗憾,所以,落笔成词,便有些淡淡的哀伤。这些年来,先是流贼为患,闯贼攻入北京,崇祯帝殉国;紧接着是鞑子入关,长驱直入,使得整个国家腥膻满地。这些年来,不知有多少人家家破人亡,有多少城市、乡村,化作了废墟与坟场。吴易忽就想起,他还在史阁部麾下的时候,史阁部居然对鞑子的入关大加赞赏,以为鞑子是来替先帝报仇的,而吴三桂只是借兵而已。

就像当年的唐高祖借兵突厥一般。

只可惜,史阁部很快就发现,他错了。

前门驱狼、后门进虎,原本就是常识啊。

"最断魂、绕枝惊鹊,失侣哀鸿。"吴易叹息一声,轻轻地将妻子揽在怀中,柔声道,"我们总比那些死去的人要好多了。"

沈氏的脸色却有些苍白,只觉有一种不祥直从心头而生。

今儿无月是不错,可丈夫的词中,怎有如此不祥之意?

沈氏便想起,昔人俱有词谶之说。

这样一想,便使得她越发地不安起来。然而,这样的不安,她还无法对丈夫言说。

这是在军中,今儿又是中秋,无论有月无月,都应是喜庆的。

如果认真看去,就会发现,将士们今儿真的都很开心,都在开心地过着中秋。

这些年来,开心的时候,实在不是很多。

吴易忽然说起浙江潮来。每一年,八月十六之后,直到十八,浙江潮"际天而来,大声如雷霆,震撼激射,吞天沃日,势极雄豪"。如果是在杭州的话,就能看这样的浙江潮了。

"还记得那一年在杭州么?"吴易就柔声问妻子。

沈氏原自忧郁的眼中,也多了几分柔情。她想,那应是她一生中最快乐的日子。

"那一年,"吴易兴致勃勃地道,"回来之后,我填过一阕词的。我想想啊……"

沉吟片刻,便缓缓地念了出来。

问天吴、鞭江驱澥,为谁簸弄如许。一丝练影摇天末,瞬息鱼龙啸舞。流传误。道白马素车果否英雄怒。訇訇雷鼓。看银阙鲸翻,雪山鳌碎,瑶岛飞仙堕。

伤心事,断送赵郎残祚。鸱夷巨手何处。霸图牛斗曾雄踞,气压回澜万弩。今又古。只恐怕蓬莱清浅迷归路。归时记取。有精卫心痴,麻姑眼老,桑澥几朝暮。

——吴易《摸鱼儿·浙江潮》

其词雄壮,不可一世。然而,当听到最后,沈氏低头,只有苦笑。

"精卫心痴,精卫心痴……"沈氏想,原来很久以前,丈夫就有这样的志向了。

就像精卫。

明知填不了海,却还在不断地填着,填着……

就像此刻的白头军。

四

来犯的是苏松提督吴胜兆。

不过,这样的消息,白头军的将领们并未放在心上。

"吴胜兆?"赤脚张三一撇嘴,道,"没听说过,从哪里蹦出来的?"其实,大清朝廷的堂堂苏松提督,正管辖太湖这一带,作为太湖水贼的赤脚张三,哪里可能没听说过?不过借此表示他瞧不起那个大清朝廷的苏松提督而已。只不过，要是往深里说，赤脚张三还真的就未必瞧得起这位苏松提督。

苏松提督很了不起么？

大清有一个总兵，唤作土国宝的，原先不就是太湖水贼？先是水贼，后来被洪承畴招安，再后来降了大清，如今，已经官至总兵了。

赤脚张三也是太湖水贼。这岂不是说，如果他乐意的话，将来也能混个总兵？

如今，什么匪，什么官，又有谁能分得清？只要手上有兵，那就什么都好说。

吴易也笑。

"管教他有来无回。"吴易也不多说，只是这样豪迈地说道。

众将便也都大声嚷道："管教他有来无回！"

从起兵以来，吴易用兵，无论是对水贼还是对鞑子，无一败绩，这也使得众将对他充满信心。

顺治二年（1645），八月二十四日，白头军与吴胜兆战于塘口，激战之后，小胜一场，缴获大小战船二十余艘。

"不过瘾啊，真他娘的不过瘾。"赤脚张三嚷嚷道。

沈潘也自嚷道："老子正杀得起兴，怎地下起雨来？这鞑子也是，不过就下雨嘛，鸣什么金收什么兵嘛，要换老子，管他娘的下雨不下雨，就厮杀一场，咋的？再说了，这下雨好啊，满身的血迹，大雨一冲，不就干净了？省得回去以后还要洗衣裳。"

"沈潘，哪里用得着你洗衣裳？不有娘们儿洗吗？"

"老沈心疼他娘们儿呢。"

"哈哈。"

"哈哈哈。"

到了晚上，雨越发地大了起来。这瓢泼似的大雨，落在了湖面上，发出潇潇的响声。所有的战船，白头军的，鞑子军的，都笼罩在这白濛濛的一片之中；而这时，整个太湖也似渐渐醒了一般，汹涌出不尽的波涛，一浪接着一浪，恨不得要将所有的战船都掀翻。

孙兆奎就有些担心，道："鞑子会不会夜袭？"

"夜袭？这天气？"吴易有些无语。

水战不同陆战。如果是陆战的话，趁雨夜袭倒也有这个可能；

可这是水战啊。在这波涛翻滚、大雨倾盆的夜晚夜袭？只怕那夜袭的战船，还没到目的地就已经被波浪掀翻了。

戴之俊微微地皱了一下眉头，道："兵不厌诈，咱们还是小心为好。"

吴易便瞧向沈潘与赤脚张三。毕竟，他们是水贼出身，对于这样的雨夜，能不能行船、作战，应该有自己的看法。沈潘与赤脚张三对望一眼，俱轻轻摇头，道："这天气，不好行船的。"心道：船停着都上下颠簸得厉害，要是行船的话，只怕真的会一不小心就要去见阎王爷了。

沈潘道："像这样的大雨，不要说夜袭了，便是白天，也难行船。否则，鞑子哪会雨一下大就鸣金收兵？再说了，论水战的话，要是鞑子能够不怕这样的大雨，咱们白头军就更不必怕了。"白头军的组成主要便是太湖水贼；此外，吴江是水乡，正是在太湖边上，这在太湖边上长大的，谁不会水啊？论水，鞑子兵是远远及不上的。

孙兆奎坚持道："还是小心为好，万一半夜雨停了，鞑子前来偷袭，倒也不是不可能的事。"

沈潘抬头看了一下天，道："这雨，我估摸着，一时半会儿可不会停。"

赤脚张三也道："不会停。"

他们久在太湖，自然识得天气，这样的大雨一旦下来，一时半会儿可停不了。如今，正是八月，秋雨连绵，与夏日的阵雨是不一样的。

众人商议了一会儿，到底还是放心不下。孙兆奎道："你们歇息去吧，我带着一队兄弟警戒就是。"吴易道："兄长辛苦。"孙兆奎嘿嘿一笑，道："大伙儿今儿晚上好好儿地睡上一觉，养足精神，明儿个咱们继续杀鞑子。"众将轰然道："是极，是极，养足精神，明儿个咱们继续杀鞑子。"

一夜无话。到第二天凌晨，雨还在不断地下着，而且，还有越下越大的趋势。湖面上的波浪，更是一浪高过一浪，起伏不定。虽说已是黎明，可那白濛濛的一片，几乎看不见稍远的地方。还有声音，只是潇潇不住。

"古人形容雨声为'潇潇'，诚不我欺也。"揉着惺忪的睡眼，吴易这样说道。

沈自驹忍不住道："大哥,你不是又要填词了吧?"

吴易干笑两声,道："没,没,在你沈家的人面前,说什么填词,这不是班门弄斧吗?"吴江沈氏,词曲传家,已经好几代了;到这一代,沈家大少沈自晋索性与兄弟们弄出了一部《南词新谱》。虽说词曲不同,可吴易要是和沈氏兄弟谈填词,还真是有班门弄斧之嫌。

沈自驹嘿嘿笑道："那你每次填完一首新词,还要在你夫人面前炫耀?"

吴易脸色一红,道："这怎么能叫炫耀……"

沈自驹道："你夫人自小就跟我大哥学词曲,大哥曾说,堪比吴江叶小鸾姐妹……"

"啊?"吴易目瞪口呆。

吴江叶氏,叶纨纨、叶小纨、叶小鸾姐妹,小鸾为最,只是很可惜,十七岁就因病香消玉殒。叶氏姐妹的母亲沈宜修,沈自征的胞姐;沈自征的妻子张倩倩,是沈宜修姐弟的表妹;沈自征则是沈璟之侄、沈琉之子;沈自晋、沈自继、沈自炳、沈自然、沈自驹、沈自东几兄弟,则是沈璟之子。沈自征、张倩倩子女夭亡,所以,小鸾自小便由舅舅、舅母抚养。

如今,沈自炳与沈自驹兄弟俩正在白头军中。

吴易妻子沈氏,便出自这吴江沈氏。

由于沈家、叶家是这样的关系,小鸾又是在沈家长大,那么,沈自驹说沈氏词曲堪比小鸾姐妹,这应该不是随口说说吧?

问题是,吴易一向都不知道啊。

成亲这么久,女儿都那么大了,竟一直不知妻子会词曲。

沈自驹有些得意地瞧着吴易,笑道："我们沈家的女儿,哪有不会词曲的? 只不过,你夫人不喜欢炫耀而已。"沈自驹也是近四十岁的人了,说这话的时候,竟显出几分调皮的神色来。

吴易苦笑一下。他自己自然知道自己,填起词来,直像叫嚣一般;若妻子真是易安那样的词人,只怕暗地里会哂笑一二了。想到这里,不觉老脸一红。

不行,要问一问,要问清楚。吴易只觉自己的脸好烫,好烫,与沈氏成亲以来,还没这么烫过。

两人正说话间,忽就听得外面响起惊恐的叫声:"敌袭! 敌袭!"纵使是在潇潇大雨声中,这惊恐的声音,还是传了开来。

紧接着，是越来越惊恐的叫声："敌袭！是鞑子，是鞑子，啊……"

吴易脸色剧变。

他怎么也没有想到，在这样的大雨天气，吴胜兆没有夜袭，而是在这凌晨时分、众人睡眼惺忪之间，发动了袭击。

也正因是大雨天气，天色又很昏暗，吴胜兆的战船才会无声无息地驶来；而昨日，白头军小胜一场，虽说听得孙兆奎的话，也自小心警戒，可像沈潘、赤脚张三等将，终没有将吴胜兆放在心上，以为昨日一下大雨吴胜兆就鸣金收兵，今日如此的瓢泼大雨，吴胜兆又怎会出兵？

吴易拔出剑来，大声喝道："不要慌！不过是鞑子，各位兄弟，他们敢来，我们就杀他个痛快，杀他个落花流水……"若是往日，吴易此话一出，必然是一片喝彩；只可惜，此际，他的身边只有沈自駧。

此一役，吴胜兆趁着大雨，大胜白头军。

沈自炳、沈自駧、吴福之，投水殉国。

戴之俊被俘。

沈潘、赤脚张三下落不明。

孙兆奎自溺未死，被俘，孙父与妻女投水殉国。

吴易的父亲吴承绪、妻子沈氏与女儿，投水殉国。

吴易泅水逃走。

欲言难说。日长心困，遣我愁绝。乍寒乍暑天气，千端旧恨，一时重结。解语惟兄与我，扫乾坤英杰。破裘几度吊西风，刚肠百炼还空折。

迷离俗眼谁分决。让时流、浪卖张仪舌。情深业重问何年，销铄可怜风月。争信千秋，偏许长卿，茂陵消渴。到不若、才尽江淹，恨赋同灰灭。

——沈自駧《雨霖铃·寄怀吴日生》

吴中孙公兆奎以起兵不克，执至白下，经略洪承畴与之有旧，问曰："先生在兵间，审知故扬州阁部史公果死耶？抑未死耶？"孙公答曰："经略从北来，审知故松山殉难督师洪公果死耶？抑未死耶?"承畴大恚,急呼麾下驱出斩之。

——全祖望《梅花岭记》

逃出生天,吴易放声大哭。

五

身世今如此。甚重阳、正逢阳九,劫灰飞坠。憨雨骄云天地暝,孤馆海涯愁寄。纵满目、千崖秋霁。红萼黄英堪斗艳,尽登临、只迸新亭泪。千斛酒,怎堪醉。

龙山嘲咏成何事。尽豪雄、彭城歌舞,金钗铁骑。挥霍燕秦如电扫,万里鹰扬虎视。问江左、霸才何处。简尽纷纷南北史,算神州离合浑无据。江水咽,向东注。

——吴易《贺新郎·九日》

又是重阳。

往日重阳,有老父在,有妻子在,有女儿在。

今日重阳,他们俱已不在了。

虽然说,当起兵的时候,便已想到这样的结果,可真的事到临头,吴易还是觉得无法接受。

"夫人啊,"吴易喃喃着,"我还想问一问你,你是不是真的擅词曲呢。还有啊,你往日里写的词曲,在哪儿呢?我、我怎么就找不到啊,怎么就找不到啊……"

"父亲,孩儿不孝,孩儿不孝啊……"

"小囡啊,我这个做父亲的,对不起你啊……"

吴易口中呢喃,泪水只是顺着脸颊往下滚落,也没有去擦拭。

江山依旧,物是人非。

吴著嘶哑着声音,道:"我们现在怎么办?"

是吴著拉着吴易一路泅水,才算是逃过这一劫。当时,吴著只是说道:"卷土重来未可知。"吴易这才一边流着泪,一边逃离。

吴易从父亲、妻女,以及殉国的沈氏兄弟、吴福之等将士的灵前站起身来,道:"等机会,再起兵。"这几个字,他几乎是咬牙切齿地喷出来。

国仇。家恨。

不死不休。

吴易带着吴著等人潜行匿踪，一边逃亡，一边就召集失散的旧部，直待时机正式起兵。不久，吴江周瑞等人聚兵四保汇，大败率军来犯的吴胜兆，斩杀八百余人。当消息传来，吴易便大笑道："吴胜兆也有今日！"老实说，从八月份到现在，吴易心中悲痛之余，也是一直都不服，觉得是因为自己大意了，才让吴胜兆有可乘之机。吴胜兆连周瑞都敌不过，能敌得过他吴易？

不该只觉大雨吴胜兆就不会出兵的。吴易想。在当时，如果我借助这场大雨去袭击鞑子，只怕战事的结果就会改写了。

只可惜，胜败往往就在一线之间。

"胜败乃兵家常事。"吴著瓮声瓮气地道，"卷土重来未可知。"

吴著安慰的话也不会多说，只是这样说道。

周瑞大胜的消息传来，吴易大笑之后，便派人与周瑞联络；周瑞很快就回信，表示双方可合并一处，共谋大事。

"吴先生来，可主军事。"很显然，即使吴易战败，周瑞还是对他有着很强的信心。

"不以成败论英雄。"吴著依旧是瓮声瓮气地道。

古来英雄豪杰，谁没打过败仗？打过败仗有什么关系？昔日，汉高祖屡败屡战，最终垓下一役，取得天下。八月的大败，吴著的观点与吴易一样：我们白头军太大意了，否则，决不会败。

这几乎是逃出来的白头军将士们的共识。

他们一样不服。

他们一样想"卷土重来"，堂堂正正地，击败那个鞑子的苏松提督吴胜兆。

吴易率人辗转进发，春节不久，就与周瑞相会。当吴易将大旗竖起，不几天的工夫，就有各方来投，陈继、朱斌、张贵、孙璋、孙钜、倪抚、陈槐，等等，人马很快上万，重新占据了长白荡。

"卷土重来未可知。"短短的几个月时间，战败，失去长白荡，到如今，重新领军进驻长白荡，吴易只觉是两世为人，别有一番滋味。

"天将降大任于斯人也……"吴著的声音还是那么瓮声瓮气。

进入长白荡之后，吴易将父亲与妻女的灵位在他的住处重新布置好，上了一炷清香，喃喃自语着。

有个惺惺。记云鬟春鬓,波剪秋晴。哀弹丽曲,嘹呖流莺。笔走锦字蛇惊。忆挑灯丙夜,翻青史、评判豪英。两心期,待功成拂袖,梅墅尊汀。

蓦然江湖风景,怅柳拂章台,憔悴青青。是耶非耶,楼空人去,梦语呜咽悲凝。纵成灰心事,多情债、浩劫魂萦。恁飘零。韦郎两世,杜牧三生。

——吴易《春从天上来》

吴易将这些日子以来填写的新词抄录在纸上,在妻子的灵前焚化;然后,沉吟一会儿,就写下这首《春从天上来》。

说好的功成拂袖,如今,功未成,你已不在。

梦语呜咽,心事成灰。

"原来,我也可以不叫嚣的。"写完之后,又读了几遍,吴易不无得意地想道。可再读几遍,不觉又有些苦笑:"还是有些叫嚣。"

他将写有《春从天上来》的词笺也在妻子的灵前焚化。

"你会不会在心里笑我根本就不会词?"瞧着妻子的灵位,吴易低低喃喃,"只可惜,如今,我便是想让你笑话也不得了。"

吴易低低地叹息一声。

这一个死去的女子,会不会词曲有什么关系? 重要的是,她是他的妻啊。

六

顺治三年(1646),正月十五,吴江城内花灯依旧。大明也罢,大清也好,这样的改朝换代,对于普通人来说,未必就不好;至少,现在,看着也像是个太平日子不是? 老百姓不管谁做皇帝,不管现在是什么朝代,他们只要能够过太平日子就行。

站在城外,望着城里的灯光,吴易幽幽道:"商女不知亡国恨,隔江犹唱《后庭花》。"他的心中,有一丝说不出的痛恨。大凡大明的百姓能够都如江阴人那样,鞑子又怎么可能占据这大好江山? 只可惜,鞑子兵所到之处,望风迎降者多矣。便是钱谦益,前年的时候,也主动迎降。

这老匹夫,真不知这世间还有羞耻二字。

"冲!"吴易大喝一声,率领人马,攻入这几乎不设防的吴江县城。

周瑞哈哈一笑，冲在最前面："兄弟们，咱们回家啦……"

"回家啦……"

军中，多的是吴江人。

吴江，有的是投降鞑子的孬种，却也有的是不肯降的大好男儿。

大军迅速攻入吴江县城，将鞑子委派的知县孔胤祖生擒活捉。当捉住孔胤祖的时候，这位知县大人正大摆筵席，与一帮新科举人同乐。

吴江人文荟萃，无论大明还是大清，中举原是很简单的事。

"新科举人？"吴易一皱眉，脸色就很不好看。

距离甲申国变还不到两年，吴江被鞑子攻取，才不过半年，这班读书人，这就等不及了？这就急急地去参加鞑子的科举？这还要不要脸了？

"怎么办？"看着那群被押在一边早就剃发留辫的吴江新科举人，周瑞也很是为难。毕竟，他也是吴江人，所谓抬头不见低头见，要是真论起来，这群新科举人中，说不定就有他拐了多少弯的亲戚。可这班人，这么急急就去应鞑子的科考，也着实令人痛恨。

吴易阴沉着脸，半晌，道："杀！都杀了！"

周瑞就吃了一惊："都、都杀了？"他悄悄转头，去看那群正有些愤愤不平的新科举人。这些熟读圣贤书的，可没将太湖水贼放在眼里，也相信这些水贼不敢将他们怎么样。

他们可是读圣贤书的，是圣人门下，而今，又中了举，是大清的举人！

"以儆效尤！"吴易森然道。

周瑞不再犹豫，答应一声，便吩咐了下去："杀了，都杀了。"周瑞原就不是心慈手软之人，更何况这些读书人这么急急地投靠鞑子，原就是自作孽、不可活。

那群读书人，原先还真没把这群太湖水贼当回事儿，毕竟都是乡里乡亲的，总不成要杀人吧？然后，他们看到了知县老爷的人头和血淋淋的大刀。

这一下，他们慌了。

"瑞哥儿……"

"日生，我吴日生……"

"我爹是……"

周瑞冷冷道:"杀!"

砍瓜切菜一般,这群大清的新科举人,便做了刀下之鬼。当他们榜上有名、被知县老爷请来共度元宵佳节的时候,大约没有想到会是这样的一个结局。

其实,很多时候,人的命运就是这样奇妙。

紧接着,吴易让人将大牢的囚犯都放了出来,又将监铺粮仓能拿的拿能分的分,不能拿不能分的,一把火给烧了。管粮县丞张允元垂头丧气,心知既然已降了鞑子,这太湖义军大约是不肯放过他的了,便没有求饶,心中也说不清到底是后悔还是不后悔。鞑子来了,攻入吴江,对于张允元来说,当然是一次机会;只是没想到,这机会很快就要了他的命。

"杀!"吴易阴森森地道。从父亲与妻女投水殉国之后,吴易自己都没注意到,他的杀性变得越来越大。在他想来,降了鞑子的,不管什么人,什么理由,都该杀。

这大好江山,就坏在这群数典忘祖的家伙手上。

当吴易率军离开吴江退回长白荡之后,便有昔日的朋友写信来质问,何以要对家乡人大开杀戒,杀得血流成河。吴易呵呵一笑,答词一首。

事业那堪说。似当年、隆中过从,邺中歌答。高论兴亡先后著,从古两三豪杰。转盼里、山河横裂。独向司州深夜舞,要长驱、直捣心如铁。劝杜宇,莫啼血。

树犹如此人悲切。竟何年、披榛扫洒,汉家陵阙。抛却中原浑不问,微管其如被发。叹江左、诸君英绝。惨淡鱼龙风雷怒,算神州、到底□难合。谁只手,补天缺。

　　——吴易《贺新郎·寄怀史弱翁、孙君昌、赵少文、吴扶九、包惊几》

顺治三年(1646)的开端,对于吴胜兆来说,肯定不是一个好兆头。

正月十五,吴易攻破吴江,杀死县令、县丞及新中举的举人,又焚毁粮仓;当吴胜兆闻报急急带兵赶来时,这伙水贼早逃到太湖去了。这使得吴胜兆便是憋气,不由得就恨恨想道:去年一战,白头军大败,怎么偏偏这吴易就逃掉了呢?

吴胜兆不担心与吴易一战,他所担心的,是吴易根本就不来堂堂正正地和他一战。

果然,吴胜兆怒气冲冲而来,要寻吴易一战,吴易躲进太湖不出;等吴胜兆无可奈何退兵之后,那吴易,竟又打着旗子从太湖浩浩荡荡而出,仿佛唯恐人不知似的。然而,当吴胜兆回兵欲战之时,这吴易竟然又销声匿迹了。

这还不够。

在这太湖之中,这伙子水贼竟多处结寨,互为呼应。

吴易、周瑞、张飞远、吕宣忠、吴振远、沈天叙、沈潘……

如果是在陆上,这兵分各处,纯粹是找死;可这是在水上啊。在水上,兵分各处,这些兵,又大多是水贼出身,熟悉水性……

他们不与吴胜兆决战。

他们只是骚扰。

直骚扰得吴胜兆有气没处撒,到最后简直就是没脾气了。

有谁试过拿着一把鬼头大刀去砍蚊子么?吴胜兆觉得,他现在就是这样的感觉。他砍不到蚊子。可要是不砍的话,那蚊子偏偏又嗡嗡嗡地在他耳边响个不停。

这实在是叫人没脾气了。

七

钱旃是带着女婿夏完淳一起来投的。

当吴易看到夏完淳时,便想起夏允彝来。

夏允彝死得很是悲壮。

吴志葵兵败之后,夏允彝逃回松江,松江主将表示,只要出山,必然给大官做;即使不做官,出来见一面也行。夏允彝在门上大书曰:"有贞妇者,或欲嫁之,妇不可。则语之曰:'尔即无从,姑出其面。'妇将搴帷以出乎?抑将以死自蔽乎?"交代完后事之后,从容自投松江塘而死。松江塘水浅,只及腰身,夏允彝生生埋头水间,呛肺而死;至死,背部衣衫未湿。当他殉难之时,兄、子、妻妾,俱在水边。

夏完淳虽小,却是一脸的坚毅,与他的年龄极不吻合。

"存古,存古,"吴易没由来就心头一酸,"尔无父,我亦无父……"他哽咽着,说不下去。去年兵败,吴承绪与妻女一起投水殉国。

夏完淳自然也听说了吴易的事，只是没想到，这刚一见面，吴易便说起这"无父"的话来。两人虽说年龄相差很大，可这样的话，一下子就拉近了两人的距离，丧父之痛，在两人的心里都已经憋了很久，此刻，一下子爆发了开来。

夏完淳眼睛充血，咬着下唇，竭力使自己不要哭出来。眼睁睁地瞧着父亲站立在水中溺水而亡，这样的痛，绝不会是一般的人所能够忍受的。

夏完淳说，先父生前，吩咐小子毁家纾难，不留后路。

事实上，这一次，钱旃也是毁家来投。

很多时候，人，就是要不留后路，才能闯出一条自己的路来，无论成败。

夏完淳的老师陈子龙在兵败之后，没有与夏允彝一起殉国，而是遁居在嘉善陶庄水月庵为僧，至此，也开始同太仓张采、苏州杨廷枢等与吴易联络，图谋恢复。居间联络的，便是吴江叶绍袁，沈家沈宜修的丈夫，叶小鸾的父亲。

北人说南人性弱。

然而，在这样的乱世之中，那些纷纷降贼、降鞑子的，多的是北人；而性弱的南人，则纷纷起兵，宁死不屈。

性弱的南人，总是这般有所坚持，不惜牺牲自己的性命。

钱旃、夏完淳翁婿留在了军中，参幕军事。

在吴易看来，这自幼便有神童称谓的夏完淳，可绝不是一个普通的孩子。

顺治三年（1646），三月二十三日，吴易聚船千余艘，声称要再次攻打吴江县城。署吴江县事的常熟县县丞陈日升赶紧禀报江宁巡抚土国宝。虽然说吴易的这声称很有问题，因为自古以来攻城哪有早作宣称的？这样的话，岂不是让敌手早有准备？然而，陈日升可不敢冒险。他可不想成为第二个孔胤祖。

土国宝也同样不敢冒险。

吴江已经被吴易打下一次，而且，从县令、县丞到新科举人，都被吴易杀得个干干净净；要是再被吴易打下一次的话，只怕他这个江宁巡抚很难向上面交代。土国宝原是太湖水贼出身，后来被洪承畴招安，成为大明的总兵；再后来，降了鞑子。作为降将，必须有作为降将的自觉；更重要的是，如今的大清，与先前的大明不同。先前的大明，手握兵权便是大爷，管你是什么出身，便是皇帝，兵部的官员，也拿这些兵痞没辙，生怕一不小心逼反了他们；可如今是大清，作为降将，如果有什么异心，只怕在还没生事之前，就要被鞑子给剿灭了。

此外，就是对形势的认知。大明朝就像是垂死的病人，你再怎么折腾，这病人也不敢对你怎样；大清朝呢，就像一个刚刚学艺归来的壮汉，血气十足，阳刚十足，谁折腾，谁找死。

土国宝这么多年混下来，自然明白这个道理。

土国宝得到急报之后，一边知会吴胜兆，一边就命副将汪懋功率兵迎敌。汪懋功接命之后，不敢怠慢，协同游击詹天祥及苏州府监纪同知、薛良心等率兵分乘数百战船，杀向长白荡。

吴易原就等着鞑子来，好瓮中捉鳖，故而才放出要二次攻打吴江的消息。果然，这群鞑子就来了。要说起来，吴易的这个计策也算不得如何高明，只不过鞑子一则是不敢冒险，使得吴江再次落入吴易之手；二则是根本就瞧不起吴易，去年，吴胜兆不就一战成功，歼灭白头军？

虽说吴胜兆后来也曾被周瑞击败，可汪懋功可不会以为吴胜兆就比自己高明，相反，他隐隐地还会想，吴胜兆败于这群太湖水贼之手，那么，我若一举灭敌呢？在军中，战功才是升迁的根本，尤其是现在的大清，再也不能拿手中有兵说话，那么，就只要靠战功来获得升迁，从而获得更多的话语权了。

吴易令周瑞率军迎战，在吴江梅墩与鞑子兵遭遇。一场激战，周瑞大炮显威，鞑子的战船纷纷被粉碎，汪懋功且战且退，狂奔四十里，奔入庞山湖。周瑞乘胜追击，将汪懋功斩杀，游击黄中色、守备董虎、千总王自旺俱死于是役，逃出去的，只有詹天祥等二三十人。

此役，汪懋功以下被斩将官二十三人，阵亡两千余人，被缴获战船五百余艘，衣甲器械无数。此役，虽不好说是血流漂橹，可很长一段时间内，这湖水都带有隐隐的红色与淡淡的血腥气。

此役，吴易名震江南。

此役之后，鲁王命人实封吴易为长兴伯，授太子太保、兵部左侍郎、都御史总督浙直。赐尚方剑，便宜行事。又授予四伯、八将军印，让吴易酌授有功诸将。授孙璋为运粮监督，孙钜、倪抚为兵部职方,夏完淳为中书舍人,其余诸将,各有封拜。

隆武帝在福州闻报,也派人授予吴易江南总督、兵部尚书,封忠义伯。

蓬壶旧约,叹沧溟、尘起赤霄无际。一堕人间迷归路,空洒神州血泪。铁马嘶星,彤戈枕露,惨淡中流逝。年华过眼,笑人何限邓禹。

苦恨兴废匆匆,黄金白发,短尽男儿气。半晌青瓷终古梦,漫道可人强意。江汉沉碑,祁连起冢,衰草斜阳里。千年老鹤,唳断点烟杯水。

——吴易《念奴娇》

此时,吕宣忠也在乌镇澜溪大破鞑子兵,与吴易互为呼应。吕宣忠为崇德诸生,二十三岁,其叔吕留良。鲁王授总兵、都督金事,加扶义将军,命其出援太湖,兵合一处。

此外,浙西吴思、沈纶锡、沈士鑛、蒋翼文率兵三千来投,崇德罗天祥率军响应。

四月,吴胜兆率兵七千,进入吴江。兵士肆掠,舟重难行。吴胜兆下令:"敢挈妇人者斩。"吴胜兆进兵,中伏,"飞舸四集,矢炮突至,烟火迷天,咫尺莫辨"。见势急,弃舟逃走。吴胜兆大沮,曰:"渡江以来,未有此败。"回到苏州之后,惭忿不言,恨吴江民不救,屠之。不久,率三千人再次到达吴江,经过长桥,吴易用草人装兵,引鞑子兵万箭齐射,等估摸着箭已射尽的时候,吴易出兵,一战而胜。吴胜兆连败两次,吴易更是威名远震。

江宁巡抚土国宝见吴易久久为患,便派一个苏州人诈降。吴易中计,急急换船逃走,哪知道战船连系在一起,一时间无法开动,没奈何,就上了一艘小船。结果小船上坐了三十个人,承受不了载重,这小船就翻了。吴易泅水而逃,逃到大约半里开外,一人看见水面一片血红,以为吴易已死,追兵又急,就将他系在一艘船的后面;又逃出去半里,才发现,吴易竟然还没死。吴易酌酒数大觥,倒倾血水,问:"今者追兵已退,我们还有多少兵马?"左右人曰:"百人耳。"吴易曰:"速返追击,此去必大胜。"结果就是反败为胜,夺其辎重而还。

吴易一时间意气风发,只觉天下大事,俱在掌握,便通过叶绍袁蜡书密约黄斌卿、熊汝霖由海上、江上,而他自己从苏州、松江响应,攻取南京。

五月,陈子龙来到太湖,长白荡,与吴易相见。

只可惜,这一次充满期望的相见,最后却是闹得两人都很不愉快。

八

兵骄将悍,主帅轻敌。

这就是陈子龙来到长白荡之后的第一印象。

"存古啊,"陈子龙便有些忧心忡忡,一边瞧着轻佻、彪悍的战士,一边就对他这个得意弟子道,"这样是不行的……"

这几个月,夏完淳是亲身参与到几次大战中去的。先是大败汪懋功并斩杀之;接着,两次击败吴胜兆;再后来,又是先败后胜,打了土国宝一个大大的耳光。这样的战绩,便是孙吴重生,也不过如是吧,所以,对老师的话,他便有些不以为意。

"吴大哥很会打的。"夏完淳说道。当夏完淳说起这几场战事的时候,便有些眉飞色舞的感觉,尤其说到吴易反败为胜一役,更是心向往之。

陈子龙皱着眉头,叹道:"只怕不能长久。"

陈子龙与吴易见面之后,便也说起此事,吴易不以为意,道:"非常时期,当用非常之人。"他说的自然是将士们的匪气。白头军的将士,大多是太湖水贼出身,原就彪悍不羁,若制定军纪去做多少要求,只怕军心就散了。何况,今年以来,连打胜仗,将士们功劳不小。

其实,不要说是白头军的将士,便是吴易自己,也正应了陈子龙说的"主帅轻敌"这样的话。

陈子龙劝说再三,结果自然是不欢而散。在吴易看来,这位卧子先生倒像是来夺兵权似的,在心头,便也有些不高兴。

反客为主这样的事情,吴易自然不会欢迎。

陈子龙急道:"日生,这样下去的话,只怕白头军必败。"

吴易呵呵笑道:"若果真兵败,也是天意,吾则有死耳。"对陈子龙的提醒和忧虑,吴易毫不在意。

陈子龙无奈,只好以筹饷之名,离开了长白荡。既然留在此处也无可为,又留在这里作甚?更何况,吴易已对他有所疑心。陈子龙离开之后,唯有仰天长叹。因为他知道,"骄兵必败"这样的道理,对谁都不会有例外。

包括吴易。

夏完淳留在了军中。

顺治三年(1646),六月,吴易准备攻打嘉善。嘉善知县刘肃之大惊之下,便遣人请降,表示愿意反正。

"吾亦汉人,只是无奈方才降清,若有机会,自然反正,将军若有意,便请来详谈,如何?"刘肃之低眉顺眼,再加上吴易连战连胜,威震江南,竟也没有疑心其他,单刀赴会,便往嘉善。

吴易还是很小心,带着孙璋、孙钜、倪抚、陈槐四人从西塘出发,先到嘉善东门外的孙氏别墅安置下来,准备先计议一下再说。却哪料到,刘肃之果然是用计诈降,吴易等人一到,早有谍报侦知,将消息报给了这位知县大人。这位知县大人当机立断,请总兵张国勋出兵往捕,吴易等人猝不及防,落入敌手,孙璋、孙钜父子跳水自溺,孙家全家被杀光。随后,吴易、倪抚、陈槐三人被解送至杭州。

总督张存仁劝降,要吴易剃发留辫,遭拒之后,退而求其次,曰:髡发缁衣,游于方外亦可。也许,这是清廷软化汉民的手段,但对汉民来说,确实显得宽容很多。然而,吴易还是拒绝了。

不久,吴易、倪抚、陈槐三人被磔于杭州草桥门。

一个英雄的故事,就这样戛然而止。

简简单单。

时年三十五岁。

落魄少年场。说霸论王。金鞭玉镫拂垂杨。剑客屠沽连骑去,唤取红妆。

歌笑酒炉旁。筑击高阳。弯弓醉里射天狼。瞥眼神州何处在,半枕黄粱。

成败论英雄。史笔朦胧。兴吴霸越事匆匆。画墨凌烟能几个,人虎人龙。

双鬓酒杯中。身世萍蓬。半窗斜月透西风。梦里邯郸还说梦,蓦地晨钟。

——吴易《浪淘沙·临刑绝命》

"这一回,可以和你好好儿论词了。"当满身血迹、遍体鳞伤的时候,吴易的脸上,竟有一丝淡淡的微笑。

他的心头,是妻子略带忧伤的容颜。

吴易殉国之后,赤脚张三盘踞太湖,横扰三州,出没无时,官军不能制,直到康熙元年(1662)被捕,遭凌迟处死。朱大定、张三强率余部坚持反清,直到康熙三年(1664)方才被剿灭。

九

夏完淳听闻吴易殉国的噩耗之后,在吴江替他筑了一个衣冠冢,放声大哭。

江南三月莺花娇,东风系缆垂虹桥。美人意气埋尘雾,门前枯柳风萧萧。有客扁舟泪成血,三千珠履音尘绝。晓气平连震泽云,春风吹落吴江月。平陵一曲声杳然,灵旗惨淡归荒烟。茫茫沧海填精卫,寂寂空山哭杜鹃。梦中细语曾闻得,苍黄不辨公颜色。江上非无吊屈人,座中犹是悲田客。感激当年授命时,哭公清夜畏人知。空闻蔡琰犹堪赎,便作侯芭不敢辞。相将洒泪衔黄土,筑公虚冢青松路。年年同祭伍胥祠,人人不上要离墓。

——夏完淳《吴江野哭》

投笔新从定远侯,登坛誓饮月氏头。莲花剑淬胡霜重,柳叶衣轻汉月秋。励志鸡鸣思击楫,惊心鱼服愧同舟。一身湖海茫茫恨,缟素秦庭矢报仇。

——夏完淳《鱼服》

夏完淳一身素服,心头充满仇恨。"一身湖海茫茫恨,缟素秦庭矢报仇。"这少年的眼神之中,充满了坚毅。

夏完淳

小禽儿，唤得人归去，唤不得愁归去

夏完淳站在船头,足下,是微微摇晃着的战船;眼前,是粼粼的波光,绵延至看不到边际。虽说已是初夏,天气却很清凉,然而,战船之上的那些汉子们,依旧是脱得赤膊条条的模样,有的踞坐在甲板上喝着酒、吃着肉,有的则是站立在船头,放声唱着吴歌。

"姐儿房里眼摩煠。偶然看着子介本春书了满身酥。个样出套风流家数侪有来奴肚里,那得我郎来依样做介个活春图。"

"新做头巾插朵花。姐儿看见就捉手来拿。拿花弗着吃郎摸子奶,郎贪白奶姐贪花。"

"身靠妆台手托腮。思量情意得场呆。姐道郎呀,你好像后园中一个花蝴蝶,采子花心便来采。郎道姐儿呀,我也弗是采子花心便弗来。南边咦有一枝开。我今正是花蝴蝶,处处花开等我来。"

"昨夜同郎一处眠。吃渠掀开锦被捉我脚朝天。小阿奴奴做子深水里蚂蟥只捉腰来扭,情哥郎好似边江船阁浅只捉后艄掮。"

……

这一首首的吴歌,由这些个粗鲁汉子唱将起来,捏着嗓子,忸怩作态,直博得阵阵喝彩与哄笑,直将夏完淳听得面红耳赤。

这少年,哪曾听过这样露骨的吴歌?

"端哥儿,"吴易笑着站到夏完淳的身后,"怎么,不好意思听?"

夏完淳红着脸,却道:"也是《诗经》余绪。"

吴易便又笑了起来,悠悠道:"端哥儿却是想起哪一首来?"

夏完淳想了想,道:"《溱洧》。"

吴易便又笑道:"落日驻行骑,沉吟怀古情。郑风变已尽,溱洧至今清。不见士与女,亦无芍药名。"他念的是白居易的诗。春秋时的郑风,到唐时已变,故而才有"至今清"的感慨。

夏完淳像是有些奇怪地瞧了吴易一眼,忽地也笑:"却不料在太湖复见古风。"

两人相视而笑。站在吴易身后的赤脚张三奇道:"什么复见古风?"去年八月,沈自炳、沈自驷等人自溺殉国,赤脚张三总算是逃出生天,到吴易再次威震江南的时候,便复来投。赤脚张三是渔民出身,做过水贼,哪里知道什么古风不古风的,见吴易与夏完淳说得投机,方才凑趣地问上一问。

"端哥儿是说,他们唱的便是古风呢。"说着,便指向一个正唱得酣畅淋漓的汉子说道。那汉子端的是唱得酣畅淋漓,只是他的神情却是说不出的猥琐。

"郎贪白奶姐贪花?"其他的唱词,赤脚张三可没听得清楚,独独这一句,他是听得一清二楚。

吴易便笑,道:"这便是古风了。《诗经》中,便是这样的。"

这便使得赤脚张三很是吃惊。白头军中多的是读书人,吴江一带又是人文荟萃,赤脚张三再怎么不读书,却也知道《诗经》是什么。那是孔夫子编定的,读书人没有不读的。《诗经》中,也有"郎贪白奶姐贪花"这样的话?不过,他再问的时候,无论是吴易还是夏完淳,都只是笑而不语,怎么也不肯告诉赤脚张三,像《溱洧》一首,说的便是先民的野合,论起来比这个"郎贪白奶姐贪花"要露骨多了。

吴易忽道:"我也来唱一个。"说着,也不顾旁人目光异样,清了清嗓子,便唱将起来。

芙蓉池上露初凉。桐花月转回廊。秋满纹帘,孤灯漏长。
梦入红楼画墙。见萧娘。觉来枕畔,玉钗犹响,无限思量。

——沈自炳《中兴乐》

他唱的,当然不是吴歌的腔调,而是吴江派的腔调,这吴江派的领袖人物,便是沈璟;苏州一带,便是吴江派戏曲的天下。唱罢一曲,仿佛不过瘾似的,又唱将起来。

月照红蕉翠槛清。银缸悄悄篆烟轻。强拈绣帕耐深更。
独解鸳襦偎绣被,寒蛩泣露一声声。玉阶和雨到天明。

——沈自炳《浣溪沙·秋闺》

忆情人,南浦去。携手向人低语。眉样浅,翠衣轻。莺啼画舫行。
香闺掩,珠帷敛。春剩杨花千点。愁不禁,黯销魂。黄昏独倚门。

——沈自炳《更漏子》

竹篱阵阵飞花雨。栖燕衔香语。孤云细草小溪晴。攀梅拾豆打流莺。短桥横。

杨花一似郎情薄。相见还飘泊。空余三月断肠春。万重山外楚江滨。有行人。

——沈自炳《虞美人·春景》

这一番唱词，自然与吴歌不同。如果说吴歌是下里巴人的话，吴易唱的，便是阳春白雪了。不过，白头军中即使大多是水贼出身，可在这吴江一带，哪有不看戏的？吴易所唱，便是那戏台子上的唱腔。

更重要的是，吴易是白头军的首领啊，这一唱，众人都一连声地叫起好来。不过，认真说起来，吴易唱得确实不赖。

只是，当夏完淳刚想说些什么的时候，蓦地回头，便见吴易早已满面泪水。

"吴大哥……"夏完淳吃了一惊。

吴易嘶哑着声音道："这是君晦的词。"

"君晦？"

"吴江沈自炳。"吴易低低地道。

夏完淳默然无语，也自神伤。去年，白头军被吴胜兆击败，沈自炳、沈自骊兄弟、吴福之自溺殉国；孙兆奎被俘，不屈殉国；吴易老父、妻女，俱投水自尽。夏完淳也叹息一声。夏允彝自尽的场景，又浮现在他的心头。

甲申之后，尤其是鞑子南下之后，有多少好男儿、奇女子，宁死不屈！

吴易昂起头来，道："我再唱一个。"说着，转换腔调，唱得慷慨激昂，直教人热血沸腾。

斗大江山，经几度、兴亡事业。瞥眼处、称王说霸，战争不息。香水锦帆歌舞罢，虎丘鹤市精灵歌。漫简残、吴越旧春秋，伤心切。

伍胥耻，荆城雪。申胥恨，秦庭咽。更比肩种蠡，一时人杰。花月烟横西子黛，鱼龙水喷鸥夷血。到而今、薪胆向谁论，冲冠发。

——吴易《满江红·姑苏怀古》

吴易直唱得目眦俱裂，声音嘶哑，方才住了。"这是我昔年所作，"吴易道，"那时，还在史阁部麾下。"

甲申之变，到如今，算下来才两年而已，却早已是"江山依旧，物是人非"，怎么不教人慨叹不已？

"存古？"吴易道，"你也唱一个来？"

"是啊，端哥儿，也唱一个来。"赤脚张三便也这样说道。

夏完淳虽说是松江华亭人，可他神童之名，早传遍江南。他的父亲夏允彝，老师张溥、陈子龙，更是江南名士。夏允彝去岁投水殉国，其悲壮之处，便是这些刀头舔血的汉子，也不由得为之钦敬，以为那才是真正的好汉。

也许，正因如此，夏完淳随着岳父钱旃来到长白荡之后，这孩子，几乎是瞬息之间，就赢得所有人的怜爱。无论夏完淳是怎样的神童、写出怎样的诗词文章，在这些军中的汉子看来，终究也只是一个十五六岁的孩子而已。

太平时期，这正是在父母膝前撒娇的年龄。

夏完淳脸色微红，嗫嚅道："我、我不会唱……"

吴易笑道："这个我可不信，——兄弟们，你们说是吧？"

"我们也不信。"见夏完淳一副窘态，众人也俱大笑道。

夏完淳无奈，只好道："那我就唱一个，几年前填写的一个《寻芳草》……"

"几年前？"众人又都瞧向夏完淳。夏完淳现在也不过十五六岁，几年前的话，十二岁？还是十三岁？

吴易笑道："端哥儿自幼便有神童之称谓，你们就别这样瞧着他了。对了，钱旃钱老爷子，你们已经认识了，钱老爷子便是端哥儿的丈人……"

"这个我们都知道，可用不着你吴大哥说。"赤脚张三道。钱旃是带着夏完淳一起来的长白荡，参与军务。白头军最重要的便是军务。要是论起作战、拼命来，这些汉子倒还不怕；问题是，怎么打？怎样才能打胜仗？这就需要这些文人来谋划了。《三国志平话》之中，最会打仗的，可不是张飞，不是关羽，而是诸葛亮。

自然，在白头军将士们看来，吴易或许是个例外。因为吴易可谓文武双全。但一个好汉也要几个帮不是？钱旃与夏完淳翁婿，便是吴易的助手。

吴易道："钱老爷子的公子，钱默，也是神童，比端哥儿大两岁，这个你们就不大清楚了吧？"钱默当然是神童。可在江南，钱默的神童之名，应是被夏完淳给比了下去。

周瑞道："好像也曾听说过……"

赤脚张三笑道："老周，你听谁说过的？"很显然，对周瑞的话，赤脚张三仿佛不相信的模样。

周瑞白了他一眼，道："我听几位先生说过，说钱默小哥儿写过一篇《神童赋》，这《神童赋》，写的便是端哥儿。"他自然是真的听说过的，而且，就是在前几天，当时钱旃、夏完淳翁婿到长白荡还不多久，军中的几位先生偶然说起，说起那篇《神童赋》来。周瑞恰好在旁边，觉得好奇，便听了一会儿。对神童，一般人都会很好奇，周瑞又哪里会例外？那几位先生说起神童来，各自表情不同，有的赞叹有加，有的则有些酸溜溜，还有一位先生说，小时了了，大未必佳，但很快被其他先生嘲笑了，说，端哥儿可没有大未必佳。然后，好像还说起端哥儿的一阕词来。那词听起来倒也好听，合辙押韵的模样，只可惜，就那么一听，周瑞可记不住。周瑞记得住的，只有那些"摸奶"的吴歌。

"这《神童赋》，写的自然便是端哥儿了。"吴易有些怜爱地瞧着夏完淳。这孩子，虽说显得很是成熟，为人、处事，都像个小大人似的；可在吴易的眼里，终究还是个孩子。

如果女儿还活着……

从夏完淳来到长白荡，吴易时不时就这样想道。虽然他也明白，夏完淳已经在去年成亲。大明朝的人虽说成亲都很早，但是像夏完淳这样，才十四五岁就成亲，也委实太早了一些。不过，吴易也明白这是何意。只有将生死置之度外的人，才会这么急急地成亲，以便能够给自己、给家族留个后人。此身报国，不计生死；成亲，只是为了留后。就这么简单。然而，却显得很是决绝与悲烈。

即使明白夏完淳已经成亲，吴易还是时不时地想道，如果女儿还活着，如果夏完淳还没有成亲，这孩子，果真是佳婿。

这样想着，吴易都忍不住有些嫉妒起钱旃来。

夏完淳听得众人说起自己，说起当年的《神童赋》来，神情越发腼腆，嗫嚅道："都好多年前的事儿了。"

"好多年？"听一个十五六岁的孩子说"好多年"，众人怎么听都觉着别扭、滑稽。

吴易悠悠道："神童赋，为妹婿夏端哥赋也。年甫六龄，善慧深睿，解经论史，妙通义致，赋以赠之……"这念的，自然便是《神童赋》里的句子。

"六龄？六岁？"众人惊道。虽说早知夏完淳是神童，可闻得"六岁"，再看这少年时，神情又是别样。要知道，普通人家，六岁的孩子还在吃奶的有，认得字的就少，至于"解经论史"，那就比凤毛麟角更稀罕了。稍稍读过书的，便想到，即使古来神童，也没有这样的，像让梨的孔融，也不过就会说话而已，小大人似的，可没听说他老人家在小时候"解经论史"，而且还"妙通义致"。这样的评价，对一个成年人都是极高，更不用说对一个孩子，而且，这孩子还只有六岁。

夏完淳苦笑道："我大舅哥也就比我大两岁而已。"

这一说，众人又是一惊。这岂不就是说，写这篇《神童赋》的钱默，当时只有八岁？八岁的孩子写赋？不通文墨的倒还好，可白头军中的，有水贼出身的汉子，可也多的是投笔从戎的读书人啊。不要说八岁的孩子了，便是他们这些二十八、三十八的读书人，想写一篇赋，都往往不知从何处落笔……

他们有心不相信，可夏完淳分明就在眼前，钱默又是夏完淳的大舅哥，又由不得他们不信。

"莫非真有前生？"有人便忍不住问道。

"对哦，莫非真有前生？端哥儿，你可记得你前生是什么样子？"便又有人饶有兴趣地问道，"是个老和尚，还是个状元郎？"前生今世的故事，代代不绝，只不过大伙儿也都只是一直听说，却谁也没见过。如果将神童归结为前生，那么，许多不可思议的事，自然也就容易理解了。

夏完淳轻轻地道："子不语。"

吴易一笑，自然明白夏完淳的意思，子不语怪力乱神嘛。"钱默前几年中了进士，好像才十五岁吧，被朝廷委派嘉定知县……"吴易便转过话题，继续说钱默。十五岁的进士、知县，不要说是大明朝，便是历朝历代都难得一见。

果然，众人听得十五岁的进士老爷、知县大人，俱不由惊讶万分。

夏完淳叹道："鞑子打过来之后，大舅哥便挂冠还乡了。"说这话的时候，心头有些涩涩。大舅哥既为知县，便有守土之责，这鞑子一来，便挂冠还乡，实在是有些说不过去的。只不过，钱默挂冠还乡的时候，说到底，也还只是个孩子。

即使他曾经是神童。

几阵杜鹃啼,却在那,杏花深处。小禽儿,唤得人归去。唤不得,愁归去。

离别又春深,最恨也,多情飞絮。恨柳丝,系得离愁住。系不得,离人住。

——夏完淳《寻芳草·别恨》

夏完淳便轻轻地唱了这一阕《寻芳草》。与军中的那些汉子和吴易相比,他的嗓子便显得有些稚嫩,听在人的耳朵里,倒也别有一番滋味。

"小禽儿,唤得人归去。唤不得,愁归去。"

"恨柳丝,系得离愁住。系不得,离人住。"

吴易默默地咀嚼着,一时间,便有些痴了,心道:这孩子,莫非长的是一颗七巧玲珑心?须知道,要何等玲珑婉转的心思,才能写得出这样的句子来。

吴易蓦然便想到夏完淳刚刚说的钱默的事儿来,心头便又是一惊。钱默挂冠,可不就是"人归去",然而,归去之后呢?可不就是"唤不得,愁归去"?那柳丝,"系得离愁住",却又怎生是"系不得,离人住"?分明愁国愁家,却又怎生依旧"挂冠还乡"?

吴易自然明白,鞑子南下之后,这大明朝,有的是拼死抵抗、殉国的好汉子,也有的是带头迎降的奸贼,可更多的,分明就是这种见事逃避的人啊。

虽不知夏完淳在填写这阕《寻芳草》的时候到底有没有这个意思,可在吴易,蓦然之间便想了很多。

原来这才是词。吴易心头忍不住又苦笑一下。如我,则果真是叫嚣了。

不过,我还是喜欢那样的叫嚣。吴易转头便又这样想道。

吴易正沉吟间,夏完淳又轻轻地唱将起来。

无限伤心,吊亡国、云山故道。蓦蓦地,杜鹃啼血,棠梨开早。愁随花絮飞来也,四山锁尽愁难扫。叹年年、春色倍还人,谁年少!

梨花雪,丝风晓;柳杨枝,笼烟袅。禁三千白发,镜花虚照。襟袖朱颜人似玉,也应同向金樽老。想当时、罗绮少年场,生春草。

——夏完淳《满江红》

这一阕《满江红》，直唱得众人眼圈都红了。与前一阕《寻芳草》相比，用不着解释，用不着多说，谁都明白，夏完淳的这阕《满江红》想说的是什么。那亡国之恨，一下子就涌上心头。如果说，吴易刚刚唱的《满江红》是叫人意气风发，是叫人卧薪尝胆，得报国仇家恨，那么，夏完淳的这一阕，则是低回婉转，无限感伤，大有"国破山河在，城春草木深"之意。只不过，谁都知道，老杜写这样诗句的时候，国事终还有可为；而如今，半壁河山沦陷，鞑子消灭大明朝是早晚的事。

白头军之所以还在抗争，只是因为不甘心屈服而已。

去年，阎应元在江阴失守之后，在东城城楼上写道："八十日带发效忠，表太祖十七朝人物；十万人同心死义，留大明三百里江山。"这也正是太湖之上、长白荡中的这些汉子心中所想也愿意去做的。

大明朝，终究有不怕死的男儿汉！

湖面上，湖风轻轻吹过，众人久久无语，包括适才放声唱着吴歌的汉子。只有水鸟时不时从眼前飞过，扑棱棱的，仿佛很快活的模样。

良久，赤脚张三忽道："船来了。"

远处，几艘画船正缓缓而来，船头，是大明的旗帜。

是大明的钦差。

二

吴易连续的胜利，自然很快就惊动了鲁监国与隆武帝。像这样能打，而且能不断大败清军的军队，如今，可真的不是很多。所以，鲁王与隆武帝就先后派来了钦差，带着一大堆的印绶，给白头军的众将封官加爵。

先前，吴易自然便是率领众将去接钦差。只不过，白头军的这群汉子，还真没有迎接钦差时所需要的肃穆，所以，无聊等待之际，便唱起吴歌来。

送走两拨钦差，吴易收敛起脸上的笑容，眉宇间一丝淡淡的忧郁，便似雨后的阳光一般，再也掩饰不住。如今，他所需要的，不是这些，不是这些爵位、官位。如果他需要这些，鞑子那边能给的，可比大明这边的多得多了。如果他愿意，他相信，他可以用一个很好的价钱将自己卖给鞑子。那些降了鞑子的,有的,已经封王,甚至俨然为一方诸侯。

吴易所需要的,是粮饷。

巧妇难为无米之炊。没有粮饷,就无法继续作战,无法与鞑子拼到底。

那些官位、爵位,什么伯、什么侯、什么将军,对于此刻的白头军来说,无异于画出来的饼,可充不得饥。

只是,这些心事,吴易还无法言说。

因为不管怎样,白头军总应是在大明的旗帜之下,他吴易,也是大明朝的人,大明朝的大将。至于代表这大明朝的,究竟是鲁监国还是隆武陛下,那倒是次要的了。

只不过,鲁监国与隆武陛下都给他封官加爵,那也真是很滑稽的事。

吴易神情怏怏,背负着双手,转身,进了屋子。白头军藏身在长白荡的几座小岛上,在这些小岛之上所建的屋子,都是就地取材,自然很是简陋。有的,索性就是原先占据此处的水贼所建。

只有聚义大厅,显得高大一些。

此刻,众将正在聚义大厅之中纷纷议论着。有的水贼出身的将领,便开心地笑着:"想不到老子还有今日,可以告慰祖先了。"无论如何,那做贼的名声,总是使祖宗蒙羞,哪好意思告诉祖宗说子孙某某现在是太湖水贼?现在不同了,现在,已经是大明朝廷有名号的将军。没拿到将军印的呢,也不着急,因为吴易手中,还有八枚将军印,嗯,还有四枚伯爵的印绶呢,要是再打几次鞑子,立下战功,岂不是也可以封爵拜将?

所以,将领们很是开心,说着说着,便说起下一个目标放在哪里了。

吴江已经打过,现在,鞑子重点防备的就是吴江,要再打的话,恐怕就比较难;那么,就打嘉善?

如果打下嘉善……

众将光是这样想着,都觉得兴奋。

尤其是孙钜、孙璋父子,他们原本就是嘉善人,一直到现在,嘉善城外还有他们家的别墅,家人都住在那里。

吴易倒了一杯酒,放在桌子上,想喝,手却颤抖着,怎么也没能将酒杯端起。

酒是女儿红。最早的时候，绍兴人家生了女儿，便会酿一批酒，放着，等女儿出嫁的时候再拿出来喝，所以，这酒便唤作女儿红。到后来，这习俗便传遍江南，无论有钱无钱，在女儿出世之后，都会酿造一批女儿红。

女儿红，酒色鲜红如新嫁娘的盖头。

然而，在吴易的眼里，这女儿红，却是似血一样的红。

他的手颤抖着，哆嗦着，很想端起眼前的这碗女儿红来；可是，他做不到。

人世间，总有一些事，叫人怎么也做不到，哪怕这事在别人看来是那样的简单。

当夏完淳进来的时候，吴易的手就又是一颤，叹息一声，颓然坐倒。

"存古，"吴易定了定神，和蔼地道，"有什么事么？"

这一次，夏完淳也被封为中书舍人之职，大胜之后，上书朝廷的文书，便是由他书写。白头军中，多的是举人、进士，便是吴易自己，也是进士出身，但要论起作文来，终究没人比得上这十五六岁的少年。

中书舍人，掌缮写诏敕文书等事，秩从七品。这个职位，不在品级，而在其重要性，非文章出色者，无法胜任。

夏完淳仿佛很腼腆地道："吴大哥，我前些天填了一阕词，想请你看看。"

"哦？"一说到词，吴易立刻就有了些兴趣，"拿来我看看。"

夏完淳便将一张刚写不久的词笺递给了吴易。

秋色到空闺，夜扫梧桐叶。谁料同心结不成，翻就相思结。
十二玉阑干，风动灯明灭。立尽黄昏泪几行，一片鸦啼月。

——夏完淳《卜算子·断肠》

读罢，吴易微微皱眉，有些不明所以地瞧着夏完淳。细玩词意，也不过就是一阕闺词而已，古往今来，这样的闺词不免太多了；往日里倒也无妨，可如今，将这样的闺词拿与他看，却是何意？

吴易便又读一遍，想：莫非，此间还有什么深意？

吴易也是进士出身，诗词歌赋即使说不上精通，却也是烂熟于心,古来"美人香草"的说法,吴易可不会视而不见。

尤其是对于眼前这个少年来说,国仇家恨,毁家纾难,这一次来长白荡,与他丈人钱旃将钱、夏两家所有的家财都带了过来以充当军饷。

夏完淳轻轻道:"谁料同心结不成,翻就相思结。男女如是,君臣亦如是,故古来遂有臣欲报君而不得,如岳武穆。与岳武穆相比,吴大哥,今之鲁王也好,隆武陛下也罢,都已很看重吴大哥了,至于将来,却是谁也说不清的事。"夏完淳年龄虽小,这一番话说下来,却显得很是成熟,仿佛经历过很多事情似的。

事实上,夏完淳也的确经历过很多的事情。

经历,有时与年龄无关。

吴易耸然动容,一下子便明白,夏完淳已经明白了他的心思。吴易率领众将去迎接两拨钦差,最重要的,并不是要那些无用的印绶,而是粮饷。像这样的大战打下来,军中损耗极多,如今,迫切需要的,便是粮饷。

他以为没人看得出他的心思。

因为那些大明朝廷的印绶,对于军中诸将来说,一样很重要,所谓光宗耀祖,便是如此。

"谁料同心结不成,翻就相思结。"吴易默默咀嚼着词意。臣与君,想不到一块儿去,古来不就如是? 又岂止一个岳武穆?

夏完淳又道:"无论是鲁王殿下,还是隆武陛下,如今,也都很难啊。"说着,便目光炯炯地瞧着吴易。

吴易心头又是一震,便想起这两年来发生的很多事,无论是鲁王还是隆武帝,无不是一路逃亡;鞑子主要追击的,便是他们这些朱家子孙。而且,与别人不同。别的人,无论是文臣还是武将,只要肯不要气节,愿意投降,或者出家为僧,总还有一条活路。朱家子孙呢? 鞑子是非要置朱家子孙于死地的。

弘光帝被俘之后,已经在北京殉难。

鞑子的皇帝,其气量是远不如当日的司马昭的,朱家子孙,想做扶不起的阿斗都不可能。

想到这里,吴易一声长叹,心下里便有些释然。是啊,鲁王与隆武帝,也难啊。

夏完淳轻轻地道:"他们都各有依附,其实,做不了什么主。"说着,面有忧戚,也是低低地叹息一声,心想:说起来是拥护,就像弘光帝；可事实上，像弘光朝，文武两班，又有谁真的将这位弘光陛下放在心上？

鲁王、隆武帝也是一样。

"疾风知劲草，板荡识诚臣。"谁也不知那些拥护的人到底是忠，还是奸。

或许，这就是大明的命吧。

"原来存古你是来给我解开这相思结的。"吴易心结略解，心情也一下轻松了很多，便开玩笑似的说道。

夏完淳腼腆一笑，道："大哥其实只是一时间没想通而已。"

吴易苦笑道："存古啊，军中粮饷不足，我便是想通也没用的。"说着，忍不住轻轻摇头。

夏完淳也自苦笑。对这事儿，他也没办法。钱夏两家，已经将家财都充当了军饷，可对于白头军来说，依然是杯水车薪；更何况，白头军还要往后发展，否则，凭这么一点点水贼为主的人马想要驱除鞑虏，无异于痴人说梦。

"还是要以战养战啊。"吴易瞧着夏完淳，忽地叹息一声，道，"吾岂好杀哉？吾岂好杀哉？一则是以儆效尤，让那些投靠鞑子的贼子不敢为所欲为；二则是吾要以战养战，没粮饷，白头军可坚持不下去。"

吴易杀掉清廷委派的吴江县令，那自然是大快人心；可杀掉那么多的举人，却为人所诟病，以为此人过于好杀，非国家之幸，——即便是忠于大明的人，私下里也会这样议论。

夏完淳心头一动，点点头。

吴易笑道："存古，你也算是参赞我军军务了，那么，你以为，下一步，我白头军该打向哪里？"

夏完淳想了想，小心地道："我听众将说，他们想打嘉善？"

吴易饶有兴味地道："我是想听听你怎么说，而不是众将。"

夏完淳又想了想道："我以为，不管打哪里，都要小心。"他叹了口气，道："鞑子输得起，我们输不起。"他想起父亲，想起老师。父亲原在他学生吴志葵军中，吴志葵兵败，父亲便只有选择投水殉国。老师陈子龙原本与父亲相约同死，只是家有老祖母，父亲又托以后事，故而才暂时栖身在寺庙里，算是苟且偷生。

白头军壮大之后，老师已经与吴易联系，想来这几天也应该到长白荡了。

吴易听得"鞑子输得起,我们输不起"这样的话,也不由唏嘘。鞑子人多饷足,又有北京的清廷居中指挥,打败仗根本没什么关系,尤其是那些原来的明军后来投降过去的假鞑子,在北京的清廷看来,大约还巴不得这些假鞑子与抗清的义军两败俱伤呢。可义军不同。义军一旦打了败仗,就是覆灭,像吴易这样能够卷土重来的,终究极少。

"我会注意的。"吴易沉吟一下,点头道。

只可惜,他终究没有真的放在心上。

因为连续的胜仗,已经使吴易对未来充满信心;只要有足够的粮饷,吴易相信,不说还我河山、光复全国,先光复江南应该还是可以的。

天下英雄谁敌手?

吴易忽然想起辛弃疾的这句词来。

"存古,"吴易又取过一只杯子,倒满了女儿红,道,"陪我喝一杯。"

"吴大哥……"夏完淳有些奇怪地望着吴易。

吴易轻轻地道:"今天,是我女儿的生日。这酒,是她出生的时候酿的。"说着,颤抖着端起酒杯来,将杯中的女儿红一口饮尽

女儿红,新嫁娘的盖头那样的红,洞房红烛光那样的红,酒味也是那么醇,那么甜,那么香,可是,喝在吴易的嘴里,却是那么的苦,那么的涩,那么的伤。

那忧伤,浓郁如酒,挥之不去。

三

吴易死了。

与吴易一起死的,还有倪抚与陈槐。

吴易死的时候,才三十五岁。

他们在杭州草桥门殉国。

五月份的时候,吴易大开幕府,在太湖中的一个孤岛上登坛誓师。当地人称该地为"盛氏书院"。陈子龙率王沄、钱熙也赶来参加,以朝廷兵部尚书的身份前来督师。陈子龙的兵部尚书为鲁王所任命。当晚,他们住在天宁庄钱氏别墅。

陈子龙叹道:"吴易固然一世之豪,却颇有轻敌之意,幕中策

士也俱轻薄，手下诸将只知道剽掠，人数众多却不整肃，如此，只怕不能长久。"

陈子龙也曾将此意向吴易委婉提出，结果，却是闹得不欢而散。

夏完淳道："老师，吴大哥也是不得已。"接着，便将白头军缺饷的事告诉给陈子龙。"现在的粮饷，支撑不了多久了。"夏完淳道，"所以，吴大哥只有采用这样的方法来给大军打气。"至于诸将剽掠，说到底，也是缺饷所闹的。

陈子龙默然无语。

话虽如此，对这水贼习气依旧很严重、吴易又很轻敌之状，陈子龙依旧很是担心，以为如此下去的话，吴易必败无疑，就像去年的长白荡之败一样。

"为师去筹饷。"陈子龙道，"存古，你跟不跟为师一起？"

夏完淳自然明白老师的意思，不想让他这个做弟子的，留在这险地。若陈子龙预言为真，则长白荡必然为险地，随时有覆灭的可能。

不过，夏完淳还是轻轻摇头，道："我不能这个时候走。"

陈子龙紧盯着夏完淳，半晌，道："你们夏家，已经只剩下你一根独苗。"

"我知道。"夏完淳平静地回道。

"我已经对不起你父亲，不能再对不起你。"陈子龙有些哀伤地说道。他说的是原本与夏允彝相约共死以殉国家。只是，因为家有老祖母，就犹豫了。夏允彝觉察出他的犹豫，便将夏家、将夏完淳托付于他。这使得陈子龙越发地不安，越发地觉得对不起夏允彝。

"我知道。"夏完淳依旧很平静地说道。

陈子龙知道无法再劝，便道："若事有不济，存古，记住，留有用之身，方能以待将来。"

"我知道。"夏完淳轻轻地说道。

这个少年的脸色，一如既往地坚毅。

不久，吴易就派人联络黄斌卿与熊汝霖，分别从海上、江上进兵，而他自己，则率白头军在苏州、吴江间策应，以期一举收复江南。吴易将鲁监国赐予的伯爵印五方（长兴伯、清河伯、宝应伯、娄东伯、武康伯)与将军印八方(奋扬将军、平朔将军、复宇将军、度辽将军、仪汉将军、兴原将军、灭虏将军、破虏将军)都拿了出来,用以招徕天下豪杰,共谋大事。只可惜,事终不成。

很多事,想象得很好,最终也只能留在想象中。

但这件事的不成功,终究使得吴易很是失望。鞑子有个北京的朝廷在居中指挥,而大明,各自为战,鲁监国也好,隆武帝也好,其实,都只是傀儡摆设。这样的想法,固然是对朱家子孙的大不敬,然而,毫无疑问,这是事实。

吴易既然无法指挥调度其他义军,那么,就只有孤军奋战。吴易派孙璋去打嘉善,而他自己挥军直指海盐,杀海盐知县,浙西震动。清浙闽总督张存仁急急地由杭州赶赴湖州,汇合各路清军齐聚海盐,想将白头军聚歼于海盐城下。吴易见众寡悬殊,当机立断,还军嘉善南塘,与从嘉善败退的孙璋会合,想伺机再攻嘉善。白头军的粮饷已然不足,若再不破局,用不着清军围攻,军中自己就会乱将起来。

五月二十七日,诸将集会西塘,共商进退之策。进,攻打海盐已是不能,攻打嘉善,也已败过一次;退,粮饷已然不足,退回长白荡的话,军心必乱。

周瑞便道:“吾与嘉善知县刘肃之有旧,或能策反,使他反正。”

吴易大喜:“若能策反,周将军便是大功一件。”

刘肃之或许原先也真的是想反。毕竟,作为汉人,大明朝还没有完全灭亡,就做了清廷的官,怎么说都是气节有亏的。可是,这大明朝,还真的有救么? 大清的军队,可以说是横扫天下,即使偶有战败,其所向披靡的气势,也是丝毫不改。

所以,一方面,刘肃之与吴易作书表示愿意反正;另一方面,则又严加防备,观望时事。

如今这样的乱世,墙头草一样的人物原就很多,又岂止刘肃之一个?

顺治三年(1646),五月,清军征讨浙东。这一年的夏天,浙江久旱不雨,钱塘江水涸流细,水深不能过马腹。于是,清军兵分两路,攻击绍兴,方国安钱塘江防线土崩瓦解,鲁王麾下文武纷纷投降。五月二十九日夜,鲁王在张名振等人护卫之下离开绍兴,至台州乘船,逃往海上。

这样一来,吴易便彻底成为一支孤军。

只可惜,这样的形势变化,吴易还无消息;更重要的问题是,即使这样的消息传来,吴易也未必放在心上。一直以来,吴易与他的白头军都是孤军奋战,鲁王除了给过他一些印绶之外,什么帮助也没有,这其中,自然包括粮饷。

六月初九,刘肃之派人送来书信,请吴易到嘉善城中一会。不过,也有人小心地道:"会不会有诈?"吴易笑道:"刘肃之还会用计?"他毫不在意。不过,也没有直接去找刘肃之,而是停留在嘉善城外的孙氏别墅里。却哪料到刘肃之早有准备,派人紧盯着孙氏别墅呢,一旦闻得吴易一行进入孙氏别墅,便立即请总兵张国勋前往抓捕。

吴易一行,悉数落入敌手,孙氏父子投水自尽,眷属全部遇难,吴易、倪抚、陈槐被解送杭州,六月中旬,在杭州草桥门就义。

五月十四日,夏完淳在小昆山曹溪故居遭遇清兵,泅水逃走,前往嘉定。然而,人还没动身,便接到内兄钱熙的讣告。钱熙是随陈子龙参与白头军誓师之后不久去世的,年仅二十七岁。夏完淳原本离开长白荡,也是想去筹饷,如今,遭遇清兵,饷没筹集到,钱熙又刚好去世,果真是觉得"江山依旧,物是人非",国事已然如此,亲朋更是相继去世,直教人情何以堪。

夏完淳接到讣告之后,便直接前往钱旃在嘉善城外的别业彷村,与钱旃、钱默父子,以及陈子龙、王沄等人相会。陈子龙与王沄离开长白荡之后不久,钱旃也离开了长白荡。

陈子龙的担忧,到底影响了很多人。

等钱熙的事情料理完毕,夏完淳辞别丈人与老师,依与侯岐曾之约前往嘉定。侯岐曾,夏完淳姐夫侯玄泂的父亲。姐夫已经在崇祯九年(1636)去世。顺治二年(1645),清兵攻打嘉定,姐夫的伯父侯峒曾及两个堂兄侯玄演、侯玄洁在嘉定保卫战中殉难。侯家男丁,几乎死绝;而夏家的男丁,也只剩下夏完淳一个。

夏完淳明白,侯岐曾不断写信催促他前往嘉定,其实,应该是姐姐不放心他这夏家唯一的男丁。

六月十七日,夏完淳抵达槎溪镇,住在槎楼,一直住到十月中下旬。

当夏完淳抵达嘉定槎溪镇的时候,吴易在杭州就义。

十万朦幢偃翠微，风雷黄石问兵机。月寒壁垒侵金柝，风入旌旗动铁衣。自愧青藜陪客座，幸从细柳识军威。辕门鼓角寒宵醉，帐下南塘夜猎归。

——夏完淳《军宴》

当夏完淳听得吴易殉国的消息时，不由得泪如雨下。他想起几个月前，在长白荡的时候，与吴易及军中诸将一起饮宴的欢乐与豪情。不过短短几个月的时间，吴易、倪抚、陈槐，还有孙钜父子，便都已不在。

人的消失，委实简单得很。

夏完淳悲痛之余，便写下《吴江野哭》《鱼服》与《大哀赋》。

呜呼！余生于烈皇之年，长于圣安之世，佐威虏以于征，从长兴而再起；追怀故君，何臧何否。言念相臣，何功何罪。或旰食而宵衣，或坠簪而遗珥，或麦饭以自尝，或肉糜之勘耻。推本先朝，追原祸始。神祖之垂拱不朝，熹庙之委裘而理，罪莫甚于赵高，害莫深夫褒姒。惟屈氂下之狱，与朱浮之赐死，虽大臣之无刑，非圣人之得已。至于五世伦宗，三朝旧事，指触瑟为良规，斥采芝为佞轨。使腥秽之北风，陷泥涂于南纪，殷深源之方略空空，王夷甫之风流尔尔。若乃威虏偏裨，长兴文吏，原非将帅之才，未有公侯之器，兴怀鸿鹄之形，颇见龙蛇之志。日日胡床之卧，夜夜钧天之醉。既一战之未申，沦九死而靡悔。黄土一抔，丹青万襈。

——夏完淳《大哀赋》

吴易，被鲁监国实封为长兴伯。

四

辜负天工，九重自有春如海。佳期一梦断人肠，静倚银釭待。隔浦红兰堪采。上扁舟，伤欸乃。梨花带雨，柳絮迎风，一番愁债。

回首当年，绮楼画阁生光彩。朝弹瑶瑟夜银筝，歌舞人潇洒。一自市朝更改，暗销魂，繁华难再。金钗十二，珠履三千，凄凉万载。

——夏完淳《烛影摇红·寓怨》

珠帘乍卷。漏春光一半。廿四桥、烟花恨满。久伤心故国，鸿雁来稀，吴江畔。古艳阳琼花观。

望隋堤一抹，杨柳依依，明月迢递隔河汉。露满玉衣秋，夜漏沉沉，催刀尺、伤心肠断。泪滴金壶红粉怨。偶一梦到南朝，乱敲银蒜。

——夏完淳《洞仙歌·江都恨》

地坼天催，孤臣恨、渡江孤楫。堪此夜、吞声相对，椒花柏叶。十七年间宵与旰，三千里外陵和阙。想明朝、新历旧江山，回肠裂。

赤眉剪，南阳业。黄巾荡，中山杰。看金陵王气，汉家龙准。倚剑昆仑封豕骨，洗兵星海长鲸血。取大仇、函首告先皇，云台烈。

——吴易《满江红·除夕丹阳道中》

江天一派，初日霁、万树千山争白。银甲霜戈、浑认作、缟素三军横列。薪胆君臣，釜舟将士，洒尽伤时血。中原何在，问中流古今楫。

回首北固金焦，晴光如画，拱带金陵业。虎踞龙蟠都不信，此日乾坤分裂。席卷崤秦，长驱幽蓟，试取中兴烈。妙高台上，他年浩歌一阕。

——吴易《念奴娇·渡江雪霁》

夏完淳将自己的两阕新词写下来之后，又将吴易跟随史阁部北上时的两阕词抄录了下来，仔细端详，眼中含泪，良久，不由得长叹一声。

他忽然想起老师陈子龙的话。

老师说，吴易打了几次胜仗之后，便开始轻敌；帐下的幕僚，大约是受到主帅的影响，说起打仗来便显得很是轻佻，仿佛打胜仗是轻而易举的事情似的；而诸将呢？诸将一味骄横、彪悍，剽掠成性，依旧是水贼习气，如果只是水贼倒也罢了，如今，却是要对抗鞑子大军的，这样的彪悍与剽掠成性，又如何去与敌军对抗？要知道，长此以往，是要失去民心的。忠于大明的义军失去民心，而夺取大好河山的鞑子却获得民心，天下间还有比这更滑稽的事情么？

夏完淳不由得就有些后悔。

他想，当时，如果去劝一下吴易的话，或许，吴易就不会轻敌，后来发生的事也许能避免。

只可惜,天下事,向来就没有如果。

夏完淳只觉得难过。

无论如何,吴易之忠贞,虽九死其犹未悔,总值得世人敬重。

夏完淳将两个人的词放在一起比较,心下里便越发觉得难过。同样是写于甲申剧变之后,夏完淳的词中,往往显得哀怨莫名,且常常借助香草美人的写法,分明就是欲说还休的模样。夏完淳甚至想到,他的词若流传后世,后世之人未必会觉得不好,但不一定就能明白他在写些什么,以及他写的时候,在想些什么。《烛影摇红》一阕,分明写的就是甲申之后的沧桑,然而,不知者又会如何看呢?仅仅是沧桑而已?《洞仙歌》如此之伤心,到头来,也只不过读出肠断而已。

或者,即使后世之人明白他写的是什么,在想些什么,细玩词意,终究也只是百无一用的感慨。

吴易不同。

吴易在《满江红·和王昭仪》一词中,清清楚楚表示,"愿化为、彩石补还他,乾坤缺",在《满江红·除夕丹阳道中》一词中,清清楚楚表示,"取大仇、函首告先皇,云台烈"。面对家国剧变,吴易不是悲哀,不是肠断,而是毅然起兵,与鞑子抗争到底。

虽然说,到最后,没能"取大仇、函首告先皇",但成仁成义,此生亦不快哉。

夏完淳忽地就又想起史可法来。

面对剧变,面对鞑子大军压境,史阁部想的自然也是成仁成义,然而,为什么就没有想着如何去抗敌到底呢?老实说,认真想来,这也不免使人觉得悲哀。

其实,无论是夏允彝父子还是陈子龙,这几年,也一直都在谋划着起兵抗敌;起兵失败,又不肯与鞑子的大官相见,夏允彝才选择投水殉国。只是,在此刻的夏完淳看来,国家如此危难的时刻,不应只是肠断或者伤心,而应是起兵,起兵,起兵……

非关成败,总需努力去做。

夏完淳忽然就明白了,吴易何以愿意冒险去策反刘肃之。

因为,必须去做,才知道有没有将来;不做的话,将什么都没有。

白头军不是吴易的。

白头军应是大明的希望与将来。

夏完淳忽地想起吴易临刑前的那句话来。

"今天，微臣的事至此完结了。"吴易说完这句话之后，从容就义。据说，是被寸磔而死。

夏完淳不知道这传闻中的吴易临刑之语究竟是真是假，但他现在相信是真的。

因为他忽然明白了吴易的心和他的所作所为。

五

顺治四年（1647），暮春三月，时届清明，陈子龙决定在松江会葬夏允彝。

韶光有几，催遍莺歌燕舞。酝酿一番春，秾李夭桃娇妒。东君无主。多少红颜天上落，总添了、数抔黄土。最恨是、年年芳草，不管江山如许。

何处。当年此日，柳堤花墅。内家妆、搴帷生一笑，驰宝马、汉家陵墓。玉雁金鱼谁借问，空令我、伤今吊古。叹绣岭宫前，野老吞声，漫天风雨。

——陈子龙《二郎神·清明感旧》

那一天，松江来了很多人，夏允彝生前的朋友，几乎都来了。夏允彝墓前，陈子龙默默无言，只觉对不起相约赴死的故人。

当晚，陈子龙说起吴胜兆想反正的事来。

"吴胜兆？"夏完淳脸色微变。

这些年，吴胜兆在江南一带，风光可谓一时无两。顺治二年（1645），率军攻下庐州、和州，擒获大明杜阳王。任苏松常镇四府提督之后，统兵直下太湖，吴易便是在那一次战事遭遇惨败；陆世钥、荆本彻两部，也是在那一次被剿灭。顺治三年（1646），吴易就义之后，吴胜兆再次统军进攻太湖，剿灭其残部，太湖义军再逢灭顶之灾。

可以说，吴胜兆便是各路义军的死对头。

吴胜兆原是明军指挥，顺治元年（1644）方才投降多铎，授参将。这人一降清,便充当了屠杀同胞的急先锋。

这人要反正?

夏完淳脸色便有些难看。

他清楚地记得,吴易跟他说,顺治二年(1645)的长白荡之败,多少人投水殉国,沈自炳、沈自驹兄弟,吴福之,吴易的老父与妻女,孙兆奎的老父与妻女,孙兆奎被俘之后不久,也被洪承畴处斩。

这样的人,居然要反正?

如果不是亲耳听见老师这样说,夏完淳真的会觉得这简直就是一个笑话。

陈子龙正色道:"就是此人。"

夏完淳有些不解地瞧着他的老师,眼中充满疑问。

陈子龙不动声色,问道:"存古,你可还记得戴之俊?"

夏完淳点头道:"曾在吴大哥帐下,前年,长白荡一战之后,我听说,他是投入陆世钥帐下;不过,陆世钥也很快被吴胜兆剿灭了。莫非……"夏完淳说到此处,不由心中一动。

那一年,吴胜兆剿灭太湖的几支义军,很多人殉国,很多人失踪,但也有很多人,降了鞑子;不过,说是降了鞑子,其实,便是降了吴胜兆,到了吴胜兆的帐下。

吴胜兆与真鞑子,到底还是有些分别。虽然说,其嗜杀之势一点也不亚于真鞑子。天启、崇祯年间,官兵与流贼的嗜杀程度不相上下,与鞑子也没多少区别。对于老百姓来说,贼来,杀一遍;官来,杀一遍;若鞑子来,还是一样杀一遍。

陈子龙神色很是郑重,道:"不仅戴之俊,如今,陆阊、吴著、吴芸、周谦等人,也都在吴胜兆帐下,而且,吴胜兆还认了吴著为族侄。"吴著、吴芸,原本也是吴易的部下,白头军失败之后,降了吴胜兆。

夏完淳心中一动,道:"先生是说,当初,戴先生他们降了吴胜兆,是欲有所为? 而吴胜兆如今已被他们说动? 不过……"他沉吟一下,道:"其间会不会有诈?"他想起吴易来。吴易便是轻信了诈降的刘肃之,才落入鞑子之手,在杭州殉国。如果这吴胜兆也有诈的话,只怕会有更多的人头落地。

陈子龙轻轻摇头,道:"我自然不会如此信了他。不过,戴武功言道,此事应该为真。"戴之俊,字武功,一字务公,崇祯二年(1629)与其弟之杰一起加入复社,与陈子龙也算是旧相识了。

戴之俊言道,吴易就义后,白头军被吴胜兆猛攻击溃,其残部便有许多为吴胜兆所收编,吴易幕中的谋士投降吴胜兆之后,悉数被纳入其幕府。这样一来,吴胜兆的实力一下子就大增,部下人才济济,文武皆备。

作为一个降将,这样大肆收编义军的残部,自然而然地,就引起驻守苏州的江宁巡抚土国宝的猜忌与警觉。土国宝是顺治二年(1645)七月降的鞑子,后来随多铎下江南,顺治三年(1646)七月,授都察院右副都御史,不久,调任江宁巡抚;十二月,"以江宁苏松常镇五府隶抚臣土国宝专辖"。土国宝如此为清廷看重,所谓"投桃报李",此人对清廷也就死心塌地。土国宝将吴胜兆收编义军残部的事就汇报给了洪承畴,质疑其到底有何企图,这样的诛心之论,自然令吴胜兆很不高兴,同时,也不得不对土国宝产生警觉。

同是降将,同是走狗,在狡兔还在的情况下,已经产生隔阂,并且大有势不两立之势。或许,对于土国宝而言,也就仅仅是猜忌、警觉,而对吴胜兆来说,就像野兽感觉到了危险一般。

此外,在吴易再次起兵,攻破吴江县城,杀死县令与新科举人时,吴胜兆第二天率部前往吴江,所部副将参将、游击李魁、马雄等趁机在县城内外大肆搜掠,结果是民怨沸腾,被浙闽总督张存仁题参。如今的清军,不同于以往在关外时。在关外时,这天下是大明的天下,所以,每次入关,都是烧杀掳掠无恶不作;如今,这天下已经是大清的天下,而要坐稳这天下,自然要注意拉拢民心,所以,吴胜兆被参之后,兵部行文洪承畴严察具奏,吴胜兆被罚俸六个月,又传旨苏州府提审李魁、马雄等十七员将官。这使得吴胜兆很是疑惧。虽说李魁等人由于吴胜兆的包庇始终不往苏州,可吴胜兆对清廷,也就越发小心。他可不信,抗旨之后,清廷还会那么大度。

俗话说,卸磨杀驴。如今,只不过是因为还要用他,他的手中还有兵,所以,清廷装作很大度的样子罢了。

吴胜兆正有些忐忑之时,帐下谋士恰到好处地替他分析,站在他的立场,处处为他打算,终于使吴胜兆明白,江南平定之时,便是他"走狗烹"之际。

"没有朝廷会喜欢不听话的将军。"戴之俊淡淡地说道,"清廷也不会例外。自古以来,便是忠肝义胆如岳武穆,一旦违背朝廷,十二道金牌连召不回,等着他的,便只有死路一条。将军,你却须知,岳武穆与高宗皇帝曾经共患难,'精忠报国'四字便是高宗所赐，高宗甚至曾想将全国兵权都交予武穆，不可谓不信任。饶是如此，一旦不听圣诏，照样死路一条。杀岳武穆的，决不会是秦桧；杀岳武穆者，高宗皇帝也。将军，你觉着你与清廷的皇帝关系如何？如今，朝廷对将军已有疑心，将军又不肯将李魁等诸位将军交出来治罪，吾以为将军之祸，必不远矣。自然，要避祸也未尝没有办法，将军将兵权交出，解甲归田，或许朝廷会让你做一个富家翁。不过，将军若果真如此，一旦朝廷想治将军之罪，遣几个小吏、衙差就可以了。"

戴之俊说得不动声色，很是冷峻，直让吴胜兆听得毛骨悚然。

于是戴之俊更恰到好处地低声叹息道："非我族类，其心必异。父母家邦，焉可弃之。"其实，对于吴胜兆来说，什么"非我族类"、"父母家邦"等，哪里会放在心上？吴胜兆所在意的，只有自身的利益；在这样的乱世之中，吴胜兆相信，只有利益是至高无上的。但戴之俊的这几句话，却给了他"大义"的名分。

戴之俊继续鼓动："苏州府近日将捉拿钱谦益到官，说他谋反。将军，当日，钱谦益是在南京开城门，带头迎降的。若钱谦益这样的功劳与名望，朝廷说他谋反就谋反，说要捉拿就捉拿，那么，将军，以你先前的所为，又手握重兵，只怕朝廷很快就派人来捉拿将军，也未必是不可能的事。若不早作打算，等到事情来了，恐怕就来不及了，到时只怕想做一个富家翁也不可能，更会祸及子孙。古人云，覆巢之下，焉有完卵？还望将军早作打算。"

吴胜兆便道："那好，我便听先生的，但不知先生如何与那边联络？"反正不是造反，既然决定反正，自然要与那边联络。否则，吴胜兆与大明义军的恩怨在，一旦起事，岂非要两面受敌？

戴之俊沉吟一下，道："松江陈卧子与黄斌卿交情深厚，我若去请他与海外联络，说将军欲反正之事，卧子必然会答应。到时，黄斌卿从海外来，将军在松江响应，里应外合，先拿下松江，然后，恢复江南。进，则中兴大明；退，也可成一方诸侯，不失为三国时之孙吴也。"

陈子龙便将戴之俊来访的事及戴之俊的分析说给众人听，众人俱不由有些兴奋，先前的不安一下子就淡了很多。

陈子龙道："只不过，黄斌卿未必靠得住。"他的目光很深邃。崇祯末年，陈子龙曾荐举黄斌卿，使之获得升迁。甲申以来，黄斌卿曾多次通书陈子龙，"大言恢复"，却始终只停留在口头上。所以，对黄斌卿，陈子龙信不过，就像当初信不过吴易一样。

他预言吴易必败，结果，吴易真的就败了。

"总要试一试。"有人这样说道。

陈子龙苦笑道："戴武功也是这样说法。我还跟他说，吴胜兆兵弱，而南京、杭州又有鞑子重兵把守，只怕一旦起事，力不胜任。"

"那戴武功怎么说？"

"他道是，吴胜兆部下皆是辽东人，百战老兵，与鞑子作战毫不畏惧；而且，这一次剿灭太湖义军，收编近三万。"说到此处，陈子龙唏嘘不语。他知道，即便是因为这被收编的三万太湖义军，也要去试一试。

"如此说来，倒也应有几分胜算。"有人便道。

陈子龙苦笑一下，淡淡地道："尽人事，听天命。"他的眼神之中，有说不出的忧郁；他的两鬓，已经斑白。

他还不到四十。

其实，不仅陈子龙，便是夏完淳，头上都已经有了白发。

少白头。

"禁三千白发，镜花虚照。"

"存古？"见夏完淳不语的样子，陈子龙便有些担忧。

夏完淳淡淡地道："我没事。我知道该怎么做，老师。"夏完淳自然知道，国事为重。吴胜兆虽说曾打败吴易，可吴易毕竟不是死于吴胜兆之手；更何况，两军交战，各为其主，死伤难免。如今，吴胜兆愿意反正，对于国家来说，自然是一次很好的机会。

哪怕按陈子龙的说法，这机会，其实很渺茫。

不过，失望已经太多，再失望一次又有何妨？

众人议论纷纷，只有王沄在一旁默然无语。

菱花懒对，沉香慵爇，幽恨茫茫千结。待将一枕化愁肠，却又梦、人间离别。

几番烦恼，一天愁闷，半雨半晴时节。猛然听得杜鹃啼，又早是、一轮残月。

——夏完淳《鹊桥仙·楼夜》

暮蝉啼后。阑干独倚芙蓉扣。丁丁滴滴添铜漏。万里云轻，一点清光逗。

天涯人远愁时候。乍晴乍雨催人瘦。新愁不许春山斗。酒醒荷香,昨夜相思透。

人活着,总要看到希望,看到将来,哪怕是在绝望的时刻。

六

一切按部就班,所有的人都忙碌了起来,吴胜兆的起兵反正已经进入倒计时。如果没有什么意外的话,只要海上黄斌卿牵制住江宁的兵马,吴胜兆就能攻取苏州。先取苏州,再攻江宁。一步一步地收复江南。

然而,问题是,这世间总是有太多的意外。

就像当初,冒襄若将陈圆圆带回水绘园,那么陈圆圆就不会到北京;陈圆圆不到北京,也就不会成为吴三桂的女人;陈圆圆没有成为吴三桂的女人,吴三桂也就不会"冲冠一怒为红颜";吴三桂没有"冲冠一怒为红颜",也就不会打开山海关放鞑子入关……

然而,那样的话,大明江山,是不是依然会亡于李自成之手?对于大明来说,这江山,是给鞑子好,还是给流贼好?不过,不管怎样,如果不是当初冒襄的意外,如今总应是别样的世事。

这意外就是信使谢尧文的被捕。

谢尧文宽衣大袖,俨然还是大明的服饰,又是在大清的地盘上招摇过市。哪还有不惹祸的?顺治四年(1647)三月十九日,谢尧文来到一个叫作柘林的海边村镇,被柘林游击陈可抓获,结果刑讯之下,一一招认,将表文、名册都供了出来。说来这名册也很是滑稽,是成事之前的封赏,有的,连当事人自己都不知道。三月二十二日,逃脱掉的几个人跑到嘉定,找到侯岐曾,说夏完淳已经被谢尧文供了出来。而此时,夏完淳正在松江,还在与老师陈子龙商议吴胜兆反正的事。

好在陈可没从名册中发现吴胜兆的事,故而还将此事申报给吴胜兆,请吴胜兆定夺,事情自然得到化解,众人不觉松了口气。

没人在意,松江方面,早有人将此事上报到了江宁。

这样的大事,又哪里是区区一个松江提督吴胜兆所能隐瞒下来的?

不过，如果能够及时行事，在清廷有明确动作之前，或许，也还能有所作为。问题是，当吴胜兆派出周谦等人抵达舟山、见到黄斌卿之后，黄斌卿竟犹豫不决。时鲁王侍郎沈廷扬、定西伯张名振、监军张煌言、御史冯京第等在场，力劝出兵。黄斌卿无奈，总算是答应出兵，配合吴胜兆的反正。然而，当问到何时出兵时，黄斌卿又支支吾吾，说不出个具体日期来，只是说，要看海上的天气情况，也许，就在四月初吧。

没有计划，没有时间，正印证了陈子龙那黄斌卿难成大事的预言。

> 无数江山。何人断送，雨暗烟蛮。故国莺花，旧家燕子，一样阑珊。
>
> 此身原是天顽。梦魂到处也间关。白发镜中，青萍匣里，和泪相看。
>
> ——张煌言《柳梢青》

饶是张煌言等苦劝不已，黄斌卿终不肯说出个具体日期来，更不用说双方制定一个详细的计划。周谦等无奈，只好告辞，黄斌卿想了想，却又将自己原本的"肃虏伯印"和敕书一起交给了周谦，叫他拿去给吴胜兆，算是给吴胜兆的回报。黄斌卿已经封侯，那方肃虏伯的印自然已经无用。

如今，这封侯、封伯，竟一钱不值。

周谦回报吴胜兆之后，吴胜兆收下肃虏伯印绶，却因黄斌卿没个确切的日子与计划，反正之事也就拖延不决。拖延不决倒也罢了，到最后，竟然变得人人尽知，恨不得在酒肆茶楼，都能听得人议论纷纷，说吴胜兆将反正之事。

这也是很滑稽的事。

山雨欲来风满楼。很快，整个松江都知道，吴胜兆将会有所行动。"云间三子"之一的李雯早就降了清廷，如今，正在松江养病，闻讯之后，不敢再留在这是非之地，便强扶病体，北上京城。只是很可惜，回到京城之后不久就一病而逝，时年四十一岁。李雯的早逝,大约跟他的这次匆匆行程有关。

吴胜兆的部下,也有不愿追随举事的,便向洪承畴告发。洪承畴大为惊讶,不敢相信。因为时至今日,大明已是日薄西山,或逃到海上,或逃到西陲,覆灭是早晚的事。在这样的情况下,举事,岂非就是找死?洪承畴无法相信,以为是有人中伤,便将这封告发信转给了吴胜兆。或许,这也与洪承畴不愿出现这样的事有关。

人心思定。同样,洪承畴也思定。从内心深处来讲,洪承畴也实在不愿整个国家再乱下去。大明也罢,大清也好,对于现在的老百姓来讲,大约不会很看重。至于洪承畴,他现在自然是死心塌地为大清卖命。

四月初六日,吴胜兆部下副将詹世勋苦劝不已,要吴胜兆将戴之俊、陆冏、吴著等人杀掉,以向清廷表明心意;吴胜兆没有答应,只是表示自己并无心谋反。只可惜,事到如今,早没人相信他的话了。

初九,吴胜兆听从吴著之计,向江左行反间计,用从舟山得来的空白敕书,临时填写。

四月中旬,张名振、沈廷扬、张煌言、徐孚远、冯京等,总算是渡海而来。只不过,张名振是张名振,黄斌卿是黄斌卿;张名振是鲁王部下,而黄斌卿是隆武之臣。鲁王随郑彩到了福建,张名振在舟山,有寄人篱下之嫌,与黄斌卿始终都是貌合神离。

张名振率所部离开舟山,直向崇明,一方面,是想配合吴胜兆行事,另一方面,也不无摆脱黄斌卿之意。土国宝下令沿江沿海将官严防死守,张名振一路磕磕绊绊,直到福山。福山属常熟,距离苏州不过百余里。如果此时吴胜兆举兵,从松江进军,张名振从福山南下,未必不能攻取苏州。然而,吴胜兆此时又犹豫不决,下不了决心。一方面,他知道清廷已经对他有疑心,他要举兵自保;另一方面,全军上下不能齐心,一旦举兵,连他自己都不知道,有多少人追随,又有多少人会反戈一击。

一生戎马,此刻的吴胜兆竟首鼠两端,拿不定主意了。

如果吴胜兆仅仅是拿不定主意,不肯及时举兵倒也罢了,张名振最多再退回海上去。问题是,天有不测风云,十三日晨,海上刮起了飓风,紧接着,暴雨倾盆而下。狂风暴雨之中,水师船只不断被打碎、掀翻,将士更是死伤无数,还没与清军交战,已经不战自溃,一败涂地,片帆不存。张名振逃往松江,在一座寺庙里,佯作剃发为僧,逃出生天;张煌言被拘七天,遇救得脱;徐孚远、冯京混在乱兵之中,逃回舟山。唯沈廷扬不肯逃亡,慷慨被缚。沈廷扬有亲兵六百人,一起被斩于苏州娄门,无一肯降者,而他自己,则被解往江宁,拒绝洪承畴的劝降,七月初三,慷慨殉国。与他一起殉国的,还有黄斌卿妻舅、总兵蔡聪。

香台咫尺渺人琴,万里寒潮送夕阴。报国千年藏碧血,毁家十载散黄金。名山难瘗孤臣骨,瀚海空磨战士镡。留得荒祠姓氏古,春归唯有杜鹃吟。

——张煌言《吊沈五梅中丞》

在此期间,夏完淳遥望海上,以为大事终可为,而竟不可为,从失望,到绝望,真不可以一言道之。

江上望,郎在木兰舟。远水孤帆天漠漠,斜风急雨水悠悠。归去不胜愁。

期已过,不见暮帆收。寂寞孤灯寒枕簟,徘徊残月挂帘钩。肠断五更头。

——夏完淳《望江南》

紫燕来时春遍,黄鹂啼处烟多。过期不至奈愁何。细雨斜风古渡。离恨夜来寂寞,归期春去蹉跎。盈盈江口望眼波。枉是朝朝暮暮。

——夏完淳《西江月·写怀》

七

吴胜兆原已决定初八举事,结果却又犹豫不决。也正是在这时,洪承畴送来了告发信,使得吴胜兆心下惶恐、惊惧;与此同时,苏州府又来行文提审李魁、马雄等,李魁等人便怂恿立即举事。戴之俊则道:"大兵十五日即可到松江,吾等举事,便在今日。"算算时间,也就剩下六七天了。

于是,八天之后,也就是四月十六日晚,吴胜兆传松江府各官赴提督衙门,商讨平定太湖之事。等大伙儿到齐,吴胜兆忽然发难,拿下向洪承畴告发他的松江府海防同知杨之易、推官方重朗,一顿乱刀,将二人砍死。然后,迫使手下将官割去辫子,中军高永义、材官沈兰、董有才等,辫子都被割去。吴胜兆以为,一旦那根金钱鼠尾的辫子割掉,这样原先大明、后来大清的众将,便又会随他反正到大明那一方去了。

乱世之中,朝秦暮楚,原就如此。或者说,这天下间的军阀,原本就是这样过来的。忽而流贼,忽而大明,忽而大清,只要能自保,只要能够拥有自己的人马,留辫割辫,改换门庭,变化旗帜,就像昨儿吃饭今儿喝粥一样简单。这期间,反复背叛之将,实在是太多了。

他真的没想到,人心已思定。

也许,对于大明来说,这是一种悲哀。

然而,这却是事实。

无论是普通的老百姓,还是吴胜兆军中的大多数将官,都已思定,都不再想背叛。对于背叛祖宗家国而今不肯再背叛回去的人来说,这真的很滑稽。

然而,这却是事实。

沈兰、高永义离开提督衙门之后,便商议平叛。然后,材官董友才、盛世用等也寻到沈兰,于是,四人盟誓,要除掉吴胜兆。而此时的吴胜兆,以为大势已定,还在豪饮以庆。

第二日,天刚破晓,沈兰等人率领本部人马,冲到提督衙门前。他们分一部分兵守住路口,沈兰自己则带着兵丁、家人直入衙门。此刻,吴胜兆竟还不知发生了什么事,从房中出来,见到沈兰,还大呼"救我"。

一场混战,李魁被乱刀砍死,吴著、戴之俊等十九人一并遇害。事变时,马雄不在场,数日后自首;不久,周谦也被捕获。

十七日中午,吴胜兆、陆冏等被解赴苏州,后又解赴江宁。吴胜兆很快就在江宁被杀。

事情的结束,就这样简简单单。

许多原本应该轰轰烈烈的事,到头来,往往就这样简简单单。

而夏完淳的命运,也因此而改变,短短的一生,由此走到尽头。

> 登楼望,露华新。满目尽风尘。莺花无主不胜春。偏逐断肠人。
> 郎未来,侬未去。独倚雕栏无语。泪珠滴滴对银釭,化作今宵雨。
>
> ——夏完淳《喜迁莺·暮雨南怀》

永巷惊风，长门送月，年年几度伤心。银釭点点，泪滴露华侵。此夜西宫弦管，魂梦中仿佛车音。惊坐起，孤灯残月，愁坐倚瑶琴。

沉沉芳信杳，金凫烟冷，银鸭香深。听风丝雨片，落月鸣禽。却望君王何处，昭阳歌舞动花阴。遥思想，六龙天上，刀尺动秋砧。

——夏完淳《满庭芳·寓怨》

夏完淳是在海上遭遇清兵，不幸被捕。

吴胜兆事败，夏完淳得到消息之后，就开始逃亡。这些年来，尤其是在父亲殉国之后，夏完淳一直都漂泊无依，四处奔走，风餐露宿更是家常便饭；然而，这一次不同，这一次，那么多的人，被抓进了大牢。清廷是不发作则已，一发作，就像发了癫似的，誓将事情一追到底，将原先的温情脉脉撕得粉碎，江南名士几乎被一扫而空。

陈子龙被捕，在押送途中，投水殉国。

复社名士刘曙被捕的时候，还不知道发生了什么事，只不过因为被列入名册，所以，在劫难逃。名册中的很多当事人对于事情的前后经过并不知晓。这也是很奇怪、很滑稽的事。

侯岐曾被捕，因为陈子龙曾逃匿其处。

顾咸正被捕，因为与其两子都曾藏匿陈子龙。

伯父夏之旭倒没有被捕，因为他自缢在孔庙，但他也曾藏匿过陈子龙，若追究下来，一样难免被捕。

……

夏完淳唯有逃亡。否则，不要说他在名册当中，便是不在，以他与陈子龙的关系，他也无法脱身。清廷决不相信，他的老师参与其间，而他这个做学生的倒没有；更不用说，他的父亲还是夏允彝。

夏完淳潜形匿迹，上了海船，准备前往舟山。只可惜，遇到清兵巡逻，没跑得掉。吴胜兆案发后，江南早已是天罗地网，防止有人通海，与舟山那边联系。

当船进入长江的时候，夏完淳低低地叹息一声。他知道，一切都已结束，大明的亡国已经无法更改。不错，还有舟山，还有台湾，还有西南，永历朝廷还在苦苦挣扎，但夏完淳清醒地知道，大明已经亡国，所谓中兴，真的就只是一个美好的梦。

他忽然明白了陈子龙，明白了当时陈子龙眼中的忧郁，明白了陈子龙何以会明明不看好吴胜兆却还是参与了进去，明白了陈子龙何以被捕之后选择了投水殉国。

他也忽然明白了父亲，明白了父亲当日的选择。

他仍记得，当时父亲投水的时候，他很痛，却不是很明白。

现在，他明白了。原来，活着，比死去要艰难，要痛苦得多啊。这样想着，夏完淳的一颗心竟轻松了起来。

罢了。夏完淳望着万里长江，不由想道。却原来，所有的伤心，都将付与水东流。这长江边上，曾有多少亡国伤心事？到头来，不改水东流。

片风丝雨笼烟絮，玉点香毬。玉点香毬。尽日东风不满楼。

暗将亡国伤心事，诉与东流。诉与东流。万里长江一带愁。

——夏完淳《采桑子》

松江郡城西行二十余里，船经过细林山的时候，夏完淳想起当日与老师同游，老师说，策杖游历，何须嵩山、泰山？但能心领神会，无处不风光，便是此地，一样可做天上神仙。

如今，细林山还在，老师却已不在。

去年哭吴易，那么，今年，就再哭一场吧。趁我年轻，还有眼泪；到再也无泪的时候，此生已矣。

细林山上夜乌啼，细林山下秋草齐。有客扁舟不系缆，乘风直下松江西。却忆当年细林客，孟公四海文章伯。昔日曾来访白云，落叶满山寻不得。始知孟公湖海人，荒台古月水粼粼。相逢对哭天下事，酒酣睥睨意气亲。去年平陵鼓声死，与公同渡吴江水；今年梦断九峰云，旌旗犹映暮山紫。潇洒秦庭泪已挥，仿佛聊城矢更飞。黄鹄欲举六翮折，茫茫四海将安归？天地跼蹐日月促，气如长虹葬鱼腹。肠断当年国士恩，剪纸招魂为公哭。烈皇乘云御六龙，攀髯控驭先文忠。君臣地下会相见，泪洒阊阖生悲风。我欲归来振羽翼，谁知一举入罗弋。家世堪怜赵氏孤，到今竟作田横客。呜呼！抚膺一声江云开，身在罗网且莫哀。公乎，公乎，为我筑室傍夜台，霜寒月苦行当来。

——夏完淳《细林夜哭》

八

望青烟一点，寂寞旧山河。晓角秋笳马上歌。黄花白草英雄路，闪得我对酒销魂可奈何！荧荧灯火，新愁转多。暮暮朝朝泪，恰便是长江日夜波。

——夏完淳《双调·江儿水·无题》

无限伤心夕照中。故国凄凉，剩粉余红。金沟御水自西东。昨岁陈宫，今岁隋宫。

往事思量一晌空，飞絮无情，依旧烟笼。长条短叶翠蒙蒙，才过西风，又过东风。

——夏完淳《一剪梅·咏柳》

洪承畴拿着这一曲一词，一时无语。这是狱卒从监狱之中抄写出来的，由夏完淳所写。

洪承畴已经五十多岁了。有时，揽镜自照，对着镜中的星星白发，洪承畴就不觉苦笑，心道：这一生，到底发为谁白？他很是茫然。是真的很茫然。

松锦之战前，这发，自然是为大明而白。他不以为那个时候他是虚情假意。天地良心，那个时候，他对大明，对崇祯皇帝，真的是忠心耿耿。"鞠躬尽瘁，死而后已"，这样的话，可不是说说而已，对于洪承畴来说，是要实实在在去做的。只可惜，松锦之战，大明输了，而他这位大明的统帅，蓟辽总督，就成了大清的俘虏。好么，没有当场战死，成了大清的俘虏，那又如何？不过是死而已。然而，他没有死得成。大清的皇帝，竟千方百计地劝降。洪承畴不知道大清的皇帝何以非要劝降，但他知道，大清的皇帝这样千方百计劝降，仿佛是很看重他的样子。这样的看重，洪承畴自然也不会放在心上。因为大明的皇帝，也很看重他。只不过，这使得洪承畴的内心到底有些小小的得意。

直到有一天，范文程前来做说客。

洪承畴不管范文程说什么，他只是破口大骂。

"熊廷弼安在？"

"孙传庭安在？"

"卢象升安在?"

"袁崇焕安在?"

……

无论洪承畴怎么破口大骂,范文程都是不动声色,只是这么一个一个名字列举过去。这些人,无不是大明的忠臣;然而,他们,有的被大明的朝廷杀死,有的被大明的朝廷逼死。如果说天启朝杀人还不多的话,那么,到了崇祯朝,这位皇帝杀起人可丝毫不曾手软过。

后来,崇祯殉国之后,洪承畴曾命人细细估算,这位对他极为看重的崇祯皇帝,在位十七年,换了五十个大学士、十一个刑部尚书、十四个兵部尚书,诛杀总督七人,杀死巡抚十一人,逼死一人。至于手下大臣如杨嗣昌逼死卢象升等,还没有算进去。这样一算,洪承畴不觉毛骨悚然,便回想起范文程当时不动声色的列举来。

"洪先生无论成败,都不会有好结果。"范文程道,"成,先生不妨看袁崇焕是怎么死的,孙传庭是怎么入狱的;败,呵呵,即使我大清将先生放回去,先生以为,那位大明的陛下会如何处置先生?"

洪承畴心中惊悚,只觉冷汗直冒。这时,屋梁上掉下一些灰尘,落在他的衣服上。他下意识地拂去灰尘,却没有停止大骂,来掩饰心头的不安。因为他知道,范文程说的,都是真的。他更知道,如果不是因为他担心北京紫禁城的那双阴森森的眼,松锦之战大明未必就会输。

紫禁城的那位,不断催促速战速决啊。若战,则败;若不战,以那位皇帝的脾性,洪承畴一样没有好下场。洪承畴不敢不听那位皇帝的话,结果就是松锦之战的大败,无数将士战死沙场,又有无数将士成为大清的俘虏。

"唉。"洪承畴叹息一声。

洪承畴最终还是降了大清,而且,很快就受到重用,到如今,顺治帝任命他为太子太保、兵部尚书兼都察院右都御史,入内院佐理军务,授秘书院大学士。顺治二年(1645)五月,多铎攻占南京;闰六月,多尔衮派洪承畴取代多铎,敕赐便宜行事。

洪承畴便想,当日,若不降,且大清真的将他放回去,北京紫禁城的那位会如何处置他? 像秦穆公处置百里孟明视,曰:"皆朕之过也,非将军之罪?"

想到这里,洪承畴便只有苦笑。

因为他知道,紫禁城的那位,处置他时决不会手软,也决不会有第二种结果。或许,其间也有些小小的不同,就是怎么死,比如是斩,还是剐。

洪承畴可不相信,那位皇帝会对他网开一面。

如果说先前发是为大明而白,那么,如今,发便应是为大清而白了。哦,不,现在不是发,而是辫。剃发留辫,方是大清。

当时,多铎攻取南京之后,便是下了剃头令,"留发不留头,留头不留发",才使得江南一片哗然。于此危难之时,多尔衮方才将江南交到了洪承畴之手。然而,如今作为大清重臣的洪承畴,来到江南之后,又能如何? 面对那些不肯屈服的汉子,他洪承畴又能如何?

有时,洪承畴也忍不住会在心下痛骂,这些江南蛮子,真的就那么不怕死?

降,可以不死;为僧,可以不死;甚至到最后,只要隐居,不再与大清为难,大清也不会再去找你麻烦。洪承畴觉得,他已经做到仁至义尽了。然而,那些人,依旧是不依不饶,现出一副非要将大清赶出江南、赶到关外去的模样了。自然,对于他们来说,这是很好的;问题是,这有可能么? 如今,已经占据了大好河山的大清,会重新放弃江山,回到白山黑水去?

洪承畴不觉冷笑连声。他只觉得,江南的那些人,真的是认不清形势,时至今日,兀自在那儿痴人说梦。他们甚至不知道,江南的人心,乃至整个天下的人心,如今早已在大清了。

如果当日,大明能得人心的话,能亡? 能亡于流贼? 大明正是因为失去民心,百姓才会揭竿而起,各路流贼汇聚成滚滚洪流,才将大明给吞没了。真要说起来,亡大明的,是大明的流贼,真不是大清;大清是从流贼之手获得天下,大清攻占的也是流贼的北京,而不是大明的北京。

大清对得起大明。洪承畴如是想。至于当日大明与大清的缠战不休,如今的洪承畴,自然也不会以为大清就错了。难道当大明打过来时大清束手就擒就对? 更不用说,大清,其实也是被大明给逼的,不得不反抗。大清太祖皇帝的"七大恨",可不是无缘无故。

人心到底思定。洪承畴想。否则,以大清区区一隅之地,如何在这短短几年之内,就能获得整个天下? 虽然说,如今还有零星抵抗,但洪承畴知道,他们的覆灭是早晚的事。

因为人心思定。

而这能够定天下的，如今，只有大清。

吴胜兆还没举事就失败，岂非也正说明这个道理？

九

当洪承畴看到夏完淳的时候，不觉就叹了口气，心中是说不出的滋味。这个少年，这个天才少年，竟也被卷入这件事。

然而，这件事既然已经发作，自然不可能不了了之。

"汝童子有何大见识，岂能称兵犯逆。想必是被人蒙骗，误入军中。如归顺大清，当不失美官。"洪承畴道。洪承畴有心替夏完淳开脱，自然要将夏完淳看作一个孩子。但这样的开脱，又不能太明显，所以，便在"蒙骗"二字上做文章。嘴里这样说着，心中却想道：归不归顺倒不打紧，只要承认被"蒙骗"就行。若能归顺，自然就更好了。

夏完淳双眼睥睨，瞧着洪承畴，道："尔何人也？"

两边衙役见这孩子大胆，吓得失色，忙道："此乃洪大人也。"又有小吏低声说道："此乃洪亨九先生。"他们自然以为夏完淳是真的不认得洪承畴。

夏完淳听罢，哈哈大笑："别骗我了，以为我还是个孩子啊。我听说的洪亨九先生可是位大英雄、大豪杰，当日，松锦之战，洪亨九先生以身报国，天子在北京下诏褒奖，这是何等荣耀。小子年少，却也仰慕洪亨九先生报国之心、忠烈之行。堂上的这位，装谁不好啊，非要装洪亨九先生，真叫小子笑话啊。"夏完淳虽说戴着刑具，却是挺身直立，毫不畏惧，脸色是一如既往的坚毅。只是，当他大笑的时候，嘴角还带有几分稚嫩。

洪承畴脸色一阵红一阵白，一时间，竟无言以对。

旁边的那个小吏也是一身冷汗，忙道："上面坐着的，真的是洪经略。"

夏完淳怒道："洪亨九先生早已殉国，天下无人不知，天子更设御祭七坛，泪洒龙颜。尔乃何人，非要冒洪亨九先生之名不可，玷辱洪先生的英名？"

洪承畴长叹一声，一摆手，道："罢了，带下去吧。"

洪承畴竟没能劝降一人，无论这些人有没有参与到这件事中去，一旦被捕，无一人肯变节。这也使得洪承畴长叹不已，无可奈何。

"不是老夫要杀人，老夫不得不杀啊。"洪承畴这样安慰着自己。既然已是大清之臣，自然要忠于大清，这些时刻想反清的，洪承畴也无法视而不见，如果他们不肯归顺的话。

自古忠义两难全。洪承畴看着镜中的白发，这些日子以来，仿佛又多出几根。

北风荡天地，有鸟鸣空林。志长羽翼短，衔石随浮沉。崇山日以高，沧海日以深。愧非补天匹，延颈振哀音。辛苦徒自力，慷慨谁为心？滔滔东逝波，劳劳成古今。

——夏完淳《精卫》

【傍妆台】客愁新。一帘秋影月黄昏。几回梦断三江月，愁杀五湖春。霜前白雁樽前泪，醉里青山梦里人。（合）英雄恨，泪满巾。响丁东玉漏声频。

【前腔】两眉颦。满腔心事向谁论？可怜天地无家客，湖海未归魂。三千宝剑埋何处？万里楼船更几人！（合）英雄恨，泪满巾。何年三户可亡秦！

【不是路】极目秋云。老去秋风剩此身。添愁闷。闷杀我楼台如水镜如尘。为伊人。几番抛死心头愤。勉强偷生旧日恩。水鳞鳞。雁飞欲寄衡阳信。素书无准。素书无准。

【掉角儿序】我本是西笑狂人。想那日束发从军。想那日霸角辕门。想那日挟剑惊风，想那日横槊凌云。帐前旗，腰后印。桃花马，衣柳叶，惊穿胡阵。流光一瞬。离愁一身。望云山，当时壁垒，蔓草斜曛。

【前腔】盼杀我当日风云。盼杀我故国人民。盼杀我西笑狂夫，盼杀我东海孤臣。月轮空，风力紧。夜如年，花似雨，英雄双鬓。（合）黄花无分，丹萸几人。忆当年，吴钩月下，万里风尘。

【余音】可怜寂寞穷途恨。憔悴江湖九逝魂。一饭千金敢报恩。

——夏完淳《南仙吕·傍妆台·自叙》

255

在狱中，钱旃倒曾流露出贪生的念头，结果夏完淳厉声道："当日者，公与督师陈公子龙及完淳三人，同时歃血，上启国主，为江南举义之倡,江南人莫不踊跃。今与公慷慨同死,以见陈公于地下,岂不亦奇伟大丈夫乎哉!"遂使钱旃得以保全晚节。

乐今竟如此,王郎又若斯。自羞秦狱鬼,犹是羽林儿。月白劳人唱,霜空毅魄悲。英雄生死路,却似壮游时。

——夏完淳《简半村先生》

钱旃道:"汝尚年轻,何必与我等俱死。"夏完淳正色道:"宁为袁粲死,不作褚渊生。丈人何相待之薄耶!"只是想起妻子,还是忍不住长叹一声,落下泪来。二人成亲以后,聚少离多,如今,又将是永别,怎不教人肝肠寸断。

忆昔结缡日,正当擐甲时。门楣齐阀阅,花烛夹旌旗。问寝叹忠孝,同袍学唱随。九原应待汝,珍重腹中儿。

——夏完淳《寄内》

离愁心上住。卷尽重帘推不去。帘前青草,又送一番愁绪。凤楼人远箫如梦,鸳锦诗成机不语。两地相思,半林烟树。
犹忆那回去路。暗浴双鸥催晚渡。天涯几度书回,又逢春暮。流莺已为啼鹃妒。蝴蝶更禁丝雨误。十二时中,情怀无数。

——夏完淳《鱼游春水·春暮》

夏完淳知道,留给他的时间已经不多了。在狱中,他拼命写诗,写词,写曲,写文,仿佛想将这一辈子想说的话都写出来似的。

淳之生也,十有七年。昊天不吊,宇宙祸盈。生之不辰,非我先后。先文忠投渊殉节,便尔无家。湖海飘零,于今三载。风胝霜胝,捉衿短衣。备人世之艰辛,极君亲之冤酷。穷途歧路,断梗飞蓬。日既如流,天犹共戴。呜呼!淳自知生不如死久矣。特以国难家仇,未能图报,忠臣孝子,自当笑人,故饮恨吞声,苟全性命。湖中之起,身在行间,不忘丧元,独当一面。江东领表,日月双悬。先文忠为国死,淳也为国生。于是七尺受一命之荣,九重蒙三锡之典。恨不灭此朝食,下报幽冥。噫!以淳拜命蜡丸,执戈幕府,成仁一死,抑亦何言?呜呼!家仇未报,臣功未成,赍志重泉,流恨千古。今生已矣,来世为期。万岁千秋,不销义魄;九天八表,永厉英魂。先文忠得为皇明臣,淳也得为先文忠子。吞声归冥,含笑入地。呜呼! 淳今死矣,抑又何言?

——夏完淳《土室余论》

夏完淳自然明白,他不得不死。父亲是忠臣,投水殉国。老师是忠臣,投水殉国。亲戚之中,侯家是满门忠烈;钱家,即使丈人稍有犹豫,却也一样是坚定了必死之心。此外,吴易即使本非将帅之才,却也一样不屈,宁死也不降。在江南,这样的大好男儿,实在是太多太多。即便是这一次的吴胜兆通海一案,牵连千余人,竟无人肯变节。

夏完淳自然明白,他不得不死。如果真的听从洪承畴的话,变节投降,那么,余生如何度过? 又如何去面对母亲与妻子? 不忠不孝之人,必然是生不如死。

夏完淳从被清兵捕获开始,就已经坚定了必死之心。

只是,终究有些舍不得母亲与妻子。

不孝完淳今日死矣。以身殉父,不得以身报母矣。痛自严君见背,两易春秋。冤酷日深,艰辛历尽。本图复见天日,以报大仇,恤死荣生,告成黄土。奈天不佑我,钟虐先朝。一旅才兴,便成齑粉,去年之举,淳已自分必死,谁知不死,死于今日也。斤斤延此二年之命,菽水之养无一日焉。致慈君托迹于空门,生母寄生于别姓,一门漂泊,生不得相依,死不得相问。淳今日又溘然先从九京,不孝之罪,上通于天。

…………

语无伦次,将死言善,痛哉痛哉。人生孰无死,贵得死所耳。父得为忠臣,子得为孝子,含笑归太虚,了我分内事。大道本无生,视身若敝屣。但为气所激,缘悟天人理。恶梦十七年,报仇在来世。神游天地间,可以无愧矣。

——夏完淳《狱中上母书》

三月结缡,便遭大变,而累淑女相依外家。未尝以家门盛衰,微见颜色。虽德曜齐眉,未可相喻;贤淑和孝,千古所难。不幸至今吾又不得不死;吾死之后,夫人又不得不生。上有双慈,下有一女,则上养下育,托之谁乎? 然相劝以生,复何聊赖! 芜田废地,已委之蔓草荒烟;同气连枝,原等于隔肤行路。青年丧偶,才及二九之期;沧海横流,又丁百六之会。茕茕一人,生理尽矣! 呜呼! 言至此,肝肠寸断,执笔心酸,对纸泪滴。欲书则一字俱无,欲言则万般难吐。吾死矣! 吾死矣! 方寸已乱;平生为他人指画了了,今日为夫人一思究竟,便如乱丝积麻。身后之事,一听裁断,我不能道一语也! 停笔欲绝。去年江东储贰诞生,名官封典俱有,我亦曾得。夫人,夫人! 汝亦先朝命妇也。吾累汝,吾误汝! 复何言哉? 呜呼! 见此纸如见吾也。外书奉秦篆细君。

——夏完淳《遗夫人书》

写罢,夏完淳泪如雨下,搁下笔来。他知道,他这一辈子的文字,都已写完。上天给他以神童之名、之笔,或许就是要他将一辈子的文字,在十七岁前写完。

此生已矣。

只是,他忽然想起他年轻时候的一首词来。

如果说十七岁的少年也曾有过年轻的时候。

断肠春信自年年。烟雾珠帘掩翠钿。红滴杜鹃花下雨,绿回杨柳院中烟。

重重春恨凭谁说。两两黄鹂唤欲眠。独有多情明月在,隔墙花影动秋千。

——夏完淳《瑞鹧鸪》

那么明快,那么清丽,那么像个多情的少年。或许,这才是他要的生活。

顺治四年(1647),九月十九日,夏完淳在南京西市殉国,罪名是"通海寇为外援,结湖泖为内应,秘具条陈奏疏,列荐文武官衔"。与他一起殉国的,还有钱旃等二十余人。

夏完淳死后,有少时好友杜登春、沈羽霄收敛遗体,归葬到松江昆冈乡荡湾村夏允彝的墓旁。其妻钱秦篆在夏完淳死后不多久产下一子,只是这个婴儿很快就夭折了,夏家就此绝嗣。夏完淳的母亲与妻子,遂削发为尼,不事新朝。

蔚蔚猩猣试晚霞。斜风轻送七香车。倚阑低亸鬓云斜。
难道郎心风外絮,可怜妾命梦中花。月华流恨到天涯。

——夏完淳《浣溪沙》

午夜梦回,这一个已经削发的女子,是不是会时常梦见那一个
坚毅的少年?

没人知道,她所需要的,不是满门忠烈,而是一个家啊。

江山犹在,物是人非。

陈子龙

添我千行清泪也，留不住，苦匆匆

蝶恋花

一枕云山春梦薄。翠涨红销，风雨尤成昨。燕转莺嘿都不觉。杨花扑上阑干角。

酒向新亭偏易酌。月夕霜晨，辗转人如鹤。强把枝条开复落。几番心事思量着。

李旭东

泽国微茫,海滨寥廓。万堞孤城逼天角。云外龙车碧树悬,霜前雁字当窗落。苎城花,秦山月,都萧索。

刺史风流携琴鹤,暇日高吟倚轩阁。酾酒新亭几忘却。三泖沙明绕郡楼,九峰岚翠扶城郭。铜壶响,晓更催,宛如昨。

——夏允彝《千秋岁引·丽谯》

陈子龙在逃亡途中,一直都在想着老友夏允彝的这阕词。夏允彝素不工词,当日,当陈子龙与李雯、宋徵舆等人唱和的时候,夏允彝也就在旁边笑笑,从不肯参与进来。即使到了后来,"云间三子"名声大振,这期间并没有夏允彝的时候,夏允彝也只是笑笑,不以为意。

这是一个看着还挺和蔼的男人。但陈子龙知道,这个男人,其实很倔强。

这个倔强的人,认定了词是小道,更不愿用词去吟风弄月,就像"云间三子"与围绕在他们身旁的那些人一般。

这个倔强的人,一旦认定了的,就肯定会去做。

就像填词。

然而,当顺治二年(1645),陈子龙起兵泖湖的时候,夏允彝破天荒地填写了这一阕《千秋岁引》。

这使得陈子龙很是惊讶,便问:"瑗公,你如何想起填词来?"

夏允彝依旧只是笑笑,不作声。只不过如果仔细看的话,会看见,这个男人的眼角、嘴角,都有着一些小小的得意。

那一年,夏允彝已经五十岁了。一辈子不填词的人,到了五十岁,忽然填出一阕词来,这实在是一件很古怪的事。

眼前是碧波万顷,战船千艘,旗帜在风中猎猎作响。陈子龙一身戎装,虽不是羽扇纶巾,却也俨然有三国时期儒将的风范。"遥想公瑾当年,小乔初嫁了,雄姿英发。羽扇纶巾,谈笑间、樯橹灰飞烟灭。"陈子龙心头便出现东坡的这几句词来。他想,在别人的眼中,此刻的陈子龙是否也是雄姿英发?

陈子龙手扶剑把,环视那一员员意气风发之将。

吴淞副总兵吴志葵。

参将鲁之玙。

总兵官黄蜚。

前明两广总督沈犹龙。

还有一生的朋友，夏允彝，徐孚远……

文臣武将，人才济济；战戟如林，杀气腾腾。

陈子龙忽然就觉得，有如此虎贲之军，倘能指挥得当，收复江南又有何难？

他的身后，是太祖像。

太祖端坐在龙椅上，微眯双眼，仿佛在看着他们，看着他们这些大明的不肖子孙，看着他们这些大明最后的忠臣。

湖风淡淡吹过，将台之下，便是那些往日最为不堪的兵士，此刻，也是鸦雀无声，两眼紧紧地盯着将台之上的陈子龙。

"兄弟们，"陈子龙的声音有些嘶哑，仿佛是大病初愈的模样，"鞑子已经占据了我们的河山，屠杀着我们的人民，要我们剃发留辫，背弃祖宗。大明三百年天下，宁无一个是男儿？"

陈子龙的声音因为嘶哑而显得低沉。

"便是今年，两个月之前，鞑子攻破南京，"陈子龙的神情显得很是悲愤，"皇帝也被俘虏，送往北京。"他哽咽着，有些说不下去了。无论弘光帝是怎样的昏庸，就这样成为鞑子的俘虏，对他们这些大明的臣子来说，实在是一种耻辱。

"就在这一个月，也就是在前几天，鞑子在江阴也下了'剃发令'，但江阴人没有屈服，宁死不肯剃发，"陈子龙站直了身子，环视着将台之下的兵士，厉声道，"我们松江人，难道就不如江阴人么？就没江阴人有血性？"

这一说，将台之下，很多兵士的脸色就变了。虽然说，将台之下的也不全是松江人，但不管是松江人，还是江阴人，总还是大明的人，大明已经丢了天下，现在还要"剃发留辫"，"宁无一个是男儿"？

吴志葵怒道："陈先生此言差矣！纵我不是松江人，也决不受这样的耻辱！"说着，他拔出剑来，仰天长啸："吴某发誓，此生，与鞑子势不两立！"吴志葵大声发誓的时候，双目圆睁，目眦俱裂。

"吴总兵好样儿的！"鲁之玙也大声道，"本将也发誓，此生，与鞑子势不两立！"

"不两立!"沈犹龙淡淡地道。他是文人出身,自然很有风雅之气,但语声虽说淡淡,却显得很是坚决。

"不两立!"

"不两立!"

万千将士山呼海啸般呼喊着,直喊到面红耳赤,兴奋莫名。湖面之上,那惊起的水鸟扑棱棱飞起,直飞向远方,不过,没一会儿,竟又飞了回来,落在桅杆上,或叽叽喳喳地鸣叫着,或自由自在地梳理着羽翎。

"祭旗!誓师!"待山呼海啸声停歇下来,陈子龙也拔出剑来,高高举起。

他的身前,是太祖皇帝的画像。

此刻,那坐在龙椅上的太祖皇帝,是说不出的威风凛凛。

顺治二年(1645),五月,清兵攻打南京,钱谦益、王铎等人打开城门,主动迎降,弘光帝也在芜湖被清兵俘虏,然后解送北京,弘光朝至此结束。

闰六月,初十日,陈子龙在泖湖誓师起兵。

二

誓师。起兵。

这对于陈子龙来说,并不是什么难事,然而,起兵之后,陈子龙才发现,"饷无所办"。这是起兵之前的陈子龙所没有想到的。

陈子龙募集了千余渔民,吴志葵带来了三千人,黄蜚带来了二万人,也就是说,总共差不多要有二万四千余人。这么多的人,每一天的消耗是多少?需要多少粮饷,才能使这些兵士"为我所用"?

起兵之前,陈子龙没想过这个问题;一旦起兵,他这个监军左给事中,又如何能够不去想?还有新任的兵部尚书沈犹龙,也是愁得头上又多出几茎白发。

这边方才愁着粮饷的问题,那边,徐孚远又匆匆地跑过来道:"卧子,你去看看……"

陈子龙看到徐孚远铁青的面色,心里便已咯噔一下,只是,他还不能显露在脸上,还要装出个从容不迫的大将之风来。

"什么事?"陈子龙淡淡地问道。从定交以来,已经十余年,陈子龙还从未见过他的这位老友有如此惶恐的时候。

徐孚远苦笑道:"那些打鱼的,在闹饷呢。"

"闹饷?"陈子龙脸色大变。谁都知道,军中闹饷,那是要出大事的;即使这支军队被陈子龙命名为"振武"。振武军中,陈子龙真正能够指挥的,大约只有这新近招募来的三泖渔民。刚开始招募的时候,夏允彝也曾有过疑问,以为这些从未上过战场的渔夫,又如何能去与狼如狼凶如虎的鞑子作战。夏允彝提出疑问的时候,很是忧心忡忡。因为这群渔夫,哪里懂得什么军纪? 便是操练的时候,都是闹哄哄的,全不成个样子;至于从未上过战场,在夏允彝看来,倒还是次要的。

陈子龙却兴致勃勃地道:"瑗公,这就像一张白纸,什么都可以画啊。你放心,只要操练得当,这群渔夫,也一样会是最好的兵。"想了想,又道:"我们练的是水师,水师的兵,渔夫出身,操练起来是事半功倍啊。"陈子龙说着,便爽朗地笑将起来。

这才过了几天,徐孚远就过来说,这群招募来的兵闹饷!

陈子龙丝毫不敢耽搁,急匆匆地便跟着徐孚远往营地走去。人还没到营地,便听到营地里面一片嘈杂声,说的都是松江土话。

陈子龙的脸色立刻就变了。

他亲耳听见,那些个渔夫兵,正嚷嚷着出湖。要出湖? 要离开泖湖? 这已不仅是闹饷,而是索性要逃兵了。

自古有言道,慈不掌兵。但凡遇到闹饷的,杀几个带头的也就行了;可要是哗变而逃,那可不是杀几个人就行的了。陈子龙虽非熟读兵书战策,却也明白,古来逃兵一旦抓获,就只有一种处理方法:斩首示众。

可是,一般说来,军营之中的逃兵,都是趁夜深人静毫无人知的时候,方才偷偷逃出去的,哪有这样吵吵嚷嚷的? 听那吵吵嚷嚷的模样,仿佛是在鱼市场似的。

这些个已经是水师兵士的渔夫,莫非还真的将军营当作鱼市场? 将来当兵当成是过家家?

陈子龙冷笑一声,心道:莫非真以为陈某不会杀人么? 这样想着,便大踏步地走进了军营。他的身后,是杀气腾腾的家丁。

陈家,虽说比不上那些世家,却也有一些堪用的家丁。

军营之中，果然就像是鱼市场一般，那些分明已经穿着大明军服的兵士，竟然有很多还赤着脚，撸着袖，大声嚷嚷着，仿佛是在跟人做买卖讨价还价似的，唾沫星子在嘴唇边四溅开来，好似放着白色的烟花。

夏允彝被他们围在当中，不断伸手揩着脸，一副狼狈不堪的样子。

"陈监军来了！"一个家丁大喝一声。大明军中，监军的权力堪比主帅。而这支刚刚建起的振武军中陈子龙便是监军，至少，是名义上的监军。即使是那些手握重兵的，像黄蜚与吴志葵，至少表面上也要尊重他。

而眼前的这些兵丁，还是陈子龙与徐孚远一起招募来的，论规矩的话，这将是他的亲兵，子弟兵。

这些渔夫出身的兵丁，见到陈子龙面色很难看地进来，也不以为意。有的只是看了他一眼，依旧自顾自地与同伴说话；有的则稍好些，一拱手，道："见过监军大人。"

"见过陈先生。"

"见过先生。"

叫"先生"的，都是原先就与陈子龙相识的，尊重这位读书相公，在叫"先生"的时候，倒没有嬉皮笑脸的。

陈子龙是松江人，又在泖湖住过很长一段时间，所以，这些靠水为生的渔夫，有很多都认识这位陈先生。也正因如此，陈子龙振臂一呼，才在泖湖一带招募到这一千余的兵丁啊。否则，谁不知道当兵打仗是要死人的呀？泖湖一带，靠水吃饭的渔民，要不是活不下去，何苦去当兵？至于说如今这天下是大清的而不是大明的，他们这些打鱼人还真不是很在乎。在大明，他们过得未必就好；在大清，他们过得就未必不好。

他们之所以加入振武军，就是因为尊重陈先生这位读书相公。

如此而已。

"卧子，卧子，你可来了。"正狼狈不堪的夏允彝如释重负一般。

"瑗公，"陈子龙瞧着这位年长他很多、他也看作兄长一般的男人，不觉很是奇怪，道，"到底怎么回事？"

这些兵丁，尽管闹闹嚷嚷的，却也没有动手，这看着好像也不似闹饷。陈子龙可很清楚，大明军中每一次闹饷，都是要杀人的，尤其是那些下层的军官，很容易就会被闹饷的兵丁给杀死。陈子龙带着亲随家丁来,原就准备开杀戒了。

夏允彝苦笑道:"他们要出水打鱼。"

陈子龙一愣,道:"出水打鱼?"

"是啊,陈监军,"一个兵丁大声道,"这几天,兄弟们嘴巴里淡出个鸟来,所以才想着出湖去打些鱼来,也好下饭。"其时,便是不识字的,却也知道《水浒》的故事,《水浒》中的好汉,动则是"嘴巴里淡出个鸟来";这话虽然粗俗,可这些终日打鱼为生的渔夫可喜欢得紧。《水浒》中,阮氏三雄便是打鱼的出身;他们也是打鱼的出身,焉知不会是阮氏三雄那样的好汉?

又一个兵丁道:"也不都去,就哥儿几个去一趟,两三天吧,哥儿几个保证打他个几船鱼回来,兄弟们也好开开荤。兄弟们,你们说是不是啊?"

"陈四,你不是去打鱼,你是想去找你相好的吧?"有一个仿佛很熟悉的兵丁笑道。

这一笑,众人都忍不住哄堂大笑起来,好像对这位陈四与他的相好的,大伙儿都很熟悉似的。

陈四面色早黝黑,仿佛生了一层水锈似的,听得众人哄笑,哪里会在意,更不会脸红,不过,却是很正经地道:"胡说!咱现在是大明的兵,规矩也是懂的,哪会偷出去找相好的?再说了,咱就是想去找,现在也没银子不是?"说着,便有些谄媚地瞧着陈子龙,道:"陈先生,这个,这个⋯⋯是不是打了胜仗就有赏银啊?"

"是啊,监军大人,是不是杀鞑子就有赏银拿?"

"自然是啊,监军大人不早就说过了,拿鞑子的人头来换赏银。"

"监军大人不会是哄我们吧?"

"胡说!陈先生是天上的文曲星下凡,哪会哄骗咱们?有句话怎么说来着?叫作,叫作,什么之心来着?"

"以小人之心度君子之腹。"

"对对对,就这句话。"

众兵丁便舍弃了夏允彝,很快就将陈子龙围在当中,与陈子龙说话,有的问什么时候去打鞑子,有的问赏银是不是真的,有的问杀一个鞑子有多少赏银,还有的则是保证只带几个人出去打鱼,改善一下军中的伙食。军中的伙食,委实太差,口味差不说,连吃得饱都难。众人七嘴八舌,你未说罢,我已开口,闹哄哄的,果然似鱼市场一般。

陈子龙的头都大了。

却原来不是闹饷，不过，敢情比闹饷还要麻烦。"住嘴！"陈子龙听得实在是受不了，直气得胸口起伏不定，全身铁甲噌噌作响。

众人愣住，都有些奇怪地瞧着陈子龙，不明白这位监军大人何以会忽然发火。以往，监军大人还是陈先生的时候，与这些渔夫聊天时，可和蔼得很，总是一副笑眯眯的模样，仿佛永远都没脾气似的。却原来，这位读书相公也是会发火的。

有人小声道："这、这是陈先生？还会发火？"

有人便低低地道："陈先生是文曲星下凡，怎么不会发火？佛也有火呢。"说着，便嘻嘻地笑了起来，想来也并没有如何将怒气冲天的陈子龙放在心上。

夏允彝苦笑一下，瞧着脸色涨得血红的陈子龙，心里也知道，这事儿，还真不是什么事儿，可要处理起来，也是不容易。否则，他也不会在这里磨了那么久的嘴皮子；可悲哀的是，磨了那么久的嘴皮子，结果还是徒劳。

陈子龙又喘了几口气，积攒精神，厉声道："你们以为这里是哪里？还是鱼市场？你们这些人，还是打鱼的、卖鱼的？"

"唔，这个……"这一回，众人感觉好像是有些不对。现在，大家都是兵了；这个，做兵丁，好像是跟原来做渔夫不同。做渔夫，可以自由自在，可以"三天打鱼两天晒网"，可如今当了兵，好像、应该不可以吧？不过，大伙儿也没偷懒不是？不过就是想出水打鱼嘛。出水打到鱼，也算是给振武军解决掉一点粮饷问题，这有什么不好？陈先生为什么要这样发火？

陈子龙瞪着眼，恶狠狠地道："你们现在是兵！是兵！你们知道什么叫作兵么？"

"唔，这个……"有人想了想，道，"兵，不就是当兵吃粮嘛。"其实，不仅是说话的人，这千余渔夫兵，大约都是这么认为的。当兵吃粮，天经地义。不然，兵是什么？哦，还有杀鞑子。杀鞑子，拿赏银。唔，还有饷银。这个月的饷银倒是发下来了，不过，大多数的渔夫兵，一拿到饷银，都托人送回家去了；谁没个妻儿老小啊？没妻儿的，还有个老爹老娘呢。现如今，这军营之中，手边还有些银两的，可还真不多。

陈子龙低沉着声音，双目凶光暴露，道："你们忘了'七禁令五十四斩'了么?"

"什、什么?"众人的声音就小了一些,"什么禁令什么斩?"

"唔,我不知道。"

"好像是说过,不过,我没注意听。"

"听倒是听了,可我没记住。那么多话,谁记得住啊。"

"是哦。"

众人七嘴八舌,又议论起来。

陈子龙的面皮一直都紧绷着,可到了这时,内心还是涌出一阵一阵的无力之感。乌合之众。他的心头忽然就冒出这个念头来。这个念头就如火星似的,将他干柴似的内心一下子点燃。

乌合之众。这招募来的千余渔夫兵,根本就是乌合之众。

这样的乌合之众,如何去与鞑子打? 又如何才能打败鞑子、收复江南?

这蓦然之间,陈子龙只感觉到一种挫败,一种失望,乃至有点绝望。

"瑗公,"陈子龙向夏允彝求救道,"你告诉他们,什么叫作'七禁令五十四斩'……"

夏允彝苦笑一下,心道:早不知道宣示了多少遍了,军营里面,也到处都贴着,可是有用么? 什么用都没有啊。最好,能够斩几个犯纪的,杀鸡儆猴,或许才能有些用。

可他也知道,这杀鸡儆猴嘛,终究只能想一想,不能真的去杀人。这千余人,都是泖滨渔夫,抬头不见低头见,都是认识的,有的还是亲戚。泖湖就那么大,这住在泖滨的,有些沾亲带故的亲戚,可一点也不奇怪。倘若真杀人,只怕这千余人的振武军,真的要哗变了。

子弟兵! 子弟兵! 唉! 夏允彝忍不住叹息。他当然知道,子弟兵用得好的话,指挥起来,可以如臂使指;可也正是这些子弟兵,要宣示军令容易,要真的执行,恐怕就难了。

夏允彝无奈,便示意众人安静下来,正色道:"这'七禁令五十四斩',相传,是当日诸葛武侯所定的。何谓七禁令? 轻军、慢军、盗军、欺军、背军、乱军、误军。诸君适才便触犯了轻军、乱军之令。"夏允彝环视一眼,道:"何谓轻军? 轻忽军法,是为轻军。诸君人在军中,视军法如无物,便为轻忽军法,是为轻军。何谓乱军? 扰乱军队,是为乱军。诸君适才所为,使得整个军营都变得乱糟糟的,是为乱军。"夏允彝一一地解释着,倒显得很有耐心的样子。

众人这一回算是听清楚了,不过,倒也不是怎么惊恐,而是显得有些尴尬。

"这个,这个,我们也不知道不是?"有人挠挠头,说道。

"一入军营,就宣示过!"有军官终于逮着机会,厉声呵斥道。

"咱没听清楚不是?"那人不服气地反驳道。

"是哦,是哦,咱可没听清楚。不对,不对,是你没说清楚。"便又有人补充道。说这话的,双眼一闪一闪的,显得很是狡猾。洳滨渔夫,固然有显得敦厚的,可大多数的渔夫,都有着属于他们的小小的狡猾。

"你!"那说话的军官便气得直瞪眼。只可惜,这原本也是刚刚从军的军官,哪里能有什么威严?他之所以被提拔为军官,只不过是因为读过几个月的书、认得几个字罢了。

夏允彝忙道:"以前的就算了,那么,现在,诸君可听明白了没有?"

"听明白了。"大伙儿有气无力地回道。

却还有人嘟囔:"哥儿几个不过就是想出水去打点儿鱼嘛,这犯的哪门子禁令?禁令里面也没说不许打鱼啊。"

也有人讪讪地道:"那么久没打鱼了,算算日子,洳湖里的鱼应该很肥了。"

"嗯,再过些日子,螃蟹也可以去打些上来了。"

"是啊。是啊。"

一人说起,众人便都是这样一副悠然神往的模样,仿佛风里来雨里去的打鱼生涯是多么快乐的日子。其实,他们之所以愿意投军,一方面固然是因为陈子龙的感召,另一方面,何尝不是因为厌倦了打鱼生涯?文人的渔樵生涯,对这些打鱼为生的汉子来说,可真不是什么快乐的事。

夏允彝脸色一沉,道:"诸君既然已经投军,凡事就要讲规矩,讲军令,若今日你要去打鱼,明日他要去打猎,后日他要去赶集,这军营岂不是乱成一团糟?这又如何去打鞑子?也不待去打鞑子了,自个儿先就要乱起来。这鞑子是什么样子的,也不待我说,诸君自然听说过,所到之处,烧杀掳掠,可不管你是什么人。诸君,鞑子就要打到松江了!"夏允彝说这些话的时候,极是痛心。

"是哦,夏先生说得对,不去打鱼了,咱准备打鞑子去咯。"

"打鞑子咯！杀鞑子咯！杀鞑子拿赏银咯。"

"拿赏银做啥子呢？"

"拿赏银回去娶个小娘子咯。"

"侬要娶个苏州小娘子。"

"松江小娘子不好么？"

"还是苏州小娘子好，甜着哩。"

众人又开始说笑起来，浑不管陈子龙、夏允彝、徐孚远等人都还在场。要说起来，这振武军的首领，便是此际在场的几位。

陈子龙心头长叹。

乌合之众。他想。

这样的乌合之众，怎么去打鞑子？偏偏这群乌合之众，还将打鞑子看作多么简单的事。

满眼韶华，东风惯是吹红去。几番烟雾，只有花难护。

梦里相思，故国王孙路。春无主。杜鹃啼处，泪染胭脂雨。

——陈子龙《点绛唇·春日风雨有感》

陈子龙饱蘸浓墨，将早已酝酿好的这阕小令写了下来。写罢，不由得一声长叹，只觉两眼湿漉漉的，想哭。

他终于明白，他将起兵驱逐鞑子的事想得简单了些。

很多事，真的不似想象当中那样简单。

比如，他以为，江南人都会无比痛恨鞑子，只要他振臂一呼，不说天下，至少江南应该是"赢粮而景从"。现在，他明白自己好像错了。

原来，大伙儿不是为了大义，而是为了饷银、为了赏银而来。

这时，他又悚然想起，粮饷真的不足了。

如果只是振武军，这些日子筹措而来的，应该还算够，甚至还很富足；可是，还有吴志葵带来的三千人、黄蜚带来的两万人哪！

当他们浩浩荡荡而来的时候，老实说，陈子龙最初还是很兴奋的；只是，现在，粮饷的问题就像一块巨石似的，沉沉地压到了他的心头。

怎么办？

莫非真要组织人去打鱼？

陈子龙脸色阴沉得仿佛能渗出水来。

三

吴志葵决定去攻取苏州。

陈子龙急道:"吴兄,就凭你三千人,如何去打苏州?"苏州是大城,鞑子重兵把守,就凭吴志葵区区三千人,如何去打苏州?三千人想攻取苏州?天哪。陈子龙真不知道是自己疯了,还是吴志葵疯了。

吴志葵是夏允彝的弟子,也是夏允彝写信让他赶到泖湖聚义起兵的。

吴志葵大大咧咧地道:"不是还有振武军嘛。"

陈子龙怔怔地道:"振武军?"他的本意,自然是吴志葵的三千人、黄蜚的两万人,以及他招募来的千余人,合称为振武军。不过他很快就发现,这只是他的一厢情愿而已。也就是说,所谓振武军,其实,只有他招募来的千余泖滨渔夫才是。

此际,吴志葵说的振武军,自然指的便是那千余泖滨渔夫。

可问题是,这千余泖滨渔夫,刚刚成军,训练还没几天,连军纪都不晓、不遵,根本就是一群乌合之众,又如何去打鞑子?还要随吴志葵去攻取苏州?

徐孚远皱着眉头,道:"他们可没打过仗,这就去打苏州,行不行啊?"

吴志葵一挥手,道:"不见见血,怎么行?放心,不管是什么样的新兵,见见血就行了。兵嘛,打几次仗,活下来的,都是好兵、精兵。"他这话虽说得简单,也很残忍,可毫无疑问,事实确实如此。

吴志葵未待陈子龙说话,正色道:"吴先生,我知道你的意思,要训练好士兵再去打,可我们已经没有时间了。鞑子不会给我们太多时间。如果我们一直窝在泖湖,一旦鞑子出动,只怕我们就插翅难逃。最好的防守就是进攻。"

陈子龙沉吟不语。

吴志葵轻轻地道:"粮饷也不够了。"

陈子龙一惊。

吴志葵低声道:"我知道先生为难,所以才想着去打苏州。如果打下苏州,就能解决这个问题了。"

陈子龙怔怔地,说不出话来。他自然明白,粮饷问题可以瞒过普通士兵，想瞒过吴志葵这样的大将，却是不可能的。振武军粮饷是募集来的，为了这些粮饷，像夏允彝，几乎是散尽家财。可即使这样，面对着这两万四千多人的振武军，又能支撑多久？打鱼？即便是千余渔夫都去打鱼，也解决不了这个问题啊。

千军万马，可不可能全靠吃鱼来度日。

所以，要获得粮饷，就必须寻找新的来源，而以战养战，毫无疑问，是最好的方法。至于选择攻取苏州，道理很简单：因为苏州钱粮多。

如果能够攻下苏州，必然能获得大量的钱粮。至于如何震惊天下，那倒还是次要的事。或者说，吴志葵并没有想着攻下苏州之后死守苏州，与源源不断而来的清军死战；吴志葵想着的，其实就是攻下苏州获得钱粮之后，立刻就走，或者回泖湖，或者就直接进太湖。

如今，太湖应该才是最为安全之地，而且，太湖各路英雄众多，可以互为援助，与清军周旋。

然而，陈子龙实在是觉着，仅凭吴志葵区区三千人，再加上新成军的千余渔夫兵，就想去攻取苏州，实在是没什么胜算。对于陈子龙来说，这千余乌合之众，再是乌合之众，也是他反清的"根本"；一旦这"根本"失去，又凭什么去驱逐鞑子？

吴志葵道："我们起兵的根本就是为了驱逐鞑子，如果一味避战，只怕会寒了兄弟们的心。再说，我并不觉得鞑子有什么可怕、苏州有什么难打的。先生，陈监军，无论如何，我总想去试一试。放心，我也不是鲁莽之辈，万一不如意，我会及时退兵的。"他说的"先生"，指的是夏允彝；他对夏允彝是执弟子礼的。

夏允彝苦笑一下，什么也没说。他也不是不知，这么仓促去攻打苏州，并不是一个很好的选择；可要是不打的话，委实也是问题多多。一是粮饷，二是军心，三是民心。其实，昨晚，吴志葵已经将这一切分析给他这位做老师的听。军中缺粮，这是不争的事实，即使再有多少人散尽家财，也是杯水车薪；两万多人的粮饷，可不是一个小数目。更何况，江南一带，虽说名士众多，富商云集，可又有多少人真的愿意散尽家财来给振武军充当粮饷？军心也很简单。如果不去打仗，如果没有粮饷，那么，军心很快就会散了。什么大义，什么驱逐鞑子，这些短时间之内或许还有些用，时间一长，屁用没有。原因很简单：当兵吃粮。来当兵的，就是为了吃粮，为了饷银,为了赏银。还有民心。散尽家财的,除了在军中的,还有不在军中的。无论是谁,他们散尽家财的目的,就是为了驱逐鞑子;要是振武军按兵不动,时间一长,那些散尽家财资助振武军的,自然会产生疑心,会开始怀疑振武军的成立到底是为了驱逐鞑子,还是为了在这乱世之中拥兵自重,甚至是为了将来能够卖个好价钱——向鞑子卖个好价钱。

不是他们不信陈子龙、夏允彝、徐孚远等人,而是人心隔肚皮,谁也说不清。

要说名士,钱谦益不是名士?王铎不是名士?还有龚鼎孳,不是名士?还有李雯,与陈子龙同为"云间三子"的,不是名士?他们现在,可都是清廷的美官。

而马士英呢,那个当初被骂得要死的奸贼,可没肯降了鞑子。

鼙鼓江南正急,江南篱菊如何。牛头秋色正嵯峨。分得一痕到我。

偶尔拈将闲纸,任教笔墨婆娑。虽无捧砚小凌波。道不屋流不可。

——马士英《西江月·癸未重阳前二日,偶作一山似牛头状,戏作小词,□方求居士正》

"所以,要让江南父老知道,我们振武军,是真的打鞑子的,与鞑子势不两立。"吴志葵正色道,"而要让江南父老放心,我们就必须打这一仗。"

"为什么非要是苏州?"夏允彝问道。

"因为苏州钱粮多。"吴志葵苦笑道。

无论陈子龙答不答应、持什么看法,吴志葵都决意带着他的本部三千人马去攻打苏州。至于那一千多人,陈子龙原本不肯答应出动,可夏允彝说他不放心。

夏允彝不放心吴志葵单独出战。

更重要的是,当那些几个月前还是洳滨渔夫的兵士,闻得吴志葵要出战苏州,都兴奋得嗷嗷直叫,纷纷主动请缨,要去杀鞑子,拿赏银。陈子龙知道,在这样的情况下,要是不让他们出战的话,只怕这军心真的就要散了。

罢了。陈子龙不觉悲哀地想道。出战就出战吧。出战的话，或许还有一线胜机；不战的话，这军心一旦散了，再想重聚可就难了。

要是不让他们出战，无论吴志葵胜败如何，这军心都会散了。若吴志葵胜了，他们肯定会想，若我们去的话，也能分得一杯羹；若吴志葵败了，他们则会想，若我们去的话，吴总兵就不会败了。

陈子龙忽然觉得，他已无法抉择。

人之一生，总有很多事，真的是无法抉择的。

就像当初，他无法与杨爱在一起一样。

碧云芳草，极目平川绣。翡翠点寒塘，雨霏微、淡黄杨柳。玉轮声断，罗袜印花阴，桃花透。梨花瘦。遍试纤纤手。

去年此日，小苑重回首。晕薄酒阑时，掷春心、暗垂红袖。韶光一样，好梦已天涯，斜阳候。黄昏又，人落东风后。

——陈子龙《蓦山溪·寒食》

愁杀匆匆春去早。又恨恹恹春未了。罗袜痕轻印落花，玉轮碾处眠芳草。

当日香尘归后杳。独立斜阳人自老。不须此地怨东风，天涯何处销魂少。

——陈子龙《木兰花令·寒食》

人去也，人去小棠梨。强起落花还瑟瑟，别时红泪有些些。门外柳相依。

——柳如是《梦江南·怀人》

很多事，无法抉择就是无法抉择，无论曾是怎样的伤心。人生之无奈，大约就在于此吧。

陈子龙长叹一声，有气无力地答："那就出兵吧。"在这瞬间，他便想起当日的杨爱来，那美丽的容颜，那聪慧的眼神，以及那临去时的决绝和决绝之后的无限哀伤与依恋。

"门外柳相依。门外柳相依。门外柳相依。"陈子龙心头喃喃着。他知道，他这一生，是无法忘记那个精灵一般的女子的。然而，当初，他真的无法抉择。

有情。无情。无情。有情。绝情。自古以来，又有多少人知道，很多时候，人真的是无法抉择的啊。

　　紫燕翻风，青梅带雨，共寻芳草啼痕。明知此会，不得久殷勤。约略别离时候，绿杨外、多少销魂。才提起，泪盈红袖，未说两三分。
　　纷纷。从去后，瘦憎玉镜，宽损罗裙。念飘零何处，烟水相闻。欲梦故人憔悴，依稀只隔楚山云。无过是，怨花伤柳，一样怕黄昏。
　　　　　　　　　　　　　　——陈子龙《满庭芳·和少游送别》

　　这是当初，杨爱决绝离开之后，陈子龙哀伤无限，所填写的一阕长调。这已经是很多年前的事情了。然而，在这一个瞬间，在同意出兵的这一刹那，陈子龙忽然就想起许多年前所填写的这一阕词来。

　　一样的送别，一样的无奈，一样的永不再来，一样的无法抉择。
　　陈子龙心里明白，这一次的攻打苏州，必败无疑。

四

　　当那些泖滨的渔夫嗷嗷叫着从东面葑门冲进苏州城的时候，夏允彝原本平静的脸上渐渐地就现出几分兴奋来。
　　"成了！"他握紧拳头，低低地吼道。
　　"如果里面有伏兵怎么办？"夏完淳却有些担忧。夏完淳急匆匆地成亲之后，就跟随父亲上了战场。这孩子，年纪虽小，却素有神童之名，所以，在军中，无论是夏允彝还是吴志葵，倒都没有只是将他看作一个孩子。
　　"伏兵？"夏允彝脸色微变。虽说攻城战中，守城的一方极少故意让城被攻破然后在城内埋下伏兵的，可这也是有可能出现的一种情况。一部《三国志平话》，其他人不说，仅曹操，就好多次中了这样的埋伏，嗷嗷嗷地攻入城池，以为胜利在望，结果中了别人的埋伏。
　　大明朝，极少有文人没读过《三国志平话》的。据说，鞑子的太祖努尔哈赤，便是凭借一部《三国志平话》来用兵的。对于大明朝及罗贯中、毛宗岗等人来说，这也不知是该哭还是该笑。
　　吴志葵听得夏完淳说"伏兵"，嘴角不觉也抽搐了一下，不过，却也没有在意，只是笑道："存古亦知兵耶？"

夏完淳有些腼腆地道："在师兄面前可不敢说知兵，不过，只是有些担心。师兄，还是派出援兵吧。"夏完淳有些紧张地瞧着吴志葵。

吴志葵呵呵一笑，道："放心，大军这就入城。"心道：还真没想到，这些渔人居然还能首先攻入苏州。吴志葵原就担心苏州不是那么好拿下的，所以才让渔人兵攻在最前面。在吴志葵，不免有将这些渔人当作炮灰之意；可奇怪的是，这千余渔人并无做炮灰的自觉，而是嗷嗷地叫着，直往前冲，勇猛之极。这使得吴志葵很是惊讶。他怎么也没想到，这些从来没上过战场的渔人，居然会如此勇猛。要知道，一般说来，新兵第一次上战场，两腿发软乃寻常之事。

直到有个家丁冷冷地道："他们是为了赏银呢。"

"赏银？"吴志葵哑然失笑。在战场上，赏银哪是那么好拿的？首先，得打胜；其次，得活着。打了胜仗，还得活着，那赏银才算数。人要是死了，那赏银只有到阎王爷那儿去拿了。

"师兄！"夏完淳有些着急地催促道。

吴志葵笑道："没事。城中也就千把人，哪会有什么伏兵？"吴志葵也不是鲁莽之辈，既然决定攻取苏州，自然要派出细作，了解敌情。他早就了解到，苏州城内，也就千余鞑子兵。不过，鞑子兵向来能打，这他也是知道的，所以，除了本部三千人之外，还将千余渔夫出身的"乌合之众"都带了过来，只不过，令人意外的是，居然是这"乌合之众"最先攻入城中。

攻入城中，那些嗷嗷叫着的兵，就纵火烧了巡抚公署、北察院，烧掉了阊门吊桥。不过，在兴奋地放着火的同时，倒也没忘记派人来向吴志葵报捷。

那报捷的，舔着干裂的嘴唇，两个眼睛乌溜溜的，问道："大人，兄弟们问，要是、要是……这个缴获的银子，就归自己吧？"

吴志葵大笑，点头道："告诉兄弟们，除了库房不能动，其他的缴获，谁缴获的，就归谁。"

那报信的，"嗷"的一声，转身就又向城中冲去。

吴志葵转头，笑道："存古，我这就增援接应。"说着，就让福山副总兵鲁之玙率三百兵丁，自西面的胥门攻入。这是吴志葵的嫡系，虽说只有三百人，其战斗力决不亚于那已经入城的千余人。

夏完淳这才松了一口气,跟父亲对望一眼,脸上俱有隐隐的兴奋之意。夏允彝轻轻捋着颌下短须,道:"吴总兵,大军这就跟着入城吧。"

吴志葵迟疑一下,道:"再等一等,老师。"

夏允彝奇道:"还要等什么?"

吴志葵却只是笑笑,不作声。夏氏父子自然不明白吴志葵的心思。在吴志葵看来,无论怎样有把握的仗,也要"未虑胜,先虑败",也就是出兵之前,如陈子龙所说的,事有不谐,自当全身而退。

吴志葵即使自以为对城内情况很是熟悉,却也不敢大意。万一城里有伏兵呢?

那千余渔夫是第一拨,鲁之玙是第二拨,如果前后两拨人马都没遇到伏兵,那么,就可以认为城中没有伏兵了。到那时再大军入城,才算是万无一失。吴志葵麾下就三千人,要是损失鲁之玙的三百人,他还能接受;倘若全军覆没,那真的就是一切都结束了。

苏州城中,还真的没什么伏兵。此刻城中也就千余清兵而已,领兵的,是刑部侍郎李延龄与江宁巡抚土国宝。两人登上苏州城西南角盘门附近的瑞光寺塔瞭望了一阵,相视而笑,道:"一群乌合之众而已。"那些嗷嗷叫着勇猛冲进城中的渔夫,首先是抢劫,然后就是放火。人数虽多,嗷嗷叫着也很是有气势,却是毫无纪律,更不会列队作战;孤军入城,还很是轻敌,一点也不顾虑城里会有伏兵或者危险。李延龄与土国宝俱是久经战阵,站在瑞光寺塔上看了一会儿,便放下心来。

"让他们再疯一会儿吧。"土国宝笑道。两人一边说笑着,一边将兵马隐匿在学宫之中。学宫在城南,院落大,地广,墙高,不过也就千余人马,藏在里面,真没人能发现。然后,又派出百十来人,大张旗帜,绕城而转,装作是江宁援兵,迷惑城外的大军。吴志葵之所以小心翼翼,不敢让大军入城,这是最根本的原因;只不过他不肯对夏允彝父子说出而已。

在吴志葵看来,夏允彝父子终究只是读书人,又哪里懂得什么兵法?哪里懂得打仗?

鲁之玙杀入城中,一路向前,想与先前从葑门攻入的千余渔夫兵会合,这一路向前,竟没遇到一个敌兵,这便使得鲁之玙有些不安。与那些初入战场的渔夫兵不同。鲁之玙也算是久经战场,自然明白,攻入城中之后,一个敌兵也没有,是极不正常的。敌军或抵抗,或溃败,总不可能一个都遇不到。

莫非,真有伏兵?这样一想,鲁之玙不觉就出了一身冷汗,急令退兵。若真有伏兵,这三百人,只怕还不够人塞牙缝儿的。三百人正眼红首先入城的那千余渔夫兵呢,心道:早知道苏州城这么容易打,咱们就做先锋了,平白地让那些打鱼的占了先机。

当了那么多年的兵,自然明白,首先入城的,便是得好处最多的。

这三百人,也正嗷嗷地叫着,正想着首先去哪儿发一笔财、放一把火呢,忽听得鲁之玙叫退兵,愣了一下,不由得有些不情不愿。不过,他们久在军中,与那些渔夫兵不同,自然明白军令如山的道理,所以,纵然有些不情不愿,还是前队改后队,后队改前队,想先退出城去再说。

正乱糟糟之际,忽听得一阵疾风暴雨似的马蹄声,如霹雳,如雷霆,眨眼已在眼前。鲁之玙大惊失色,急令接战。这三百人都是老兵,倒也不怎么恐惧,只是队伍一乱,来的又是鞑子的骑兵,双方实力悬殊实在是太大。这一接战,立刻便听到一阵阵刀砍入骨头的声音、鲜血迸溅的声音、不时垂死惨叫的声音,以及不屈的谩骂声。

"和鞑子拼了!"

"娘的,十八年后又是一条好汉!"

"娘啊……"

"娘啊,孩儿不孝了……"

"杀鞑子啊……"

"啊……"

这一战,从北寺卧龙街,直杀到饮马桥,主将、副总兵鲁之玙中箭,坠水而死,三百个嗷嗷叫着也想发一小笔财的兵士,无一降者,全部殉国。

那厮杀声、惨叫声,不断从城里传到城外,使得吴志葵脸色阴晴不定,更加下不了决心全军入城,心中只是暗自祈祷,若鲁之玙派人来报捷,那么,就全军入城;否则,那便全身而退吧。

未虑胜,先虑败。这是兵家常识,吴志葵并没有觉得这有什么不妥。

吴志葵正迟疑间,派出去侦知军情的探子浑身是血地回来,放声哭道:"鲁将军他们战殁了。"派出去十来个探子,只回来这一个。

吴志葵失色道："怎么回事儿?"

那探子便将探听到的消息一五一十地说了一遍,从鲁之玙决定退兵到遇伏,直至全军覆没。这探子是从城内亲眼看见这些的一个居民那儿探听来的,也是靠那个居民,他才从城里逃了出来。那些居民,本来已经开始接应义军入城,等鲁之玙全军覆没,他们很快就作鸟兽散了。

吴志葵脸色煞白,就下令全军上船,好随时退走。夏允彝急道："鲁将军虽说遇伏,全军覆没,可敌军竟没有出城乘胜攻击我军,这就说明他们后继无力啊,将军先别急着退兵,看看情况再说。"夏允彝是真的着急啊。起先,陈子龙并不赞成出兵,但他还是决定要试一试;可是现在,稍一接触,吴志葵就要退兵,这算是怎么回事儿啊? 吴志葵听得夏允彝这样说,也自沉吟不语。一则是夏允彝所言不无道理;二则是就此退兵的话,他多少也不甘心——可要进兵的话,他又不敢冒险;三呢,他担心就此退兵的话,无颜去见陈子龙。

这样想着,吴志葵便点点头,道："老师说得是,那就等等吧。"

夏完淳忙道："城中还有兄弟呢,师兄,是不是派人接应一下?"

吴志葵叹了口气,面有哀戚地道："存古啊,有道是,慈不掌兵,有时候,壮士断腕,也是不得已啊。"

"师兄!"夏完淳便有些着急。夏允彝也道："将军,虽说鲁将军战殁,可我还有千余义军在城里呢,若这个时候出兵,可能就会反败为胜。"

吴志葵苦笑道："老师,我不能冒这个险。"

夏允彝便再劝道："敌军到现在也不出城,而且,已经关上城门,很明显城里兵力不足。我方还有千余人在城里,现在正好是里应外合的好时机啊。"夏允彝很是着急。不仅是为了已经入城的千余泖滨渔夫,更是因为他明白,战机稍纵即逝,一不留神就有可能会一败涂地了。

胜与败,往往就在一线之间,自古以来皆是。

夏允彝、夏完淳父子再三苦劝,直到落泪,吴志葵只是摇头不允。等到那些泖滨渔夫断断续续从城中败逃出来一些,吴志葵更是不敢出兵了。

夏允彝大哭道："我们都败成这样了，鞑子还不出城追击，很明显他们是无能为力、兵力不足啊。"夏允彝虽说伤感有很多渔夫兵在城中战殁，可他更伤感的，是这一线胜机，吴志葵愣是视而不见。

吴志葵道："或有伏兵。"其他的也不多说，反正就是不肯再攻，只是令全军龟缩在战船上，曰："等待战机。"夏允彝父子自然也明白吴志葵所说的战机。吴志葵所说的战机，是有人过来说，吴中人有民兵十万，已经赶来助战。"客贾僧道，悉来助战"。那来说话的，也是吴中兵士，直说得眉飞色舞，直道是"将军稍待，十万吴中义民，这几天就会赶到"。

十万啊，十万义民、民兵，等这十万人齐聚，攻取苏州轻而易举，又何苦现在冒险去攻？

"死了，死了……"败逃回来的义军喘息着，面色苍白。一千多兄弟啊，都是泖滨渔夫，差不多都是熟悉的，就这么半天工夫，逃出城的一半都不到，其余的，都战殁在城中。有的，还在嗷嗷地叫着，就被乱箭射死；有的，被战马踩成肉酱；有的，被乱枪戳死；有的，被一刀斩成两段……

要不是清军兵力不足，只怕他们这一千多兄弟，一个都逃不出来。

这逃出来的兄弟，也使得夏允彝、夏完淳父子坚定了自己的判断，城中鞑子为数不多，正可一举歼灭。只可惜，不管他们怎么说，吴志葵只是摇头。

"老师，存古，你们不懂用兵。"吴志葵语重心长地道，"这些兄弟，是鞑子故意放出来的，一是乱我军心，二是让我以为城中兵力不足。"

"城中就是兵力不足啊。"夏允彝急道。这几个时辰，这一个判断，夏允彝已经不知道说了多少遍了。

吴志葵笑着摇头，心道：鞑子就是要让我以为城中兵力不足，让我全军压上，正好伏击我啊。否则，鞑子便是付出再大的代价，也不会让人逃出来。

鲁之玙三百战士都已全军覆没，吴志葵可不相信，那些一天战场都没上过的渔夫兵，还能逃出来。论战力，吴志葵相信，鲁之玙的三百人杀这一千多人，轻而易举。说两者战斗力相当，那只是恭维,否则,叫陈子龙、夏允彝父子情何以堪?

老实说,吴志葵就是将这一千多的义军当作炮灰来使用的。

"死了,死了……"败逃回来的溃兵,一遍又一遍地叙述着战殁同伴的惨状。这使得吴志葵很是生气。

这分明就是鞑子之计,来乱我军心。

只有新兵在同伴战殁之后,才会这样惊惶、这样恐惧,一遍又一遍地叙述,以抵消心头的恐惧。

如果放在往日,这样的乱我军心的败兵,吴志葵很可能就下令杀了。可这些败兵,是陈子龙的人,是夏允彝的人,不是他吴志葵的人啊。如果下令都斩杀的话,只怕立刻就要与夏允彝翻脸。吴志葵只能挥手道:"关起来吧。"让家丁将那几个闹嚷得最凶的给押到船上关了起来。

然而,恐惧的气息,已经开始在全军弥漫。

义军死了一大半,那倒也罢了;可鲁之玙的三百人全军覆没,那是不争的事实啊。

吴志葵不敢进攻,直等义民、民兵会合之后,再决定进退。他自然不知道,他的这个决定使城里的李延龄与土国宝大大地松了一口气。两人相视一笑,心道:却没料到,这吴志葵气势汹汹而来,结果却是优柔寡断,既想打又不敢打,呵呵,大约他是想打个无惊无险的攻城战吧。然而,这世间,有这样无惊无险的攻城战么?两人商议之后就下令,全城必须剃发,"留发不留头,留头不留发",以此来尽可能斩杀那些想接应城外义军的百姓;然后,又驱逐百姓上城垣一起守城,并且恐吓,若不死守,一旦城破,"留头不留发"的只怕人头不保。既然已是大清的百姓,那么,大明的义军杀起来,就决不会留情。

苏州城里,粮饷充足,仓储丰厚,李延龄与土国宝又下令,倘能守住城池,人人有赏。一手持刀,一手拿着银子,苏州城里一下子就安定了下来,无论是兵士还是百姓,无论是自愿还是被迫,现在,都是同心一意地守城。

苏州城坚城深壕,一旦做好长期守城的准备,吴志葵却哪里可能攻打得下来?而那些陆续赶来的义民、民兵,人数倒也不少,即使不到十万,却也相差无几,然而,这是一群真正的乌合之众啊,他们岂止是没有上过战场，连军营都没有进过，只是凭着一腔热血，鼓噪而来；他们也没有兵甲，稍好一些的，是拿着锄头、鱼叉，而更多的，是赤手空拳。如果说原先的泖滨渔夫是炮灰，那么，这近十万义民、民兵，根本就是刀俎下的鱼肉啊。

吴志葵欲哭无泪。

他完全没料到他所等来的援军，竟然是这样的。

连个兵器都没有……

而这时，城中的李延龄与土国宝等来了李成栋的援兵。

吴志葵无奈，下令退兵，结果一溃千里、一败涂地。

夏允彝放声大哭，但败局已定，谁也无法改变；即使吴志葵在夏允彝父子的强求下，又回身打了几次，但每一次都是稍一接触就后退，无功而返。

夏允彝长叹一声，一拱手，带着夏完淳回到了松江。

他对吴志葵已经失望。

或许，吴志葵真的如他所发誓的那样，与鞑子势不两立；可是，他根本就不肯去与鞑子拼啊。他只想去打那些有胜无败的顺风战，可自古以来，哪里会有这样的战可打？

唉。夏允彝唯有长叹。

而另一方面，黄蜚不听陈子龙的劝阻，率本部二万水师移营黄浦江，结果因沿途水道狭隘，不利旋转，单行数十里，首尾不能呼应，很快就被清军马刺希、恩格图在常州一带击败。黄蜚率残部退往吴淞，与吴志葵会合。清军连克昆山、宜兴、常熟，松江总兵李成栋于七月四日攻破拒守近一个月的嘉定，大屠全城。侯峒曾与二子玄演、玄洁，父子三人，以身殉国。

侯峒曾，嘉定人，天启五年（1625）进士，曾任浙江参政。夏完淳姐姐夏淑吉，便是嫁入嘉定侯家、侯岐曾之子侯玄洵为妻。侯岐曾，侯峒曾之弟。

当江南各路义军失败的消息相继传来，陈子龙虽说早有预料，终是心头惨然。泪自眼角忍不住滚落，只觉人生之事，最大的惨痛便是明知结局已定却无法改变。就像春去匆匆，纵然流尽眼泪，也留不住一样。

五

"秋天已经来了。"当看到第一片落叶轻轻滑落的时候,陈子龙忍不住感慨道。就像春去留不住一样,那肃杀之秋的来临,谁也无法阻挡。或许,这就是天道吧。

思往事,花月正朦胧。玉燕风斜云鬓上,金猊香烬绣屏中。半醉倚轻红。

何限恨,消息更悠悠。弱柳三眠春梦杳,远山一角晓眉愁。无计问东流。

——陈子龙《望江南·感旧》

据说,当人开始思量往事的时候,便说明这个人已经老了。因为只有老去,才会回想此生,回想那些往事,无论是悲是喜,是堪还是不堪,又或者,是一生的无奈与无可抉择。

人的一生,就像长江之水,浩浩东流,无法选择,无法改变。

——她还好么?

陈子龙的心头,忽然又现出那一个美丽的身影来。只是,他很快就惊恐地发现,那一个曾如此绝美的容颜,竟模糊了起来。

——记不清了。

陈子龙惊恐地发现,他竟已记不清那一张绝美的容颜,到底是一副什么模样。

——难道,我真的已经老去?

烟景霏微阴洞。堤上紫骝骄鞚。贪看两鸳鸯,行过金鳌玉蝀。如梦。如梦。花月十年情重。

绮阁沉沉烟重。倒映绿波风动。悄立晓寒侵,依旧雕阑画栋。如梦。如梦。玉树数声残弄。

天上仙裙无缝。环佩飘飘风送。倚遍小栏干,咫尺烟迷云冻。如梦。如梦。瀛海玉箫双凤。

醽醁宜春瑶瓮。门外青丝云拥。今夜好思量，总教玉人珍重。如梦。如梦。满地落红催送。

——陈子龙《宴桃源·本意》

十年。已经十年了。一眨眼的工夫，已经过去了十年。十年之后的此日，陈子龙只觉自己的心好痛，好痛。

松江已破。城破那日，沈犹龙死于流矢。如嘉定那般，松江一样遭遇浩劫，“备极屠戮之惨，火三日夜不息”。清军大杀三天，至初六日李成栋方才下令封刀，“死者二万余人”。吴志葵自苏州败回，与同样败回的黄蜚会合，屯兵泖湖。闻松江失守，便准备率军从海路前往闽海。八月十六日，在黄浦之金家湾，遭遇李成栋的伏击。李成栋利用火攻使得黄浦竟成赤壁，吴志葵被擒，九月四日，被杀于南京笪桥。黄蜚力战矢尽，携妻子投入水中，未死被擒，抗节不降，手指清兵统帅大骂，被斫去双臂；但黄蜚的骂声不但不止，反而更高，于是，又被剜去舌头；之后，黄蜚以口含血，喷向清军统帅。终被杀害，以身殉国。

镇南三万师，家世辽西将。秋风卷大旗，落日满牙帐。五湖驾艨艟，吞波偃风浪。大功一战催，弧矢天骄壮。将星落南浦，夜半旄头抗。衰草白茫茫，风雨肃遗像。黄镇南蜚

威虏负奇气，膂力恣轻矫。持重吝一发，谋断苦不早。蛟龙失大泽，千里帆樯倒。复楚计不就，宝剑埋荒草。义士五百人，同死田横岛。云旗破长风，恍惚神灵藐。吴都督志葵

瑟若轻健姿，一往仗奇气。宝剑酬君恩，深入无退志。孤军矢一战，光响横振厉。慷慨受命时，白虹贯吴市。猛虎困樊笼，长啸惊飙利。要离千古愁，浮云渺无际。鲁副镇之玙

——夏完淳《六哀》（六首选三）

松江城破之后，夏允彝父子返回小昆山避乱；陈子龙在西郊遭遇清兵，幸好有惊无险，幸免于难，也携家到了小昆山。但小昆山距离松江府城不远，不宜久留，所以，第二天，陈子龙就与夏允彝

匆匆而别,直奔青浦西面三十六里的金泽,然后,又到了嘉兴西北三十六里的陶庄,进入陶庄的水月庵,"托为浮屠",法名信衷,字瓢粟,又号颍川明逸。与他同时在水月庵避难的,还有太仓张采。

此刻,陈子龙正在水月庵中,默默地看着一叶飘落,默默地感伤。

老祖母年近九旬,还在小昆山,这也使得陈子龙很不放心。

蓦然之间,他又想起离开小昆山时,夏允彝说的一句话:"天下已定,必归东朝。"

陈子龙惊道:"何以见得?"

夏允彝黯然道:"东朝帝位继承,只遵遗命,舍长立幼而无争夺帝位之心,这是古之圣贤才能做到的。"说着,便轻轻摇头,面色一片灰白。

"于我,唯死而已,只不过是早晚的问题。"夏允彝在说这话的时候,已经绝望。

陈子龙愣了一下,正色道:"瑗公,若如此,我陪兄长一起。"

夏允彝一笑,却不置可否。

陈子龙深深一拜,道:"我必追随兄长于地下,兄长未可弃我。"

陈子龙默默地站立在水月庵中,一袭陈旧的袈裟,将他包裹其间。

他想了很多,很多。

从十年前的杨爱,到几个月前的松江起兵,直到八月初三的松江城破,以及城破数日之后,在小昆山与夏允彝的诀别,与夏允彝的相约赴死。

"卧子,"陈子龙正默默地数着那一片一片飘落的秋叶时,衍门匆匆而来,道,"夏家有人求见。"衍门上人是水月庵的僧人,与陈子龙居然还谈得来。

陈子龙忙道:"赶紧让他进来。"他的心就猛然一沉,只感觉到会有什么事情发生。

又一片树叶飘落,轻轻地,滑过他的额头,然后随风飘起,像一叶小舟似的,飘啊飘的,终于飘落到地上。

夏家的一个下人急匆匆地进来,见到陈子龙一副僧人的打扮,愣了一下，不过，很快就认出来他，便扑通一声跪倒，拜了下去："陈先生……"话未说完，已自放声大哭。

陈子龙眼见着这个下人一身孝服，一见面又跪倒就哭，哪里还会不知道发生了什么事？不由得浑身一颤，险些摔倒。衍门上人赶紧将他扶住。

陈子龙面色苍白，后退几步，道："瑗公、瑗公他……"他死死地盯着那个下人。他知道，一切都已成定局，只是，在绝望之中，他还在寻找着渺茫的希望。

再黑的夜，也会有一丝丝光啊。

"老爷没了。"那下人止住悲声，哽咽着道。

"没了，没了，没了……"陈子龙丧魂落魄，喃喃道，"瑗公，瑗公，咱们说好的，咱们说好一起的……"

陈子龙仰头看天，不想让眼中的泪滚落下来。

"陈先生，这是老爷生前写给您的信。"那人说着，从怀中掏出一封信函呈给陈子龙。陈子龙知道，这应是夏允彝的遗书了。夏允彝在信中托孤，将他的一家老小全托付给陈子龙；又提到高太安人，陈子龙的老祖母；最后更是谆谆期勉，嘱其勿死，以竟遗业。"程婴杵臼，我为其易，君为其难。"陈子龙忽然就想起这样几句话来。然而，他却只觉胸口堵得慌，半晌，幽幽道："瑗公本是卿相之才，一朝而死，我有何颜面独自在世间苟且偷生，使天下士人枉称陈夏。"说罢，眼泪终于再也忍不住，夺眶而出。

然而，陈子龙终究没有死。

因为老祖母还在。

很多时候，一个人对自己的生死是无法做主的。

或许，这就是人之为人吧。

六

一帘病枕五更钟。晓云空。卷残红。无情春色，去矣几时逢。添我千行清泪也，留不住，苦匆匆。

楚宫吴苑草茸茸。恋芳丛。绕游蜂。料得来年，相见画屏中。人自伤心花自笑，凭燕子，骂东风。

——陈子龙《江城子·病起春尽》

转眼已是顺治三年(1646)的春天,陈子龙大病了一场,病后,春天已经悄悄离去,就像当初悄悄地来一样。春来春去,春去春来,岁岁不改,无论这天下是大明的,还是大清的,无论这伤春的人是如何的感伤。

"人自伤心花自笑,凭燕子,骂东风。"

"添我千行清泪也,留不住,苦匆匆。"

失去了,永远失去,永不再来,无论是当初那一张绝美的容颜,她临去时那一瞥的无限幽怨,还是一生的友情,又或者是去年江南义军接二连三的失败;国事,家事,心事,一旦失去,永不再来。

也许,到了明年,春天还会再来。

然而,明年的春天,却又与今年的何干?

当吴易派人来请陈子龙出山的时候,陈子龙正如此感伤。

清淮天共水,数往事,几雌雄。想国士登坛,王孙进食,枉杀重瞳。安见为知己死,又何妨、鸟尽便藏弓。热闹神鸦社鼓,苍凉汉殿齐宫。

霸才王略逐飞蓬。成败总朦胧。叹碌碌田横,匆匆士雅,草草元龙。荒台是刘伶土,好浇他、杯酒对春风。啸断孤城夜月,梦回古寺晨钟。

——吴易《木兰花慢·淮阴怀古》

吴易随信附着这阕《木兰花慢》。这是吴易还在史可法帐下经过淮阴时所填写的一阕长调。"安见为知己死,又何妨、鸟尽便藏弓。"陈子龙放下吴易的信,长叹一声。他明白吴易的意思,然而,对前途,此刻的陈子龙真的已经绝望。

此刻的陈子龙,早已明白,其实,他真的不是一个英雄,不是一个振臂一呼天下云集响应的英雄——因为他经历过。唯有经历过,才能明白,原来打仗,不是仅凭着一腔热血和对大明的耿耿忠心就行的。

吴易是再次起兵。

去年,长白荡一战,吴易全军覆没,父亲、妻女,都投水而死;也是在那一战,沈自炳、沈自驷兄弟,投水殉国,孙兆奎被俘,在南京被洪承畴斩首。

去年,多少支义军,就这样覆灭;又有多少人,流尽了他们的血。

不屈。不屈又有什么用？只不过是多流一点血罢了！

夏允彝最终选择自尽，又何尝不是因为绝望？

吴易全军覆没，他自己泗水逃走，到今年年初，东山再起。先是正月十五，率军攻入吴江，杀死吴江知县与鞑子的新科举人；紧接着，又在分湖与清兵接战，大败之，斩获甚多，一时声威大震。也正是在这样的情势下，吴易派人来请陈子龙出山。

去年，陈子龙曾被鲁王任命为兵部尚书，被唐王任命为兵部左侍郎、左都御史。

"先生。"来人见陈子龙沉吟不语，便有些着急。陈子龙无论是名望，还是其兵部尚书或兵部左侍郎的职衔，对于吴易的白头军来说，都很重要。白头军，头缠白布，据说，是为崇祯皇帝戴孝；又因为腰间也缠着白布，自然也是为崇祯皇帝戴孝，所以，也叫作白腰党。

陈子龙瞧着这送信的人，虽有些心动，但仍然犹豫不决。老实说，去年江南各地义军接二连三的失败、夏允彝的自尽，真的已经使他绝望。然而，吴易接二连三的胜利，又使得他在绝望之中看到一丝希望。如果说不心动，那自然是假的。

陈子龙虽然现在是僧人的打扮，可他从来不认为自己会真的出家。就像去年，夏允彝自尽之前，夏之旭曾劝他出家，夏允彝毫不犹豫地拒绝了，说，那只是想方设法活命罢了，不过是"苟且偷生"。这样的苟且偷生，夏允彝不肯为。

临投水前，夏允彝又道："如今，无将相之才，大事已不可为，所以，我也没什么可期待的。若暂且偷生，只怕将来会改变主意，生出顾虑，到时怕是下不了决心了。"这是一个到临死都相当冷静、睿智的人。

冷静得可怕。

陈子龙相信他的判断。

所以，陈子龙无论是在小昆山与他的诀别，还是在接到他的死讯时，都曾想过，跟他一样，以死殉国。只是，年近九旬的老祖母还活着，他终是暂且偷生。

然而，吴易再次领兵以后，真的又是连战连捷。所以，这使得陈子龙犹豫不决。

"先生，"来人很真诚地说道，"还请先生一行，吴将军正等着先生呢。"吴易与陈子龙早就相识,只不过,远不如与夏允彝等交情之深罢了。

"瑷公先生的公子与钱旃先生,都已到了军中。"来人像是想起什么,忽道。

陈子龙愣了一下,道:"你是说存古……"

"夏公子说,是遵瑷公先生之嘱,散尽家产,与钱旃先生一起投军。"来人很是钦佩地说道。

夏完淳不过十六岁,按照实际岁数也只有十五岁,分明还是个孩子。这孩子,却已散尽家产,将妻子送到嘉善的岳父家,然后与岳父一起来到白头军。谁都知道,即使现在白头军连战连捷,也难以保证将来。清军其势已成,想要打破这样的局势,何等艰难。

陈子龙沉吟一下,点头道:"请转告日升,我这就去。"

来人大喜:"多谢先生。那鲁王那边……"

陈子龙一笑:"我自会向鲁王报捷。"

即使来人不说,陈子龙也会向鲁王报捷。因为,无论是鲁王,还是已经登基的唐王,都迫切需要一场胜利来振奋军心和民心。

对于大明来说,这样的胜利实在是太少、太难得了。

陈子龙向鲁王报捷,鲁王封吴易为长兴伯,命陈子龙视师浙、直。顺治三年(1646),五月,陈子龙来到太湖长白荡,监临白头军。

然而,陈子龙很快就离去。

作为统帅的吴易很是"轻敌",其帐下幕客又"皆轻薄之士","诸将惟事剽掠而已,师众不整","军纪日弛"。这就是陈子龙所见。陈子龙很是失望。

就像当初,所招募的泖滨渔夫一样。

这样的军队,即使能够打几次胜仗,又哪能长久?

夏允彝说,现在没什么将相之才。看来,这句话,真的是有感而发。

打仗,想将鞑子赶出江南,赶回关外去,又哪里是凭借一腔热血、一颗忠心就行的?

吴志葵、黄蜚,一样不缺热血,不缺忠诚,然而,他们败了,败得彻彻底底。对于如今的大明来说,所需要的,不是烈士,不是轰轰烈烈的死,而是将帅之才啊。

淮阴侯。陈子龙想起吴易的那阕《木兰花慢》,不由苦笑。吴易只道是"男儿为知己死","又何妨、鸟尽便藏弓",然而,国家所需要的,是真正能够挽回颓势的淮阴侯那样的人物啊。

只可惜,吴易不会是淮阴侯。

因为淮阴侯决不会这样轻敌,淮阴侯帐下,也决不会有那样的轻薄之士,淮阴侯麾下的将士,也不会剽掠成性,不改匪气。

当陈子龙想带夏完淳一起离开的时候,夏完淳拒绝了。

"存古,我已经对不起你父亲了,不能再对不起你。"陈子龙便有些感伤。夏完淳是夏家的独苗,虽说已经匆匆成亲,却只有一女,还未生子。如果夏完淳留在军中,真有什么三长两短的话,他日地下,他又如何去见夏允彝这位一生的朋友?

陈子龙与夏允彝相约共死,终因为老祖母尚在,苟且至今。这使得他万分羞愧。即使夏允彝在临死前还写信给他,千叮咛、万嘱咐,叫他别死,"以竟遗业"。夏允彝早已绝望,早已认定鞑子其势已成,无法更改,又哪会叫陈子龙"以竟"什么"遗业"?只不过是希望陈子龙活着而已。真的朋友,自己选择以死殉国,却决不会以此强求朋友如何,相反,还会处处为朋友打算。

每念及此,陈子龙都忍不住心头酸酸的。

夏完淳拒绝了老师。

夏完淳说,我要留下来。

夏完淳倔强而坚毅的性子,与他父亲一样。

陈子龙长叹一声,却还是叮嘱道:"记住,如果见势不妙,还是要走。你还年轻。要留有用之身以待将来。"

这一回,夏完淳总算是点头道:"我会的,老师。"

或许,也正是因为陈子龙的这一番叮嘱,不久之后,夏完淳才算是躲过一劫,没有与吴易一起去嘉善。那一次,与吴易一起去嘉善策反嘉善知县刘肃之的,一个都没能回来,皆以身殉国。随后,白头军便被清军击溃。

夏完淳也曾遭遇清军,不过,总算是泅水逃了出来。

吴易的失败,陈子龙即使不愿如他所料,而结果,竟真的如他所料那样。

世事往往如此,分明已经预料,终无法改变。

谁也无法改变。

只能眼睁睁地瞧着那些不应发生的事,如所料地一一发生。

七

　　顺治三年（1646）的秋天，吴易在杭州殉国。接着，浙东、福州失守。大明残余势力全线崩溃。陈子龙"志不欲生，孤筇单幞，混迹缁流"，泫然曰："茫茫天地将安之乎，惟有营葬大母归死先垄耳。"此时，老祖母已经去世。七月，陈子龙回到松江，十一月，殡葬老祖母于广富林，并且作长书焚在夏允彝墓前，叙述自己之所以还没有死的缘故，并表示决不负夏公。

　　如此匆匆，便又是一年，顺治四年（1647）的春天，如期而来。此际的陈子龙，当然不会知道，这已是他这一生当中的最后一个春天。

　　墙柳黄深，庭兰红吐。东风着意催寒去。回廊寂寂绣帘垂，残梅落尽青苔路。

　　绮阁焚香，闲阶微步。罗衣料峭莺啼暮。几番冰雪待春来，春来又是愁人处。

——陈子龙《踏莎行·春寒》

　　夭桃红杏春将半。总被东风换。王孙芳草路微茫。只有青山依旧对斜阳。

　　绮罗如在无人到。明月空相照。梦中楼阁水湛湛。撒下一天星露满江南。

——陈子龙《虞美人·有感》

　　匆匆又是一年。这一年的春天，陈子龙拼命地填词，宛如十年前一样。只是伊人已不在。

　　晓日重檐挂玉钩。凤凰台上客，忆同游。笙歌如梦倚无愁。长江水，偏是爱东流。

　　荒草思悠悠。空花飞不尽，覆芳洲。临春非复旧妆楼。楼头月，波上对扬州。

——陈子龙《小重山·忆昔》

这一年的春天，陈子龙拼命地填着词，忽就想起，平生知交零落，同为"云间六子"的周立勋去世几年，还没有营葬；夏允彝殉国，也还没有举丧，便慨然道："我死，谁为此事者？"便捐地葬之。三月，召集朋友，会葬夏允彝。

碧草带芳林。寒塘涨水深。五更风雨断遥岑。雨下飞花花上泪，吹不去，两难禁。

双缕绣盘金。平沙油壁侵。宫人斜外柳阴阴。回首西陵松柏路，肠断也，结同心。

——陈子龙《唐多令·寒食》

也正是顺治四年（1647）的初春，老友戴之俊忽然前来拜访。戴之俊原是在吴易帐下，吴易殉国，白头军很快就被击溃，戴之俊下落不明，却原来，已投入吴胜兆帐下。

所以，当戴之俊一身清廷的官服、脑袋后面垂着一根金钱鼠尾的辫子走进来的时候，陈子龙的脸色立刻就变了。

"卧子……"戴之俊声音有些低沉，又略略地带着嘶哑，像是晚上没睡好、第二天又着了凉似的。

陈子龙一声不吭，瞧着这位去年在吴易军中还见过的老友。不错，吴易轻敌，无将帅之才，但吴易也绝对是条汉子，一旦被鞑子俘虏，有死而已，决不肯降。据说，鞑子也曾劝说吴易，只要肯出家为僧，便留他一命，但是吴易毫不犹豫地拒绝了。

在生与死之间，无论是夏允彝，还是吴易，都没有犹豫。

戴之俊苦笑一下，道："卧子，可别用这样的眼神来看我，我又不是来劝降的。"

陈子龙冷冷道："那么你来做甚？"他的眼神依旧很冷。戴之俊不是来劝降，难道是来叙旧？这些年来，老友凋零，有的殉国，有的却是降了清。人各有志，固然不可强求，可总是使陈子龙感觉心痛。

同为"云间三子"的李雯，便降了清；宋徵舆，更是急急去参加清廷的科举，已经中举，如今，正兴致勃勃地赶赴北京，准备参加会试。只不过，李雯这些日子称病回乡，会葬夏允彝的时候，他也来了，脸上是淡淡的哀伤与隐隐的后悔。

很多时候，人真的是很难自决的，尤其是在生死关头。人固然可以选择死,却也要理解朋友所选择的生。

一念及此,陈子龙不觉又想起夏允彝来,心就越发感觉疼痛。这一个处处为朋友着想的倔强汉子,从今不再有了。陈子龙哀伤地想道。就像从前的那个聪慧而倔强的女子,在他的这一生之中,再也不会有了。

为什么人的一生之中,很多事,就是如此无奈,无法抉择? 很多事,明知是错,却还得错下去,直到永远?

戴之俊又笑一下,不过,这回不是苦笑,而是笑得有些得意,又有些开心的模样。

"是好事。"戴之俊神秘地道。

"好事?"陈子龙一皱眉头。如果戴之俊是来做说客,劝降,那么,对于陈子龙来说,还真是"好事"。不过,陈子龙也没有急着说话,而是瞧着戴之俊,等他说下去。

李雯这一次还乡,虽说两个旧日的朋友已经走上不同的道路,不过,李雯到底没有说劝降的话。朋友相交,各有其志,更莫强求。

戴之俊笑道:"是吴胜兆反正之事。"

"吴胜兆? 反正?"陈子龙愣住。他怎么也没想到戴之俊这番前来,说的居然是这样的事。这完全出乎他的所料。去年,江南义军和义民,有多少被吴胜兆击败、死于吴胜兆的刀下? 如今,这吴胜兆要反正? 怎么听都觉着是在读《山海经》一般,那故事分明就在纸上,流传几千年,可怎么也无法叫人相信啊。

还好,说的不是李成栋。

李成栋在扬州开杀戒,在嘉定开杀戒,在松江开杀戒,俱是杀得血流成河。自然,陈子龙不知道,没多久之后,这位在江南大开杀戒的李成栋将军,也反正了……

戴之俊笑道:"正是。吴胜兆想反正,重归大明。"说着,便将吴胜兆的事情原原本本与陈子龙说了一遍。

吴胜兆击破太湖各路义军之后,收编了大批人马,戴之俊便是在那个时候投入吴胜兆部下。

吴胜兆一下子收编这么多的太湖义军,自然而然地,就引起江宁巡抚土国宝的疑心。与此同时,在去年正月十五吴易攻取吴江的次日,吴胜兆就派兵前来狙击吴易,结果,没找到吴易,其部下却在吴江一带烧杀掳掠起来,这习气,跟在大明的时候一样。问题是,如果是在大明的时候,谁也管不了,谁也不敢管;可现在是大清啊。结果，被人一状告到北京，北京责令严查，苏州府便下了公文，要吴胜兆将涉事的将领交到苏州府衙去审讯。事情是真的，人证物证俱全，如果真的将这些涉事将领交到苏州府衙的话，只怕是凶多吉少，所以，吴胜兆就拒绝了那公文，怎么也不肯让苏州府的衙差将涉事将领带走。如果是在前明，那苏州府衙门自然拿他没辙。在前明的时候，有兵就是大爷，不要说是区区府衙衙差了，便是苏州府尹，只要那带兵的乐意，也是说杀就杀了。可现在是大清啊。苏州府是奉旨拿人，吴胜兆不肯交人，这要是追究下来，便是抗旨。在前明的时候，手中有兵，抗旨也就抗了，北京的皇爷可什么辙都没有；可现在是大清，大清的朝廷，可决不会对抗旨的将领不闻不问。所以，虽然说暂时还没什么事，清廷好像也没有什么后续的处理意见下来，可吴胜兆已经惶恐不安。

暴风雨之前的宁静是最可怕的。这样的道理，吴胜兆自然很明白。

"那么，为什么不交人呢？"陈子龙就很奇怪地问道。

戴之俊冷笑一声，道："交人的话，只怕事情会更多。"一则是涉事的将领，与吴胜兆也算是老兄弟，要是就这样交出去，按照吴胜兆的话来说，"会寒了兄弟们的心"；二则呢，吴胜兆身上的事情太多，要是将涉事将领交出去，只怕会惹来更多的麻烦。所以，对吴胜兆来说，无论是交人，还是不交人，其结果都一样，会引起清廷的疑心。

再加上他无法解释，何以会一下子收编那么多的太湖义军。如果在前明，只要养得活，收编多少人马，也没人管，像左良玉，谁能去管？谁敢去管？可现在是大清啊。一下子收编这么多人马，却是何意？好在土国宝将事情捅上去，洪承畴还没有以为意。如果事情再往上捅，到了北京的朝廷，一个质问下来：收编这么多的人马，却是何意？只怕吴胜兆无法回答。吴胜兆总不能说，这是前明所带来的习气吧？

"不过，"戴之俊得意地说，"即使这样，吴胜兆也未必肯反正。但加上我们几个人的游说的话，就不同了……"

太湖义军中，很多幕客谋士也被吴胜兆收归帐下，其中，就包括戴之俊，还有吴著、吴芸等。尤其是吴著，极得吴胜兆的信任，已经认做了族侄。帐下幕客纷纷游说、不断游说，这三寸不烂之舌，很多时候，还是极有作用的。

陈子龙直听得目瞪口呆。

陈子龙想起,当这些幕客谋士在吴易的帐下的时候,他便觉得他们很是轻薄。所谓轻薄,便是嘴皮子很厉害,将兵事说得很是简单,一点也不务实。这样的轻薄,陈子龙以为,是有害于兵事的。事实上,吴易及太湖义军的溃败,也与此有着莫大的关联。

却不料,还是这群幕客,到了吴胜兆帐下之后,居然能够凭着一张嘴,说动了摇晃不定的吴胜兆。要知道,如今,大清正似旭日初焞,而大明则是日薄西山啊。以吴胜兆的精明,不可能看不到这一点。也正因如此,清廷疑心,吴胜兆也自摇摆不定,却始终无法下定决心。

戴之俊正色道:"卧子,如果吴胜兆真的反正,江南形势将会为之一变,这对于我们来说,也是一次极好的机会。或成或败,也许,就在此一举。"

陈子龙苦笑一下,道:"我现在只是一乡居之人,你来找我,是不是找错了?"

戴之俊笑了起来,道:"卧子啊卧子,你让我说你什么好呢?我从前认识的卧子可不是这样的……"

戴之俊起先就托李雯来游说陈子龙,也不知道是李雯没说还是陈子龙拒绝了,总之,是无声无息没有结果;可事关重大,整个江南,能够求助的,算来算去也只有陈子龙,无奈之下,戴之俊只好自己找来。好在,陈子龙或许是看在旧交的面子上,总算是见了面。只不过两人见面时,陈子龙那异样的眼神,很是叫人不舒服。不过,戴之俊也没有计较。因为戴之俊知道自己的来意,而陈子龙并不知道。

所以,当戴之俊说完来意之后,很是得意,先前初见陈子龙时的不安,也烟消云散。

他相信,给陈子龙带来的,是好消息。

这自然是一个好消息。

无论吴胜兆原先是什么人,只要他反正,对于已经是奄奄一息的大明来说,就是好消息。至于他曾经杀过多少人……乱世之中,总是会死人的,即使没有吴胜兆,还有李成栋,还有其他手握重兵杀人如麻的人。

陈子龙沉吟半晌,道:"你们需要我做什么?"

戴之俊笑道:"我们需要黄斌卿将军的配合。"

"黄斌卿?"陈子龙微微皱眉。黄斌卿是鲁监国舟山守将,陈子龙座师黄道周族子,更重要的是,许多年前,陈子龙对黄斌卿曾有过提拔之恩;陈子龙现在的身份,是鲁监国任命的兵部尚书,节制七省军漕。所以,于公于私,吴胜兆想与黄斌卿取得联系,陈子龙都是最佳人选。

戴之俊点头道:"不错,我们需要黄斌卿将军在海上的配合。"

陈子龙心头苦笑。他与黄斌卿相交也不是一日两日,自然明白,此人"大言恢复",而事到临头,又往往没有动作。说到底,往好处说,此人是惯于保存实力;往坏里说,就是拥兵自重。如此,吴胜兆若与他相交通,想谋得他的配合,只怕很难。

"海上变化太大,"陈子龙沉吟一下,道,"如果指望黄斌卿配合的话,只怕事有不偕。"他说的也是实话。海上与陆上大有不同。原本约定好的事,一旦天气起了变化,就难料了。寻常天气可以行船到某地,遇到狂风巨浪的话,全军覆没都可能。昔日,元世祖忽必烈出兵远征日本,就是因为天气而导致一败涂地。所以,如果吴胜兆指望黄斌卿配合的话,还真的难以指望得上;更不用说,黄斌卿此人本身就靠不住。

戴之俊坚持道:"卧子,你帮我们联系一下就行,其余状况,我们自会考虑,不会鲁莽行事的。"

陈子龙望着戴之俊执着而热切的脸,心里更觉不是味儿。

他叹了口气,道:"武功啊,不是我不肯写这封信,而是黄斌卿此人靠不住啊。"他实在是忍不住,便将自己对黄斌卿的观感直接告诉戴之俊。陈子龙越来越相信自己的观感。就像当初,他觉得吴志葵会败,吴志葵果然就败了;觉得黄蜚会败,黄蜚果然就败了;觉得吴易会败,然后,吴易果然也败了。这使他感觉到一阵一阵的悲哀。然而,又使他越发相信自己的观感、自己的判断。

戴之俊见陈子龙说得认真,也自恳切地道:"如果没有黄斌卿的海上配合,吴胜兆很难下定决心起事;而且,一旦起事,也需要鲁王千岁加以证明。"对于吴胜兆来说,这自然也是很重要的。一旦起事,便是背叛大清,投靠大明,自然需要大明方面给个说法。所以,仅仅从这一点来说,也需要先与黄斌卿、鲁监国联系上。

陈子龙心知已无法说服戴之俊放弃。事实上,他自己大约也无法说服自己放弃。因为戴之俊说得对,不管怎样,这对于大明来说,都是一次机会,一个希望;尽管这机会、这希望,很是渺茫。

陈子龙忽然笑了起来。

他想到，大明已经输成这样了，还怕再输么？已经一次接一次地失败了，那么，再失败一次，又有何妨？

沉吟一下，陈子龙便道："吴公要起兵举事，复归大明，这自然是好事。然而，我听说，吴公兵力不足啊；而且，南京、杭州，鞑子都驻有重兵，一旦吴公起事，旦夕便至，我恐怕吴公力不胜任啊。"

戴之俊笑道："卧子放心。吴公部下，都是辽东人，与鞑子不知交过多少次战。此是其一。其二，这一次，吴公收编太湖义军，合计水陆各军将近三万。从兵力上来说，南京、杭州的鞑子兵，都比不过。"

陈子龙点点头，下定了决心，道："那好，我写这封信。海上多有船舶往来，不乏信使，你们相机行事就是。"说着，就给黄斌卿修书一封，大意是说，请先封吴胜兆为伯，等事成之后，再行升赏。其实，也就是以自己的名义，确定了吴胜兆反正之事。至于黄斌卿如何与吴胜兆相配合，这却不是陈子龙所能置喙的了。

当陈子龙瞧着戴之俊将这封信揣入怀中，高高兴兴离开的时候，心里忽地就咯噔一下，只觉自己的这件事好像是办差了，一种不祥的预感，在心头油然而生。

只不过，此刻的陈子龙还不会想到，这一封信，直接在江南引起一场腥风血雨，多少人因此人头落地。

清廷的屠刀，因为这封信，终于毫不犹豫地举起。

八

百尺章台撩乱吹。重重帘幕弄春晖。怜他飘泊奈他飞。

淡日滚残花影下，软风吹送玉楼西。天涯心事少人知。

——陈子龙《浣溪沙·杨花》

杨花如雪，在风中轻飏，跟十年前一样。陈子龙猛然发现，他此刻的心境，竟也如同十年前一样。

十年时间，竟没能改变一个人。真不知道是该哭，还是该笑。

吴胜兆已经事败。据说，他原本已经准备起兵，却是犹豫不决，迟迟不肯发动，结果被几个不肯跟随他的部下擒获，随后，就被送到了南京处斩。戴之俊等人当场死难。

这一场反正，是轰轰烈烈开始，窝窝囊囊结束。

跟吴志葵攻打苏州一样。

跟吴易攻打嘉善一样。

当消息传来的时候，陈子龙只是仰天长叹，既没有哭，也没有笑。

因为这样的失败，早就在他的预料之中；只不过当初，他没有阻止罢了。不仅没有阻止，还写了那封信。

在逃亡途中，不止一次，陈子龙也想道，如果他没有写那封信，不管戴之俊如何坚持，他都不写那封信，事情的发展又会是怎样的呢？他想得很多。想来想去，最后不无悲哀地认为，无论他写不写那封信，事情的结局，都不会有什么改变。

他可不相信，如果他不写那封信的话，戴之俊就不会与舟山方面联系。只要与舟山方面联系上，事情的结局就是唯一。

世上很多事都是这样，结局已定，无法更改。

吴志葵的失败、黄蜚的失败、吴易的失败……

无不如是。

也许，这就是人生吧。

也许，这就是大明的命运。

大明，已经亡了，谁也无法改变。

杨花如雪。

那虚飘飘的杨花，在落日之下，显得那么凄凉、无奈，又无依。

一如陈子龙此刻的心情。

"唉。"陈子龙的身后，传来一声苍老的叹息，"我就知道你会来这里。"

陈子龙苦笑一下，半晌，低低地道："我想来看一看瑗公。"顿了顿，道："要是不再来看一次的话，以后，只怕没有机会了。"

夕阳之下，杨花如雪。

有几朵杨花，在风中飘啊飘啊，飘啊飘的，终于落到夏允彝坟前的墓碑之上。

那如雪的杨花。

那如山的墓碑。

一样地使人感觉沉重。

在陈子龙身后发出苍老叹息声的,是夏之旭。

夏允彝投水的时候,夏之旭就在他的身旁;夏允彝死后,夏之旭越来越苍老,先前的花白头发,如今,已经全白。

"事情我都已经知道了。"夏之旭叹息着说道。

陈子龙苦笑道:"又没有成。"

他没有去责怪吴胜兆,也没有去责怪戴之俊。

事已至此,责怪谁也没有用。

他只感觉到一阵深深的悲哀。

他深切地体会到当初夏允彝投水之前的心情。

那是一种绝望,一种黑夜之中看不到一点点光的绝望。

这样的绝望,只会叫人窒息,直到死。

"卧子,你现在准备如何自处?"夏之旭很郑重地问道。

陈子龙叹息一声,有些茫然道:"我方寸已乱。此来,一是拜别瑗公;二呢,也是想与吾兄商议一下,我该怎么办。还望吾兄教我。"

夏之旭叹道:"卧子,你的名声太大,目标太大,又能逃往何处? 而且,这一次,我觉得又不同于以往,鞑子像是想借机铲除江南名士,只怕事情不会善了。"迟疑一下,又轻轻地道:"我以为,卧子你不如死义。"

陈子龙神情犹豫,半晌,道:"我不是贪生怕死。鞑子如果不来捉我,那是我的幸事;如果真的来捉我,我会在得到消息的同时赴水自尽。"顿了顿,道:"义不受辱。"

夏之旭默默地瞧着他弟弟的这个知交好友,也没有再劝,只是在心头长叹,暗道:卧子不如瑗公远甚啊。这瞬间,便想起夏允彝的悲烈。忍不住在心头又是一声长叹。

夏之旭自然不会明白此刻的陈子龙心里面到底在想些什么。

四月二十六日,时近黄昏,夏之旭领着一童子带着陈子龙来到嘉定王庵。此刻,陈子龙已经改号"车公",异姓"李",称"李车公""李大樽"。

他们是来投嘉定侯岐曾。

在嘉定保卫战中,侯峒曾三父子已经殉国。

所以,此刻的侯家,早是"身则日日悬丝,家则刻刻累卵"。

夏之旭一拱手,道:"怕是要连累侯老兄了。"

侯岐曾眉宇之间是挥不去的忧色，却轻轻摇头，道："说不上连累，我也是逃死之士，我们侯家也是亡命之家。卧子你们来我这里，是将我当作朋友，万事由命，说什么连累不连累的。俗话说，是福不是祸，是祸躲不过。再说了，我大哥和我两个侄儿是怎么死的，谁不知道？鞑子要是追究下来，只怕就这一件事，我们侯家也在劫难逃。"

夏之旭不无揶揄地道："这位是李大樽，可不是卧子。"

陈子龙脸色微微一红，略带愠色，不过，终究也没有说什么。

侯岐曾也不以为意，笑道："小心无大错。"说着话，就安排陈子龙与夏之旭住下。

陈子龙心下感动，叹道："吾生平交满天下，今日乃知侯氏父子真人杰也。"当他对着侯岐曾说这句话的时候，浑没在意到，夏之旭在他身后轻轻摇头，仿佛是在惋惜着什么。

二十八日，侯岐曾安排陈子龙移居丰浜。如果住在侯家的话，难保不被清兵发现。侯家在嘉定树大招风，侯峒曾三父子又是因抗清而死，如今的侯岐曾，真的如他自己所说，也是"逃死之士"。好在侯家有个仆人叫刘训的，家住丰浜，距离王庵仅三里。所以，侯岐曾就将陈子龙安排到丰浜。

夏之旭见陈子龙前往丰浜，心情却一点也没有轻松起来，望着陈子龙踽踽而去的背影，不觉又是一声长叹。他实在不明白，事到如今，陈子龙何以如此惜死。以清军这一次一追到底的气势来看，像陈子龙这样有大名望，又实实在在参与其间的人，想逃过一劫，只怕是很难很难。

千古艰难惟一死，伤心岂独息夫人。夏之旭忽地想起这两句诗来。

是啊，千古艰难惟一死。任谁也无法避免。

除了夏允彝。

当时，他是那么决绝，站立着，将头闷入水中，直到死去。

直到死去，连背都没有湿。

夏之旭叹息着回到松江。

陈子龙在丰浜逗留了七八天，以为"本无短柄落定吴手"，等风声过去，或许，就没事儿了吧。侯岐曾则写信给陈子龙道：

得闻翁兄此来,且惊且慰。惊则惊大海横流,虽鼍宫蛟宅不得高其枕,慰则慰大鹏海运,回翔容与,姑就鷾鸟而谋一枝之安也。然而此番危机,弟细察究可无恙。我既无行事可蹑寻,又无笔踪可推按,岂有挂名文移,便可悬坐者。但既供耳目,从此不得不过防。将来连染,亦定非一姓。彼以为不除此属,天下终不得太平耳。故弟每以防远不必防近,虑公不必虑独……

五月初五,清兵终于到了王庵,大肆搜索。丰浜距离王庵不过三里,消息自然很快就传来,当地居民不免惊慌失措。陈子龙苦笑一下,心道:总不能连累乡邻。便想出去自首。

"先生这是何意?"刘训忙拉住陈子龙。

陈子龙叹道:"总不能使大伙儿受到牵连。"

刘训道:"先生以为现在出去大伙儿就不会受到牵连?"

陈子龙默然无语。他自然明白,如果他现在贸然出去,只怕乡邻一样难以善了;除非,是乡邻将他捆绑而出。

现在贸然出去,不要说是乡邻,便是侯家,也会受到牵连。

这样想着,陈子龙便觉很是痛苦。

错了。他想。或许,从开始他就错了。

"不如死义。"他又想起夏之旭的话来。

雨初晴,风骤起。漠漠一天云堕水。真似梦,也无愁,撩乱春心何日止。

耐缠绵,空徒倚。此去谁家金屋里。宁荡漾,莫沾泥,为侬留却轻狂矣。

——陈子龙《木兰花·杨花》

然而,就在此刻,陈子龙心头忽就闪现出那张绝美的容颜来。"此去谁家金屋里。"陈子龙喃喃着,神情便变得黯然。他想起曾去偷偷地见她,想起曾在她面前嘲笑牧斋。"原来,真的是'千古艰难惟一死'啊。"陈子龙只觉平生意气,在此刻,都化作齑粉。

原来,我也恐惧死亡。陈子龙惨笑着。

他下定不了决心。

他无法抉择。

很多时候,人,连自己的主都做不了。

如果再次见到她，我一定会告诉她，当初，牧斋未必就是错的。陈子龙这样告诉自己。

陈子龙六神无主之际，刘训将他拖到槎楼。在槎楼住了一两天后，陈子龙前往唐市，去投复社旧友杨彝。杨彝大惊："我还以为陈先生已经到了千里之外，怎么跑到我这儿来了？"闭门不纳。陈子龙无奈，只得又返回槎溪。

却原来，天地之大，果然是无处可去。

侯岐曾见陈子龙又返回，也是担心，道："鞑子正四处追捕，此处恐怕也不能久住。不知卧子你有什么打算？"侯岐曾身心疲惫，却实在是不忍心将陈子龙就此推出去。

他侯家，丢不起这个人。

他侯家，忠烈传家，也决不可能做出这样的事来。

陈子龙道："我想去浙江，然后，从浙江出海，去舟山。"他叹了口气，道："我不甘心。"他黯淡的眼神之中，依然有着一丝丝的亮光，不肯陨灭。

侯岐曾道："昔日，南八有云，将以有为也。若南八果然不死，后事亦不知如何也。"侯岐曾这样说着，便找来女婿顾天逵，护送陈子龙由昆山到苏州，再乘船前往浙江。却哪曾料到，清军早布下天罗地网，道路戒严，舟航尽绝，不得已，只得又返回昆山。顾天逵将陈子龙藏在黄泥岗顾氏墓室。

早在五月初三，江宁将军巴山就已抵达松江。当时，巴山与江宁巡抚土国宝、都御史陈锦早就计议妥当，要乘吴胜兆事，"尽除三吴知名之士"，而以陈子龙为首。

这是夏之旭早就预料到的事。也正因如此，夏之旭才劝说陈子龙"不如死义"。只不过，对于陈子龙来说，终究是"千古艰难惟一死"啊。

人，对于生死，总是一种艰难抉择，而且，往往还很难抉择。

巴山搜遍松江，也没搜到陈子龙，然而，却捕获了当日与夏之旭随陈子龙来松江的那个童子。那童子哪里能禁受得住严刑拷打？很快，就供出了陈子龙的行踪，侯岐曾也就自然而然地被连带着供出。

夏之旭是将陈子龙送入嘉定侯家的。

其实，清军大批进入嘉定县境的时候，侯岐曾也感觉到自己"万分极危"，然而，也正是在这样的情况下，他还是修书给陈子龙，要陈子龙"择其所安",对自己"意有余而力不及"而感觉"愧意"。

五月十一日,清军五百,由那童子带路,直奔侯家。在侯家,先抓获刘训,问他:"你家主人何在?"刘训将清军引向别处,想争取时间,让侯岐曾逃走;然而,侯岐曾端坐于室,面不改色,静候清兵的到来。等被带到巴山面前,踞坐于地,凛然不惧。老母龚太安人投水以死,时已八十余岁。巴山哈哈一笑,自也不与这将死之人计较。待清兵带着侯岐曾等人离开,附近乡邻一哄而入,将侯家抢个精光。

他们知道,侯家完了。

与此同时,与陈子龙会合的一个仆人,不小心又被清军捕获,很快就供出了陈子龙藏匿之所。于是,章京索卜图率队直扑昆山顾氏墓室,将陈子龙擒获。顾天逵、顾天遴兄弟同时被捕。

当陈子龙被清军五花大绑押出来的时候,他松了一口气。

他知道,一切都已结束。

他知道,他已无可抉择。

就像他的一生,很多事,真的是无法抉择。

抉择太难太难。

碧天拖逗懒悠悠,长短寻无处。为多情,绕遍闲庭院,牵不住,花飞去。

匆匆烟景催芳树。一缕萦朝暮。可春心断也,何曾断了,荡尽人间路。

——陈子龙《探春令·游丝》

世间若有词谶,或许,这十多年前的词,可谓是词谶罢。

九

松江西郊。清军大营。当巴山、陈锦与土国宝听闻陈子龙被拿获,都不由松了一口气,相视而笑。

他们知道,这些日子以来,总算是没白忙活。

他们已决定对江南士林下手,那么,作为江南士林领袖的陈子龙,当然不会放过。

这些年来,江南各地义军的背后,一直都有江南士林的影子,此起彼伏,若离离原上草一般,无论野火如何去烧,总是春风吹又生。江南要安定,就必须将江南士林这个问题解决掉。或招降,或斩杀,都行。总之,这件事,不能再听之任之了。

吴胜兆的事发,只是使他们刚好有这样的借口罢了。

至于吴胜兆本人,他们根本就没放在心上。像这样反复无常之人,即使不反,留在军中,迟早也是问题。

"你们说,这位陈卧子先生,会不会降了我大清?"巴山这样问道。以陈子龙的身份,要是肯降的话,对江南士林的打击必然会很大,而对大清来说,招抚那些不肯屈服的读书人,则会变得容易很多。

他们相信,江南也罢,整个大明也罢,那些读书人,只不过是假装矜持罢了;一旦有人带头,尤其是有名望的人带头,他们大约都会毫不犹豫地投向大清。君不见,长江以北,尤其是北直隶、山东一带,朝廷一开科,那些读书人就纷沓而来?在巴山看来,那些读书人,其实跟青楼的婊子也差不多,甚至还不如她们。他们的矜持,其实,也只不过是想卖个好价钱吧。而作为嫖客呢,自然也要陪着演戏,有必要的话,演完全套也无所谓。这样,一出戏才完整,无论是演戏的,还是看戏的,才会过瘾嘛。

嫖客进青楼,一见面就脱裤子,那多粗俗啊。

土国宝哼了一声,冷笑道:"这些读书人,哼,这些读书人……"

陈锦微微一笑,道:"有人曾传抄过来陈卧子的几阕新词,两位有没有兴趣看一看?"

土国宝一撇嘴,道:"酸溜溜的文人,闲得慌,还新词,呵呵。"土国宝明显地不屑一顾。在土国宝看来,这些酸文人,尤其是写诗填词的酸文人,纯粹就是无聊;不过,要是不惹是生非的话,酸也就酸吧,他也懒得去管。偏偏这些酸文人,腐儒,还总是闹腾。在前明的时候,这些酸文人、腐儒,就喜欢闹腾;如今,已经是大清的天下,还是喜欢闹腾。

在前明的时候,这些酸文人、腐儒被当作宝;如今嘛,哼哼。

这样想着,土国宝脸上便是隐隐的杀气。

土国宝原是太湖水贼出身,一向对那些文人没有好感。吴胜兆事发之后,土国宝虽说与吴胜兆不对眼,却也说了一句公道话:都是被那些腐儒给害的。

吴胜兆要是没有收留那些腐儒,事情未必发展到今天这一步。

　　土国宝没兴趣,巴山却显得很有兴趣的样子。江宁将军巴山,瓜尔佳氏,满洲镶黄旗人,世居哈达。顺治元年(1644),从入关,督所部步兵击败李自成,擢升工部侍郎,进世职阿达哈哈番。二年(1645),授梅勒额真,镇守江宁。三年(1646),命总管江宁驻防满洲兵,特置总督粮储兼理钱法,驻江宁,以协领鄂屯兼任,加户部侍郎,以重其事。作为满洲人,刚刚入关,对汉人的诗词歌赋什么的,还真是很有些兴趣。要知道,在关外的时候,哪里能看到这些。

　　巴山道:"什么新词,拿出来瞧瞧。"陈子龙乃江南名才子,从巴山一到江南上任,这个名字便一直都在他耳边环绕。

　　土国宝又哼了一声,嘟囔道:"徒有虚名之徒。"在土国宝看来,陈子龙四处煽风点火,唆使人起兵;可他自己,在战场上几乎从未出现过。即使是敌对,土国宝还是敬佩那些硬汉,哪怕那些硬汉子誓死不投降,叫他很生气、愤怒。

　　陈锦一笑,便叫人将传抄来的几阕陈子龙的词拿了过来。

　　"才子啊,"陈锦一边将陈子龙的词拿给那两位满汉武夫看,一边就赞叹道,"这是真正的才子,诗词歌赋,无一不通,无一不精。才子啊。"

　　陈锦一连声地赞叹着,仿佛对陈子龙充满向往之情似的。

海棠枝上流莺啭。试小立,春风面。细草凌波红一线。碧云凝照,绿杨零乱,重锁深深院。

甘蕉翠滴当心卷。遍写相思空自遣。归去枕函曾梦见。一天星月,满庭风露,吹落梨花片。

　　　　　　　　　　　　　　——陈子龙《青玉案·春雨闺思》

小桃枝下试罗裳。蝶粉斗遗香。玉轮碾平芳草,半面恼红妆。

风乍暖,日初长。袅垂杨。一双舞燕,万点飞花,满地斜阳。

　　　　　　　　　　　　　　——陈子龙《诉衷情·春游》

紫燕香泥归画栋。卷上帘钩,杨柳笼烟重。窗外晓莺啼一弄。飞花只有东风送。

锦瑟瑶琴都不动。倦倚阑干,白日耽幽梦。金鸭微温红袖拥。芙蓉半掩鞋头凤。

　　　　　　　　　　　　　　——陈子龙《蝶恋花·春闺》

陈锦不断地赞叹着陈子龙,巴山看这几阕词,却是云里雾里的,不知道是什么意思,不过,陈锦一连声地赞叹着,这位满洲汉子也就装模作样,仿佛真的能够看出这几阕词的好处来似的。至于土国宝,看都懒得看,只是不屑一顾。也不知道他是不屑一顾陈子龙的词,还是不屑一顾那位满洲汉子装模作样的样子。

他可不信这位汉话都说得结结巴巴的满洲汉子能够读得懂这些酸溜溜的词。

词嘛,还是十八摸好听,还是吴歌、挂枝儿好听。土国宝忽地便想起那软绵绵、挠痒痒直挠到心里去的吴歌来,尤其是那吴歌由娇滴滴的苏州姑娘唱的时候。有道是一方水土养一方人,这太湖水,养的便是娇滴滴的苏州姑娘,甜,甜到人心里去,甜到叫人会化了。不过,也有可怪之处,这太湖边上的汉子,却是那么彪悍、倔强,愣是要与大清作对。

巴山也赞道:"才子,才子,端的是才子啊。这样的才子,要是能为我大清所用,多好啊。"一边赞着,一边就发出这样的慨叹。皇帝还小,说不上什么心思;可摄政王及朝廷的心思,他可很明白。满洲人可以马上得天下,却不能马上治理天下;要治理天下,还是得靠那些文人啊。

土国宝就笑。

陈锦也笑。

巴山脸色一红,讪讪地,将手中的词笺还给了陈锦,却正色道:"如果陈先生肯归顺我大清的话,我一定禀告皇上,给他一个大官做。"

陈锦笑道:"适才,给将军看陈卧子的这几阕词,便是想告诉将军,这位陈先生,跟当初的亨九先生有得一比。"

巴山愣了一下,不觉笑了起来,笑得有些暧昧,不过,什么也没说。传说,当初洪承畴是因如今的孝庄太后而归顺了大清。自然,这只是传说。问题是,即使只是传说,谁也不敢说、不能说,只能意会。

便不论北京的孝庄太后,如今,洪承畴正在江南主持事务呢,而且,王爷许他便宜行事,正是在场各位的顶头上司。

陈锦自然明白巴山的暧昧的笑,不过,他的本意可不在于此。

"当初,范文程先生见有灰尘落到亨九先生的衣服上面,亨九先生伸手掸掉,便由此断定,亨九先生必然贪生,并且告诉给了太宗皇帝,太宗皇帝这才招降了他。"陈锦慢吞吞地说道。洪承畴不在场,大家说这样的典故,自也无妨。

土国宝心中一动,道:"你的意思是……"

陈锦一笑,悠悠道:"'海棠枝上流莺哝。试小立,春风面。''风乍暖,日初长。袅垂杨。''窗外晓莺啼一弄。飞花只有东风送。'此等句子,俱是贪恋大好春光之生机宛然。巴将军、土将军,言为心声,这几阕词,陈卧子俱是今年春上所写,嘿嘿,如此贪恋大好春光之人,却又如何舍得死来?"说罢,陈锦显得很是得意的模样。

巴山、土国宝二人虽是武夫,却决非鲁莽之辈,听得陈锦如此说,各自恍然大悟的模样,心道:难怪他忽然说起陈子龙的词来。

陈子龙自然是才子,而且,身负天下名望。否则,这一次针对江南士林,也不会将陈子龙放在第一位,非要将他捕获不可了。至于陈子龙到底有没有参与到吴胜兆一案之中,参与的话,又有多深,等等,对于在场的这三位,其实,都不重要,他们也不会计较。如果借《三国志平话》中的故事来说,他们,只不过要借陈子龙的人头一用。

自然,如果陈子龙深惜此头,愿意归顺大清,那就更好了。

三人计议妥当,便吩咐将陈子龙押送过来,好细加审问。三人俱在军中,这样的审问,不知经历过多少,往往三言两语,就能断定这堂下者究竟为何人。如果说,文字或许还能有些假,但面对生死之时的态度、言语,那却是做不得假的。

"才子啊。"陈锦捋着颔下的微须,再次赞叹道。只不过,当他说这三个字的时候,有一种说不出的不屑。

十

当看到陈子龙被捆绑着押送上来的时候,土国宝忙呵斥那两个兵士,道:"瞧瞧,瞧瞧,你们怎么能够这样对陈先生呢? 快给陈先生松绑!"一边说着,一边就朝那两个兵士瞪眼。

那两个兵士自不敢多嘴,心里也知,万一这位陈先生肯归顺,摇身一变,那就是大清的官;如果真成了大清的官,那么,他们这两个小小兵丁,可就什么也不是了。

陈子龙很快就被松了绑。

松了绑之后的陈子龙,活动活动筋骨,然后,站直了身子,瞧着这三位清军的大官,神色不变。

"陈先生，"陈锦紧盯着陈子龙，半晌，忽道，"你为什么要谋反？"陈锦眯着眼，可眼缝中渗出来的目光，却显得那么阴冷。而此刻，阳光正温暖，天正蓝，云正白。

陈子龙冷笑一声："说我谋反？我既无士兵也无兵器，更无钱粮，怎么谋反？"

陈锦冷冷道："接受鲁王封爵，官七省总督，还是兵部尚书，嘿嘿，不是谋反又做何解释？"这残明的鲁王滥封，无一兵一卒，也能封七省总督，还节制七省军漕，真是叫人笑掉大牙；而更叫人觉得可笑的是，这位江南名士陈子龙陈先生，不仅接受了，还洋洋得意地上任了，仿佛真的能够节制七省军漕似的。还有那已经被斩杀的吴胜兆。人还在大清，还没谋反呢，那鲁王居然已经给他封伯了。大明朝的官位、爵位，什么时候变得这样不值钱了？陈锦自然不知道，吴胜兆的伯爵，还真不是鲁王亲封，而是黄斌卿将自己封侯之后作废的伯爵印拿来废物利用，顺便送给吴胜兆的。

残明能够送出的，大约只有这些，嗯，还算值几文钱的官印、爵位印了。

陈子龙呵呵一笑，道："前明有七省总漕，可没听说过有什么七省总督。鲁王是命我总督义师，可不是什么七省总督。不过，当时我老祖母去世，正服丧守制，所以，并没有接受。"

"你没有接受？"陈锦沉声问道。

"没有。"陈子龙摇头否认。

陈锦嘿嘿道："整个江南都知道你总督七省，如今，你说你没有接受？还狡辩？"

陈子龙淡淡地道："总督七省应死，总督义师是不是就不要死？这两者之间，有什么区别么？一样是死，我要辩解什么？"陈子龙这几句话说得不卑不亢、从容不迫。不是怕死。只是要将话说明白。

巴山见陈锦折服不了陈子龙，便岔开话题，指着陈子龙的头发，道："你怎么还留着头发呢？"剃发令在江南早已颁布，而陈子龙又说他没有谋反，没有接受鲁王的封官，那么，又何以还留着头发？

陈子龙淡然道："留着头发，将来才有脸去见先帝。"

巴山被陈子龙这一句话堵住，不由得恼怒，浑忘了三人刚才商量好要劝说陈子龙归顺的事，便破口大骂起来，道："崇祯那个昏君丢了江山，是我们大清铁骑入关，才算是为他报了仇。你妈了个巴子去见先帝，还有脸去见先帝？还留着头发去见先帝？我们大清铁骑是为你的先帝报了仇的！你还要谋反？对你先帝的恩人谋反？妈了个巴子，这不是恩将仇报？还有脸去见你的什么先帝？"巴山不管三七二十一，便这么数落起来。

巴山自然不会认为他是强词夺理。事实上，当大清刚入关的时候，江南的很多人，包括史可法、陈子龙等在内，有很多人真的以为他们是来替崇祯帝报仇的。历史上，外族军队参与逐鹿中原，原就是常有的事；像唐高祖、唐太宗父子，就曾借突厥兵获得天下。那么，既然是来替崇祯帝报仇，等打败闯贼之后，应该会将北京还给朱家吧？那才是真的替崇祯帝报仇、对大明有恩呢。可事实呢？事实上，大清铁骑入关，打败闯贼之后，就将都城搬到了北京，一个小孩子皇帝还改了年号，唤作"顺治"。"顺治"、"顺治"，这哪里是想回去的迹象？分明就是改朝换代，想在关内坐天下、当皇帝了。

陈子龙听得巴山如此强词夺理，不由大怒，便破口大骂起来。骂着骂着，心中着急，不知不觉便操起吴语来。他原是松江人，操吴语自然是驾轻就熟，一句接一句，仿佛回到少年时期，两个顽童在那儿对骂似的。这一通骂，骂得痛快之极，将这些日子以来的郁闷几乎全部给发泄了出来，好似连绵阴雨之后，太阳破开云层陡然出现在眼前一般；又好似暗夜行路正伸手看不见五指之时，云破月来，那淡淡的月光，便成为世间最美好的风景。

陈子龙直骂得痛快淋漓，哈哈大笑，到此际，那原本故作镇定的眼神，便渐渐地平静了下来，好似春日池塘之水，微风拂过，不过泛起轻轻的涟漪。

巴山是满洲人，哪里听得懂他在骂些什么。不过，从陈子龙那副模样来看，他也知道肯定不是好话，便瞧向土国宝。土国宝是太湖水贼出身，往日里即使说官话，却也带有很浓重的吴语口音。

土国宝早听得目瞪口呆。他做梦也没想到，这江南名士、又是名满天下的才子，还是大明鲁监国的兵部尚书兼七省总督，竟会如此破口大骂。这与他想象得完全不一样了嘛。

陈锦苦笑一下，知道今天已经无法将话说下去了，便道："巴将军，不如，先将他带下去？"

巴山也是苦笑一下，明白了陈锦的意思。罢了，先将他关押起来，带回南京再慢慢审吧。这样想着，便一挥手，命人将陈子龙押入舟中。

"回南京？"陈锦征询巴山与土国宝的意思。

巴山道："嗯，回吧。"这一次来，该抓的，也都抓了，尤其是抓住了陈子龙，自然需要回南京再说。怎么处理陈子龙，虽说他们商议好劝降，可最终也要获得洪承畴的应允才是。巴山忽就想起陈锦的话，陈锦说，从词里来看，陈子龙应该很惜命。巴山不懂词，不过，陈锦的话，他多少也是有点相信的。但是，如果陈子龙真的惜命的话，为何是破口大骂，而不是求饶？

"两位，"巴山沉吟一下，问道，"你们怎么看？"

土国宝道："陈子龙名望很大，如果能够归顺我大清，那自然好。可是……"他苦笑一下。看陈子龙那破口大骂的样子，却哪里是想归顺的模样？

陈锦微微一笑，道："会归顺的。"

土国宝愣了一下，道："哦？何以见得？不会还是因为那几首破词吧?"土国宝对那种文绉绉的词，实在是没什么好感。

陈锦笑道："土将军，巴将军，你们有没有发现，本官问他七省总督之事，他百般狡辩？"

土国宝沉吟道："他不是说一样是死，何须辩解？"

陈锦大笑："土将军啊，土将军，这位陈卧子先生，却是说鲁王封他总督义师，他没接受的。"

土国宝眼前一亮，道："对啊。总督义师或许是死罪，可陈卧子却说自己并没有接受。这没有接受嘛，自然也就罪不至死。"

陈锦微笑道："说他总督七省，他否认有这一官职；他自己说是总督义师，不过，却又道是没有接受。土将军、巴将军，此人狡猾着呢，他这是说与鲁王那边没什么牵连呢。"

土国宝与巴山对望一眼，眼神之中不免有些鄙夷之色。他们没有文人的那些花花肠子，自然没有想那么多，不过，陈锦这么一说，他们自然很快就明白了陈子龙这样百般辩解的用意。他之所以百般辩解，无非就是说，鲁王封他官了，但他没有接受，所以，不能说他谋反；从一开始，他就否认了谋反。无士兵无兵器无钱粮，我怎么谋反？虽说是反驳陈锦的话，却是否认了他参与谋反一事啊。

唉！这样的名士！这样的名士！土国宝与巴山俱不由得有些失望。虽说是敌对，他们所佩服的，还是那些不怕死的硬汉子，像吴易，土国宝许他出家为僧，但他却宁求死；像夏允彝，朝廷只是征召他出来做官而已，他却宁求死。这些，才是硬汉子啊！如陈子龙，呵呵，一路逃亡，连累那么多人，像侯家、顾家，朝廷总要追究吧？嗯，还有夏之旭，朝廷肯定也不可能不闻不问，必须要追究的。至于其他有牵连的，则是他们三人计议好的，都要追究下去；只不过最后到底如何处理，却要看被牵连的人如何自处了。

朝廷并不嗜杀，非必要，也不会杀人。前提嘛，就是要归顺朝廷，最不济，也不能与朝廷作对，动不动就起兵谋反；呵呵，靠那些土匪、水贼，也要谋反？虽说朝廷大军俱在，并不在乎那些起兵谋反，不过，大清朝刚刚定鼎，总要尽快地安定下来，休养生息才是。

如果江南名士个个都像陈子龙这般，那就好了。三人俱不觉这样想道。

他们相信，回到南京之后，给予足够的尊重，就像当初太祖皇帝对洪承畴那样，陈子龙就必然会半推半就地降了。

至于适才陈子龙的破口大骂，无非是文人的面子问题。

文人嘛，总是要面子的。

只要给他面子，便一切都好商量。

三人这样分析一下，俱不觉心情大好，便下令全军上船，启程回南京。

这一天，是顺治四年（1647）的五月十一日。

十一

战船缓缓前行。

战船之上，旌旗招展，在风中猎猎作响。旗下，那些鞑子兵正快乐地唱着歌。如果仔细听，会发现，有的歌声显得很是粗狂，像是吼出来的，那应是秦地的秦腔；有的，正不知是在唱些什么，但是听着会使人感觉有些苍凉，——这是来自白山黑水的猎歌，唱的，正是满语；还有人捏着嗓子在唱吴歌，那唱歌的，正是吴人。

陈子龙听着听着，蓦然之间，只觉万分悲凉。

这鞑子兵中，有秦人，有吴人，有楚人，有鲁人，自然也有来自关外的真鞑子。可是，这满船的鞑子兵，真鞑子没几个啊。吴胜兆、李成栋、土国宝，这些原都是大明的人啊。还有洪承畴，也是大明的人啊。扬州、嘉定，是李成栋打的，松江也是李成栋打的……

伴着那快活的歌声，陈子龙忽然想起，在江南，这打来打去的，好像都是明人与明人、汉人与汉人，而那鞑子，仿佛就是看客一般。

从什么时候开始，这满天下的鞑子兵，其实，都是汉人？

陈子龙戴着枷锁，行动不便，心头只是一片悲凉。

碧阑囊锦妆台晓。泠泠相对早。剪来方尺小清波。容得许多憔悴暗消磨。

海棠一夜轻红倦。何事教重见？数行珠泪倩他流。莫道无情物也替人愁。

——陈子龙《虞美人·镜》

这是年轻时的一阕词。

今年年初的时候，陈子龙忽然想起，已经十年没有填词，于是，就拼了命地填词，仿佛要将一生的词都填完似的；而十年前的那些词，也忽然不经意之间跳到他心头。

便如此刻，听着那快活的歌，或猎歌，或吴歌，或苍凉，或绵柔，陈子龙便想起这一阕《虞美人·镜》来。

那时，与李雯、宋徵舆相约填词。

如今，李雯已经在清廷任官；宋徵舆已经迫不及待地去参加科考，已经通过乡试，中了举，正准备前往北京，如果再中的话，就会没有任何悬念地成为清廷的官。

"云间三子"。呵呵。"云间三子"。如今，"云间三子"之中，已有其二归顺了清廷。

那么，剩余的那"一"呢？

"数行珠泪倩他流。莫道无情物也替人愁。"陈子龙只觉自己的身前就有这么一面镜子，而他，就在镜中。

"不如死义。"夏之旭劝说他的话又涌上心头。

我不如瑗公啊。陈子龙只觉万分羞愧。却原来，死到临头，我还是恐惧。

或许，陈子龙原先不肯承认自己对死亡的恐惧。他一直以为，他对死亡无所畏惧，所以，曾与夏允彝相约共死；当夏允彝投水殉国的消息传来时，他再次表示想与夏允彝共死。然而，在吴胜兆事发以后，他还是选择了逃亡。

一生之中，很多事，都无法选择，就像十多年前，那个女子的决绝离去。然而，这一回，他可以选择——于是，他选择了逃亡。

一路逃亡，先是夏之旭，后是侯岐曾，再后是顾之逵，其间，还有杨彝的闭门不纳，还有侯家的忠仆刘训。陈子龙坐在船上，蓦然间就冷汗涔涔。

他明白,这些人,都必然要受到他牵累了。

我错了。陈子龙喃喃道。

他的神情便有些惨然。

原来,人也是镜。以人为镜,真的可以看到很多很多。

我不如瑗公啊。陈子龙再次长叹。

顺治四年(1647)五月十三日的黄昏,舟泊郡城西号称"云间第一桥"的跨塘桥。那一路之上不成调的歌,也渐渐地停歇了下来。船上,水声潺潺;岸上,炊烟袅袅。

这是一个安宁的时代。

是战乱之后,逐步安宁的时代。

陈子龙趁看守者一个不在意,愤身跳入水中。等守卒惊觉,大声呼喊的时候,陈子龙已经沉入水底。

他的身上,戴着枷锁。

等清兵守卒将陈子龙从水底捞上来的时候,陈子龙已经气绝身亡。

时年四十岁。

巴山笑着对陈锦道:"公不是说陈子龙会归顺我大清的么?"

陈锦也自羞恼,讪讪道:"哪知道他最后还会来这一出?"在陈锦想来,这根本就没按剧情发展嘛。在陈子龙的词中,分明有求生之意;在松江西郊审讯的时候,他又是百般狡辩,这狡辩,分明也是有求生之念。也正因如此,关在船上的时候,除了按律法给他戴上枷锁,其余都不是很严,看守自然也没有紧盯不放。却哪料到,此人竟趁看守者一个不注意,便跳入水中。

果然最难揣测是人心啊。

三人便商议如何善后。他们自然知道,活着的陈子龙,比死掉的陈子龙,要有用得多了。如今,既然已经投水,那也没辙,不过,总要善后,这件事不能就此了结,总要给朝廷一个说法。

巴山阴阴地道:"枭首示众。"

"巴将军……"陈锦有些不忍。

巴山恼怒道:"此人谋反,死不悔改,还投水自尽,这便是大清之敌。对大清之敌,本将可不会心软。"

土国宝也道:"陈子龙是江南名士,也算得上是士林领袖,将他枭首示众,也能以儆效尤。"

三人计议已定,便令人将陈子龙的首级割下,尸身则抛入水中。

后来,陈子龙的弟子王沄闻讯之后,求得陈子龙尸身,束刍为首,草草殡葬。

陈子龙的首级被割下后,贮藏在华亭县狱中。先前,李魁、吴著、戴之俊等吴胜兆一案中所涉之人,被斩杀之后,首级也被割下,贮藏在华亭县狱中。十四日天明,清军将所有首级悬挂在松江城西门楼上。很久以后,陈子龙的首级才被人换下,与尸身合葬于富林。

惜哉卧子,何不早决。

——夏之旭《绝命词》

鼎革之际,唯绳如、瑗公从容就义,言之齿颊俱香;即卧子一死,直是迫于计穷,不得与吴、夏比烈。

——曹家驹《说梦·纪侯怀玉殉难事》

吴嘉胤,字绳如,南京失陷后,至方正学(方孝孺)祠下拜曰:"愿从先生以地下,令后世知吾与先生同志也。"从容自缢于树。一仆欲为解之,一仆曰:"嗟乎主人有成言矣,解之必不听,不如已也。"遂死。

顺治之四年,孟公死于吴氏之难,侯生、张生宽与者数人焉。夫使孟公有知,不亦恨于多杀国士而思夏子乎?忠则犹是也,而惠竭矣。

——宋徵舆《夏瑗公私谥说》

圣贤之学,义当生而生,义当死而死,慷慨从容,自然中节。子龙事既不成,一死何辞。而乃望门投止,牵连亲串,则知其初作事,盖望幸成,非至性流露也。缘其平素只谈经济,未尝讲求义理,故一投烈火,即仓皇失措,无足怪也。

——徐秉义《明末忠烈纪实·沈廷扬传》

人之一死,褒贬由人,却是陈子龙所不知道的了。

千古艰难惟一死。

315

或许彷徨，或许恐惧，终不肯屈身事敌。

也许，这便是陈子龙吧。

十二

五月十四日，侯岐曾与顾天逵、顾天遴兄弟也被押解到松江，同时遇难。侯岐曾幅巾长带，大明衣冠，双目炯然，镇静泰然，临刑时仰天趺坐，绝不置辩，从容受刑，年五十三岁。顾天逵三十岁，顾天遴二十七岁。

> 叩阍应有路，兄弟竟齐游。盱眙同时尽，褒融一日收。黄垆人已变，清泪梦中流。如赴增城约，停骖待楚囚。
>
> ——夏完淳《闻大鸿仲熊讣》

大鸿、仲熊，即顾氏兄弟。

夏之旭返回松江后，一日，捕役悄至，适逢他在田里督耕，不在家中，于是便捉了他次子，严刑逼供。夏之旭闻讯之后，本想前往辩白，却又想道，今之所谓叛，乃前朝之所谓忠。于是，跑到松江文庙，自缢于颜渊牌位之旁。时五月二十五日。

> 夏公七尺躯，老骥志千里。风雨急良朋，然诺恒自喜。开阁气豁如，祇园亦幻世。终升尼父堂，无愧令原弟。
>
> ——王沄《南哀》

清廷的罗网已经张开，整个江南，一片腥风血雨。

> 春漠漠。香云吹断红文幕。红文幕。一帘残梦，任他飘泊。轻狂无奈春风恶。蜂黄蝶粉同零落。同零落。满池萍水，夕阳楼阁。
>
> ——陈子龙《忆秦娥·杨花》

或许，这是陈子龙在年初填写这阕小令的时候所没有预料到的。

否则，何以为词谶？

李雯

不语问青山，青山响杜鹃

眼儿媚

晚来霜影上帘钩。王粲赋登楼。浮云半掩，菱花未照，说甚风流。

衣尘滚滚意难收。来往著闲愁。落红更在，朱轮驰处，白了人头。

李旭东

又见松江。

不过几年工夫，恍如隔世。

西园剩有黄花蝶。南浦惊飞红杜叶。秋来独自怕登楼，闲却吴绫双素袜。

乱鸦啼起愁时节。料峭西风浑未歇。两行银雁十三弦，弹破梧桐梢上月。

——李雯《木兰花》

这是许多年前的一阕词了。当李雯看见陈子龙与宋徵舆联袂来访的时候，忽然就想起当年的事来。那时，或许年少轻狂，或许是少年不识愁滋味，又或许心中总是不服输，所以，当陈子龙与宋徵舆相约填词的时候，李雯毫不犹豫就答应了下来。

后来，将他们各自填写的词，合编为《幽兰草》三卷：卷上李雯，词四十二首；卷中陈子龙，词五十五首；卷下宋徵舆，词四十八首。在刻本的版心下，刻有三人的堂号，陈子龙是"江蓠槛"，李雯是"仿佛楼"，宋徵舆是"凤想楼"。

吾友李子、宋子，当今文章之雄也。又以妙有才情，性通宫徵，时屈其班、张宏博之姿，枚、苏大雅之致，作为小词，以当博弈。余以暇日，每怀见猎之心，偶有属和。宋子汇而梓之，曰《幽兰草》。

今观李子之词丽而逸，可以昆季景、煜，娣姒清照，宋子之词俊以婉，淮海、屯田肩随而已。要以论之，本朝所未有也。独以余之椎鲁，鼎厕其间，此何异荐敦洽于瑶室、奏瓦缶于帝庭哉？昔人形秽之忱，增其蹦蹐耳。二子岂以"幽兰"之寡和，而求助于巴人乎？

——陈子龙《〈幽兰草〉题词》

那时，真年轻啊。

世事沧桑，也不过就几年工夫，恍如隔世。

二

"舒章,舒章啊。"陈子龙依旧爽朗,走在最前面,两手伸着,不由分说,就握住了李雯的手,李雯想躲都没有来得及。

陈子龙的脸上满是欢喜之色。

故人相见,原本就应欢喜。

宋徵舆紧随着陈子龙,也是满面欢喜,只不过他性子比较糯,不像陈子龙那样外放。所以,当陈子龙紧握住李雯的手时,宋徵舆只是矜持地笑笑。不过,如果仔细看的话,会发现,宋徵舆眉眼之间,竟有些隐隐的艳羡;只不过他掩饰得比较好,所以,也不大容易看得出。

宋徵舆已是新朝举子,如果没什么意外的话,很快就会到北京参加会试。以宋徵舆的才学,通过府试成为新科进士,基本没什么问题。

李雯眼睛的余光瞧着宋徵舆,心下里有些奇怪,想:宋辕文与陈卧子是因为要与我相见才在一起,还是他们原本就在一起? 要知道,宋辕文已是新朝的举子,而陈卧子却一直不肯归顺新朝,而且,据说已经接受鲁监国的官职,正四处奔走,忙着起兵与新朝对抗。

他们两个,选择的道路已然不同,按理是不应该在一起的。

自然,李雯这刹那间的想法,是怎么也不会说出来的,即使对面的那两个人曾是他最好的朋友。

"卧子。辕文。"李雯颜色枯槁,满面羞惭,道,"我、我愧对故人,无颜见江东父老啊……"

陈子龙愣了一下,道:"舒章,你这是说的什么话?"

李雯苦笑道:"卧子,你还肯见我,我已很高兴。唉,当年,我也是不得已……"说着话,脸上羞惭之色终不减。

陈子龙一下子便明白了李雯的意思,不由得也收敛起脸上的笑容。虽说李雯是青衣小帽,没有穿官服,只是如今的通常打扮,可这样的打扮,毕竟是新朝之后才有;以李雯如今的身份,无论如何,是不敢再着大明衣冠的。陈子龙自然不会糊涂到没注意到这一点,只不过,作为朋友,他不想提起而已;却不料,李雯自己先说将起来。

宋徵舆也是青衣小帽,不复大明衣冠。

时隔多年,当年的"云间三子"重新相见,陈子龙原本就不想多说什么,此刻,见李雯主动提起,陈子龙便觉有些不忍,说道:"舒章,当年的事,也怪不得你。你若不做官,便不得食,必死,死则父骨不得归矣。语有之:观过知仁。你做官,孝也,复何恨?舒章,你也知道,我家有老祖母,若我处于你的位置,只怕我也难以比你做得更好。"说着,不由得又是叹息一声。这些年来,很多事,做起来总是有些顾虑;无他,只因家有老祖母。老祖母年近八旬,陈子龙五岁的时候生母去世,十九岁考取秀才之后,父亲也病殁,可以说,这些年来,便是与老祖母相依为命。无论如何,陈子龙都不愿意老祖母"白发人送黑发人",那样的惨痛,是老祖母所决不能忍受的。

人,终究不能只为自己活着。

宋徵舆也道:"是啊,这须怪不得舒章你,当年,舒章你只是尽孝,不得已而为官,否则,令尊不得归葬,那才是大不孝。"宋徵舆说得很是真诚,与陈子龙一样,仿佛处处都在为李雯打算,开解着这位昔日的朋友。

李雯长叹一声。

蔷薇未洗胭脂雨。东风不合催人去。心事两朦胧。玉箫春梦中。
斜阳芳草隔。满目伤心碧。不语问青山。青山响杜鹃。

——李雯《菩萨蛮·忆未来人》

不语问青山。青山响杜鹃。
声声"不如归去"。

三

眼前已是北京。

那高大的城墙,那古老的城楼,竟使得李雯在这突然之间,想起监狱来。

这偌大的北京城,在李雯心头,此际,竟然便是一所监狱。这监狱是如此之大,以至于使李雯忽又很想问一问,这大明的域内,谁不是狱中人?

李雯惨笑一下。

这大明天下，谁不是狱中人？

哦，或许，皇城之中的那一位不是。

然而，若真的认真想来，皇城之中的那一位，又何尝不是？

或许，他是牢头。李雯在心头大不敬地想道。这样的大不敬，自然只能存在于心头。这十余年来，也就是皇城的那一位登基以来，父亲起起伏伏，受到莫大的冤屈，还曾入狱，生死难卜。丹心一片，所换来的，便是全家老小的担惊受怕。这一切，又怎能说与皇城的那一位不相干？

皇上圣明兮，小臣该死……

也许，皇城的那一位说不上昏庸，也一直都在励精图治，一改天启皇帝时的浑浑噩噩，然而，这位皇帝的刚愎自用，古往今来，又有几人堪比？

这位皇帝，杀戮起大臣来，毫不手软；从这一点来说，父亲只是被囚禁在监牢，也应算是幸运了。

是啊，受到莫大的冤屈，几乎就要将牢底坐穿，这对于大臣来说，就是幸运。

父亲当日还只是工部主事，崇祯三年（1630）二月，弹劾成基命欲为袁崇焕脱罪而被下狱。滑稽的是，袁崇焕最终获罪，在菜市口被剐。

袁崇焕罪之有无，李雯并不关心；李雯关心的是，父亲只是忠心为国，以为在袁崇焕一案上要慎重而已，又并非是说袁崇焕就一定有罪。就这样，被皇城的那一位，下了牢狱。

李雯闻讯之后，便赴北京为父亲鸣冤。崇祯四年（1631），随父亲回到华亭。父亲虽说出狱，罪名却依然不变，纵然是闲居在家，在皇城的那一位看来，却依然是罪人。

普天下的人，在皇城的那一位看来，都是罪人。

李雯叹息一声，瞧着北京城高大的城墙。

父亲罢官之后，始终都是闷闷不乐；不是因为罢官，而是他无法忍受一身冤屈。苌弘化碧、望帝啼鹃，古来如是。

崇祯十三年（1640），李雯再度前往北京为父鸣冤，无功而返。

崇祯十五年（1642），李雯仲弟上书为父鸣冤。这一回，天可怜见的，皇城的那一位总算是善心大发，赦免了父亲的罪，并且让父亲官复原职。当官复原职的消息传来，父亲不觉老泪纵横，在华亭的家中便冲着北京大礼叩拜,哽咽道:"皇恩浩荡啊……"

对于父亲来说,这可不就是"皇恩浩荡"?

"皇上终没有忘记老夫,"父亲吃饭的时候都忍不住嘀嘀咕咕地道,"不然,何以都十多年了,皇上还让老夫官复原职?"

说到"官复原职"的时候,父亲忍不住又洋洋得意。

父亲李逢申,万历四十七年(1619)第三甲进士,一生个性刚峻,动则弹劾权贵。

父亲简单收拾了一下,便启程赴京任职去了。父亲临行前嘱咐,若没什么事的话,也早些来京城。父亲知道,李雯在松江有一班朋友,与陈子龙、宋徵舆更是被人称之为"云间三子"。在松江,李雯文名日盛。

李雯小心翼翼地道:"儿子可不可以不去?"

父亲便一瞪眼,道:"你还要不要进科场了?"

这使得李雯无言以对。这些年来,李雯文名日盛,然而,与他的朋友们在一起的时候,他总是有着一些心事。不是因为他有严重的口吃,而是因为他始终都科场不顺。他的同乡临邑好友们,如陈子龙、夏允彝、吴伟业、陈名夏等人,个个都是少年高中;唯独他李雯,空有文名,怎么也无法得中。

这是他的心病。

即使平日里,无论是朋友还是家人,都避免提起,他自己也终究不能忘怀。

人之一生,总有很多事,即使不说,却总是难以忘怀的。昔人所谓太上之忘情,大约只有圣人才会做到吧?李雯自问,自己决不会是圣人。

自己只是一介凡人,李雯不无自嘲地想道。李雯记得,当初,随父亲初回松江的时候,松江文士并不是很看重他这个有着严重口吃的年轻人。这使得李雯的内心很是受伤。于是,他发愤苦读,无论是文章还是诗词,都不肯放过。然后,松江的文士发现了李雯在文章诗词上的惊人天赋。这样惊人的天赋,使得松江文士很快就接纳了李雯,并且将他与陈子龙、宋徵舆并称为"云间三子"。

这使得李雯很是得意。

尤其是在将《幽兰草》付与梨枣的时候,他李雯放在最前,是为卷上,成名已久的陈子龙,只是卷中,至于年龄比他们要小得多的宋徵舆,自然便是置于卷下了。

然而,这样的得意,随着陈子龙他们相继高中,很快就烟消云散了。

　　因为,无论文章写得怎样,无论诗词写得怎样,他李雯就是科场不顺。而对于普天下的文士来说,最重要的,真的不是诗词文章写得如何,而是要能通过科考啊。

　　这使得李雯很是痛苦。

　　《幽兰草》中,陈子龙的"江蓠槛"满是春意,而李雯的"仿佛楼"则是一片秋光。

　　城头月出惊栖羽。宝瑟清清伤玉柱。空庭悬杵数千声,半枕寒蛩闻一个。

　　绿窗月对相思树。红叶难传心上语。娟娟幽草怯黄昏,炯炯清眸怜白纻。

——李雯《玉楼春·秋闺》

　　明镜破青桐。近转墙东。楼高人静影重重。露脚斜飞惊鹊语,香坠寒空。

　　金井望雕栊。芳树璁璁。碧天凉落水晶宫。为问嫦娥愁几许,无限秋风。

——李雯《浪淘沙·秋月》

　　凉馆清深,巧云迷散。丝丝不断如春线。伤心无奈急回风,桂枝暗落无人见。

　　香稻低天,芙蓉疏岸。离离又湿江南雁。芭蕉清听历空阶,情人似隔潇湘远。

——李雯《踏莎行·秋雨》

　　对于李雯来说,那科场真的就像是"似隔潇湘远"的"情人"一般,可望而不可即,却又偏偏在心头思慕着。

　　就像父亲。

　　父亲虽说出狱了,只是在家闲居,可这十余年来,始终都是闷闷不乐,耿耿于怀。

　　人,无论是什么人,都一样,就是有一些东西,是怎么也难以忘怀的。

李雯苦笑一下，道："儿子自然还是要进科场的……"

父亲不待李雯说话，便一挥手，道："那就到京城去！"说罢，瞧着李雯有些不解的脸，父亲不由得又有些得意起来，笑道："为父也是老进士了，当年的一些同年，如今，很多都在京城为官，到京城去的话，你的机会就会多出很多。"

李雯明白父亲的意思。父亲为人一向都很清正，自然不会为了儿子的科考而徇私舞弊；然而，有那么多的进士同年在，在举业上指点一二，对李雯再进科场来说，不无裨益。

科场作文与才子文章，真的不是一回事儿。

听得父亲如此说，李雯的心不觉得也有点热了起来。将近四十岁的人了，总不能始终都在科场外徘徊，眼看着朋辈一个一个高中，而作为"云间三子"之一的自己，就只能眼睁睁地瞧着，而无能为力。

李雯答应了父亲。

在处理完在松江的一些事情之后，李雯孤身一人，便到了北京。

这一年，是崇祯十六年（1643）。

当陈子龙听说李雯要去北京时，忙就写信阻止，道是北京去不得。然而，信中，又无法讲明原因。一则是，将来的事，谁也无法预测；二则是，即使能够预测，也不敢直说。无论如何，陈子龙总不能在信中说，如今，北方的形势不明，闯贼势力越来越大，且步步紧逼京师……

虽说不愿意相信，然而，谁都知道，闯贼大势已成，朝廷岂止是无法剿灭，在贼军的紧逼之下，朝廷早已岌岌可危。据说，朝中早有大臣说到迁都的事，只可惜，很快就被否定了。

"天子守国门，君王死社稷"，也不知这是大明朝的幸，还是不幸。

李雯收到陈子龙的信之后，呵呵一笑，自然没有理会。他不知道陈子龙何以阻止他去北京，但他知道，北京，他必须去。

即使不论科场，父亲孤身一人在北京，他这个做儿子的，也必须去啊。

很多时候，看起来是一种选择，其实，这样的选择，往往就是唯一。

四

当崇祯十七年（1644）的春天来临的时候，李雯忽就感觉到大不安。分明已是春天，可不知道为什么，李雯竟感觉到一种秋的肃杀。

这些年来，对于秋，李雯总是有着一种异样的感觉。

父亲每天上朝回来，脸上的笑意也是越来越少。

"唉。"父亲总是叹息着。

他脸上的笑是越来越少，额头的皱纹，却是越来越多。

越来越多的，还有他头上的白发。

这使得李雯看着，总不免有些心疼。

"不如，我们回松江吧。"有时，李雯也会这样小心翼翼地说道。北京的寒冷，到底使人有些想念江南了；更何况，江南，还有他的朋友。在北京，他什么也没有。

李逢申便一瞪眼，道："国事已至于此，又怎好此时逃走？"

李雯道："贼势越来越大，只怕京城……"他忽然明白了陈子龙何以写信阻止他赴京。只可惜，他好像明白得有些晚了。

李逢申道："正是国家危急存亡之秋，老夫更不能走。"

李雯不死心，道："万一，我只是说万一，万一，闯贼攻入北京，怎么办？"李雯无论如何也不敢说北京失陷是迟早的事。这样说着，李雯在心中也未免有些佩服陈子龙。去年，陈子龙阻止他赴京的时候，大约已经看出今天的形势了吧？只可惜，李雯是直到最近，才越来越感觉到大不安。

李逢申又一瞪眼，道："老夫有死而已。"

李雯心中一痛，急道："父亲……"

李逢申瞧着李雯也略有些憔悴的脸，不由得心中一软，道："舒章，那你就收拾一下，早些回松江吧。"

李雯苦笑一下，轻轻摇头，道："父亲不走，儿子又怎能走？"

"舒章……"这一回，是轮到父亲来劝说儿子了，"为父食朝廷俸禄，为国尽忠是应该的。而你……"他迟疑一下，续道："而你，还没有中举，便还没有食朝廷俸禄，算不得大明的臣子，不必像为父这样的。"这几句话，李逢申说得很吃力。无论如何，李逢申也没有想过，要李雯与他一样，为大明朝尽忠。

李雯轻轻地道:"父亲为国尽忠,儿子自然要为父尽孝。"

"唉!"李逢申长叹一声,半晌,道,"若闯贼真的攻入北京,为父有什么不测的话,你一定要将为父归葬松江,否则,就是大不孝。"

"父亲……"李雯心头大恸。

"记住为父今日的话!"李逢申瞪着眼,直欲将眼眦瞪开来似的。

李雯自然明白父亲的意思,眼泪便忍不住落下,良久良久,哽咽道:"儿子、儿子记住了,无论遇到什么事,儿子都会带父亲回家。"他不知道将来会发生什么事,但他知道,以父亲的性格,若闯贼真的攻入北京,只怕他老人家当真会"有死而已"。李雯知道,他无法阻止。人世间的很多事,他都无法阻止。人世间的很多事,谁也无法阻止。或许,这就是人世的悲哀吧。

此刻的李雯,暗暗下定了决心,父亲为国尽忠,那做儿子的,自然就要为父尽孝,无论如何,都要带着父亲回家。

即使他明白,在即将到来的兵荒马乱之中,这有多么的艰难。

李逢申大笑道:"好,好,舒章,记住你适才说的话,为父'为国尽忠',你可要'为父尽孝',将为父送回松江。"李逢申大笑的时候,眉眼之间,竟有些隐约的狡猾。

此刻的李逢申,自然也没有想到,在即将来临的兵荒马乱之中,活着都很艰难,更不用说要将逝者送回松江了。

"吃他娘。穿他娘。开了大门迎闯王。闯王来了不纳粮。"
"吃他娘。穿他娘。开了大门迎闯王。闯王来了不纳粮。"
"吃他娘。穿他娘。开了大门迎闯王。闯王来了不纳粮。"
……

当满城都是这样的民谣时,李雯明白,北京城肯定是守不住了。"闯王来了不纳粮"。古往今来,无论是哪朝哪代的百姓,都决不会喜欢纳粮。如今,闯王来了不纳粮,他们又怎么会不心向闯王?

这就是人心向背。李雯不无悲哀地想道。那些百姓,自然不会想到,闯王来了不纳粮,那么闯王吃什么穿什么?闯王大军又吃什么穿什么?

古往今来,无论哪朝哪代,百姓不纳粮的话,朝廷根本就不可能维持下去。

只可惜，百姓不会想到这一点。

在崇祯十七年（1644）的春天，北京的百姓们，正兴致勃勃地渴望着一个新时代的到来。

一个不用再纳粮的时代。

崇祯十七年（1644）三月十五日，闯王抵达居庸关，监军太监杜之秩、总兵唐通不战而降。十六日，过昌平，抵沙河。十七日，进高碑店、西直门，以大炮轰城。三月十九日清晨，兵部尚书张缙彦打开正阳门，迎刘宗敏所部入城；中午，闯王由太监王德化引导，从德胜门入，经承天门步入内殿。此时，崇祯皇帝带着太监王承恩上煤山瞭望，又返回乾清宫，大臣皆已逃散。崇祯皇帝无奈，留下遗言之后，在景山自缢；死时，身边只有太监王承恩一人。

五

当皇帝殉国的消息传来，满北京城已都是闯军。

当闯军刚刚进入北京的时候，李自成倒也曾下令，"敢有伤人及掠人财物妇女者杀无赦"。这使得全北京的人真的以为一个新的时代就要来临。

当日，汉王入关，与关中父老约法三章，从而才有了汉家四百年天下。

稍稍读过书的所谓读书人，便这样点头赞道。

在这样的人当中，就包括了龚鼎孳。

龚鼎孳是崇祯十七年（1644）的二月才被放出天牢，闯贼入京，他很快就降了闯贼。

二十七日，闯军开始拷掠昔日的大明官员，四处抄家……

当李雯正庆幸父亲没有迂腐到自尽殉国的时候，闯军闯进了家门。

李逢申嘿然冷笑。皇帝殉国之后，李逢申就没有想过活下去。只不过，他又不愿意就这样无声无息地死去而已。

李逢申是工部主事，自然也在闯军拷掠之列。嗯，应该叫助饷，只不过大明朝的这些官吏都不识抬举，所以，才需要拷掠一二。

个个都说没钱,等一打,那银子,就水一般地流淌了出来。

没有任何悬念地,李逢申就被破门而入的闯军带走。当李逢申被带走的时候,面带冷笑,凛然不惧。只是临走前,他又回头对早已吓得目瞪口呆的李雯说道:"舒章,别忘了你答应为父的话。"

"话?什么话?"李雯便有些茫然。此后的日子,李雯对自己当时的胆怯一直都很痛恨,可是,当他看到满目明晃晃的刀枪时,他真的胆怯了。李雯想,当时,他应该拼了命也不让贼军将父亲带走的。

其实,贼军也未必就一定要将李逢申带走;只要李逢申愿意助饷几万两银子就行。

只可惜,他们将李家抄掠一空,也没找到几两银子。

他们自然不会想到,李逢申刚刚到北京,官复原职还不到一年。

"话?什么话?"李雯丧魂落魄地,不知道该怎么好。

这些年来,父亲就像大鸟一般,将李雯遮护在羽翼之下;如今,父亲被贼军带走,李雯只觉风雨就要来临,而他,就是风雨之下那瑟瑟发抖的雏鸟,那样的仓皇,那样的茫然,即使他已经是将近四十岁的人了。

茫然之中,李雯想起当日父亲生日,他不在身边,寄给父亲的一首祝寿词来。

登楼翘首,白云堆处,悬弧此日高堂。石发梳风,荷裳映日,三三两两成行。好鸟奏笙簧。正新飞黄口,送语雕梁。目极心摇,青山遥隔舞衣长。

堪怜游子回肠。恨乌衣此会,不捧霞觞。且礼慈云,勤依佛日,细添一缕沉香。九顿祝无疆。更颜随欢笑,心入清凉。解带长松,卧看鹤影到池塘。

——李雯《望海潮·寄寿家君》

李雯默默祈祷着父亲能够平安归来,虽然说,他也知道,这几乎不可能。这些日子以来,被贼军带走的,几乎就没有能够回来的;偶尔有个别能够回家的,也是丢了大半条命。

贼军可不会管你是什么官什么名士,贼军要的,是银子。

据说,闯贼正不断将拷掠来的金银财富运回西安。

"吃他娘。穿他娘。开了大门迎闯王。闯王来了不纳粮。"城中,歌谣声越来越少,越来越轻;贼军拷掠大明的官员之后,自然而然地,便将眼盯向了富商、商铺,盯向了所有人。"覆巢之下,焉有完卵。"这原本就是简单的道理。

李雯惨笑着,看着这一切。

这就是新朝。

这就是不纳粮的新朝。

然而,他无能为力。

他只能苦苦地等待,等待父亲能够平安归来。

无论如何,李雯这样想道,等父亲回来,就逃出京城,回松江去。

隐约间,他便有些后悔。这些年来,父亲闷闷不乐就闷闷不乐吧,又何必为他鸣冤?如果不是反复去鸣冤,朝廷也就不会为父亲平反昭雪,父亲也就不会官复原职,那么,他们父子也就不会来到北京,也就不会遭遇眼前的困境。

不错,父亲是受到冤屈,父亲只是弹劾成基命没有慎重对待袁崇焕一案。据说,袁崇焕被杀的时候,满北京的人都去吃他的肉。皇帝或许也意识到当初将父亲下狱是错的,所以,才将父亲给放了出来。可皇帝总是皇帝,而且,当初的皇帝刚刚登基,还不到二十岁,又怎么可能向一个臣子认错?所以,才会让父亲罢官还乡。让父亲罢官还乡,不再追究,这其实已是朝廷的一种说法了。只可惜,这十多年来,父亲总是耿耿于怀,不肯背负这样的冤屈。

也许,父亲是对的。

背负冤屈,即使自由,心中也不快乐。

可是如今,冤屈洗刷,官复原职,到了北京,落到如今的田地,就快乐了么?

李雯只觉造化弄人。造化到底是什么,他不知道。但是此刻,李雯真的觉得,这就是造化弄人。造化安排人的命运竟是如此之诡异,还叫人有什么话说?

第二天,李逢申被送了回来。只不过,送回来的,是他的遗体。李逢申的遗体上,满是鳞鳞的伤痕。李雯大叫一声,只觉整个人一下子就瘫软了,一点气力也没有了。他两眼只是呆呆的,瞧着早就被打得不成样子的父亲的遗体,心中一片空白。

那些贼军将李逢申的遗体往地下一扔，自然不会去管这个发呆的中年人，依旧是嘻嘻哈哈地，道："这贼官，还骂咱们是贼，该死。"

"嘿嘿，将军要的是银子，可没想要他的命，谁想到这老头儿不禁打嘛。"

"老胳膊老腿儿的，还倔？呵呵，这下可好，死了吧。"

"这是为他大明的皇帝尽忠呢。"

"所以嘛，将军才要咱们哥儿几个将这老头儿送回来嘛。咱们将军敬重的便是忠臣。"

"就是就是。"

"不过，他大明的忠臣，可不就是咱们大顺的对头？"

"就是就是。"

贼军们嘻嘻哈哈地议论着，这贼官将人带入闯营之中，原本只是拷问银两，只要有银两交出，自然也就没事儿；却不料这老头儿性子倒很辣，一到闯营就破口大骂，一口一个闯贼，直将管事的将军骂得火起，便下令拷打。哪曾想这老头儿却不惧怕拷打来，饶是被拷打，口中还是不停地骂着。于是，"笞掠无算，五毒毕加"，直到胫骨碎裂，然后，又活活被缢死。一直到死，这老头儿口中仍兀自在喃喃地骂着。

管事的将军虽说因一时火起将李逢申打死，却也道这是个忠臣，所以，才遣人将李逢申的遗体送了回来。否则，打死一个人便打死了，随便找个地儿扔了就好，又哪会送回？这些年来，闯军杀人，哪曾想过如何处理被杀者的遗体？

那几个贼军将李逢申的遗体送回，自然不肯白来一趟，于是，又将李家搜刮了一通；李家原已被搜刮一空，这一回，几乎连地皮都被刮走了。

只留下兀自发呆的李雯与颈骨碎裂、已经死去的李逢申。

这时，距离大清入关、攻入北京城，已经没有多少时日了。

六

当李雯缓过神来，这才发现，如今的自己真的是家徒四壁了。

"要将为父送回松江。"朦胧中，他的耳边，仿佛又响起父亲的叮嘱来。

　　这时,李雯越发地感觉悲痛。他知道,父亲已经下定决心殉国,却还是想要他这个做儿子的继续活下去啊。可是,如今这世道,如何才能活下去?

　　对,要活下去,只有活下去,才能将父亲送回松江安葬啊。

　　李雯站起身来,在父亲的身前站了一会儿,惨笑一下,道:儿子要给您老人家丢脸了。

　　家中,已经什么都没有,而他现在首先要做的,就是将父亲装殓起来;而要将父亲装殓起来,首先得有一口棺材。

　　城中,这些时日以来,一直都有人死去,棺材几乎都脱销了。

　　李雯形容枯槁,泣血行乞,总算是讨来了一副薄棺,将父亲装殓了起来。这也使得李雯略微地松了一口气。如果让父亲始终都曝尸在外,那他这个做儿子的,真的是大不孝了。

　　然而,他心中的痛,始终都没有减轻,相反,那无穷的懊悔,更似虫子一般,不断地在咬啮着他的心。如果当日,不来北京替父鸣冤……

　　可是,替父鸣冤,也是一种孝道啊。

　　将父亲装殓之后,李雯每日依旧是出外乞讨,将乞讨来的浆水,供奉在父亲的灵前。而他自己,则是哭不绝声,又饿且病,已经四五日没有吃什么东西了。

　　没人说他可怜。

　　因为,如今这城中,可怜的人,实在是太多了。

　　也是因为他是个读书人,且李逢申到北京之后,也没有官架子,与邻里相处也算不差,李雯才算是为父亲讨到一口薄棺,这些天来,才算是能够讨到一点浆水。

　　最近,谁的日子也不好过。

　　"吃他娘。穿他娘。开了大门迎闯王。闯王来了不纳粮。"

　　城中,再有人唱这首民谣的时候,早不是兴高采烈,而是咬牙切齿了。

　　也正是在这时,清军击破闯军,攻入了北京城。

　　这时,距离闯王进京,不过一个多月的时间。

　　"舒章!"当曹溶找到李雯的时候,李雯已经奄奄一息,早不成个人样子了。

　　"秋岳?"李雯勉强地睁着双眼,瞧着已经改换袍服的曹溶,心下是说不出的滋味。曹溶,字秋岳,昔日复社同志,论起年龄来,比他还小六七岁。眼前的曹溶,分明已经剃发留辫,穿着的,也是清廷的官服。

清军进京以后,便下了剃发令,只不过满北京的百姓,总还是在观望之中。

今年是崇祯十七年(1644),年初的时候,这北京城还是大明的北京城,到三月,成了闯贼的,现如今,又成大清的了。大清与大明打了那么多年的仗,先前,多少次攻到北京城下,又杀了多少大明的百姓,却不料,如今,他们倒成了北京城的主人了。

大明皇帝虽然殉国了,可大明还在,还会不会收复北京?闯贼虽说败退,可这些年来,闯贼不知道被大明打败了多少次,甚至最惨的时候,闯王李自成的身边,只有十几个人;可就是这样,这位闯王,还能卷土重来,直到攻入北京,逼死崇祯皇帝。

大清,能在北京待多久?

曹溶就这么迫不及待地剃发留辫?

瞧着李雯原本昏暗的目光变得有些异样,曹溶不觉也有些尴尬,只不过这样的尴尬一闪而逝。对于曹溶来说,既然已经做出决定,那么,便没有必要后悔。

很多时候,人的决定与抉择,也是无奈啊。

曹溶也不管李雯的目光,一边吩咐随从准备衣食,一边就与李雯轻轻说道:"我也是刚刚听说伯父的事,所以,赶来看看。"

李雯道:"秋岳有心了。"曹溶即使已是清廷官员的打扮,可如今,这北京城已是大清的天下,而且,曹溶又是一听说父亲的事就急急赶来,无论如何,他李雯总不能不近人情。

曹溶在李逢申的灵前上了一炷清香,拜了几拜,方才再与李雯说话。

"我本应该早些来看望舒章兄的,"曹溶苦笑道,"可这些日子,也被贼军抓了去,逼我交银两。"

李雯一怔。三月份的时候,曹溶由浙直总督张国维题授为浙直监军御史,只不过还没有去赴任,像这样的御史清流,贼军也不放过?

见李雯疑惑的样子,曹溶又是一声苦笑,道:"贼军只是要银子。"说着,他长叹一声。贼军来勒索的时候,曹溶找遍住处,找到了二百两,给了贼军;但是贼军不满意,便再三拷打,直到将曹溶的脚打伤，方才抬出。曹溶无奈，变卖家产，又凑了五十两。结果贼军大怒，说，分明还有银子，如何先前才捐饷二百？于是，又下令再打。好在受命者曾是山右诸生，读过曹溶的文章，便想要招降于他，曹溶道，足已受创，不能行，方才没有勉强。此前，曹溶被拷掠三昼夜，扔到厕中，竟能不死，也算是命大。

曹溶将自己的事情说了一下，一则是解释在李雯最为艰难的时候，他何以没来，二则是想解释自己何以降了大清。

曹溶轻轻地道："如果不是大清进京，只怕我早就死了。"他相信，如果贼军继续拷掠下去，而他又实在变不出银子的话，只怕真的就死了；除非他肯降贼。而降贼，又是他所不愿意的。

虽然说，龚鼎孳已经降贼。

"如今，我是大清河南道御史。"曹溶苦笑道，"官职倒没有变。"

其实，他想告诉李雯的是，降清，只是求活而已。

活着，多好。

李雯默然无语。

面对昔日的朋友，他实在不知说什么好。

责怪这个比他还小很多的年轻人为什么不殉国？还是责怪他为什么降清？曹溶已经说得很明白，他只是想活下去而已。人想活下去，这有什么错么？即便是李雯自己，在父亲决定殉国的情况下，对自己是不是跟随父亲而去，也是不断犹豫；而这犹豫之中，更是倾向于活着。

也许，父亲也正是看出了这一点，才嘱咐他一定要将父亲送回松江吧。

自己都如此，又哪里有什么理由与颜面去责怪曹溶？

人不怕死，愿意殉国，固然是忠臣，值得人钦敬；可选择活下去，真的也算不得是罪，算不得是错啊。

更何况，大明是亡于闯贼，而不是大清。正如曹溶所说，"如果不是大清进京，只怕我早就死了。"贼军如此拷掠，曹溶可谓九死一生，也没有降贼，就因为大明亡于贼，崇祯皇帝也是被闯贼逼死；而大清入关、进京，将闯贼从北京赶走，曹溶也算是捡了一条命。从这个角度来说，说大清是曹溶的救命恩人，也没什么错啊。如此，曹溶降清，又有什么问题？

一瞬间，李雯心思百转，便想了很多。

李雯原就是极聪明之人,即使经历了这么多的事,此刻,人已奄奄一息,那思维的敏锐也丝毫没有改变。

"舒章兄,"曹溶正色道,"不知你现在有什么打算?"

李雯苦笑一下,低着眉,心道:我现在都落到如此地步,还能有什么打算?

如果不是曹溶赶到,此刻又饿又病的李雯,便是饿死病死,也不是什么奇怪的事;虽然说,此刻的李雯还是又饿又病,但曹溶已经在身边,心里踏实很多。

李雯明白,无论如何,曹溶都不会坐看他死去。

李雯轻轻地道:"还望秋岳教我……"

曹溶轻微地笑了一下,道:"我有意将兄荐于内院,不知兄意如何?"

"内院?"李雯愣了一下。内院,也就是内三院,最初由清太宗皇太极在盛京所设立,命翻译汉字书籍及记注本朝得失,后来,又作为辅助皇帝处理政务的枢要机构而存在,相当于大明朝的内阁了。内院的重要性,李雯自然很明白,所以,当曹溶提到要将他荐到内院时,不觉愣了一下。

内三院,曰国史、秘书、弘文,院各有学士一员。但不知曹溶到底将他荐于哪一院。自然,这个问题,李雯是无法问出口的。

曹溶见李雯有些迟疑的样子,轻轻道:"国朝初定,满人无文,所以,需要大量的文章之士,以兄之大才,进入内院的话,必能受到重用。"曹溶似乎已经将自己定位为大清的人了。事实上,剃发留辫,改换袍服之后,曹溶自然已是大清的人。

李雯依旧有些犹豫。

读圣贤书,所学何事?

李雯很清楚,一旦答应了曹溶,对于他来说意味着什么。

可要是不答应的话,只怕性命难保。

"秋岳啊秋岳,"李雯心中暗自埋怨,"你给我一点银两,送我出北京,让我自行回到松江即可了嘛,又何必荐我入什么内院?"心中虽说这样埋怨着,却也能理解曹溶的苦处。如今,北京已经是大清的天下,而曹溶已经是大清的官,要将一个忠于大明的文士送出北京,大约不是一件简单的事;而且,大清虽说是从闯贼手中夺得北京城,可对于大明遗留下来的官员,大清的态度与闯贼似乎也没什么两样,"顺我者昌,逆我者亡",古来如是,又何须苛求大清?

此外,大清也的确需要大量的文章之士,否则,政府机构的运转都显得很是艰难。

至于曹溶已经降清,想拉着李雯一起,这却是李雯没有去想的。因为谁也不知道曹溶到底是什么心思。是真的关心李雯,想帮他一把,还是想拉着李雯一起降清,这样心里会安定一些?

据说,落水之人,会死死抱住离他最近的,一起落水……

这是人的本能,便是落水之人,他自己也不会知道到底是什么原因。

曹溶沉吟道:"舒章,亡大明的,是闯贼,不是大清;大清正追剿闯贼,为君父报仇、为大明雪耻。"曹溶这话说得很认真。或许,他也真的是这么想的。

而事实是,当清军入关的时候,很多人都是这么想的,包括现在还在南方的史可法。

曹溶又叹了口气,很真诚地道:"舒章兄,以你现在的状况,如果不入朝为官的话,还能撑多久? 舒章兄啊,即使不为自己打算,也要为死去的伯父打算一下,如果你真有什么不测的话,伯父的身后事,谁来处理?"

李雯的脸色便有些发白。好在,他原本就已经很憔悴,现在的脸色发白,也只不过是由原先的苍白变作惨白而已,曹溶未必就能看得出来。但他那心态动摇的气息,却还是明明白白地传了出来。

曹溶见劝说有效,也就不再多说,只是静静地瞧着李雯,等待他的决定。这时,他的从人已端了一碗香喷喷的小米粥过来。那小米的香味,远远传来,使得李雯精神大振。

四五日没怎么吃东西,李雯早就饿得感觉生不如死了。

曹溶歉然道:"舒章兄,你现在的状况,就只能先喝些稀粥了。"说着话,便示意那从人将小米粥递给了李雯,道:"慢一些喝,小心烫着。"

李雯感激地瞧了曹溶一眼,也不再客气,接过碗来,一口气就将小米粥喝完。那粥其实还有些烫,只是此刻的李雯却浑然不觉一般。一碗小米粥喝完,李雯只觉神清气爽,整个人一下子精神了很多。人是铁,饭是钢。在有得吃的时候,可能还不会在意这句话的意思,可要是饿那么几天,只怕就会深深牢记住这句话的含义了。

"有劳秋岳了。"李雯施礼道。

　　曹溶微微一笑，道："我这就带舒章兄去内院。"说罢，就吩咐从人唤来剃头匠，剃发留辫，然后，又给李雯换上清人的服饰。

　　李雯心头有些痛，有些羞惭，只不过事已至此，也只能听之任之了。到最后，他索性就将自己当作一具傀儡，任人操纵。

　　据说，这世间之人，无人不是傀儡⋯⋯

　　"这便是'云间三子'之一的李雯李舒章。"曹溶向内院的诸位学士介绍道。

　　内院的几位汉学士倒也好，毕竟都听说过"云间三子"的文名，所以，都对着李雯微笑点头，而那几位满学士，则没什么好的态度。

　　"叫他写篇文来。"一位满学士操着生硬的汉话说道，"咱们可不要什么诗词歌赋，那些个，没用。咱要的，是有用的。"

　　这一说，便是汉学士也不由点头。且不论内院之中原就是满学士做主，便是事实上，如今的大清朝廷，所需要的，还真不是会写诗词歌赋的，而是需要会写实用公文的，像诏书、檄文，等等。

　　其实，不仅大清，在前明的时候，也一样。或许，也正因如此，那些诗词歌赋写得好的所谓才子，却未必能中举；即便中举，也未必就能当一个好官吧。

　　曹溶笑道："还请诸位大人出题。"曹溶仿佛一点都不担心似的。要知道，很多才子，一旦让他们写公文，便是一筹莫展；有些佯狂的才子，索性就装作不愿意写的样子。其实，哪里是不愿意写，分明就是写不出啊。

　　几位汉满学士商议了一下，便道："宣谕北直山左河北诏书吧。朝廷正准备先对这几个地方用兵。孙子云，上兵伐谋，其次伐交。若明军能不战而降，固然是好，也少些杀孽。"这样的宣谕，其实就是劝降。问题是，一篇宣谕，如何才能说服大明的那些地方官不战而降呢？

　　李雯之前，内院也不是没找人写过，只可惜，没一篇叫人满意的。要知道，大清是以替大明报君父之仇而入关的，即使这只是借口，却必须宣谕给每一个人知；让人知倒也不难，问题是，如何才能使人信服呢？这便要看宣谕文章如何去写了。

　　入关之后的大清，必须占据大义，唯有如此，才能夺得整个天下。

"舒章？"曹溶询问似地望着李雯。

李雯的神情很是镇定。

每当作文写诗的时候，李雯都会变得很镇定。他提起笔来，略一沉吟，便文不加点地写了下去，仿佛是胸有宿构一般。不大会儿，一篇《宣谕北直山左河北诏书》就当着几位汉满学士的面写完的。

那几个学士面面相觑，心道：便是这速度，也够惊人的了。对于文人来说，或许，写文并不是很难，可要这样当着别人的面，不翻书，文不加点，洋洋千言，还真不是一般的文人所能做得到的。

但不知写得如何？

写罢，李雯拱手退到一旁，心下里竟未免有些得意。就像厨师做出一道好菜，文人写出一篇好文章，心中得意是很正常的事。只不过，李雯还是觉得，好像有些想说的话，模模糊糊的，朦朦胧胧的，没能说出来；这也使他稍感遗憾。

文章传看一遍，几位汉满学士表情不一，不过，看样子，还都很满意。

"奇才。"一位汉学士终于忍不住赞道。

"不错，的确是奇才。"紧接着，各位学士都忍不住赞叹了起来。

"李雯？李舒章？"一位满学士瞧着李雯，仿佛看一件稀罕物儿似的。

"草民在。"李雯忙答道。

"你，很好，"那位满学士道，"我们内院，要了。"

"多谢大人。"李雯忙拱手道。此刻，李雯也渐渐地冷静了下来，不觉问自己，这样的选择到底是对，还是错？为了活下去，就屈身事清？他知道，将父亲送回松江，那只是他想活下去的借口而已。

然而，对于此刻的李雯来说，他已没有选择。

金缕晓风残。素雪晴翻。为谁飞上玉雕栏。可惜章台新雨后，踏入沙间。

沾惹恣无端。青鸟空衔。一春幽梦绿萍间。暗处销魂罗袖薄，与泪轻弹。

——李雯《浪淘沙·杨花》

人就像杨花，很多时候，很多事，就是这样"沾惹忒无端"，无法选择。

即使事情过后，在他的内心，或许会有些后悔。

七

惨碧愁黄无气力。做尽秋声，砌满栏杆侧。疑是纱窗风雨入。斜阳又送栖鸦急。

不比落花多爱惜。南北东西，自有人知得。昨夜小楼寒四壁。半堆金井霜华白。

——李雯《鹊踏枝·落叶》

秋天刚刚来临，满地已有落叶。今年的秋天，仿佛格外地寒冷。

李雯如今已是内院中书舍人，这些日子以来，忙忙碌碌，高文典册，几乎咸出其手。中书舍人的官职或许不是很大，只是从七品，但掌书写诰敕、制诏、银册、铁券等，朝廷的机密，都离不开中书舍人，所以，这个官职虽说不大，却很重要。

李雯获得这个职位，是龚鼎孳的强烈推荐。

李雯无法拒绝，也不敢拒绝。

转眼已是顺治元年（1644）七月，李雯身入内院，也差不多将近两个月的时间了。两个月来，北京早就安定了下来，满街上都晃动起金钱鼠尾的辫子来。年初的时候，这里还是大明，是崇祯年；如今，早应是大清，是顺治年了。

虽然说，那位顺治皇帝还在关外，还没有到北京。

如今的大清，做主的是摄政王，皇叔，和硕睿亲王多尔衮王爷。

五月，清兵攻入北京，改元顺治。也是在同一时间，南京兵部尚书史可法、凤阳总督马士英及江北四镇兵马，黄得功、刘良佐、高杰及刘泽清，拥立福王朱由崧登基，改元弘光。

所以，从法理上来讲，这天下，应该还是大明的天下。

问题是，大清既然已经入关，并且已经占据了北京，还改元顺治，分明其志不小，又怎么可能放弃到手的天下？

更重要的是，如今的大清，就像是东升的旭日，而大明，早已日薄西山了。

当李雯进入内院的时候，陡然感觉气氛与往日不同，有些阴森，有些压迫，遇到的人，也都是一副紧张的模样。再往前走出十几步，隐约间，便听得内阁里传来一阵咆哮声。只不过那咆哮声，一会儿是满语，一会儿是生硬的汉话，李雯实在是听不清楚那人在说些什么。

但那咆哮声，分明就是很生气的模样。

敢在内院这样发脾气的，会是什么人呢？这使得李雯不由得心生好奇。便是内院的学士们，也不敢在内院这样放肆吧？

再走数步，迎面一人匆匆走来，低着头，闷声不响，差点儿与李雯撞到一起。"小心。"李雯闪过，将那人扶了一把，免得那人不小心摔倒在地。

"舒章啊。"那人抬头，认出了李雯。

"怎么回事？"李雯小声问道。

那人刚从内阁出来，自然应该明白里面发生了什么事。

"唉，"那人苦笑一下，道，"是摄政王在发火呢。"

"摄政王发火？"李雯一愣。

那人又苦笑一笑，道："摄政王到内院来，督促我们给史可法写封劝降书，结果，都不满意，我、我这是被他骂出来的第三个人了……"说着话，倒也没有什么羞惭的模样，相反，隐隐地，还很是不服气的模样。文章自来都是自家的好，这摄政王不满意，呵呵，只不过是因为他看不懂我文章的好处罢了。满人无文。本来就是如此。只不过，他是摄政王，文章好坏，自然是由他摄政王说了算，我们这些写文的，难道还能不服气不成？

"舒章，今儿不是你当值啊。"那人忽然想起什么似的，问道。

李雯苦笑道："内阁的大人派人去叫我来的。"他现在明白了，叫他过来，大约也是因为摄政王的事。

那人便有些同情地瞧着李雯，不过，却安慰道："没事，大不了，也就是被摄政王大骂一顿罢了。不跟你说了，摄政王叫我回去反省呢，我这就回家反省去。"不过，看他的态度，还真没觉得有什么值得反省之处。说罢，匆匆就走了。

李雯站住了脚，便有些迟疑。

摄政王多尔衮，虽说不是皇帝，可实实在在是当今大清最有权势的人。或者说,摄政王是大清没有皇帝名分的皇帝。不管什么事,惹得他不满意,那还真不是一件好事。可事已至此,人已在门外,真的能够不进去么?

李雯无奈,只好硬着头皮进了门。

多尔衮是个高大的满洲汉子,一条油亮的长辫,直拖到腰际。

"腐儒,腐儒。"多尔衮正痛骂着,"这么一点儿小事也办不好,我大清养着你们作甚?"

多尔衮居中而坐,学士们都恭恭敬敬地站立在大厅两旁,气也不敢多喘几下。事实就是,连续几人作文,多尔衮都不满意。这使得学士们惶恐起来。他们也不知道,这封信到底要怎样写,才能使得这位马上的王爷满意点头。

也正是在这时,李雯进来,使得几位学士几乎不约而同地松了口气,心道:要是李舒章还不能使得王爷满意的话,只怕这封信,还真的找不到人写了。此刻的李雯,对于这几位学士来说,就像溺水时所抓住的稻草一般;虽说只是稻草,却总比什么也抓不着好啊。

"王爷。"李雯大礼相见。

多尔衮端坐中央,双眼睥睨,道:"你便是他们找来的李雯李舒章?"

"正是下官。"李雯说道。

"就是那什么什么……子?"多尔衮像是想起什么,却又实在是记不清。汉人的这些个玩意儿,作为满洲汉子的多尔衮,哪里能记得许多?更何况,在多尔衮看来,汉人的这些个什么子不子的,都着实可笑。

文章与刀枪比起来,那文章原本就只能是个笑话;只不过他多尔衮今儿个被这笑话难住罢了。

"云间三子。"旁边一个学士小声提醒道。

多尔衮一瞪眼,道:"本王知道。本王没问你。"

那学士苦笑一下,不敢再多说什么。

"王爷,"李雯神色不变,徐徐道,"下官现在只是我大清的中书舍人,不是什么什么子。"

多尔衮愣了一下,忽地哈哈大笑,道:"说得好,我大清的中书舍人,可比什么'云间三子'强多了。'云间三子',哼哼,若不能为我大清所用，便是我大清的敌人。"最后几句话，杀气腾腾，霸气外露，丝毫都没有掩饰。

这使得李雯心头就不由自主地突了一下。

"李雯，"多尔衮道，"那个朱由崧，在南京登基，嘿嘿，居然在南京登基称帝，这事儿，你知道么？"

李雯硬着头皮，道："下官听说了。"

多尔衮嘿嘿一笑，道："你倒说说，对这件事，你怎么看？"

李雯嘴唇哆嗦着，不知道该如何回答多尔衮的话。大明崇祯皇帝已经殉国，朱由崧在南京称帝，也就等于是继承了崇祯皇帝的法统，也就相当于当日的南宋高宗皇帝赵构，又或者是更远一些的东晋元帝司马睿。从法统上讲，这还真的没什么问题。

可问题是，这样的答案，绝对不是多尔衮愿意听到的。

"说说看，"多尔衮也瞧出李雯迟疑的模样，便笑着说道，"不管说什么，本王都赦你无罪。"话是这样说着，他可微微眯缝的双眼之中，分明就隐含着杀气。

李雯忽然就明白，多尔衮所不满意的，肯定不是文章，而是写文章的人到底是如何看南京的那个大明政权。

"僭越！"李雯一咬牙，道。

"僭越？"多尔衮瞪大了眼，瞧着李雯。

"不错，僭越！"李雯再次肯定地回答道。

多尔衮便回头瞧向他旁边的那个学士，那个学士小声解释道："僭越的意思就是不守本分，就是说，就是说，那位朱由崧先生登基称帝，是不守本分。"这一解释，这位汉学士的心头自有些不以为然，不过，却又暗暗地松了口气。

"僭越，不守本分，"多尔衮咀嚼了一下"僭越"一词的含义，越咀嚼越觉得有道理，越咀嚼越有大获我心之意，忍不住就赞道，"说得好，那朱家小儿，就是不守本分！嘿嘿，要是听话的话，本王也不吝惜封他个安乐王，居然这样不守本分，僭越称帝！不过，李雯啊，这里面有什么说道么？"多尔衮虽说这样说着，却也明白，朱家已经没有皇帝，朱家的藩王称帝，似乎也是顺理成章的事，说他"僭越"，也委实有些说不过去。

"有。"李雯毫不犹豫地回答道。

这一回，不仅是多尔衮，便是那几个学士，也很有兴趣地瞧向李雯了。

"夫君父之仇,不共戴天。《春秋》之义,有贼不讨,则故君不得书葬,新君不得即位,所以防乱臣贼子,法至严也。"李雯沉吟一下,缓缓说道。

这一说,那几个汉满学士俱是眼前一亮,忍不住心头暗赞道:不错,果然就是这个理,怎么我们先前就没想到呢?

按照《春秋》之义,君父之仇还没有报,就急急称帝,分明就是僭越;这还是往轻里说的,要是往重里说,这就是乱臣贼子。道理很简单,如果君父之仇不报,那些宗室就急着称帝,一则是这些称帝的宗室没有将君父之仇放在心上,二则是宗室众多,要是人人趁机称帝的话,那普天之下会出现多少皇帝?那些个僭越称帝的,不是乱臣贼子是什么?

李雯的这道理说出来,那几个汉满学士忍不住便想道,就这一条,南京的小朝廷大约就无法辩驳了。众人不由又瞧向李雯,想,果然是才子啊。

那站在多尔衮旁边的学士早就向多尔衮解释了一下,多尔衮大喜道:"不错不错,就是这个道理。"不由得心情大好,再看李雯,怎么看都怎么顺眼。

"这封信,就交给你写了。"多尔衮道。

李雯躬身一礼道:"下官才来,还不知道到底是怎么回事。"

多尔衮笑道:"朱家那小儿在南京称帝,有个叫史可法的,派人来见本王,要我大清回到关外去,说是将山海关之外都割让给我大清,然后再给些岁币,打发了我大清。"说着说着,就一拍桌子,站起身来,冷笑道:"简直就是笑话!关外之地,已是我大清之国土,说什么割让?纳岁币,叫我大清从哪儿来到哪儿去,这是打发叫花子呢?我大清要的土地,自然会自己去取,用不着谁来割让;我大清要的钱粮,自然也会自己去取,用不着谁来给。"多尔衮挺身直立,双目之中寒光闪闪,杀气隐隐。

多尔衮原就是一世枭雄,马上的王爷,又哪里能受到了这样的侮辱?在多尔衮看来,史可法派人来谈判许下的这些个条件,可不就是侮辱?关外,早就是大清之地了,还割让?这史可法也未免太欺负人了。

"你写,"多尔衮道,"就告诉那史可法,我大清既然已经入关,就决不会再回去!嘿嘿,不要说决不会再回去,便是那江南之地,也将会是大清的牧场!"说着,多尔衮猛地一挥手,只觉天下之事,都在他的掌握之中。

清摄政王致书于史老先生文几：

予向在沈阳，即知燕京物望，咸推司马。后入关破贼，得与都人士相接，识介弟于清班，曾托其手勒平安，拳致衷绪，未审以何时得达？比闻道路纷纷，多谓金陵有自立者。夫君父之仇，不共戴天。《春秋》之义，有贼不讨，则故君不得书葬，新君不得书即位，所以防乱臣贼子，法至严也。

闻贼李自成称兵犯阙，荼毒君亲，中国臣民不闻加遗一矢；平西王吴三桂介在东陲，独效包胥之哭。朝廷感其忠义，念累世之宿好，弃近日之小嫌，爰整貔貅，驱除狗鼠。入京之日，首崇怀宗帝后谥号，卜葬山陵，悉如典礼；亲郡王将军以下，一仍故封，不加改削；勋戚文武诸臣，咸在朝列，恩礼有加。耕市不惊，秋毫无扰。方拟秋高气爽，遣将西征，传檄江南，联兵河朔，陈师鞠旅，戮力同心，报乃君国之仇，彰我朝廷之德。岂意南州诸君子苟安旦夕，弗审事机，聊慕虚名，顿忘实害，予甚惑之！

国家之抚定燕京，乃得之于闯贼，非取之于明朝也。贼毁明朝之庙主，辱及先人。我国家不惮征缮之劳，悉索敝赋，代为雪耻。孝子仁人，当如何感恩图报！兹乃乘逆寇稽诛，王师暂息，即欲雄据江南，坐享渔人之利，揆诸情理，岂可谓平！将以为天堑不能飞渡，投鞭不足断流耶？夫闯贼但为明朝崇耳，未尝得罪于我国家也，徒以薄海同仇，特伸大义。今若拥号称尊，便是天有二日，俨为劲敌。予将简西行之锐，转旆东征，且拟释彼重诛，命为前导。夫以中华全力，受制潢池，而欲以江左一隅，兼支大国，胜负之数，无待著龟矣。

予闻君子之爱人也以德，细人则以姑息。诸君子果识时知命，笃念故主，厚爱贤王，宜劝令削号归藩，永绥福禄。朝廷当待以虞宾，统承礼物；带砺山河，位在诸王侯上，庶不负朝廷伸义讨贼、兴灭继绝之初心。至南州群彦，翩然来仪，则尔公尔侯，列爵分土，有平西之典例在，惟执事实图维之。

晚近士大夫好高树名义，而不顾国家之急，每有大事，辄同筑舍。昔宋人议论未定，兵已渡河，可为殷鉴。先生领袖名流，主持至计，必能深惟终始，宁忍随俗浮沉？取舍从违，应早审定。兵行在即，可西可东，南国安危，在此一举。愿诸君子同以讨贼为心。

毋贪一身瞬息之荣,而重故国无穷之祸,为乱臣贼子所笑,予实有厚望焉!《记》有之:"惟善人能受尽言。"

　　敬布腹心,伫闻明教。江天在望,延跂为劳,书不宣意。

——多尔衮《致史可法书》

　　李雯文不加点,将信写完之后,又默读一变,自己也大觉满意。对写文,李雯一向都很自信。

　　将信呈递给多尔衮之后,那学士又向多尔衮解释一番,一边解释,一边忍不住就多次瞧向李雯,心道:果然是才子。一篇文章写得天花乱坠,我若是史可法,也将无言以对。

　　多尔衮更是拍案大喜,哈哈大笑,道:"我看那史可法如何应对!"只觉字字句句,都说到他心里去了,平生快意,莫过于此。

　　我大清的天下,原就是取自闯贼之手,如今,我大清将那闯贼打残,如今正征缴余孽,那朱家小儿倒想来坐享渔人之利,嘿嘿,天下间,有这样的道理么?

　　这道理,原就在我大清的一方啊!

　　这李雯,果然是才子,当重用也。

　　这封《致史可法书》很快就传了出去,众人惊讶之余,纷纷猜测,这是谁的捉刀。

　　谁都明白,这封信,决不可能是多尔衮所为。

　　"其笔如刀,其心可诛。"读过的人,尤其是心系故明的人,几乎都是恨恨地嚷道。然后,他们便四处打听,这到底是谁捉的刀。

　　这样的文章,不能不使人佩服;这样的用心,却又使人无比痛恨。

八

　　帘外游丝飞去了。打叠闲愁,断送啼莺晓。一曲画栏银月小。玳床人倦残春杳。

　　生怕金铃催宿鸟。叫过三更,月与花都少。斜倚博山幽恨悄。双眉做就堆烦恼。

——龚鼎孳《蝶恋花·送春用赵粟夫韵》

酒过三巡，龚鼎孳便将这阕《蝶恋花》写了出来，然后笑道："诸君当俱作此送春词也。"文人相会，吟诗填词，原就是寻常之事。

众人也都笑道："敢不从命。"

只是这"送春"之词，古来也多，作一首容易，想要做得好，却也不是简单的事。岁岁春来，年年春去，却又怎生每一次的春去，都会使人无限伤感？

> 莺粟花开又别家。蘼芜绿上小窗纱。粉墙西去即天涯。
> 白雨偷将春令换，黄昏惯使客心邪。愁来那得好山遮。
>
> ——曹溶《浣溪沙·春怨》

很快，曹溶也写出一首《浣溪沙·春怨》来。

"愁来那得好山遮……"没由来，众人俱是低低地叹息一声。也许，这不是送春，却分明比春去更愁怨。

"秋岳啊……"龚鼎孳瞧着曹溶，苦笑一下，却也不好多说什么。龚鼎孳所作《蝶恋花》，只是寻常闺词而已，无论是幽恨，还是烦恼，都只是闺中人无事伤春。这样的无事伤春，说到底，只是想赢得一份少年的爱慕。说白了，这阕《蝶恋花》，就是"为赋新词强说愁"，就是佯装哀怨，就是写给当政者看的。

龚鼎孳的功名心向来都很重，否则，也不会"贼来降贼，清来降清"了。只不过在座的如今都已是大清的官员，自然不好就这个问题纠缠，否则，实在是有"五十步笑百步"之嫌。

而曹溶呢，则分明大有寄托之意在。"白雨偷将春令换"，其意已很是明显，而到"愁来哪得好山遮"，更是心迹分明。在座的都是诗词文章俱通之人，哪会读不明白词中之意？只是这样的词意，依旧是谁都无法明说。

曹溶尴尬地一笑，道："只是怨春，只是怨春。"他不说倒还好些，这一说，分明就有"此地无银三百两"的意思了。

"对，对，咱们只是送春，怨春，只论风月，莫论其他。"众人也俱赞同地道。

于是，便有人笑道："春来不觉，春去偏知，秋岳，你这是春来不觉呢。"这一说，众人再细细咀嚼"白雨偷将春令换"一句，不由得都是莞尔一笑，道："不错，不错，春来不觉，不知不觉，白雨偷将春令换呢。"

"那'愁来那得好山遮'一句却做何解?"有不知趣的偏偏又这样问道。

"'愁来那得好山遮'。"一人便笑着重复一遍,不过,在"那得"二字上,将音咬得很重,于是,这一句便成了"愁来那儿有好山遮呢"这样的意思了。这"好山"所指为何,众人自然便是会心一笑。只不过这样一来,全词写的似乎已不是"春怨",而是"寻春"了。

曹溶听得众人解词,直听得满头大汗,心下里也暗自警觉,明白,若给有心人有心去解词的话,对于他来说,这阕《浣溪沙·春怨》,只怕还真是一个麻烦;如今,众人替他如此去解,自然是一件好事。

只不过,这真的与他本意不相吻合了。

说笑一过,又有人写出新词来,无论好坏,俱是赞叹声不绝。

"舒章?"龚鼎孳眼光一转,便瞧见一直不吭声的李雯。李雯一直都端坐一旁,一副八风吹不动的模样。

听得龚鼎孳叫他,李雯便抬起头来,瞧向龚鼎孳。

龚鼎孳笑道:"舒章,你也写好了吧?"在龚鼎孳想来,李雯一直都不作声,想来是在打腹稿呢。

李雯站起身,冲着龚鼎孳施了一礼,也不作声,提起笔来就写了下去。

谁教春去也?人间恨,何处问斜阳?见花褪残红,莺捎浓绿,思量往事,尘海茫茫。芳心谢、锦梭停旧织,麝月懒新妆。杜宇数声,觉余惊梦;碧栏三尺,空倚愁肠。

东君抛人易,回头处、犹是昔日池塘。留下长杨紫陌,付与谁行?想折柳声中,吹来不尽;落花影里,舞去还香。难把一樽轻送,多少暄凉。

——李雯《风流子·送春》

写罢,又施一礼,也不作声,转过身来,扬长而去。众人面面相觑,也不知这李雯李舒章今儿个是怎么了,筵席未散,竟这般不告而别。

"先看词,先看词。"曹溶打破尴尬,笑道。

"对,对,先看词,"便有人道,"'云间三子'的词,一向都很好的。一部《幽兰草》，不下于北宋啊。"

《幽兰草》刊印已久，传到北京，也不是什么稀奇的事。

曹溶很快就将李雯的这阕新词读完。读完之后，一声不吭，只是神情之间，忽就多了几分落寞、几分苍凉，还有几分幽怨、几分无奈。半晌，低低地叹息一声，将词笺递给另一人。那人读罢，也是一时无语。

传看已罢，最后，送到主人龚鼎孳手中。龚鼎孳低头看过，也是一声苦笑，半晌，方道："只是送春词嘛，忒也哀怨。"

这一说，众人方才纷纷点头，道："把酒送春惆怅甚。古来如是，古来如是。"

"不过，古人也道是'送春春去莫悲伤'也。"又有人笑道。

"争奈'送春风雨最无情'？"

"恰则春来春又去。凭谁说与春教住。与问坐中人。几回迎送春。"更有人悠悠吟诵起张孝祥的这阕《菩萨蛮》来，"明年春更好。只怕人先老。春去有来时。愿春长见伊。"

"'著意寻芳已自迟，可堪容易送春归'嘛。"

……

不知不觉之间，众人争着吟诵起古人的送春词来。虽说有炫才之嫌，不过，倒也将话题转过。

李雯的这阕新词，着实叫人无法评说。

良久良久，忽就有人问道："秋岳兄，摄政王爷的《致史可法书》，果然是李舒章捉刀？"他实在无法想象，这一阕《风流子·送春》与《致史可法书》是出自同一人之手。

曹溶微笑不语。

或许，他有些明白；或许，他也不大明白。

但他知道，有些事，真的不必太明白的。

人啊，很多时候，还是糊涂一点好啊。

九

绿染荒丘，红愁古戍。好春断送斜阳路。天边遗下碧桃花，人间竞买珊瑚树。

芍药香消，青梅酸破。这回难写风流句。灯前尚爱墨花浮，明知宿业相缠处。

——李雯《踏莎行·春夜写怀》

满眼落花红。双燕多情语汉宫。一代风流千古恨,匆匆。尽在新蒲细柳中。

桃李怨春风。玉笛吹残看塞鸿。一枕邯郸无好梦,朦胧。教人莫唱大江东。

——李雯《南乡子·春感》

蜂黄蝶粉依然在。无奈春风改。小窗微切玉玲珑。千里行尘不惜牡丹红。

西陵松柏知何处。目断金椎路。无端花絮上帘钩。飞下一天春恨满皇州。

——李雯《虞美人·惜春》

眼前,分明是大好春光,可落在李雯的眼中,却是说不出的哀愁。从前,还在松江的时候,李雯只觉秋光萧瑟;如今,怎么觉得这大好春光也是一样萧瑟?从前,对自己的不能中举始终都不快乐,如今,已是大清朝廷内院的中书舍人,顺治二年(1645)还充任了顺天乡试同考官,如何还是不快乐?

对那些没得到的,曾经如此向往;如今,已经得到,为什么忽然之间感觉像失去了什么?

大清如日中天,取代大明是早晚的事。这天下,必然将是大清的天下。这大清的天下,是取自闯贼;灭掉大明、逼迫崇祯皇帝自缢殉国的,是闯贼;为崇祯皇帝报仇的,是大清⋯⋯这些道理,没错。对于自己在《致史可法书》中所写的,李雯相信,就这些道理,他没错。不报君父之仇,只忙着登基称帝,这就是不忠,就是乱臣贼子,没错。大清入关,为君父报仇,从闯贼手中夺得天下,断无拱手相让然后自己回到关外去的道理。大清,实在是没错。

道理分明如此,李雯也相信这样的道理,可是,为什么就是不快乐呢?

李雯想起,前些日子,在酒楼之中,与一个旧友相遇。那旧友呵呵一笑,道:"捉刀人来了。"然后,二话不说,转身就走,连招呼也不肯打一个。

李雯又想起,有旧友将昔日与他唱和的诗词原封不动地寄了回来。虽说什么也没有说,李雯也明白,那旧友是表示,宁愿二人从未唱和过,甚至是从未相识过。

这使得李雯很是难受,也很茫然。

我错了么?中夜无眠,李雯不断地这样追问自己。可是,我也要活啊。

上苑苔侵临砌花。杏梁新燕子,属谁家。晓风吹破碧窗纱。丁香结,憔悴过韶华。

有梦寄天涯。海棠开遍了,月痕斜。三春清泪落鸣筇。愁如海,不着踏青鞋。

——李雯《小重山·写怀》

顺治三年(1646),李雯请假,要将父亲送回松江安葬。

十

当戴之俊在门外求见的时候,李雯还真的没觉得什么。

戴之俊如今是在吴胜兆帐下,虽说还没有朝廷的正式封职,不过,那也是早晚的事。而李雯,虽说只是回乡葬父,可他内院中书舍人的身份是明摆着的,谁也不会视而不见。

"戴武功应该是吴胜兆让他来的吧。"李雯想道。

吴胜兆是降将。作为降将,在新朝必然根基不深。根基不深,想要走得远些,这就比较难。而他李雯,如今,虽说只是从七品,却绝对算不得冷灶;确切地讲,说是热灶也不过分。中书舍人,将来成为学士、大学士,也是十之八九。所以,吴胜兆趁他回乡的机会来走动,实在是很寻常之事。

自然,李雯也不会托大。

不管怎样,李雯现在只是中书舍人,从七品,虽说充任过顺天乡试同考官,可那却不是正式官职。

所以,李雯没敢让戴之俊在外等多久,忙就让下人将他请进书房。

"舒章。"戴之俊青衣小帽,一见李雯,忙就施礼道。不过,不是以见上官的礼节,而是以朋友之礼相待。从前,他们的确也是朋友。

这竟使得李雯忽然之间感觉到一阵温暖。

这一回重返松江,很多昔日的朋友都不愿相见。算下来,可能只有陈子龙、宋徵舆这昔日的"云间三子"没有"另眼相看"于他,而曾联袂来访。陈子龙道:"若夫燕市之旁,狗屠之室,岂无有击筑悲歌、南望而流涕者乎?"宋徵舆则索性道:"收我父骨与我食,贤者所居何定哉。"在宋徵舆,李雯即使已经任清廷之官,也一样是贤者。这多少使得李雯感觉到友情的珍贵,而同时,也使他越发感觉羞愧。

有时,李雯也会想道,就此终老山林,不再入朝为官,或许,也没什么不好。这样想着,李雯将父亲安葬之后,也就没有急着回北京,从顺治三年(1646),直到顺治四年(1647),一直闲居松江一带。

"武功,请坐。"送上茶之后,李雯便吩咐下人下去,书房之中,便只剩下他与戴之俊两个。

"舒章,卧子前些天是不是来过?"戴之俊开门见山,问道。

李雯愣了一下,道:"是。"他有些疑惑地瞧着戴之俊,不明白戴之俊何以忽然提起陈子龙来。

戴之俊苦笑道:"我几次想去见卧子,都被他推诿掉了。"

李雯奇道:"你……想去见卧子?"

"是。"

"……有事?"

"不错,是有事。"戴之俊毫不犹豫地道,"而且,是大事。"

李雯的神情便有些古怪。他自是明白陈子龙对大清的态度。陈子龙虽说可以理解他的在清廷任官,可对于戴之俊的事情,陈子龙就未必肯理解了。虽说同是朋友,可朋友与朋友之间,也毕竟有亲疏。

戴之俊如今是在吴胜兆帐下,戴之俊想去见陈子龙,莫非是想劝他出来为官?如果是那样的话,也难怪陈子龙避而不见了。即使是朋友,有些话、有些事,也是不能说、不能做的。比如,无论如何,李雯都不会去说劝陈子龙来为官的话。因为他知道,这不可能。

李雯小心地道:"武功,如果是想去劝卧子出山,我想,还是不必了。"

戴之俊笑道:"不是。"

"那……"李雯便越发疑惑。

戴之俊道:"舒章,这你就不用问了……对你不好。你只要想办法,让我与卧子见上一面就行。"

李雯听得戴之俊叫他"不用问了",心中也自不悦,不过,没有表现在脸上,只是沉吟片刻,苦笑道:"如果卧子不肯见你,我又有什么办法?"

戴之俊笑道:"比如,写封信,我替你将信送与卧子去……"戴之俊倒是早就想好了办法。

李雯越发觉得这中间有些问题。他实在不明白,已经是吴胜兆帐下幕客的戴之俊去见陈子龙为何事,而且,这戴之俊眉宇之间还有几分得意,几分笃定,仿佛只要能与陈子龙相见,便肯定会谈得很好似的。

"我想想……"李雯没肯一下子答应下来。

"舒章……"戴之俊自然不死心。

李雯轻轻地道:"我先写信问一下卧子,然后,再答复与你,如何?"

戴之俊也想了想,低声道:"舒章,你就告诉卧子,我想去见他,并不是劝他出山,而是与他想做的事有关。"

"他想做的事?什么事?"李雯一愣。

戴之俊笑道:"卧子他自己知道的。"

两人又寒暄几句,戴之俊道:"我只待舒章好消息。"

李雯点头:"若有消息,我自会派人去告诉你。"

约定联系方式之后,戴之俊便匆匆告辞。但是戴之俊走后,李雯总觉不安,总有一种"山雨欲来风满楼"的感觉。卧子想做的事?什么事?这几年来,李雯一直都在北京,故人不相见已经三四年了。

莫非……

李雯忽然就为自己的想法吓了一跳。这样一想,越发地不安起来,便找人询问,这些年来,陈子龙到底做了些什么事。只可惜,到底也没有问出个所以然来。虽说没问出个什么,可有一点还是肯定的,就是陈子龙与鲁监国那边必然还保持着某种联系。

这使得李雯又吓了一跳,冷汗就冒了出来。

身在朝廷,他自然明白,这意味着什么。

残霞微抹带青山。舟近小溪湾。两岸芦乾,一天雁小,分手觉新寒。

今宵霜月照灯阑。人是暮愁难。半枕行云,送君归去,好梦忆江南。

——李雯《少年游·代女郎送客》

角声初展愁云暮。乱柳萧萧难去住。舴艋舟前流恨波,鸳鸯渚上相思路。

生分红绥无人处。半晌金樽容易度。惜别身随南浦潮,断肠人似潇湘雨。

——李雯《木兰花·代客答女郎》

不觉新愁催彩燕,难忘宋玉东邻。梅花已梦晓云深。借君玉指上,弹出凤求音。

鱼钥先通金锁信,莫教红叶沉沉。卢家待暖画堂春。愿将双彩线,绣作月中人。

——李雯《临江仙·再柬卧子》

这一日,李雯独坐书房,将已经发黄的一册《幽兰草》翻了出来,默默地读着他们"云间三子"年轻时的词,一些往事,就如流水一般地涌上心头。

他想起杨爱来,那个精灵一般的女子。

他想起,当日曾经怎样地爱慕她,可她却没有爱上他。

那个女子,先是与宋徵舆欢好,然后是陈子龙。

他想起,他曾经希望,陈子龙能够将她让给他。

他想起,那一个女子,最终也离开了陈子龙,飘然远去。

那个女子,如今已在虞山,陪伴在钱牧斋的身边,改了名,换了姓,唤作"柳如是"。

那个女子,却还在他的心头。

他想,她是不是还在陈子龙的心头?

他想,如果当日,那一个女子肯陪伴在他的身边,他是怎么也不会让她离去的。

那段年轻的日子，就像花间词一般，那么的美好，又是那么的哀伤，那么的无奈。

或许，人生就是如此吧。

那段年轻的日子，如今，就在这一册发黄的《幽兰草》之中。

"后人将如何看我们呢？"李雯忽地笑了起来。笑的时候，原本有些憔悴的脸上，现出一点红晕来。年轻的时候，那么思慕、爱恋着一个女子，实在是一件叫人值得回味、令人羞涩的事啊。

她，偶尔之间，还会想起我么？还是想起卧子，或者辕文？

今年，她也要将近三十了吧？是不是还像从前一样？如果现在，她还陪伴在卧子的身边，又会是怎样的情景？唉！卧子实在是不该让她离去的。

这样的女子，值得用一生去珍惜。

李雯胡思乱想着，有时觉得遗憾，有时觉得好笑，有时又觉得有些沮丧。他终究不明白，当初，那样一个女子，何以会选择陈子龙，而不是选择他呢？便是在陈子龙之前，那个女子，选择的也是宋徵舆啊。

李雯苦笑着，又想道，或许，人这一辈子，就是这样吧，你所喜欢的，未必就喜欢你；而你所不喜欢的，偏偏就缠上了你。

就像入朝为官……

"沾惹忒无端。"

然而，当时，也真的没其他选择啊。

人，总得活下去。

我只是想活下去而已……

"老爷！老爷！"李雯正一阵悲一阵喜之际，一个下人匆匆进来，慌里慌张地嚷着。

李雯一皱眉，道："什么事？"这下人往日里倒也稳重，如何眼前变得如此慌张？

那下人喘了几口气，道："老爷，现在满城中都在传说，传说……"

"传说什么？"李雯又一皱眉。

"传说，吴胜兆要造反了……"

"什么？"李雯一惊。

"说是吴胜兆已经派人与鲁监国联系，就要反正归明了。还说，居中联络的便是陈、陈卧子先生……"那下人自然明白对李雯来说最重要的是什么消息。

李雯将戴之俊打发走之后，只觉大不安，并没有替戴之俊写什么信，也没有帮戴之俊与陈子龙联络，只当作什么事也没发生一般。

可该发生的，到底还是发生了；该来的，到底还是来了。

李雯脸色发白，一颗心骤然紧缩，整个人都有些发麻，道："你、你从哪儿听来的？"他仿佛没听清楚那下人刚才说的"满城"二字。

那下人道："到处都在传说，酒楼里，茶楼里，差不多人人都知道了。老爷，会不会是鲁王那边的反间计？"那下人自然也听过三国故事，知道三国之中，用得最多的便是反间计。尤其是这样满城传说的事。

李雯手足发麻，自然明白，这决不是什么反间计。

他忽然就明白，戴之俊为什么想见陈子龙。却没想到，他虽然没有从中引见，戴之俊终究还是与陈子龙见了面，并且掀起这么大的风浪来。他所不明白的是，这么大的事情，何以会弄得满城风雨。这根本就不合乎常理啊。

不过，不管怎样，这松江，是不能待了。

"快，快，"李雯叫道，"吩咐人，收拾行装，我们马上就走。"

"走？"那下人有些奇怪。

"回京！回北京！"李雯吃力地嚷道。

李雯知道，如果他还留在松江的话，只怕会祸事临头了。

当离开松江的时候，李雯忽地就在心中哀叹："原来，想回乡闲居也不能啊。"

天下之大，何处才能容身？

我，只是想活下去而已……

十一

眼前，已是北京，那高大的城墙，那古老的城楼，使得李雯在这突然之间，又想起监狱来。

世界，就是一所大监狱啊。李雯不无悲哀地想道。而这天下间的每一个人，都在这监狱之间，逃不脱。无论怎样地挣扎，都逃不脱。

这北京,分明已经换了主人,从大明,到大清。可是,在李雯的眼中,却依然还是监狱一般的存在。

原先,他以为,离开北京城,便是逃脱这监狱;现在他才知道,他逃不脱。

从北京,到松江,都一样。

这世界便是一所大监狱,又如何才能逃脱?

李雯离开松江,匆匆北上,还在半路的时候,留在松江打听消息的家人就匆匆赶上,告诉李雯,吴胜兆案发,如今,江南一带,追捕甚急。

"官府的榜文上,卧子先生排在第一个。"家人这样说道,"不过,好像还没抓到。"

"戴之俊先生已经被斩杀。"家人又这样说道。

这使得李雯的一颗心又是骤然紧缩,既担心陈子龙,又担心自己。他知道,这一回,官府不抓到卧子大约是誓不罢休的。

如果让官府知道戴之俊曾经来找过他……

这样一想,李雯便惊恐地叫道:"快,快,快进京。"

无论如何,他要撇开与这件事的关系。

事实上,他与这件事,好像也没什么关系。

可是,如果朝廷真的要追究呢?

"进京之后,便去找多尔衮王爷,将事情说清楚。"李雯这样安慰着自己,"以王爷的睿智,应该知道这件事与我无关。"

"没事的。"李雯不断这样安慰着自己。

一路之上,李雯担惊受怕,到北京的时候,已经病了很久了。

他知道,他是被吓病的。

我,只是想活下去而已。李雯悲哀地想道。为什么就这样艰难?

顺治四年(1647)五月十三日,陈子龙被清兵捕获,跳水殉国,时年四十岁。

同年,李雯匆匆北上,途中得病,进京不久便病逝,时年四十一岁。

　　弥留之际,李雯想起,当崇祯十七年(1644)的春天来临的时候,惶恐之际,他们父子曾与魏学濂、张幼文、吴尔埙、侯方岩等人谋划,奉一皇子南下,最不济,也能如高宗赵构一般,守住半壁河山。

　　只可惜,事竟不成。

　　如果,当日,真的能够奉一皇子南下,国变之后,在南京登基,时事的发展,还会像如今这样么?我,还能够活下去么?

　　李雯苦笑一下,想,也许,活着,也会一样的艰难吧?而死去,又是如此之容易。

　　李雯在心头又低低地叹息一声,吐出最后一口气来。

　　云峰百尺引苍虬。著意写芳秋。斜晖窈窕,蟪蛄啼出,才子不能留。

　　虾须如有神山隔,画栋只藏愁。旧日池塘,情波无尽,难荡木兰舟。

——曹溶《少年游·游横山园悼李舒章》

曹 溶

故国千门难锁梦，归路沉沉

霜天晓角

落花难惜，况值春无力。望到彩云深处，清风里，不相识。

辗转铜驼陌。去去旧乡国。敲得数声檐铁，英雄泪，从何滴。

李旭东

一

午夜梦回,很多时候,曹溶就会想道,如果一切能够重来,当日,还会选择仕清么? 当日,当他决定仕清的时候,是真的觉得一个新的时代已经到来,一个与残腐大明所不同的时代已经到来。

大明之亡,亡于贼。

所以,当初,对大清,曹溶真的说不上有什么恶感,甚至有些感激。

因为如果不是大清入关,攻入北京,只怕他已经死于贼手了。即使不从个人,而是从整个国家来说,大清将闯贼赶出北京,那也算得上是替君父报仇,乃大快人心之事。

也正因为如此,当日,曹溶才选择了出仕。

也许,有很多人觉得是投降,可曹溶真的没觉得。

当日,大明没有和大清交战。

当日,是大清,将他们这些挣扎在死亡线上的人,从闯贼的刀下救出。

人,要知恩图报,更何况是读圣贤书的读书人?

然而,还不到一年,怎么隐隐地就有些后悔?

顺治二年(1645),四月,清军屠扬州。

五月,南京沦陷,弘光帝出逃。

闰六月,清军屠嘉定。

当这一桩桩血淋淋的事件传来,曹溶只觉很是疑惑。

当初,大清不是说入关是为了替君父报仇么? 如今,怎么一个接一个地屠城?

在曹溶想来,事情不应该这样的啊。

梧叶一声干。瑶华再见难。洞箫中、清泪成团。惆怅仙郎骑白凤,刚遇得,汉宫残。

乞巧欲追欢。银河入夜寒。鹊双飞、不到长安。从此天孙新样锦,空付与,玉楼看。

——曹溶《唐多令·乙酉七夕感悼》

二

夜色迷蒙，春月淡淡。

又是一年春好处。

园子里已经没什么人，水边的亭子里，惟龚鼎孳与曹溶耳。亭子里，烛光轻摇，像摇着一个虚幻的梦，而柳树早已萌青，报告着春天的来临。

龚鼎孳提起酒壶，将曹溶身前的酒杯斟满，微笑着，似晚来的春风，那么和缓，又那么清淡。

龚鼎孳实在是一个很容易使人亲近的人。

"喝酒。"龚鼎孳微笑着举起酒杯。

曹溶欲言又止，苦笑一下，端起酒杯，抿了一下。

"芝麓……"

"先喝酒。"龚鼎孳微笑道。

曹溶无奈，站起身来，一口喝尽杯中的酒，然后将空杯微微一倾。那月光、那烛光，就照进了空杯之中，仿佛一湾深潭似的。

龚鼎孳笑道："秋岳，你这不是饮酒，而是驴饮了。"

曹溶哼了一声，道："驴饮那说的是喝茶。"

龚鼎孳呵呵一笑，也站起身来，举着酒杯，走出了亭子，走到了月光之下。

"这边走。那边走。只是寻花柳。那边走。这边走。莫厌金樽酒。"龚鼎孳忽地就唱起《醉妆词》来。龚鼎孳声音温雅，人也儒雅，月光之下，这一曲《醉妆词》，叫人听着也觉别有一番风味。

只是此刻的曹溶却哪有心情听他唱《醉妆词》来？

"芝麓！"曹溶提高了一点声音，表示自己的不满。

龚鼎孳嘿嘿一笑，道："秋岳啊，你就是沉不住气。"

曹溶没好气地道："我又没个不舍得我死的红颜知己，自然沉不住气了……"

龚鼎孳嘿嘿道："说谁呢？说谁呢？"两眼瞧着曹溶，居然也不生气；不仅不生气，那水一般澄澈的眼中，仿佛还有一丝得意。龚鼎孳自然明白，曹溶是在打趣他与顾眉的事。

这些年来，不断有人质问，当闯贼攻入北京的时候，龚鼎孳为什么不死。

这年头，总有人不断质问某某人为什么不死。

钱谦益说，本来想投水来着，只是水太冷。

龚鼎孳则道，我本来也想投井殉国来着，奈何小妾不肯？这小妾，指的便是横波夫人顾眉。龚鼎孳不仅这样说了，还填了一阕词，表示当时的确想投井来着。自然，无论是钱谦益还是龚鼎孳，因为贪生，都成为笑话。

这年头，总有笑话别人贪生的。

曹溶话一出口，也知有些不妥，只不过就他自己而言，又何尝没有贪生之念？只不过他没有闹出钱谦益、龚鼎孳那样的笑话而已。

千古艰难惟一死，自古以来，都是如此啊。

"对不住，芝麓，口不择言，口不择言了。"曹溶歉然道。

龚鼎孳嘿嘿一笑，举杯邀月，悠悠道："知我者谓我心忧，不知我者谓我何求。秋岳，你说你是知我者还是不知我者？"说罢，双目炯炯地瞧着曹溶。

"我罚酒。"曹溶端过酒壶，将空杯斟满，一口饮尽。饮罢，带着酒意，一声长叹，低低地道："扬州、嘉定，血流成河。"说着，也不肯多说，轻轻摇头，又斟了一杯酒，举起杯来，不过，等他想再一口饮尽的时候，被龚鼎孳抓住了手腕。

"芝麓。"曹溶眼眶一红，黯然道，"让我大醉一场吧。"

"为什么？"龚鼎孳微笑道。

曹溶轻轻摇头，苦涩道："没什么，就是想大醉一场。"

龚鼎孳呵呵一乐，忽地就收敛起笑意，叹息一声，道："芝麓啊，你只道是扬州、嘉定血流成河，却不知这是何人所为。"

曹溶一愣："何人所为？"

龚鼎孳惨笑一声，道："大清入关才多少人马？十八万耳。满汉八旗，仅十八万耳。"

曹溶一愣："你的意思是说……"

龚鼎孳长叹一声，一字一顿地道："杀我大明百姓的，还是我大明的兵。"

曹溶失声道："这怎么可能？"

龚鼎孳道："不仅有降了大清的兵，而且有大明的残兵，一样在杀；还有地痞，趁火打劫。至于嘉定，索性就是李成栋所为。"

"可是，可是，"曹溶愣了片刻，有些吃力地道，"他们现在都已经是大清的兵，总是听多铎的。"江南战事，由多铎指挥。

"那么，左良玉呢？"龚鼎孳冷冷地问道。

曹溶张口结舌，默然无语。左良玉残害百姓之罪，罄竹难书。据说，左部每入百姓家必勒索，并公然在大街上奸淫抢掠来的妇女，她们被拉走时，有人望着远处的丈夫或父亲哭泣，则立刻被砍下脑袋。顺治二年（1645），左良玉索性纠集了八十余万人马，号称百万，从武昌出发，准备攻击南京。临行时，下令将武昌屠戮一空。兵至九江，一把火将九江给烧了不算，依旧是杀戮淫掠，无恶不作。好在，四月初四那一日，左良玉突然病死，否则，还不知会杀到什么时候才停止。左良玉死后，部下诸将推其子左梦庚为留后，继续引兵东下，兵峰直指太平府。不久，左梦庚率余部二十万，不战而降，投了大清。投了大清之后，剃发留辫，直向江南。

在江南大开杀戒的，其实，大多就是原先大明的兵。

这样一想，曹溶不觉大为沮丧，也更加难过，半晌，嗫嚅道："现在，他们都是大清的兵……"

"是啊，现在，他们都是大清的兵。"龚鼎孳将曹溶手中斟满酒的酒杯夺过，一口饮尽，叹道，"大清入关，只有十八万人马，所以，只要是兵，他们都会要，他们都会要啊……"

这一说，两人俱黯然无语。

"大明不该亡的……"曹溶低声说道。

"大明气数已尽。"龚鼎孳毫不犹豫地道。

曹溶脸色便有些痛苦，喃喃地道："可是，大明真的不该亡的。"

"大明不是亡于大清，而是亡于闯贼。即使不是闯贼，也会亡于那些军阀。"龚鼎孳毫不留情地道，"就像汉末三国。"

"……如果不是汉末的混战，也不会有后来的五胡乱中华。"

"现在这种状况，总比当日要好很多。"当日，是五胡乱中华，到处都在打战；如今，只是大清入关，平定各地之后，终究会治理天下。两人都是饱学之人，自然明白大乱之后必有大治这样的道理。只是，这天下大治，终究只能依赖大清了。大明，已经亡了。虽说大明还有人在抗争着，但他们都知道，这样的抗争，实在已起不了什么作用。

曹溶长叹一声，苦笑道："芝麓啊，有时候，我也会想，当初，我出仕大清，究竟是对，还是不对。"迟疑一下，道："当初，我真的以为，大清是为先帝报仇。"

龚鼎孳呵呵一笑，自然不会去追究曹溶这话到底有几分真、几分假。当初,当大清将他们这批前明的官员从闯贼的荼毒下救出来的时候,谁没有几分逃出生天的感觉?在生死线上挣扎过,才知道活着的可贵啊。

什么名节,什么气节,人如果死了,这些又有什么用?更何况,说句大不敬的话,这朱家王朝,不值得,不值得为之殉葬。

曹溶脸色一红,方想再辩解几句,却又想到,论名声的话,龚鼎孳更加不堪。降了大清就是降了大清,再怎么辩解,也没有用;而且,越是辩解,越是惹人笑话。

"你已是大清的官。"龚鼎孳似笑非笑地回答他关于"对与不对"的问题。

曹溶赌气道:"这官我可以不做。"

龚鼎孳默然片刻,道:"我会做。如果能做下去的话,我会一直做下去,而且,还要做得大些,做大官,最好能够入阁。"

"芝麓?"曹溶便有些奇怪。

龚鼎孳将手中的两只酒杯都放了下来,举头望月。月光照在他的脸上,使得他的脸色有些苍白。

"总有一些朋友,"龚鼎孳低沉地道,"是不怕死的。我只有做官,而且,是做大官,才能使他们尽可能地不死。"

"芝麓……"曹溶的心猛地就一撞,眼泪都差点儿落了下来。

"总要保存一点读书种子。"龚鼎孳道。

"……我明白。"曹溶默然半晌,道,"可是这样,你也未免太委屈了。"

龚鼎孳轻轻摇头,自嘲地一笑,道:"不委屈。我本来就怕死。我自小就怕疼,怕苦,怕死。"

曹溶的心猛地又是一痛。他知道,在崇祯年间,龚鼎孳也是铮铮好男儿,曾经下过大牢,差点儿就被那位殉国的皇帝给杀了。

龚鼎孳叹道:"改朝换代,总有一些好男儿是不怕死的。只可惜,我不是。"说着,又自斟自饮了一杯酒。

银烛照柔心。欲醉还禁。珊瑚钩、小挂春阴。偎暖多情帘外月,玉漏宵沉。

鸦语带宫音。柳色摇金。沈郎消瘦旧时吟。辜负酴醾真薄幸,瞥眼花深。

——龚鼎孳《浪淘沙·春夜同秋岳小饮》

龚鼎孳一阕新词写罢，曹溶默然良久，叹息一声，便也提笔写道：

清月唤愁心。酒罢空吟。隔墙斜堕海棠阴。故国千门难锁梦，归路沉沉。

莺啭旧时音。芳树成林。自从离后损瑶琴。欲寄青山添黛色，莫待春深。

——曹溶《浪淘沙·夜思同芝麓作》

也许，当初，真的不该出仕大清的。曹溶这样想道。然而，芝麓说得也对，总要使那些不怕死的好男儿尽可能地不死。

他们，的确是不怕死。

可是，活着多好啊。

他们，也只有活着，才会有更大的价值啊。

顺治四年(1647)正月，曹溶因失职而被革职回籍。

曹溶时任顺天督学御史，"以滥送贡监故也"，先是降二级调用，至此，革职。

笑辞和靖，与苏娘载笔，来抽诗簏。客里韶光容易去，岁暮峥嵘荏苒。雪满平阶，王猷不到，早把柴门掩。无情谢女、看成柳絮飞糁。

自是白帝重来，旌旗变色，尽把溪山染。我欲吴胥山上望，可见渔舟点点。料应西溪、接连湖水，尽力催香屧。明朝沽酒，扁舟逸兴谁减。

——唐梦赉《百字令·秋岳先生移寓吴山》

三

曹溶没想到会在扬州遇见宗元鼎。东坡说，人生似雪泥鸿爪，只要走过，终究会留下一点痕迹。然而，在一座城市，要与一个很久不见的人偶然相遇，实在不是一件很容易的事。老杜说，人生不相见，动如参与商。那样的悲哀，才是一种真实。

故人不见者也多矣。

昔日的江南旧友,有多少死于非命?

宋徵舆在《云间李舒章行状》中说,"乙酉秋哭夏考公于大泽中,丁亥哭卧子于宝应舟次,至冬又哭舒章于仿佛楼","既至燕,经其故邸,遂哭而为之状,时戊子季冬,距其卒时一期矣"。

曹溶记得,刚刚读到这篇行状的时候,他的眼泪忍不住就滚滚而落。

故人如花凋零,活着的人,又情何以堪?

曹溶忽就想起龚鼎孳的话来。

"总有一些朋友,是不怕死的。我只有做官,而且,是做大官,才能使他们尽可能地不死。"龚鼎孳这样低沉着说道。

江山故国。江山故国。人,只有活着,这江山故国才有意义啊。

这里是扬州。

当曹溶刚刚踏入扬州城门的时候,恍惚间,便觉得自己似乎是走错了地方。他很想找人问一问,这里,到底是不是扬州。

但他没有问。

因为退出城门,仰头看时,那城楼之上,分明就是"扬州"二字。

城墙上,还有未能及时处理掉的弹痕与血迹,恍惚能见当日的战况。进城之后,长街两旁,又有残垣断壁;而在那残垣断壁之上,是早已发黑的血痕。

店铺有开着的,但更多的,是残破的牌匾,空落的店堂。

没有人。

便是长街之上,也没有多少行人。

更重要的是,那些行人偶尔说话,已非扬州口音。

这一切,使得曹溶自然而然地便想起姜白石的《扬州慢》来。

淳熙丙申至日,予过维扬。夜雪初霁,荠麦弥望。入其城则四顾萧条,寒水自碧,暮色渐起,戍角悲吟。予怀怆然,感慨今昔,因自度此曲。千岩老人以为有《黍离》之悲也。

淮左名都,竹西佳处,解鞍少驻初程。过春风十里,尽荠麦青青。自胡马窥江去后,废池乔木,犹厌言兵。渐黄昏,清角吹寒,都在空城。

杜郎俊赏,算而今重到须惊。纵豆蔻词工,青楼梦好,难赋深情。二十四桥仍在，波心荡、冷月无声。念桥边红药，年年知为谁生？

——姜夔《扬州慢》

更多的话，已经没有；更多的感慨，也已经没有。有的，就是这一阕《扬州慢》。这一阕《扬州慢》，已经将曹溶想说的话都说了出来。

原来都是真的。曹溶不无悲哀地想道。原来，扬州真的血流成河。

负责江南战事的多铎曾经一口否认。龚鼎孳也说，其实，都是李成栋那群人所干的。也许，他们说的都是真的，多铎真的没有下令屠城，屠城的，真的只是李成栋们。然而，这有区别么？难道这就是新朝？就是想象当中的一个新的时代？

曹溶长叹一声。

扬州之后，有嘉定；嘉定之后，还会有其他的城市。

这就是改朝换代。

除非，不再有人反抗。

但曹溶更知道，对于很多人来说，有比死更不愿意放弃的。为了他们所坚守的，他们愿意死去，愿意以死来抗争。

"要让不怕死的人活下去。"曹溶又想起龚鼎孳的话来。

"秋岳先生？"也正是在这时，他遇见了宗元鼎。

当遇见宗元鼎的时候，曹溶正在一家简陋的酒家外面喝着闷酒。那酒家也就一间门面，店堂里摆放着两张桌子，更多的桌子，更是摆放在外面，搭着帐篷。曹溶一路行来，好不容易才找到这家酒家。

酒旗斜矗。

只是那斜矗的酒旗很是陈旧，陈旧到苍白，而且，好几处都坏了，就像是乞丐褴褛的衣襟似的。酒旗的一角，有一小团血渍，已经发黑，只是那行状，分明就是曾溅过鲜血在上面。

宗元鼎三十上下年纪，三年前，曾与曹溶在苏州相见。当时，拿了几阕新词，道是请秋岳先生指点。

这几日春去。且买棹、与君留住。酒帘儿、远挂垂杨渡。隋堤上、花迎雾。

羌管已消魂，那堪唱、江南玉树。一声声、赚得东风暮。天有情、天回顾。

——宗元鼎《寻芳草·暮春约程邺郊游》

百里桃花尽落。叹细雨、斜风轻薄。堤上人家休归却。一枝枝，向愁肠，消寂寞。

村酒篷窗酌。空望绝、江天漠漠。柳絮无情柳带弱。又黄昏，路难行，何处泊。

——宗元鼎《夜游宫·雨中归棹》

记得年前，看九陌连灯，千门度月。珠帘夜卷辇路，麝兰相接。半天仙乐，舞霓裳、凤箫清彻。夹城中、金凫银燕，光攒踏歌时节。

往事如今休歇。对寒灯数点，梅花春雪。青楼薄幸空付，绮衫罗袜。十年一觉，梦扬州、醒来凄切。况遇着、开元白发，能向座中人说。金凫、银燕皆灯名。

——宗元鼎《汉宫春·元宵》

曹溶之所以来扬州，也与宗元鼎的这一阕《汉宫春·元宵》有关。"十年一觉，梦扬州、醒来凄切。"这使得曹溶当时就很感伤。只不过，说是要来扬州，结果一拖就是三年。三年来，发生了很多事，先是李栖、李郗嗣父子被清廷捕获，虽说里中诸义士捐数万金救之，其难得解，但李栖曰："吾前此不欲陨黑井中耳，今得见白日而死，可矣。"于是，闭气绝粒，数日而卒。曹溶闻之，慨然出二万钱（二百两银子），为助殓事。李栖昔日与曹溶同中进士，此之谓"不怕死"者。紧接着，一年之内，一子一女夭折，"徒步归家哭殇子""扶床又见娇女空"，直使人觉得生命之无常。第二年，又得一子。岁月蹉跎，三年已经过去，曹溶也将近四十岁了。

三年过去，曹溶终于下定决心到扬州来看看。只不过，他只想悄悄而来，悄悄而去，并没有想着去找宗元鼎。

他没想到的是，到扬州不久，竟与宗元鼎不期而遇。

"定九?"曹溶含笑站起。

"真的是秋岳先生。"宗元鼎高兴地道，"我还以为自己会认错人呢。"

四

衰草芜城，酒旗斜矗，与公相遇。离别三年，堤痕屐齿，望远伤平楚。青衫落魄，壮心销尽，都作花前稠语。叹吾生、渔樵富贵，两般俱成耽误。

公应悯我，镜湖一曲，容否青莲侪侣。蜀监何人，上林笔札，休说无凭据。临邛垆畔，鹧鹆犊鼻，病渴白头归路。随公去、新词几帙，姜夔贺铸。

——宗元鼎《永遇乐·赠秋岳先生》

这里是扬州。

是"十年一觉扬州梦""卷上珠帘总不如"的扬州。

是"二十四桥明月夜""二分无赖是扬州"的扬州。

是"开尊待月，卷箔披风，依然灯火扬州"的扬州。

然而，此际的扬州，眼前唯有"废池乔木，犹厌言兵"与"二十四桥仍在，波心荡、冷月无声"。

曹溶与宗元鼎便在这残败的酒家之中，痛饮了一番。

相对无言。

但道这里便是扬州。

酒酣之际，宗元鼎便索来纸笔，写下这一阕《永遇乐》，道是"赠秋岳先生"。

曹溶长叹一声。

杯酒平生，乍分烟月，良友难遇。琼蕊城边，开襟话旧，俯仰论吴楚。芙蓉别苑，几年增筑，管领艳秋虫语。问人间、谁管行乐，噉名只成相误。

香词脱腕，碧茸绀蝶，羞与周秦为侣。客艇空江，系花不定，同属关情处。勤来慰我，雪毛盈顶，万事莫如乡路。愁肠动、吴州聚铁，难将错铸。

——曹溶《永遇乐·芜城答宗定九》

曹溶想回家了。

吴中虽好，却非久居之地。

然而，回乡不久，清廷诏令下，令曹溶补原官。

顺治十年（1653），七月，曹溶起身赴京。

有些事，纵使不想做，也必须去做。

五

顺治十一年（1654），宋谦因密反事泄，被捕入狱，称傅山为知情者，故傅山也在这一年的秋天被捕。案子交由三法司处理。刑部、都察院、大理寺，三法司也。龚鼎孳已经升任都察院左都御史，曹溶也在顺治十二年（1655）三月升为都察院副都御史。顺理成章地，这桩"朱衣道人案"得以由龚鼎孳、曹溶来处理。两人不懈努力，大力营救，在顺治十二年（1655）的七月，傅山终于逃过这一劫。

或许，这就是龚鼎孳所说的，使不怕死的朋友，尽可能地不死。

顺治十六年（1659），郑成功由崇明进长江，与南明兵部侍郎张煌言会师，六月八日至丹徒，十三日至焦山，直捣瓜洲，一时间东南震动。

大明遗民暗中接应，准备恢复明室。

七月二十四日，郑成功兵败镇江、瓜洲，乘船远去台湾。

此后，清廷以"通海"论处，下令追查，株连甚广。

顺治十八年（1661）七月十三日，金坛县判定"通海"的罪犯有冯征元、王明试、李铭常等六十五人，后与吴县"哭庙案"，以及大乘、园果"诸教案"等囚犯一百二十一人，在江宁执行死刑。

康熙元年（1662），魏耕、祁班孙、钱瞻百、钱缵曾、潘廷聪等因"通海"被捕。

四月，朱彝尊至杭州。

四月十五日，南明永历帝被吴三桂弑杀于昆明。

六月，魏耕、钱瞻百、钱缵曾、潘廷聪等被杀于杭州，祁班孙遣戍宁古塔。

十月，朱彝尊因曾与屈大均有过山阴之游，受到牵连，被迫远走海隅，与王世显同去永嘉，曹溶于江上为朱彝尊饯行。

十月，曹溶为祖母守孝期满，服除，补山西按察副使，备兵大同。

玉宇秋如水。为黄花、满襟离恨，雁筝频倚。落日马蹄穷塞主，白发一肩行李。铜柱北、曾经脱屣。又怪风旗沙柳外，对磨崖、片石挥毫起。呼屈宋，且休矣。

故人相见平安喜。写新词、龙蛇飞动，牢骚心事。刁斗河山今不闲，敢诧封侯万里。笑老子、疏狂未已。范蠡湖边莼菜熟，肯羊裘、敝尽车生耳。痛饮酒，真男子。

——曹溶《贺新郎·答横秋见寿，时将行役云中》

疮痍四海，笑澄清计短，须髯如戟。酒社飘零诗友散，高卧元龙百尺。女子知名，男儿失意，聊学韩康剧。千金肘后，何妨堪愈愁疾。

我亦北阮穷途，鲛人泪尽，双鬓多添白。风雪差排关塞去，不唤伤心不得。马背多寒，貂裘易敝，秉烛娱今夕。渭城歌彻，楼外晚山重碧。

——曹溶《念奴娇·将赴云中留别胡彦远兼戏其卖药》

人生得似秋风老。瞬间十年，曹溶已经从不惑到了知天命，离开家乡浙江秀水，来到京城，然后赴山西上任。

人生有些事，无论乐意不乐意，总得去做。

人生得似秋风老，而人，就似秋风中的落叶，随风飘零，不能自已，也不知道什么时候就会零落成尘。

"锡鬯，"在江上给朱彝尊送行的时候，曹溶淡淡地道，"如果将来你没什么地方可去的话，就到山西来找我。"

"秋岳先生？"朱彝尊正有些惶恐，天下之大，不知道避到什么地方，更不知道要避多久。如果朝廷真的要将"通海案"追究下去，大约他再怎么躲避也是没有用的。朝廷办案不需要规矩。如果要办，哪怕只是与涉案人认识，那也是罪。

曹溶道："老夫已经起复，要去山西上任了。"说着，微微一笑，道："总要做个大官，才能做更多的事。"已经知天命的曹溶越来越明白了龚鼎孳的话。大明的覆灭、大清的兴起，已无法更改，那么，在这样的情况下，就更要做大官，才能尽可能地使不怕死的人不死。贰臣？也许吧。曹溶想。后人，也许真的会将他看作贰臣。贰臣就贰臣吧。可这一个时代，总要有人出来做事。

像朱彝尊。如果朱彝尊真到了走投无路那一天，肯到山西的话，曹溶想，必能护得他周全。

朱彝尊迟疑道："那样的话，会不会牵累到先生？"

曹溶捋须大笑，道："老夫好歹也是备兵大同，他江南的事，能管到山西去？"说话间，双目炯炯，有几分豪迈，又有几分狡黠。

"如此，"朱彝尊道，"等先生到了云中，我必来找先生。"

曹溶微微一笑，道："那时，我们就把臂同游雁门关，如何？"

"谨遵先生之命。"朱彝尊道。

两人相视而笑。

六

崇墉积翠，望关门一线，似悬檐溜。瘦马登登愁径滑，何况新霜时候？画鼓无声，朱旗卷尽，惟剩萧萧柳。薄寒渐甚，征袍明日添又。

谁放十万黄巾，丸泥不闭，直入车箱口。十二园陵风雨暗，响遍哀鸿离兽。旧事惊心，长途望眼，寂寞闲亭堠。当年锁钥，董龙真是鸡狗。

——朱彝尊《百字令·度居庸关》

眼前是雁门关。

康熙四年（1665）春天的雁门关。

登临在雁门关上，曹溶忽就说起朱彝尊去年九月写的《百字令·度居庸关》来，道："当年，要是守住居庸关，锡鬯，你以为大明就不会么？"

朱彝尊愣了一下，道："应该不会吧？"朱彝尊是朱家宗室，对明清易代，自然是耿耿于怀。不过，他也知道，大明是亡于贼，而并非是亡于大清，所以，当他经过居庸关的时候，自然而然地就想起，当日，要是守住居庸关，不"放十万黄巾""直入车厢口"的话，大明，或许就不会倾覆。可惜，"董龙真是鸡狗"。

《太平御览》引《前秦录》："（王堕）性刚愎疾恶，雅好直言，疾董荣(荣字龙)如仇雠,每朝见之,略不与言。人谓曰:'董尚书贵幸一时,公宜降意。'堕曰:'董龙是何鸡狗,而令国士与之言乎?'"后遂以"董龙鸡狗"指斥佞臣或行为卑污之人。

朱彝尊笔下的"董龙",自然指的是当年的居庸关守将。

居庸关是北京最后的门户。

曹溶就笑了起来,站立在雁门关的城楼之上,俯瞰苍茫。天色正晴,白云如絮,山色青青。有飞鸟在天空之中不时扑棱棱地飞过,驿道两边,花已盛开。

正是一片大好春光。

当年,也正是在这样一个春天,李自成攻破大同,直抵居庸关,大明总兵唐通见各镇守将皆降,遂也以关降。

大清入关之后,李自成节节败退,唐通于宁武关又投降了大清,以总兵官镇守保德州。

"大厦将倾,锡鬯啊,"曹溶幽幽地说道,"你以为守住最后一道大门的话,这大厦就能安然无恙么?"

"可是……"朱彝尊欲说还休。

曹溶轻轻摇头,苦笑一下,道:"《水浒》中说,逼上梁山。逼上梁山,逼上梁山,大宋时是这样,大明又何尝不是这样?李自成也罢,张献忠也罢,这些个反贼,谁不是被逼反的?只不过梁山好汉多少还有忠君之念,而李自成、张献忠这些反贼,却是天生的贼胚而已。呵呵,如果说句大不敬的话,当初,太祖皇帝又何尝不是被逼反的?一个朝廷,能够将百姓逼得造反,遍地流贼,嘿嘿,这样的朝廷,纵然能守住居庸关,还真的能够保得住江山么?更不用说,这个朝廷,除了内忧之外,还有外患。偏偏这个内忧外患的朝廷,它的皇帝还信不过大臣,对大臣是说打就打,说杀就杀,临到终了,还道是他对得起大臣,大臣对不起他了。至于百姓,嘿,这时倒想起百姓来了,叫闯贼莫害我百姓一人,却不知贼虽众,谁不是他的百姓?却又如何纷纷从贼?"

朱彝尊默然无语。

曹溶叹了口气,又道:"却也不能全怪皇帝,当他接手的时候,已是一个烂摊子的。大明之亡,皇帝与士大夫,都是罪魁祸首。锡鬯啊,这些年来,我一直都在想这个问题,大清入关的时候,不过区区十八万兵马,闯贼有多少兵马?闯贼在西安立国时,马兵六十万,步兵四十万,合起来就是百万大军。我大明呢?仅仅左良玉就拥兵八十万,号称百万;即便是史阁部,当多铎南下的时候,他的麾下就是二十多万雄兵。这么算下来,南明朝廷,至少也有百万大军。嘿嘿,大清两面作战,硬是夺取了这大好河山。昔人云,以一敌十,咱们这边,闯贼也罢,南明也罢,至少也是以五敌一,竟然敌不过!"

"那是因为吴三桂这奸贼开门揖贼!"朱彝尊恨恨地道,"要不然,我关宁铁骑在,大清焉能入关? 到头来,吴贼降清之后,率领这关宁铁骑横扫天下,如今,竟然是平西王了。"永历帝便是被吴三桂擒获,押送至昆明之后,又被吴三桂亲手缢死。古今弑君者,吴三桂首屈一指。

"是啊,是啊,都是吴三桂这奸贼害的,'冲冠一怒为红颜'嘛。"曹溶嘿嘿笑道,"岂止吴三桂和他的关宁铁骑,大清入关之后,望风而降的又有多少? 贼来降贼,清来降清,这就是大明的武将。"说罢,又是长叹一声,低低地道:"锡鬯啊,你既然说到十万黄巾,就应想到汉末三国的时候,黄巾之后,便是各路诸侯割据河山,争霸天下。"他没有说的是,即便是没有大清,吴三桂没有放大清入关,这大明,也将会陷入汉末三国时的乱局。这样的乱局,谁也无法改变。

大清获取天下,无论如何,总比再一次出现三国鼎立的局面要强得多。

难道,真的是天下大势,分久必合、合久必分?

朱彝尊默然良久,低低地叹息道:"那么,我们现在所做的,岂非无用?"

曹溶也默然良久,方道:"即以郑成功而言,你以为,他真的要恢复大明么? 或者,换句话说,在郑成功所部,是听他郑成功的,还是听鲁王监国的?"

朱彝尊苦笑道:"自然是听郑成功的。不过,这也须怪不得郑成功,我们这位鲁王监国,跟弘光帝也差不多。"弘光帝登基之后的第一件事就是选秀,此后,不管清兵南下、步步紧逼,弘光帝依旧是耽于饮酒纵乐;至于朝臣,总是互相攻讦,争权夺利。鲁王监国跟这位弘光帝比起来,也着实是五十步与百步的区别。郑成功又不傻,哪会事事听这位鲁王监国的? 郑成功也就是将这位前明的王爷养着而已。

如此,岂非就是"携天子以令诸侯"? 朱彝尊悚然想道。无论这位王爷是怎样的荒唐,也不能将他当作傀儡一样的存在啊?

郑成功是国姓爷,应该是忠臣……

曹溶一笑,道:"即使现在还是大明,郑成功也未必不会割据。现在嘛,他自然是大明的忠臣。不过,老夫听说,郑成功在临终前下令杀了鲁王朱以海。"

朱彝尊失声道:"这怎么会?"

曹溶淡淡地道:"传言罢了。"

这自然是传言。康熙元年(1662)五月,郑成功病逝于台湾,十一月,鲁王朱以海病逝于金门。不过,即使鲁王只是病逝,也必然与郑成功、郑经父子并没有将他当回事儿有关。

自古以来,有如此之忠臣乎?

朱彝尊便有些茫然,一时间觉得心灰意冷。

曹溶长叹一声,道:"滚滚长江东逝水,浪花淘尽英雄。英雄也罢,奸雄也罢,忠臣也罢,奸臣也罢,这大明朝,终是完了,恢复不了了。"说着,便瞧向朱彝尊。

朱彝尊黯然道:"或许是罢。"他想起这一次的"通海案",江南一带,这么多人兴奋地准备起事接应郑成功,结果,郑成功兵败,"通海案"发,又有那么多的人头落地。朱彝尊虽说总算是逃过一劫,却也是心有余悸。

康熙元年(1662),四月,永历帝被缢杀于昆明。

五月,郑成功病逝。郑经割据台湾。

康熙三年(1664),张煌言在杭州就义。

至此,大明再也无所为,也不可能再有所为。零星的反抗,对于这么大的大清来说,已起不到任何作用。可以说,大清的天下,如今,已经坚如磐石。

曹溶淡淡地道:"活着的人,总得活下去,而不是这样无谓地死去。"他想起顾炎武来。前些日子,他与顾炎武在大同相会,也曾这样劝说顾炎武。顾炎武凄然道:"我悲的不是亡国,而是亡天下。"这使得曹溶很是惊奇。顾炎武道:"有亡国,有亡天下。易姓改号,谓之亡国;仁义充塞,而至于率兽食人,人将相食,谓之亡天下。……知保天下然后知保国。保国者,其君其臣,肉食者谋之;保天下,匹夫之贱与有责焉耳矣。"听罢,曹溶默然无语。剃发改服,或许就是顾炎武所说的亡天下吧。然则,以眼前来看,除了这些之外,与大明相比较,又哪还有多少分别?一样的科考,一样的儒家天下。至于百姓,大约比大明的时候活得要好很多。

自然,曹溶不会与顾炎武争辩这些。

曹溶只是道:"所以,才更要我们这些肉食者努力一下,使天下不至于亡。"

顾炎武长叹一声,道:"天下兴亡,匹夫有责。只可惜,匹夫不会以为责。"顾炎武决定去游历天下。

"还记得姜瓖么?"曹溶忽地问道。

"宣化镇总兵。"朱彝尊毫不犹豫地道。

曹溶点头,道:"'董龙真是鸡狗'。李自成攻到居庸关的时候,此人不战而降,到顺治元年,大清入关,打败李自成,此人便又投了大清。"

朱彝尊哼了一声,道:"'三姓家奴'不过如此。"

曹溶笑笑,也不辩驳,只是续道:"姜瓖虽说投了大清,却一直受到猜忌……"

朱彝尊冷笑道:"贼来降贼,清来降清,这样的'三姓家奴',又焉能获得信任?"

曹溶呵呵一笑,续道:"若只是亡国,姜瓖降贼,丝毫不以为意;同样,降清,先前也只是以为亡国。顾宁人所谓'易姓改号,谓之亡国'是也。然则,降清之后,才发现是'亡天下'。这不是大清朝廷对姜瓖猜忌的问题。而是姜瓖很快就发现,清廷所派各官肆行凌虐,民益难堪,顷者,英王阿济格师至,催办粮草,绅士军民,苦不可当。动辄欲行杀戮,大同一方百姓何辜,要置之如此死地? 所以,到顺治五年,姜瓖便叛。"说罢,长叹一声,黯然道:"只可惜,国朝大势已成,姜瓖之叛很快就被阿济格平定。顾宁人纵然有'亡国亡天下'之辨,但大清国势已成,已无法更改了。"

垒学流云,沟成积雪,摇落城头军鼓。锁钥千门,高去旧京尺五。杂花映、美酒人家,软沙到、玉骢归路。诧无端、衰草牛羊,边声瞬息便今古。

金舆曾过宴赏,愁入瑶筝变,貔貅新谱。锦帐嫌寒,肯管征人辛苦。看辇道、数改莺啼,有乱山、不随黄土。几时再、杨柳春风,朱楼灯下舞。

——曹溶《绮罗香·云中怀古》

"衰草牛羊，边声瞬息便今古。"曹溶低低地吟哦着，目光显得幽远而深邃。半晌，方道："姜瓖决非能用简单的'三姓家奴'来看的。"

朱彝尊忽道："我忽然又想起一个人来。"

曹溶一愣："谁？"

"吴三桂。"

"吴三桂？"

"他日，若吴三桂拨乱反正，想恢复汉家河山，先生又何以目之？"朱彝尊悠悠道。

曹溶愣住，一时间，还真无法回答朱彝尊的这个问题。大清气势已成，反抗也没有用，很快就会被扑灭，最终苦的、死的，还是老百姓。所以，这些年来，曹溶起起伏伏，出来做官，只是为了能够在力所能及的情况下，使老百姓活得好些，然后，再如龚鼎孳所说，能够帮助那些不怕死的朋友，使得他们不至于就此白白死去。

至于身后名，又何须计较？人，只要问心无愧就可以了。

可是，若如朱彝尊所说，他日，吴三桂也反清呢？吴三桂意欲恢复汉家河山呢？

曹溶想，这个问题，不仅他无法回答，普天之下，大约也没有人能够回答吧？无论是在朝为官、心怀故明的，还是不肯为官宁以在野遗民身份而终老的，又或者暗里交通时刻想着恢复明室的，大约都无法回答这个问题。

如果说亡国的罪魁祸首是李自成的话，那么，亡天下的罪魁祸首就是吴三桂。这样的人，想恢复汉家山河、获得整个天下？这几乎是叫所有的人都难以接受啊。

"锡鬯啊锡鬯，"曹溶似笑非笑地瞧着朱彝尊，点指欲语，结果还是无可语，良久，方道，"如果真有那一天，老夫还活着的话，就回家。"

"回家？"朱彝尊奇道。

"世事如棋局，你我都是棋子，"曹溶悠悠道，"如果真有那一日，老夫便不再做棋子，任凭那下棋的人如何去下吧。"

七

此处是雁门关。

当日，大清正是从此处时时进入，侵犯塞内。

姜瓖起事之后，守卫雁门关的，是一个名叫刘迁的人。当佟养量率领所部山东兵进攻刘迁，先后在平型关、雁门关击败刘迁之后，整个山西的战局便为之一变，姜瓖也最终失败。而刘迁父子，也在黄香寨一战中阵亡。

　　眼底秋山，旧来风雨，横槊之处。壁冷沙鸡，巢空海燕，各是酸心具。老兵散后，关门自启，脉脉晚愁穿去。一书生、霜花踏遍，酒肠涩时谁诉。

　　阑珊鬓发，萧条衣帽，打入唱骊新句。回首神州，重重遮断，惟有翻空絮。岁华贪换，刀环落尽，草际夕阳如故。嗟同病、南冠易感，登楼莫赋。

——曹溶《永遇乐·雁门关》

曹溶一阕《永遇乐·雁门关》写罢，便示意给朱彝尊看。朱彝尊读罢，良久，叹道："先生终有江山故国之念也。"

曹溶涩涩地道："江山犹在，物是人非，不复故国衣冠矣。"他可以做很多事，使老百姓过得好一点，使不怕死的朋友不至于死，然而，偌大的中国，终不复故国衣冠矣。

零星的反抗，最终只是留下一些可歌可泣的故事，而于大局，终究无补。

朱彝尊便也取过纸笔来，落笔成词。

　　千里重关，凭谁踏遍，雁衔芦处。乱水溏沱，层霄冰雪，鸟道连勾注。画角吹愁，黄沙拂面，犹有行人来去。问长途、斜阳瘦马，又穿入、离亭树。

　　猿臂将军，鸦儿节度，说尽英雄难据。窃国真王，论功醉尉，世事都如许。有限春衣，无多山店，酹酒徒成虚语。垂杨老、东风不管，寸丝烟絮。

——朱彝尊《消息·度雁门关》

"猿臂将军，鸦儿节度，说尽英雄难据。窃国真王，论功醉尉，世事都如许。"曹溶喃喃读罢，一声长叹。

猿臂将军者，李广也；鸦儿节度，李克用也。纵然是英雄了得，也难以据守此处。更不用说，朱温窃国，欲袭杀李克用，而李广更是难封。"说尽英雄难据。"多少感慨，无限沧桑，俱在于此。

曹溶知道，朱彝尊真的已经灰心失意了。然而，对于朱彝尊来说，这也未尝就是一件坏事吧。

朱彝尊此词传出之后，曹贞吉一时感慨，便也写了一阕"雁门关"。

萧瑟关门，西风吹雪，貂裘都僵。蚁垤行人，羊肠驿路，哀禽边声怨。鱼海冰寒，龙沙戍断，历乱蓬根飞卷。怅青衫暮云驱马，望尽苍苍修坂。

绝壁祠堂，赵家良将，入夜灵旗如电。折戟沉沙，老兵拾得，磨洗前朝辨。塞雁南飞，滹沱东注，可惜英雄人远。问谁是、封侯校尉，虎头仍贱。

——曹贞吉《消息·和锡鬯〈度雁门关〉》

曹贞吉，字升六，山东人，论词与朱彝尊旨趣相近。康熙二年（1663）二十九岁中乡试解元，次年，以第三甲八十三名成进士。

自然，这是后话了。

回到大同不久，朱彝尊便辞别曹溶，再度雁门关，前往太原。只不过此时的朱彝尊，已经接受了现实，不再做恢复明室的梦。

去年寒食横汾曲。晓雨平芜绿。今年寒食尚横汾。又听饧箫吹入杏花村。

古今多少横汾客。饮马台骀泽。并州虽好不如归。输与一双新燕旧巢飞。

——朱彝尊《虞美人·寒食太原道中》

春去落花满地，曹溶心道：锡鬯，这对你，未必是坏事啊。面对着这满地落花，蓦然之间，曹溶的心头却充满莫名的感伤。

象拍何须歌艳句。又烧烛、红窗暮。叹今古、韶华留不住。花落也，催归去。叶落也，催归去。

失意多因杯酒误。辜负春无数。只楼外、江山成客路。鸿断也,书来处。云断也,愁来处。

——曹溶《酷相思·旅情》

游丝吹尽,为春归、撩乱几人心绪。欹枕长亭闻玉笛,万事何如故土。花坠官帘,燕巢陵树,付与渔樵语。踏歌灯下,让他年少为主。

镇日病酒孤眠,征衫不暖,忆得分离苦。芳草香消南国恨,侥幸新来雁羽。画桨徐开,珠屏曲掩,莫识留侬处。东风方便,愿随轻絮飞舞。

——曹溶《念奴娇·感春和芝麓》

有些事,可以做;有些心,难以改变。

人世之苍凉,或许,也正在于此吧。

凭栏无赖,受东风冷暖、瞒人情绪。一夕梅魂芳雾散,把酒频浇黄土。露浥金铃,烟笼粉幔,似听醅酿语。啼鹃初瘦,月高谁作花主。

分付弱柳千条,小阑干外,替两眉辛苦。薄醉浓香帘幕卷,又是流莺梳羽。玉管横吹,霞绡痴写,怕到酸心处。五侯亭馆,当年何限歌舞。

——龚鼎孳《念奴娇·和雪堂先生感春》

熊文举,字公远,号雪堂。崇祯四年(1631)进士,被授为合肥县令,在任时好士爱民,以廉洁著称。流贼三次攻打合肥,熊文举率军民守城,城竟未破。顺治元年(1644)降清,被授为任通右政,曾两任吏部左右侍郎,上疏清廷减除江南、浙江、福建、广东赋税。

是亦为贰臣。

八

康熙四年(1665),八月,审定傅山家藏碑。

九月,朱彝尊再到大同,与傅山、曹溶访碑。

康熙五年(1666),六月,同顾炎武至雁门,访李因笃。

十一月,与李因笃、屈大均游,冬至日,方由太原返回大同。

康熙六年(1667),六月,遭裁缺。

七月初七,康熙帝亲政。

秋,朱彝尊由代州至云中。

八月,以裁缺归里。

腊月二十四日,抵家。

此时,曹溶已经五十六岁矣。

玉塞秋无主。近重阳、月斜帘幙,黄花半吐。列戟西风高楼上,空说雄心似虎。欹客枕、鼕鼕戍鼓。渌水画桥枫未落,料南鸿、那解相思苦。呼酒伴,唱金缕。

平生岁月成尘土。任颠狂、秦娥赵女,琵琶难谱。独有江州青衫在,湿透当年泪雨。吾老矣、中宵起舞。马蹄踏遍阳关道,便腰悬侯印终何取。悲髀肉,不堪拊。

—— 曹溶《贺新郎·答右吉》

俞汝言,字右吉,曹溶同乡,曾参与抗清,失败后绝意仕途。

九

夕阳迟、春水漫。愁共暮江远。别思无端,欲聚吹还散。断魂旧日纤腰,含愁敛恨,更谁向、河桥拘管。

岁华换。为忆初种柔条,风流玉阑畔。寥落如今,只解写哀怨。惜春长送春归,无情还有,但听取、杜鹃声唤。

—— 徐之瑞《祝英台近·金陵旅次,感赋杨花》

康熙八年(1670)的孟夏,当徐之瑞招邀湖中小集的时候,曹溶便想起徐之瑞的这一阕杨花词来。古来写杨花者也多矣,然而,总不如这个年代来得悲凉,来得无奈。

飘尽桃花,几年相念,词场寂甚寒冰。松篱竹磴,黛色远千层。梦想敲残玉子,分曹赌、清酒三升。方瞳好、蝇头蚕尾,乌几日堪凭。

香奁添软语,羌排风月,占断溪藤。是愁多丰度,混俗无能。筑就横秋小阁,卧山中、白发难增。情深处、红弦绿拨,艳煞一宵灯。

——曹溶《满庭芳·寄徐兰生》

　　当曹溶来到湖边的时候,徐之瑞早就在画船之上与几个人一起喝茶了。

　　"秋岳,秋岳,"徐之瑞大笑道,"就等你了。"

　　他的身后,是钱继章、金渐皋,船上,还有一人,含着笑,望着曹溶,却没有言语。

　　曹溶一一招呼着。待坐定,徐之瑞便吩咐船家开船,那画船便轻轻地离了岸,驶向湖中。

　　这里是嘉兴南湖,与云中风光截然不同。

　　这里有家,有朋友。

　　酒过三巡,徐之瑞便按拍吟唱起来。

戊申孟夏,同年钱尔斐,招同曹秋岳、金梦蜚、张士至湖中小集

　　岁华弹指,相见惊如昨。白发共萧疏,还相对、一丘一壑。风霜边塞,劳苦一归来,城郭是、故人稀绝,似辽阳鹤。

　　扁舟烟雨,鱼亦知吾乐。豪气故难除,看老子、精神矍铄。今犹胜昔,后岂不如今,容我辈、竹林游,肯负青山约。

——徐之瑞《蓦山溪》

　　吟唱罢,徐之瑞似笑非笑,瞧着曹溶。

　　曹溶也笑。

　　"明白。明白。"曹溶笑着说道。

　　他真的明白朋友的心意。

　　已是近六十岁的人了。到这个年纪,总要考虑身后名。曹溶知道,从他出仕大清的那一天开始,他就已被贴上贰臣的标签。这些年来,无论他做过多少事,为百姓,为朋友,这标签都决不会更改。

　　将来如果能够入史的话,曹溶想,他肯定会被写入《贰臣传》中,只是不知后人将会对他有怎样的评价。

　　不过,那应是很远很远的将来的事了。

　　萧萧阮杖犹存,得钱便觅余杭姥。茂陵芳草,联翩裘马,今成尘土。欲称情怀,邹枚捧砚,美人歌舞。自蓬莱清浅,新愁隔断,空

留下、对床雨。

兄弟二三零落，各匆匆、渔樵为伍。霜花布帽，杜家诗瘦，逢春更苦。青山无恙，尚堪行乐，莫嫌豺虎。征往事、古屋灯昏，闲数尽、城头鼓。

——曹溶《水龙吟·与兰生饮酒》

众人更不多言语，只是任由画船从流飘荡在南湖之上，他们的手中，是满斟的清酒。湖光山色，倒影在酒杯之中。

曹溶忽就想起当年与龚鼎孳小饮，龚鼎孳佯醉而歌《醉妆词》的情景来。

十

康熙十二年（1673）春，康熙帝做出撤藩的决定。

十一月，吴三桂杀云南巡抚朱国治，自称天下都招讨兵马大元帅，提出"兴明讨虏"的口号，兴兵反清。

康熙十三年（1674），曹溶因在大同的政绩，而被朋友认为有边才，故向朝廷荐举镇藩。此时，曹溶补用保举签发四川军前候用。

四海传烽，问时事、何堪太息。公此去、偏能慷慨，气凌边隘。吾急而求应恨晚，天方待治何忧敌。想鸣鞭、万里过蚕丛，旌旗易。

景略坐，常扪虱。安石墅，曾同弈。但河梁揽袂，黯然送客。八阵河山斜日影，两川旗鼓清秋色。愿诗篇、频与捷书来，长相忆。

——吴绮《满江红·送曹秋岳司农赴西川军府》

高柳忽推明月出，生公呼上湖船。世间难得有情圆。相逢常此夜，忘却用兵年。

泼饮但愁鸣酒瓮，倾囊再买江鲜。万人耳语听三弦。更深游女散，便借石场眠。

——曹溶《临江仙·甲寅中秋同吴瑶如、园次、香为痛饮》

楼上忽惊灯影歇，吴侬不重余宵。银蟾静看十分娇。酒星还作伴，相赠彩云高。

莫话锦堂京洛事，山中毕竟风骚。秋娘为我吮霜毫。去留无限恨，倦鹊起僧寮。

——曹溶《临江仙·次日复同瑶如诸公饮》

酒酣之际，白发曹溶慨然道："老夫食言，这回要辜负锡鬯了。"

吴绮奇道："这却是何意？"

曹溶笑道："当日，还在云中的时候，锡鬯曾道，假若吴三桂起兵，我当何如？我道便回家。"说着，将身前的酒一口饮尽，续道："却不料还不待吴三桂起兵，老夫便已被裁缺了。"

吴绮笑道："我听说，当日，大同官员可是挽留你留任的，你自己不肯，却又怪得谁来？"

曹溶呵呵一笑，道："老夫误落尘网中，何止十三年？自当田园将芜胡不归矣。"当日，当他劝说朱彝尊之际，自己便也有了些许倦意，正好朝廷裁缺，便因此而赋归去来兮了。

吴绮点点头，道："这回却不同。"说着，也是一口饮尽杯中酒，叹道："如今，已是康熙十三年，大清定鼎，差不多已经三十年了，这三十年来，国家已经渐渐安定下来，这位康熙皇帝，倒也算得上是勤政爱民，轻徭薄赋。秋岳啊，说句大家伙儿不爱听的话，这位皇帝，可比大明的那些爷，要好很多。宁为太平犬，不为乱世人。我们都是大明朝末年那一个乱世过来的！吴三桂当日之事且不论，若这一回真让他成事，只怕又是遍地狼烟，生灵涂炭。唉！复明，复明，吴三桂可不会复什么明；退一步说，即使吴三桂真的要复明，这建立在尸山血海之上的明，不要也罢。"说罢，又是一声长叹。

这是任谁都知道的一个常识。以吴三桂的狼子野心，若真的夺取天下，哪会让给朱家后裔？即便真的找到某个朱家后裔了，只怕也是当年楚霸王找来的那个怀王吧？吴三桂"兴明讨虏"，而大清，已经治理天下三十年，自不会退回关外去，于是，双方终将大战。结果定是生灵涂炭、尸山血海。

无论是吴绮还是曹溶，都在明末的时候看到过这样的状况。

所以，这一回，要帮朝廷。

"愿诗篇、频与捷书来，长相忆。"

唯有如此，国家才能太平，百姓才能安康。

曹溶道："不过,本来说是到四川军中,现在看来,老夫要先往福建了。"

吴绮道："一样,一样,总要平定三藩,国家才能太平。"

曹溶道："老夫不准备受职,只布衣去、布衣还吧。"

"秋岳?"吴绮呆了一下。

曹溶笑道："老夫都这么一大把年纪了,只是去军中看看而已,也未必有所为,要受什么职? 老夫辜负了锡圈,一则是不想看到因吴三桂的起事而国家再乱起来,二则嘛,朝廷既然已经令下,老夫也不好直接拒绝啊。当年,老夫开始任官的时候,便曾暗自发誓,大明也罢,大清也罢,老夫这一辈子,是要做事,而不是做官。如今,既能一样做事,又何须做官? 三则呢,老夫穷啊。"说罢,仰天大笑,笑得无限沧桑。

　　风日丽人杨柳岸,玉沙曾骤花鞯。旧游不见柳飞绵。钱神交已绝,憔悴五侯筵。

　　雪封沧海犹垂钓,羊裘破自今年。侠肠百折酒垆前。何戡头已白,谁与诉鹍弦。

——曹溶《临江仙·旅恨》

"钱神交已绝"的白发曹溶,洋洋得意地前往福建,在榕城福州一待三年,直到康熙十六年(1677),丁母忧归里。

布衣去,布衣还。

曹溶拒绝了朝廷的任职。

这一年,曹溶已经六十六岁了。

十一

　　江左名宵,六街化作流苏结。让他灯影乍分明,最爱朦胧月。搅动闲愁不歇。遍相逢、闹花惊蝶。裁纨扇小,涂粉车轻,陈隋时节。

　　冷落红桥,顿看箫管吹教热。肯嫌芳药未开园,火树层层叶。今夜何人报帖。记三生、杜郎曾说。曲残帘下,酒醒楼头,春愁尚怯。

——曹溶《烛影摇红·扬州乙未正月十四夜》

灯街舞绣,又太平宵节。画鼓瑶笙声莫歇。玳筵开、一对黄鹿青鸾,梅花下、双隐庞公玩月。

手中挥玉麈,彭祖麻姑,佳事神仙互相说。滕下群英,帝里家园,河东凤、三人称杰。但只愿年年洞仙歌,庆百岁期颐,和风瑞雪。

——宗元鼎《洞仙歌》

这里是扬州。

是康熙十八年(1679)的扬州。

六十八岁的曹溶与六十岁的宗元鼎正行走在看灯的人群之中,孩子一般地笑着。

距离上一次两人的扬州相遇,已经三十年了。

三十年前,刚经历过屠城的扬州,一片荒芜;如今,三十年弹指一挥间,这扬州,再一次繁华起来。

灯影。月影。画鼓。瑶声。太平时节。

三十年前的事,有意无意地,都已经忘记了。

"定九啊,"曹溶咧着早掉了牙齿的嘴,道,"今儿不是元宵吧?"街头的花灯,使得曹溶疑心自己是不是记错了日子。

"不是呢。"白发盈头的宗元鼎笑道,"明儿才是元宵节呢。"

"还不是元宵,街上就已经这么热闹,"曹溶感慨道,"到明儿正日子,还不知道会热闹成什么样子哩。"

"是咯,是咯。"宗元鼎道,"太平宵节嘛。"

"是啊,河清海晏,人间得复见太平。"曹溶喃喃着。他知道,人们已经渐渐地忘记大明了,三十多年前的血痕,已经淡漠到不可见了。

岁月能够销蚀一切,自然,也包括血痕。

曹溶知道,再过些年,有意无意的,当年的扬州事,或许,后人将不会知、更不会说了。

不过,这似乎也没什么不好。

人,总要将日子过下去;人,总是向往太平、喜欢太平。

盛世。

曹溶忽就想起古来所谓的盛世来。

他想,将来的史书之中,会不会也造出一个"康熙盛世"来?

想到这里,曹溶不由得涩涩地笑了一下。原来,满人的皇帝,真的也不比汉人的皇帝差啊。只是，为什么老夫的心头，总是有些不快活？

快活的，是眼前的灯，眼前的人，眼前的扬州；可在曹溶的心头，那一抹淡淡的闲愁，总是融不开、化不掉，总是如烟雾一般地缠绕着，缠绕着。

"曲残帘下，酒醒楼头，春愁尚怯"，"搅动闲愁不歇"。

三十多年前的事，人们真的已经忘了。

可为什么，有的人，却是怎么也无法忘记？

元宵以后，当曹溶向宗元鼎辞别回家的时候，两人俱不由有些感伤。

他们知道，这一次的相见，或许，是他们这一生当中的最后一次了。

十二

"不去，不去了。"当得知朝廷诏举博学鸿儒、大学士李蔚鼎力推荐的时候，曹溶摇着头，一连声地说道。

"秋岳先生……"来人还想再劝说。

曹溶叹道："老夫还在丁母忧之中啊。而且，前年除了母亲大人去世，还死了一个会读书的儿子。"说着，又是一声长叹："老夫也已经六十八了。身子骨早已不行了。"母亲与一个儿子去世之后，他便大病了一场。

丁母忧。大病。自然无法成行。

来人听得曹溶这样说，却也无法，只好苦笑着道："下官据实回报就是。"

待来人走后，曹溶倒了杯酒，自斟自饮，道："不去。"又饮了一杯，半晌，喃喃道："不去。"

眉宇间，有些自得，又有些忧伤。

康熙十九年（1680），学士徐元文荐举曹溶，曹溶依旧是呵呵笑道："不去。在丁忧。"

"待先生服满呢。"来人道。

"不去。"曹溶摇着白头，道，"年纪大了，都快七十了，还有病。

不去。不去。"

康熙二十四年(1685),八月,曹溶去世。时年七十四岁。

从康熙六年(1667)裁缺归里,至于此,曹溶再也没有在大清任职。

十三

浪涌蓬莱,高飞撼、宋家宫阙。谁荡激、灵胥一怒,惹冠冲发。点点征帆都卸了,海门急鼓声初发。似万群、风马骤银鞍,争超越。

江妃笑,堆成雪。鲛人舞,圆如月。正危楼湍转,晚来愁绝。城上吴山遮不住,乱涛穿到严滩歇。是英雄、未死报仇心,秋时节。

——曹溶《满江红·钱塘观潮》

时间已是康熙三十五年(1696),距离曹溶去世,已经十一年了。

年近七旬的朱彝尊也来到钱塘观潮,不经意之间,便想起曹溶当年的这一阕词来。

"是英雄、未死报仇心,秋时节。"朱彝尊喃喃着,道,"先生不是出来做官,是出来做事的。到无事可做的时候,便也不做官了。"说着说着,忍不住老泪纵横。

曹侍郎《钱塘观潮》一阕,最为奇崛。今见雕本改窜,可惜已。康熙丙子秋,涉江追和其韵,并附原词于后。不作三舍避者,欲存其真也。

罗刹江空,设险有、海门双阙。日未午,樟亭一望,树多于发。乍见云涛银屋涌,俄惊地轴轰雷发。算阴阳,呼吸便天然,分吴越。

遗庙古,余霜雪。残碑在,无年月。讶扬波重水,后先奇绝。齐向属庐锋下死,英魂毅魄难消歇。趁高秋、白马素车来,同弭节。

枚乘《七发》:"弥节伍子之山。"

——朱彝尊《满江红·钱塘观潮追和曹侍郎韵》

图书在版编目(CIP)数据

　　故国千门难锁梦：清初词人的生死抉择/沈尘色著
—镇江：江苏大学出版社，2018.3(2022.11 重印)
　　(清名家词传)
　　ISBN 978-7-5684-0519-5

　　Ⅰ.①故… Ⅱ.①沈… Ⅲ.①传记小说－中国－当代
Ⅳ.①I247.5

　　中国版本图书馆 CIP 数据核字(2017)第 255121 号

故国千门难锁梦：清初词人的生死抉择

Guguo Qianmen Nan Suomeng：Qingchu Ciren de Shengsi Jueze

著　　者/沈尘色

责任编辑/张　冠　米小鸽

出版发行/江苏大学出版社

地　　址/江苏省镇江市京口区学府路 301 号(邮编：212013)

电　　话/0511-84446464(传真)

网　　址/http：//press.ujs.edu.cn

排　　版/镇江文苑制版印刷有限责任公司

印　　刷/山东华立印务有限公司

开　　本/718 mm×1 000 mm　1/16

印　　张/24.5

字　　数/392 千字

版　　次/2018 年 3 月第 1 版

印　　次/2022 年 11 月第 2 次印刷

书　　号/ISBN 978-7-5684-0519-5

定　　价/72.00 元

如有印装质量问题请与本社营销部联系(电话：0511-84440882)